Mi re

T0102571

Novela

La Fundación José Manuel Lara
convoca el Premio de Novela Fernando Lara,
fiel a su objetivo de estimular la
creación literaria y contribuir a su difusión.
Editorial Planeta edita la obra ganadora.

Esta novela obtuvo el XXI Premio de Novela
Fernando Lara, concedido por el siguiente jurado:
Fernando Delgado, Pere Gimferrer,
Ana M.ª Ruiz-Tangle, Clara Sánchez
y Emili Rosales, que actuó a la vez como secretario.

El Premio de Novela
Fernando Lara cuenta con el patrocinio
de la Fundación AXA.

Paloma Sánchez-Garnica

Mi recuerdo es más fuerte que tu olvido

Premio de Novela Fernando Lara 2016

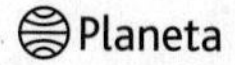

Biografía

Paloma Sánchez-Garnica (Madrid,1962) es licenciada en Derecho e Historia. Autora de *El gran arcano* (2006) y *La brisa de Oriente* (2009), su novela *El alma de las piedras* (2010) obtuvo un gran éxito entre los lectores. *Las tres heridas* (2012) y, sobre todo, *La sonata del silencio* (2014) supusieron su consagración como escritora de gran personalidad literaria. Su última novela, *Mi recuerdo es más fuerte que tu olvido* (2016), obtuvo el Premio de Novela Fernando Lara 2016.

Obra editada en colaboración con Editorial Planeta – España

© 2016, Paloma Sánchez-Garnica

© 2017, Editorial Planeta, S. A. – Barcelona, España

Derechos reservados

© 2022, Editorial Planeta Mexicana, S.A. de C.V.
Bajo el sello editorial BOOKET M.R.
Avenida Presidente Masarik núm. 111,
Piso 2, Polanco V Sección, Miguel Hidalgo
C.P. 11560, Ciudad de México
www.planetadelibros.com.mx

Adaptación de la portada: Booket / Área Editorial Grupo Planeta
Fotografía de la portada: © Maja Topcagic / Trevillion Images
Fotografía de la autora: © Ricardo Martín

Primera edición impresa en España en Booket: junio de 2017
ISBN: 978-84-08-17260-4

Primera edición impresa en México en Booket: febrero de 2022
ISBN: 978-607-07-5879-9

No se permite la reproducción total o parcial de este libro ni su incorporación a un sistema informático, ni su transmisión en cualquier forma o por cualquier medio, sea este electrónico, mecánico, por fotocopia, por grabación u otros métodos, sin el permiso previo y por escrito de los titulares del *copyright.*

La infracción de los derechos mencionados puede ser constitutiva de delito contra la propiedad intelectual (Arts. 229 y siguientes de la Ley Federal de Derechos de Autor y Arts. 424 y siguientes del Código Penal).

Si necesita fotocopiar o escanear algún fragmento de esta obra diríjase al CeMPro (Centro Mexicano de Protección y Fomento de los Derechos de Autor, http://www.cempro.org.mx).

Impreso en los talleres de Impresora Tauro, S.A. de C.V.
Av. Año de Juárez 343, Col. Granjas San Antonio,
Iztapalapa, C.P. 09070, Ciudad de México
Impreso y hecho en México / *Printed in Mexico*

A Manolo, por lo que hemos vivido y
por todo lo que nos queda por vivir

PRIMERA PARTE

1

El deseo de ser diferente de lo que eres es la mayor tragedia con que el destino puede castigar a una persona.

SÁNDOR MÁRAI

Madrid, una madrugada del mes de diciembre de 2014

El retumbar del teléfono irrumpió en el silencio de la alcoba invadiéndolo todo. Carlota abrió los ojos. Su cuerpo tenso se quedó unas décimas de segundo inmóvil, incapaz de reaccionar hasta que se removió entre las sábanas. Se incorporó apoyando el cuerpo sobre el codo, dio un toque en la base de la lámpara y la tenue luz la sacó de la oscuridad sin llegar a deslumbrarla. Mientras, el dichoso aparato continuaba resonando como haciéndose camino en un bosque de lobreguez a base de hachazos estridentes.

La mente, todavía acorchada en el letargo del sueño del que la habían arrancado bruscamente, no coordinaba muy bien. El teléfono fijo apenas sonaba ya en la casa, era una especie de reliquia que, como una rémora del pasado, se mantenía impertérrito en la mesilla de la habitación, un adorno inútil más acumulado a lo largo de los años. Nadie utilizaba ya el fijo, ni para hacer ni para recibir llamadas. Al desconcierto del sonido casi olvidado como un grito procedente del pasado se añadía lo extemporáneo del hecho, ya que Carlota, al alargar el brazo para alcanzar el auricular, atisbó el reloj digital y comprobó que faltaban dos minutos para las seis de la mañana.

Con el latido del corazón golpeando en su garganta se puso el aparato en la oreja y habló con dicción pastosa, todavía abotargada por la atonía del sueño.

—¿Diga?

Del otro lado del auricular le llegó una voz desconocida, grave y cautelosa, de mujer.

—¿Carlota López Molina?

Al oír aquel primer apellido olvidado desde hacía años, abrió por completo los ojos y se incorporó un poco más, como si le hubieran arrojado un chorro de agua fría que la espabiló bruscamente. En su mente estallaron varios destellos sobre cuál podría ser la razón de que alguien preguntase por ella a horas tan intempestivas, conjeturando qué vendría a continuación.

—Sí... —contestó con cierto reparo—, soy yo. ¿Quién es?

El apabullante silencio la intimidó. Se sentó en la cama, posó los pies en la mullida alfombra y se irguió dispuesta a recibir aquello que le traía la voz de mujer.

—¿Oiga?... —inquirió al notar el vacío en su oído—. ¿Quién es?

—Carlota, soy tu hermana.

—¿Cómo? —La voz la había oído, pero el mensaje tardó en ser procesado en el cerebro, como si se hubiera ensordecido lo oído.

—Soy Julia Balmaseda, tu hermana —repitió sin insistencia, convencida de que no la había entendido—. Te llamo porque mi padre... —La voz enmudeció de nuevo, obligándose a rectificar—. Carlota, tu padre se muere...

Carlota abrió la boca pero fue incapaz de articular palabra, trabada en su estupefacción, encogida sobre sí misma, presionando el auricular contra su oído, temerosa de perderse algo importante procedente del otro lado de la línea. Sus ojos fijos en la cómoda que tenía delante con varias fotos enmarcadas cuyas imágenes, tan habituales que la vista transitaba desapercibida sobre ellas, resurgieron de pronto a sus ojos en la leve penumbra iluminada apenas; la más cercana, su imagen lozana de apariencia rozagante en el primer viaje que hizo a París, posando en la plaza del Trocadero con la Torre Eiffel al fondo; un poco más atrás, la de mayor tamaño, enmarcada en alpaca, proyectaba la imagen congelada de su padre con la Puerta de Alcalá a su espalda, con un traje oscuro, camisa blanca y corbata oscura, mirándola a ella, que fue la que le hizo aquella foto cuando todavía llevaba calcetines y dos coletas, la única foto de él que mantenía expuesta a sus ojos; y, justo al lado, la de menor tamaño, rodeada de una fina moldura de madera oscura, la imagen en blanco y negro de su madre, con un vestido ceñido a la cintura y la falda de vuelo, el pelo negro con un cardado que parecía elevarse sobre su cabeza, mostrando esa sonrisa suya tan artificial, tan poco expresiva, tan ficticia. Como siempre hacía cuando reparaba en aquella imagen, pensó en ella y en su ausencia definitiva, aún rumiada en su conciencia a pesar de que habían transcurrido más de tres meses de su muerte. Ni un solo día dejaba de pensar en sus últimos encuentros, y se estremecía al recordar su gesto serio, distante, carente de ternura, todo tan gélidamente protocolario. Siempre había pensado en lo poco que se parecían, o eso quería creer, empeñada en alejarse de las semejanzas que irremediablemente la unían a su madre. Hubo siempre entre ellas una barrera invisible que les había impedido entenderse, imposible de salvar, o tal vez no tan imposible, pensaba ahora con una amarga sensación de pesar. Quería creer que asumiría su ausencia sin demasiado dolor; pero desde su marcha tenía una extraña sensación que ensombrecía su futuro, como si la muerte le hubiera reflejado su propio yo en el espectral recuerdo de la madre muerta, y se preguntaba si realmente era tan distinta a ella, y lo peor era que temía descubrir la respuesta.

—¿Carlota? —La voz de la mujer interrumpió su estupor y la hizo reaccionar.

—Sigo aquí.

—Tu padre quiere verte.

—Mi padre... —Las palabras parecían desplomarse en la flacidez de sus labios.

—Está muy mal. Lleva dos días ingresado. Me ha pedido que te avise. Perdona las horas, pero... he tenido que acumular fuerzas para hacer esta llamada.

—Ya... —Carlota sintió un escalofrío en la nuca—. No sé..., yo... No sé qué decir.

—Piénsalo bien. Dice que no se puede morir sin verte, que tiene que hablar contigo, que necesita hablar contigo, y me temo que es cierto, Carlota, lo necesita de verdad.

—No creo que tengamos nada de lo que hablar... —Tragó una saliva amarga que parecía quemar su garganta—. Ha pasado demasiado tiempo...

—Yo únicamente te transmito lo que me ha dicho... Lo que me ha suplicado que te diga —puntualizó, como si le hubiera costado mucho decirlo.

Carlota tomó aire y lo soltó cerrando los ojos, vencida por una fuerza que parecía arrollarla, desprovista de la energía suficiente para defenderse y gritar lo que le pedía el cuerpo, decirle a su padre, al de ambas, que ya era demasiado tarde, que había tenido toda una vida para llamarla y no lo había hecho. Pero sólo le salió una voz blanda y temblona.

—Tiene gracia, ahora se acuerda de mí...

De nuevo el silencio entre respiraciones contenidas, labios apretados y un áspero resabio en la garganta.

—Esto no resulta nada fácil para mí. —Un profundo suspiro se diluyó en el oído de Carlota, haciendo evidente el agotamiento de su hermana—. Yo ya he cumplido, le he prometido que te llamaría y lo he hecho. Está mal, Carlota... Si te tomas demasiado tiempo en decidirte, es posible que sea tarde para los dos. —De nuevo un silencio cargado de indecisión—. Estamos en el Ruber Internacional, habitación 214. Buenas noches..., y siento haberte... Lo siento.

El clic indicó que había colgado. Ella, sin embargo, se quedó unos segundos con el auricular pegado a la mejilla, enajenada en un laberinto de recuerdos arrancados de repente de un letargo escondido en algún rincón de su mente, desparramados ahora como si se hubieran abierto de pronto las compuertas de la presa que desde hacía muchos años los había estado conteniendo.

Estuvo mucho rato quieta, sin llegar a colgar el teléfono, del que salieron pitidos entrecortados hasta que por fin enmudeció, y ella continuaba inmóvil, con la voluntad congelada. Al cabo, de manera repentina, una voz irrumpió en el aire, mensajes rápidos y con dicción entonada, informando de la intensidad del tráfico, de que habían caído las temperaturas y de la alta probabilidad de lluvia persistente todo el día. Miró la radio como si fuera un extraño inoportuno. Sintió un escalofrío y se dio cuenta de que se había quedado helada. Se levantó tiritando y se metió en el baño. Frente al espejo, esperando a que el agua de la ducha saliera lo suficientemente caliente, daba vueltas a las palabras de aquella mujer que habían roto la placidez del conticinio. Cuando su imagen quedó empañada por la acumulación del vaho sobre el cristal, se metió en la ducha y dejó que el chorro del agua corriera por su cabeza deslizándose por su cara, su espalda, sus muslos, hasta quedar empapada. Cerró los ojos y vio en la húmeda oscuridad de su mirada la única imagen que tenía de su hermana.

2

Aunque entonces no fue consciente de ello, Carlota López Molina supo de la existencia de Julia Balmaseda el día que cumplió seis años. Aquel día su padre le había prometido llevarla a montar en barca al estanque del Retiro, y luego al cine y a merendar. Carlota sentía pasión por su padre, pero los asuntos ineludibles de los mayores, incomprensibles para ella, le mantenían demasiado tiempo alejado de su lado, sobre todo los fines de semana y las vacaciones; así que la idea de pasar con él toda la tarde de un sábado le resultaba emocionante porque también le emocionaba a su madre, y verla a ella feliz era el colmo de su dicha infantil. La noche anterior al gran día le costó mucho conciliar el sueño de tan nerviosa que estaba, sin embargo, cuando su madre la despertó ya tenía grabado el pesar en sus ojos. Su voz, mohína y apesadumbrada, fue la confirmación de aquella mirada atribulada: «Carlota, hija, papá no va a poder venir hoy. Le ha surgido un asunto urgente y ha tenido que irse de viaje. Pero me ha dicho que no te preocupes, que te llevará otro día y que te va a traer una muñeca Nancy con un armario lleno de ropita para que puedas vestirla como tú quieras. ¿No te parece fantástico?». No recordaba qué contestó, ni siquiera si lo hizo. Su frustración ante la promesa incumplida fue tal que la idea de tener una de esas famosas muñecas con un montón de conjuntos para vestirla apenas la conmovió. Aquélla fue la primera decepción consciente de tantas que le había causado su padre a lo largo de los años, ausencias nunca compensadas, excusas envueltas en papel de regalo con enormes lazos que no hicieron más que ahondar en un extraño sentimiento de abandono que la corroyó por dentro y la convirtió en un ser vulnerable y frágil. No obstante, aceptó con resignación aquel primer varapalo y se aferró, con ciega confianza infantil, al nuevo compromiso.

Estaba acostumbrada a sus ausencias, asumidas por aquel entonces como algo natural que debía de ocurrir en todas las familias. Aquel cumpleaños, al igual que la mayoría de los que llegarían después, Carlota se tuvo que conformar con la solitaria compañía de su madre, siempre taciturna, un hastío que con el tiempo se fue transformando en una profunda amargura. Salieron a merendar tortitas con nata y chocolate, y luego dieron un calmado paseo por el Retiro, pero sin subir a las barcas porque a su madre le daba miedo hacerlo las dos solas. Cuando regresaban a casa por la bulliciosa calle Serrano, Carlota vio a una pareja acercarse hacia ellas. En lo primero que se fijó fue en la lustrosa silla de paseo que empujaba la mujer, un opulento carrito que desparramaba a su alrededor puntillas y dos enormes lazos de color rosa a cada lado del manillar. La pequeña, sentada de cara a la madre, movía inquieta sus piernas regordetas, que lucían unos calcetines de perlé blancos y unos zapatos de badana en rosa pálido. Sus ojos se posaron en el hombre que iba a su lado, y fue entonces cuando, con una mezcla inocente de emoción y nervios, Carlota tiró con fuerza de la mano de su madre para gritarle lo que estaba viendo: «¡Papá..., mira, mami, es papá, allí!».

En efecto, el hombre que acompañaba a la mujer del carro era su padre. Pero, ante aquel primer impulso de salir corriendo hacia él, con la alegría de saberlo de regreso de su viaje, su madre, alertada de la visión y tras unos segundos de inquieta indecisión, tiró de ella sin miramientos, se dio la vuelta de inmediato y la arrastró en dirección contraria con una prisa inusitada, evitando el encuentro con la pareja, que ya se acercaba. Carlota no acertaba a comprender por qué no quiso cruzarse con su padre, y tuvo que conformarse con vagas y atropelladas explicaciones aduciendo que no era él, que se había equivocado, que papá estaba muy lejos y que no debía señalar a la gente porque era de mala educación. Carlota se resistía a alejarse del que, a todas luces, era su padre, dijera lo que dijera su madre, que, para su desesperación, ni siquiera se detenía a mirarle, a pesar de la insistencia. Lo cierto fue que su padre se percató de su presencia, ya en retirada, e hizo algo de lo que no se dio cuenta entonces y que sólo llegó a comprender con el paso del tiempo: con el fin de facilitar su fuga y desaparición, se detuvo y se volvió, inclinado hacia la niña como para hacerle alguna carantoña. El empeño de Carlota se difuminó cuando perdió de vista a la pareja; sin embargo, aquel incidente dejó un recuerdo aplazado en su conciencia que con el tiempo volvería a ponerla alerta para analizar detalles de los que no había sido consciente hasta entonces.

En aquel tiempo, Carlota tenía el pleno convencimiento de que todos los padres se ausentaban de su casa reclamados por imperiosas obligaciones. Pensaba que todas las familias eran iguales, que los papás no solían dormir en casa y que las mamás siempre estaban solas al cuidado de los hijos. Su vida transcurría en aquella normalidad conformada, admitiendo la alternancia de la escasa presencia paterna con los momentos, esporádicos pero suficientes para ella, en los que le regalaba su compañía. En su limitado fuero infantil, todo en apariencia era perfecto. Formaban una familia feliz como cualquier otra. Cuando el trabajo se lo permitía, su padre comía con ellas. Pocas veces iba por la tarde, siempre antes de la cena. Si llegaba a sentarse a la mesa, apenas probaba bocado, ni siquiera se le ponía el cubierto. Tenía que marcharse porque debía ir a dormir con la abuela Carmen, su madre, que estaba muy enferma y muy mayor, y necesitaba de sus cuidados y su cariño; y antes de irse le daba un beso y la llamaba Lucero, su Lucero, y Carlota se conformaba y pensaba entonces que su padre era el más bueno del mundo, porque no sólo cuidaba de ellas, sino también de su pobre madre anciana. En cuanto se quedaban solas, su madre la enviaba a la cama con el fin de poder abandonarse a la severa soledad en la que quedaba, una soledad inadvertida para Carlota, amortiguada en sus sueños, a pesar de que fueron muchas las noches en las que se había quedado dormida al arrullo de los maternos llantos ahogados. Lo cierto es que, durante aquellos años, Carlota había visto llorar mucho a su madre. Nunca le preguntó el porqué de sus lágrimas, y si alguna vez lo hizo le fue negado de inmediato, secándoselas con rapidez, como si con ese gesto pretendiera hacer desaparecer la evidencia ante los ingenuos ojos de una niña, algo que en su candor infantil no quería o no podía ver.

Tuvieron que pasar varios años para que Carlota llegase a comprender que no se había equivocado, que aquel hombre que había visto era realmente su padre y que la mujer que le acompañaba era su esposa, y por tanto entendió que su madre no podía serlo, y que la niña que paseaban en el ostentoso carrito era hija de aquel matrimonio, Julia Balmaseda, una hija legítima, no como ella, convertida en ilegítima, un ser espurio merecedor del rechazo o, peor aún, de lástima o compasión. Y también entendió por qué su apellido, Molina, era el mismo de su madre y no el paterno, Balmaseda, hasta que su madre se decidió a inscribir un apellido común con la intención de disimular el oprobio derivado de su soltería sobre la pobre niña, y desde entonces pasó a llamarse López Molina, aunque ella nunca lo utilizó después, ya de mayor y consciente de su condición de bastarda, si no era para algo oficial.

La verdad de su existencia se le hizo evidente en el verano en el que cumplió doce años. Hacía unos meses que había tenido su primera regla y, ya que todos los que conocían aquella circunstancia la empezaron a tratar como si de repente se hubiera convertido en una mujer (lo que suponía una serie de peligros que acechaban su nueva condición, algo confusos aún para ella), Carlota consideró que había llegado el momento de ejercer como tal para hablar con su madre de mujer a mujer, convencida de que debía de tener algún problema; entre mujeres, pensó, ella podría ayudarla.

Aquella mañana, antes de bajar a la playa a tumbarse al sol, habían pasado por la centralita para telefonear a su padre a Madrid. Primero habló Carlota, y ya le adelantó que no podría ir a verlas porque tenía mucho trabajo (era su excusa habitual, no se esforzaba demasiado en pensar otra más convincente). Luego le había pasado el auricular a su madre y la esperó fuera, sentada en el escalón de la entrada. Cuando salió notó que, como siempre pasaba después de hablar con él, contenía el llanto, pero no le dijo nada.

En un angustioso y acostumbrado silencio se habían dirigido a la playa. Bajo la sombrilla, Carlota observó a su madre, que miraba al horizonte con su sempiterno ademán de melancolía. Había esperado a estar acomodadas en las tumbonas para preguntarle a bocajarro:

—Mamá, ¿qué pasa con papá?

Manuela Molina se volvió hacia ella como si estuviera sopesando lo que le había preguntado. A pesar de sus gafas oscuras, Carlota había sentido el peso de su mirada. Apretó los labios y volvió a su postura relajada de exposición al sol.

—No pasa nada. ¿Qué va a pasar? Papá no va a venir porque tiene mucho trabajo.

—¿Os vais a separar?

—¿Se puede saber de dónde te has sacado semejante idea? —le había espetado con vehemencia y claramente contrariada.

—Los padres de una niña de mi clase se han separado. Dice que su padre ya no quiere a su madre.

—Tu padre y yo nos queremos mucho... —La voz de la madre sonó cansina—. Tú no lo entiendes, hija, eres muy joven todavía. La vida de los mayores a veces es muy complicada.

—¿Y por qué no vive con nosotras?

—Vive con nosotras, Carlota, lo que pasa es que no duerme en casa, ya sabes la razón. Papá está muy comprometido con la abuela Carmen, y cree que debe estar con ella ahora que le necesita.

—Los maridos viven con su mujer y con sus hijos, mamá, no con su madre.

Hacía pocos días que una compañera de colegio le había espetado, con muy mala idea, esas mismas palabras después de que Carlota, todavía con una enorme ingenuidad, defendiera con ímpetu las razones por las que su padre no dormía nunca en su casa. Sin embargo, poco a poco, el mundo la iba haciendo caer en realidades demasiado patentes como para asimilarlas sin dificultad y sin ausencia de un desconcierto inquietante.

—Mira, hija, las cosas no son blancas o negras. Papá vive con nosotras, lo que pasa es que, además de la abuela, tiene que viajar mucho. A ver de qué te crees que íbamos a vivir si no fuera por todo lo que trabaja.

—¿Y por qué no hay ropa suya en casa?

Carlota había ido hilando cosas, evidencias que se le presentaban como si lentamente le fueran arrancando la venda de la inocencia que la cegaba, comentarios hechos a su paso, maledicencias que llegaban a sus oídos susurrando en su conciencia adolescente de mujer recién estrenada, una certeza que no acababa de comprender.

El mar de fondo mitigaba las voces de los bañistas que había a su alrededor. Carlota miraba a su madre con fijeza, a la espera de una respuesta, mientras Manuela mantenía los ojos en la lejanía, clavados en el horizonte, el gesto contraído, tenso, cavilando sobre lo que debía decir. Dio un largo suspiro y contestó con voz tranquila, casi gutural.

—Carlota, a veces hacer preguntas supone asumir el riesgo de oír las respuestas.

Intentando que su madre reconociera en ella una madurez que le costaba aceptar, la miró con firmeza y decisión antes de contestar.

—Asumo ese riesgo.

Y lo asumió. Y fue entonces cuando se enteró de la enorme falacia en la que vivían, ella y su madre, una existencia paralela como actores secundarios de un esperpento, de una pantomima sostenida en el tiempo. Aquel día Carlota comprendió que toda su vida había sido un engaño y que su madre estaba tan enamorada de su padre que había sido incapaz de pensar con claridad sobre su futuro y sobre el de su hija, condicionando ambos a un destino incierto y cercenado.

3

Clemente Balmaseda estaba a punto de cumplir los noventa años. Siempre había sido un hombre muy vital. A partir de la pequeña empresa fundada por su padre, consiguió crear un poderoso grupo empresarial con ramificaciones internacionales. Poseía un instinto especial para saber antes que nadie dónde estaba el negocio, llegar el primero y hacerse con el mando, y convertirlo en oro. Su carácter afable, embaucador, simpático, hábil e intuitivo le había abierto puertas y voluntades, y esa misma capacidad de seducción que exhibía en el mundo de los negocios y las contrataciones le había servido para atraer a sus brazos a las mujeres sobre las que ponía sus ojos, aventuras apenas sin consistencia, que, a diferencia de los negocios, se diluían al cabo de un par de semanas, incapaz de cualquier compromiso con ninguna de ellas. En esa red de seducción quedó enredada Manuela Molina el día en que su madre le presentó a aquel apuesto joven, diez años mayor que ella y del que quedó prendada en el instante en que, tan caballeroso él, le tomó delicadamente la mano y se la llevó a los labios con una sonrisa cautivadora; y aquella adolescente de tan sólo quince años creyó derretirse fundida en un fuego interno que ardía en sus mejillas arrobadas. A partir de ese momento, su amor por aquel galán fue incondicional y su objetivo vital no fue otro que conseguir enamorarlo.

Manuela era la hija única de un matrimonio de buena familia, como se decía entonces. Su padre, Florencio Molina, fue un eminente psiquiatra que mantuvo consulta abierta durante más de cuarenta años en la calle Ortega y Gasset, por cuyo diván pasaron gentes de toda clase y condición, que le contaron, igual que si lo hicieran a su confesor (amparados en cualquier caso por el secreto profesional), desde los miedos y pesares que los atormentaban, pasando por inclinaciones ignominiosas y vergonzantes para mentes tan ilustres o señoriales. Había estado casado con otra mujer, pero quedó viudo y sin hijos, y ya cumplido el medio siglo se casó con Zenobia Lozano, treinta y dos años menor que él. Fue un matrimonio de mutua conveniencia. Don Florencio Molina quería una mujer a su lado que le diera un heredero a quien dejar su apellido y la continuación de la consulta cuando él se retirase, mientras que la joven esposa, Zenobia, pretendía una posición cómoda en la que poder hacer lo que ella quisiera, esquivando los condicionantes sociales que, en aquella época, arrastraban las solteras, sin tener que dar demasiadas explicaciones a un marido que no se las pidiera, y con la libertad de entrar y salir, dentro de los límites que el decoro exigía. A los nueve meses de la boda, ella cumplió en parte porque, en vez de varón como era el deseo de don Florencio, nació una niña, a la que pusieron el nombre de Manuela. Zenobia Lozano no tuvo más embarazos, pero creyó posible hacer de su hija una mujer digna de heredar la consulta paterna. La realidad, no obstante, resultó ser muy distinta. La niña no respondió a las expectativas que de ella se esperaban. Nada tenía que ver con el carácter de Zenobia, su madre, una mujer que daba una imagen enérgica y decidida, con una personalidad arrolladora que asumía la maternidad como una obligación prescindible. Manuela Molina Lozano, para decepción de su padre y desesperación de su madre, siempre fue una niña débil, frágil y delicada como la porcelana; nunca le interesó estudiar ni tuvo curiosidad por aprender nada. Desde muy niña, su único anhelo fue el de formar una familia, tener un buen marido y criar una legión de hijos, quererlos, cuidarlos, atenderlos, es decir, conseguir todo aquello de lo que había carecido con un padre mayor al que apenas conocía y al que trataba de usted, y con una madre cuya prioridad era ella misma y su trabajo como encargada en la prestigiosa joyería Aldao de Gran Vía, en la que permaneció durante más de medio siglo, dedicada en cuerpo y alma a la labor de vender piezas únicas, joyas de valor incalculable que pasarían de generación en generación como extraordinario legado familiar. El instinto materno de Zenobia Lozano se limitó siempre a vigilar el adecuado vestuario de la niña, su buena educación ante la sociedad, permaneciendo ajena a su hija como si se tratase del encargo de una alhaja gestada en el taller de su cuerpo con destino a su marido. Con el tiempo, llegó incluso a resultarle insoportable la adocenada languidez mostrada por su hija, una actitud pasiva ante la vida que aumentaba a medida que la niña iba cumpliendo años.

Carlota profesó una profunda admiración por su abuela Zenobia, quien nunca le consintió que se le diera ese trato, por eso siempre se había dirigido a ella por su nombre. La consideraba una mujer adelantada a su tiempo, independiente, de gran fortaleza y carácter; encontró en ella apoyo moral y un ejemplo a seguir a sabiendas de que Zenobia era única, irrepetible, igual que las joyas que vendía o ideaba. Alta, esbelta, de piel blanca y nacarada, sus arrugas en nada afeaban un rostro que, a pesar de la edad, mantuvo hasta el final destellos de una delicada y pretérita belleza; ojos grises, de mirada transparente y brillante, su pelo blanco, cardado y corto, vestida siempre con distinción y estilo. Había muerto a los noventa y ocho años, y hasta el día antes permaneció vinculada a la joyería, convertida en mano derecha de Antonia Aldao (dueña de la joyería, además de su gran amiga), que seguía contando con ella para esbozar diseños e ideas geniales que luego adquirían forma en el taller gracias al trabajo del joyero.

El pasado se había ido definiendo en la aturdida mente adolescente de Carlota a través de la voz nítida y suave de su madre en aquella playa que ya empezaba a llenarse de los veraneantes que, a oleadas, arrojaban el calor y las vacaciones escolares recién estrenadas.

—¿Cómo conociste a papá? —le había preguntado Carlota, impaciente por saber cómo había llegado la vida que la rodeaba hasta aquel punto a orillas del Mediterráneo.

—Era un conocido de tu abuela Zenobia, ya entonces empezaba a frecuentar la joyería como cliente. La primera vez que le vi fue el día que cumplí quince años, en una fiesta que me organizó mi madre en el Ritz; tu padre me trató como a una princesa, fue tan amable conmigo, tan atento, tan encantador... Me enamoré como una loca de él desde el momento mismo en que le vi.

—¿Cuánto tiempo estuvisteis de novios?

Suspiró tranquila antes de contestar.

—Todo fue muy despacio. Al principio no me hizo ningún caso, ni siquiera se fijó en mí, y era lógico; estaba siempre rodeado de mujeres dispuestas a caer a sus pies en cuanto les dirigía una palabra. Yo, sin embargo, apenas era una cría para él. Un día me invitó a merendar, y ahí empezó todo. Nos veíamos a escondidas porque mi padre no me hubiera dejado salir con un hombre a quien precedía una amplia fama de mujeriego. Tenía que preparar el terreno antes de dar ese paso. —Calló y esbozó una sonrisa mientras le venían los recuerdos contados—. Me llevaba al cine, íbamos al Retiro, montábamos en las barcas, dábamos paseos. Para mí no había nada más importante en la vida que estar con él. Poco a poco fuimos haciendo planes de futuro. Incluso había comprado un piso precioso en la calle Alfonso XI, justo detrás de los Jerónimos. Allí pensábamos formar nuestro hogar. No fue posible, al menos para mí.

—¿Es allí donde viven?

Manuela había afirmado con un gesto.

—¿Y por qué se casó con otra? ¿Por qué no siguió contigo?

—Bueno... Seguimos juntos, aunque de manera distinta a la que nos hubiera gustado.

—Pero, mamá, ¡si se casó con otra!

Carlota notaba que su estómago ardía como el fuego, además sentía una fuerte presión en las sienes, como si al entrar en su mente las palabras se volvieran efervescentes y estallaran en su cabeza. El mundo en el que había vivido hasta aquel momento se desmoronaba como un castillo de naipes.

—El día que se casaba creí morirme —murmuró su madre—. Durante un tiempo no pude perdonarle, no podía ni verle porque me ponía enferma. Pero al final le perdoné... No concibo la vida sin él. —Calló unos segundos—. Es muy difícil de explicar, Carlota, el amor que siento por tu padre está por encima de todo, de todo —repitió con voz grave.

A lo largo de los años, Carlota le había dado muchas vueltas al sentido, turbador e inquietante, de aquella frase que dijo su madre, para quien, efectivamente, el amor se había mantenido siempre por encima de todo, incluso de su propia dignidad, de su propia vida, de su propia existencia.

Después de aquella frase, madre e hija se habían mantenido en silencio durante un rato, pero, al cabo, Carlota no pudo evitar continuar hurgando en la herida aún sin cicatrizar de su madre, sin darse cuenta de que hendía en la suya propia con un dolor intenso en la boca del estómago, una especie de ascua que parecía abrasarle por dentro.

—¿Y por qué se casó con esa mujer y no contigo? ¿Por qué la eligió a ella?

Manuela encogió los hombros, encajó la mandíbula y alzó las cejas.

—No pudo ser —repitió como una cantinela aprendida desde hacía años, memorizada a fuego en la mente y en el corazón—. No hay que darle más vueltas.

Carlota se dio cuenta de que su madre había vuelto a retomar su habitual estado de conformidad en el que parecía vivir desde entonces. Por eso su pregunta fue a bocajarro.

—¿La quería a ella más que a ti?

—No, hija, puedes estar segura de que tu padre no ha querido nunca a esa mujer. Él tenía sus razones.

—¿Y cuáles eran esas razones?

—No me interesa —murmuró indolente y claramente molesta.

Se sorprendió al ver a su madre encoger los hombros, con una mezcla entre la displicencia y la arrogancia, dando a entender que no le importaba lo más mínimo cuáles eran esas razones.

—¿No lo sabes? —inquirió Carlota con estupor sin dar crédito a lo que estaba oyendo; le parecía incomprensible que su madre no hubiera querido conocer nunca el motivo de aquella traición—. ¿Por qué no quieres saberlo?

Manuela se mantuvo un rato callada. Sus sentidos martillearon su conciencia con el mensaje repetido y bien aprendido, convencida de que la realidad puede alterarse si se pone en ello suficiente empeño, segura de que la verdad es aquella que uno quiere, aun cuando no coincida con la de otros. Al cabo, en consonancia con su bien medida actitud de apatía, alzó los hombros de nuevo y habló con voz blanda.

—No me interesa... Las cosas vienen como vienen y hay que aceptarlas, puede que no tenga la vida que yo había soñado para mí, pero no me quejo; en cierto modo él está conmigo. Que no estamos casados, bueno..., qué le vamos a hacer, otras están peor.

Aquella actitud siempre había exasperado a Carlota, esa aparente resignación convertida en desesperante apatía, mantenida a lo largo de toda su vida y que su hija nunca había alcanzado a comprender.

—¿Y los abuelos? ¿No dijeron nada? ¿Tampoco ellos quisieron saber? ¿Permitieron que te dejase plantada así, sin más?

—Mi padre murió un poco antes de aquella boda.

—¿Y Zenobia?

Manuela dio un profundo y pesado suspiro, como si soltase lastre para poder contestar sin mostrar demasiado la carga de ira y resentimiento que le estallaba en su interior cada vez que tenía que hablar de su madre.

—Tu abuela no dijo nada, ella nunca dice nada. Ya sabes lo desprendida que ha sido siempre hacia mí.

En ese momento, se instaló entre ellas un silencio cortante, un mutismo espeso y lacerante que llegó a erizarle la piel a Carlota. Sintió un escalofrío a pesar de que el caluroso sol ya se imponía con fuerza, dejando a merced de sus rayos los cuerpos desnudos y obligando a muchos a zambullirse entre las olas que, de manera incesante, rompían en la orilla una y otra vez, avanzando y retrocediendo constantemente.

—¿Cuántos hermanos tengo? —había preguntado al cabo.

—Tres —le había contestado secamente—. Dos chicos más mayores, Carlos y Enrique, y Julia, que es la pequeña y tiene cuatro años menos que tú. Es la niña que viste el día de tu cumpleaños. ¿Te acuerdas? —Carlota la había mirado sin decir nada; claro que se acordaba, cómo olvidar aquella imagen.

—Por eso nunca está con nosotras —murmuró Carlota apenas en un susurro, hablando para sí—. Por eso siempre tiene prisa cuando está a nuestro lado... No son negocios, se trata de otra familia...

—No digas eso, hija, tu padre está con nosotras siempre que puede. Es un hombre muy ocupado. Papá trabaja mucho para que ni a ti ni a mí nos falte de nada.

Carlota había mirado a su madre con descaro, sin entender muy bien a qué se refería con que no les faltase de nada. Se había estremecido y sintió un enorme vacío a su alrededor, como si se hubiera derrumbado toda la estructura vital construida hasta entonces en su entorno.

—Entonces, lo de dormir en casa de la abuela Carmen es otra mentira.

—Bueno, hija, algo había que decirte, todos pensamos que era lo mejor.

—¿Por qué nunca vemos a la abuela Carmen y al abuelo Clemente?

Los abuelos paternos habían sido un misterio para la pequeña Carlota. De la abuela Carmen tenía un vago recuerdo de cuando le llevaba algún regalo el día de Reyes por la tarde, o en alguno de sus cumpleaños, no en todos. Se trataba de encuentros de pura cortesía, incómodos para la niña y también para la abuela, forzados y sin calidez alguna. No le había quedado ninguna memoria de la casa de sus abuelos paternos. Lo que Carlota Molina tuvo siempre muy claro era que nada tenía que ver una abuela con la otra. Doña Carmen Ortiz vestía siempre de oscuro, el pelo muy tirante recogido en un moño en la nuca, algo gruesa, caminaba con lentitud y olía a naftalina.

—La abuela Carmen es una buena persona. Yo comprendo que la pobre mujer poco puede hacer. En el fondo ella te quiere. —Chascó la lengua, contrariada—. Otra cosa es el abuelo Clemente. No tolera que tu padre y yo sigamos juntos. Dice que no es decente.

—¿Qué tiene de indecente que mi padre esté conmigo?

Manuela miró a su hija con un gesto atribulado.

—Carlota, hija, es un hombre muy mayor, tiene sus ideas. Él no admite tu existencia.

Le había costado comprender el verdadero significado de aquellas palabras, pero al oírlas sintió un intenso dolor, igual que cuando uno recibe una bofetada de forma inesperada, sin previo aviso, sin que en apariencia exista motivo alguno. A punto del llanto, sus palabras se escaparon de sus labios temblones.

—¿Qué quieres decir con que no admite mi existencia?

Su madre se había mirado las manos como si examinase el estado de sus uñas, un gesto muy habitual en ella cuando la situación la superaba.

—Pues que no te reconoce como su nieta, eso quiero decir. Nunca ha querido conocerte.

Y era cierto. Hasta aquel momento, en aquella conversación trascendental sobre la cálida arena de la playa, Carlota tan sólo sabía que existía, pero nunca le había visto. Su único encuentro con él sucedió tiempo después de aquella conversación. Fue un encuentro muy raro, en un coche en la plaza del Marqués de Salamanca. Carlota no quería ir, pero su padre le rogó que lo hiciera, y lo hizo. Con el tiempo lo entendió como un chantaje emocional a una adolescente aturdida para colmar la voluntad de un anciano a punto de morir que nunca había querido saber nada de su nieta ilegítima. El encuentro fue corto y muy raro. Abuelo y nieta solos en el interior del coche mientras los padres de Carlota permanecían fuera, esperando. Le había hablado con voz muy ronca y débil para decirle que estaba muy alta y que era muy guapa; Carlota no le dijo nada, no podía hablar, no le salían las palabras, lo miraba como el extraño que era; no sabía muy bien qué sentía, si rencor, odio, resentimiento o si era simple indiferencia, tal y como la había tratado él a ella desde su nacimiento, pero lo cierto es que lo único que encontró en los ojos de aquel anciano fue a un desconocido con aspecto severo. El silencio retumbaba en el habitáculo cerrado, como si todos los fantasmas del pasado gritasen con rabia la dejadez y el abandono. El vetusto don Clemente Balmaseda hizo un amago de tomar la mano de su nieta recién descubierta, pero ella la retiró enseguida, la juntó con la otra y las guardó en su regazo. El contacto con su piel, fría y húmeda, le había provocado una sensación de grima que no le importó mostrar con un gesto huraño. Se miraron unos segundos calibrando sus fuerzas. Luego, el abuelo Clemente esbozó una sonrisa hosca y le dijo que podía irse. Nunca más lo volvería a ver; murió a las pocas semanas.

—Para él solamente existen sus nietos legítimos —había recalcado Manuela, con una voz cargada de rencor—, los hijos que tu padre ha tenido con Amalia.

Entonces, Carlota, aquella niña recién estrenada en la pubescencia, aturdida por la invasión de hormonas que, imparables, borboteaban con brío en su interior; aquella mujer en ciernes que pretendió ejercer su nueva condición con su madre en una mañana de verano, tumbadas las dos bajo la sombrilla de brezo que las protegía del sol, cayó en la cuenta de muchas de las cosas que había oído o le habían pasado a lo largo de su corta vida. Y se le reveló sin trabas el significado de la palabra *bastarda*, así la llamaban algunas niñas en el colegio con esa despreocupada saña infantil; y entendió el porqué de la actitud displicente o desairada hacia ella de algunas personas mayores, o la pena que en otros provocaba su sola presencia, y la razón por la que muchas madres de sus compañeras, o los tenderos, o la mayoría del vecindario le hacían el vacío a su madre o murmuraban a su paso mirándola con desdén; y descubrió por qué nunca nadie la invitaba a su fiesta de cumpleaños, por la misma razón por la que su madre siempre se había negado a celebrar su cumpleaños con otras niñas, porque sabía que ninguna asistiría; y asimismo comprendió por qué los niños se metían con ella diciéndole que no tenía padre, a lo que Carlota respondía, convencida, que claro que lo tenía, y muy guapo y alto y fuerte, como lo son todos los padres cuando uno es todavía un niño. Cada uno de estos agravios, cada insulto, cada maledicencia instalada en su memoria, le fue devuelta a la conciencia mostrándose como la cruda realidad que había permanecido entumecida en su ingenuidad infantil.

—¿Por qué me tuvisteis, mamá? —Carlota la había mirado buscando en su gesto una explicación a lo que de repente le pareció una existencia errada—. ¿Fui un fallo?

Manuela contestó con una firmeza que estremeció a su hija.

—Me quedé embarazada, y sabía muy bien lo que hacía y a lo que me enfrentaba.

Estas últimas palabras de Manuela, como una evidencia clara y segura, fueron motivo de reflexión para su hija Carlota a lo largo de los años; le hubiera sido más fácil saberse producto de un fallo, que su madre se hubiera quedado embarazada por un descuido, porque de ese modo no habría tenido que cargar sobre hombros ajenos, los de su propia hija, lo que a todas luces resultaba injusto y fuera de toda lógica. Había sido engendrada a conciencia de que la traían al mundo condenada al rechazo, a la vergüenza de ser una hija ilegítima, arrojada al escarnio de la hipocresía social, que consideró su existencia consecuencia de un acto impúdico, fuera de toda moral. La vida de Carlota quedó marcada desde su nacimiento, arrastrando una losa que no le pertenecía pero de la que no podía desprenderse. Durante años se preguntó si todo aquello respondía a una historia de amor romántico, o más bien egoísta y ególatra por parte de su padre, de quien todos decían que era un encantador de serpientes, un seductor que despertaba admiración allá por donde fuera, un donjuán que atrapaba tan sólo con la mirada, una mirada que había cegado a su madre por un obstinado amor mantenido en el tiempo y en constante espera, incapacitada para ver nada que no fuera su propio reflejo en los ojos del hombre que la hechizó para siempre.

Ni entonces ni nunca había conseguido Carlota saber qué imperiosa razón obligó a su padre a casarse con Amalia Escolar. Su madre sostuvo siempre que lo desconocía, que la única razón de estar como estaba era el amor que le profesaba. Y durante más de sesenta años, a los ojos de su madre, en lugar de la esposa, resultó ser la otra, la querida, siempre callada, ocultada y vilipendiada por una sociedad que nunca entendió, ni hubiera querido hacerlo, de causas heroicas y mucho menos de los sacrificios hechos por amor, y que únicamente veía a una mujer soltera con una hija y que, con toda desfachatez y una desvergonzada arrogancia (de acuerdo con las voces maledicentes), se paseaba por el mundo del brazo de un hombre casado y con una familia provista de todas las bendiciones.

4

Julia Balmaseda colgó el teléfono y respiró hondo. No estaba segura de haber hecho lo correcto, pero tampoco sabía muy bien si lo correcto o incorrecto lo era para ella, para su padre, para su medio hermana o para quién. Se mantuvo un rato más sentada en la sala de espera vacía, a media luz, mitigando esa extraña sensación de angustia que le oprimía el pecho, abandonada a la hueca placidez de un silencio espeso de suspiros de enfermedad sostenidos en el aire de los pasillos impolutos y espaciosos, con la perdurable amenaza de la muerte detrás de cada puerta numerada, entornados los ojos, pensando en cuánto le había costado hacer aquella llamada, en el efecto que habría provocado en su hermana recibirla y en las consecuencias que podría traer haberla hecho.

Inconsciente del tiempo transcurrido, Julia se sintió entumecida, levantó los ojos y miró a su alrededor como si hubiera caído en un involuntario estado de hibernación emocional, reduciendo todas sus funciones vitales hasta el mínimo de la supervivencia; se levantó sobresaltada y respiró con ansia para llenar los pulmones del oxígeno que le faltaba.

Todavía se mantuvo un rato más de pie, quieta, apretando el móvil en su mano, como si pretendiera enmudecerlo, hacer callar la voz que ya había transitado por sus ondas. Sintió que la envolvía una inmensa soledad, un silencio pesado que hacía complicado respirar el denso aire de la madrugada. Las noches en los hospitales transcurren lentas, impávidas al avance del reloj, como si no tuvieran prisa por precipitarse a un nuevo día. Guardó el móvil en el bolsillo y avanzó sigilosa por el pasillo solitario hasta llegar a la puerta 214, que permanecía entornada, tal y como la había dejado ella cuando salió, decidida a hacer aquella perversa y a la vez perentoria llamada. «Espero no haberme equivocado», se repetía en el embotamiento de su mente agotada.

Entró con más cautela en la habitación sumida en una penumbra tenue; cerró la puerta tras de sí con cuidado de no alterar el artificial sosiego del enfermo, que permanecía en la misma posición en que le había dejado un rato antes, cuando decidió hacer lo que en aquel momento había considerado honrado, dudando ahora de todo, como le ocurría siempre que decidía hacer algo por ella misma, sin contar con nadie o en contra del criterio de todos, una decisión suya de imprevisibles efectos. Se acercó despacio hasta quedar junto a la cama articulada de hospital, con el cabecero un poco alzado para evitar la disnea que padecía el anciano; observó la decrepitud de aquel ser humano, siempre fuerte y vigoroso, de apariencia tan abatida ahora, irremediablemente doblegado por el peso de los años y ya rendido al presagiado final. Escuchaba atenta la cadencia ingrata del ronroneo de su respiración forzada a través de la mascarilla que le abarcaba la nariz y la boca, exhalando el aire una y otra vez, aferrado a la vida. Los párpados cerrados sobre sus ojos acuosos, la frente despejada y lisa moteada de manchas parduscas, el pelo blanco y abundante todavía, los carrillos arrugados por la cinta de sujeción de la máscara transparente, que dejaba entrever sus labios abiertos ligeramente, inertes y desvaídos. Los brazos dispuestos a lo largo del cuerpo encima de la sábana blanca, las manos huesudas, las uñas limpias aunque ya quebradas, la piel macilenta surcada por las venas como cánulas serpenteantes. De forma indeliberada, Julia posó su mano sobre la que tenía a su lado, tan cerca que apenas tuvo que mover un poco el brazo. Clemente abrió los ojos un momento, la miró y volvió a cerrarlos.

Tragó saliva y movió ligeramente la cabeza dándole a entender que la había visto y que estaba acumulando toda la energía de que disponía para poder hablar.

—Julia, no podré morirme si antes no hablo con ella...

Aquella llamada a su medio hermana era la última oportunidad del moribundo de obtener la benevolencia al suspiro final presentido.

5

Clemente había caído en una especie de letargo emocional que le había convertido en un ser impasible y casi mudo. Desde los primeros vientos del otoño, se pasaba el día entero postrado en el sillón de su estudio, junto a la ventana, sin decir nada, sumido en su pasado, con una imperiosa necesidad de saldar cuentas pendientes, consciente de que era demasiado tarde para todo, convencido asimismo de que no debía llevarse a la tumba lo que sabía y del efecto devastador de la confidencia; aunque mucho más terrible se le hacía seguir guardando silencio, negar el derecho, el propio y el ajeno, de contar, de explicarse, incluso de intentar convencer, porque únicamente entonces cabría la posibilidad de comprender o de perdonar hasta aquello que puede resultar más perverso por el daño causado a tantos y sostenido por tanto tiempo.

Nadie había sido capaz de sacarle de aquel cerril abatimiento; nadie lo entendía, acostumbrados como estaban a su energía incombustible, su locuacidad y su vitalidad a pesar de la edad. Lo habitual era que pasara más tiempo fuera de casa que dentro. Había sido un hombre madrugador, daba lo mismo que hubiera trasnochado o que fuera un día de fiesta; se levantaba, se acicalaba como un dandi y, sin desayunar siquiera, salía al mundo para que el mundo empezase a moverse bajo el impulso de sus pies, así pensaba él. Por ello, los había pillado a todos por sorpresa aquel repentino enclaustramiento, aquel súbito entumecimiento vital.

Su carácter, ahora irascible, arisco y malhumorado, hacía huir a cualquiera que se le acercase, familia, servicio o amigos inoportunos, que, alertados por la falta de noticias en los foros habituales del omnipresente Balmaseda, llegaban hasta su casa a conocer su estado. A la única persona a quien permitía mantenerse a su lado sin reparos y sin echarla con cajas destempladas era a su hija Julia; esa especial condescendencia mostrada hacia ella había sido una de las razones por las que se había estado quedando con él todos los viernes con el fin de que su madre pudiera asistir a su cita ineludible (salvo causas mayores) desde hacía más de medio siglo en el Embassy, donde se reunían un grupo de amigas cada vez más reducido, puesto que de las ocho que habían empezado la tradición ya solamente quedaba la mitad, las cuatro supervivientes de los estragos de la edad, la enfermedad, los achaques o la definitiva de la muerte. A doña Amalia le daba cargo de conciencia salir de casa mientras su marido se quedaba al aparente cuidado (porque nada necesitaba en realidad, tan sólo reclamaba que le dejaran tranquilo y que no le hablasen) de la vieja Felisa, que apenas se enteraba de nada, más sorda que una tapia, atrincherada en la cocina con su radio y las revistas del corazón ya desechadas por la señora, por lo que le había pedido a su hija Julia que la sustituyera en la vigilancia de su padre (como si quedase al cuidado de un niño pequeño, tal era la falta de costumbre de tenerlo en casa). Doña Amalia dio por sentado que aceptaría, convencida de que Julia no tenía otra cosa mejor que hacer. Y lo que iba a ser tan sólo un viernes se había convertido en todos los viernes, y en cada uno de ellos con el mismo preludio materno, a ver si tu padre se mejora, hija, porque es que antes no entraba en casa y ahora, ahí le tienes, sin salir en todo el santo día, yo no sé qué le pasará, dice el médico que su corazón está muy débil, que a su edad es normal, y debe de ser eso, pero es que ha sido todo así, tan de repente, con lo que ha sido este hombre, Dios mío, que no había quien le encontrara en casa y ahora no hay quien le entienda, que quiere estar solo, que no le molestemos, pues menuda molestia, no sé qué quiere, que me vaya de la casa, ya no sé cómo actuar con él, si voy porque voy y si no porque no. Todo eso le repetía una y otra vez Amalia a su hija cuando la llamaba para confirmar que tenía que quedarse otro viernes más. Y cada viernes, a las cuatro y media de la tarde, Julia se dirigía al portal de la calle Alfonso XI y subía la escalera despacio hasta llegar a la puerta de la casa de sus padres. Su madre la recibía ya emperejilada, peinada de peluquería, el pelo blanco bien cardado, los labios levemente pintados y un poco de maquillaje y colorete, dejando a su paso un pastoso aroma a un perfume que se mantenía en el aire durante un rato. Madre e hija se daban un beso rápido, acostumbrado; luego Amalia se ponía el abrigo, comprobaba que llevaba todo en el bolso negro de Hermès (a lo Grace Kelly, su icono de elegancia) y se iba con prisa porque llegaba tarde, ávida por respirar el aire frío de la calle, de llenar los pulmones, que se le atascaban en aquella casa enorme llena ahora de la enfermiza presencia de su esposo. No te preocupes, mamá, la tranquilizaba Julia con el abrigo todavía puesto, no tengas prisa, yo me ocupo. Si hay algo me llamas, le advertía su madre, estaré pendiente del móvil. Y se iba, y por fin Julia se quedaba sola. Y entonces entraba en el estudio y se sentaba junto a su padre, respetando su silencio, mirando los dos al mismo vacío, quietos, sin mediar palabra. Y allí permanecían conscientes del avance de las sombras del temprano atardecer otoñal, que los envolvía lentamente en una grata penumbra y parecía amortiguar los sonidos más allá de los cristales, inmóviles los dos, mecidos en una placentera indolencia, hasta que todo se rompía, primero con el lejano ruido de un portazo seguido del taconeo, nada airoso, de doña Amalia avanzando por el pasillo, y entonces la puerta se abría y la luz estallaba en el aire, y su voz tonante destruía aquella mansa quietud que había acogido a padre e hija, extrañamente compenetrados como nunca antes lo habían estado.

Había pasado casi un mes cuando, en uno de esos momentos de compañía callada, Clemente rompió su mutismo. Su voz débil, blanda y serena, cogió por sorpresa a su hija.

—Julia, quiero que hagas algo por mí...

Ella se volvió hacia él expectante, y, antes de que pudiera decir nada, habló su padre.

—Quiero que localices a mi hija Carlota. Necesito hablar con ella... Por favor.

Estaba segura de que su padre nunca le había pedido nada por favor. Estremecida por la sorpresa, le costó responder. Sintió la boca seca y tragó saliva.

—Yo no sé dónde encontrarla, papá, ni siquiera la conozco.

—Encuéntrala. Tú eres la única que puedes hacerlo. Tienes que encontrar a mi hija.

Esas dos últimas palabras reventaban en su mente; a pesar de que sabía que Carlota López Molina y ella compartían el mismo padre, no podía evitar una dolorosa sensación de agravio cada vez que pensaba en ella.

—No estoy segura de que sea una buena idea...

—Julia, tengo que verla, es importante, y tú eres la única que puede ayudarme.

—¿Y si ella no quiere verte?

Él se había mantenido impertérrito mirando al frente, su vetusto perfil parecía imponer el respeto de un sabio griego. La nuez se deslizó de abajo arriba tras la fina piel del cuello. Sin moverse, habló con voz grave.

—Tengo que intentarlo —contestó con amargura—. No podré morir en paz si antes no hablo con ella.

—No te vas a morir.

—Búscala y pídele que venga a verme. No le haré perder mucho tiempo. Hazlo, Julia...

Sus palabras se diluían en un tono de súplica que nunca antes había mostrado.

Desde el principio, Julia había dudado de la conveniencia de aquella petición. Las figuras de su hermana Carlota y de su madre, Manuela, habían provocado demasiados terremotos personales como para tenerlas en cuenta después de tanto tiempo de aparente serenidad. Había conseguido acostumbrarse a que cualquier recuerdo referido a ellas le resbalase en su conciencia, como si hubiera borrado su nombre y hubiera dejado un vacío una vez mencionado.

El día que se lo tuvieron que llevar en una ambulancia para dejarlo ingresado, Julia sintió que se le hacía un nudo en el estómago, y un amargor ingrato le secó la boca. Cuando le sacaban postrado en la camilla después de una crisis cardíaca que a punto había estado de derribarlo definitivamente, miró a Julia con sus ojos acuosos suplicándole de nuevo que lo hiciera. La primera noche de hospital, doña Amalia, en su tan habitual como impostado ejercicio de esposa ejemplar y abnegada, se empeñó en quedarse con él; pero la segunda noche le pudo la incomodidad de la cama mueble, que, para su débil espalda, era un potro de tortura, así que le pidió a Julia que se quedase ella en su lugar. Por supuesto, sus hermanos acudían en una visita escueta de unos minutos, apenas entraban ya estaban a punto de marcharse, siempre con prisa, como si estar allí acompañando a su padre moribundo les provocara algún tipo de urticaria insoportable.

Era el tercer día de hospital y Julia había vuelto a quedarse otra noche acompañando a su padre en sustitución de su madre.

—¿De verdad que no te importa, hija? —le había repetido su madre cuando ya se despedían con dos besos cruzados, apenas rozados—. Si no fuera por la espalda, me quedaba yo, pero es que la primera noche me dejó baldada esa maldita cama plegable. Es un suplicio para los acompañantes, yo no sé por qué no ponen algo más cómodo.

—Ve tranquila, mamá, ya sabes que yo duermo poco, no me importa una noche más de insomnio.

—Es verdad, en eso no has salido a mí, hija, porque yo duermo como una bendita, y si no, es que no soy persona. Anda, que tu hermano ya se está poniendo nervioso. Mañana a primera hora estoy aquí para que puedas marcharte a casa. Que paséis buena noche, y ya sabes —echó un vistazo rápido a su marido tendido en la cama—, cualquier cosa, llamas.

Julia había respirado tranquila cuando por fin se quedaron solos. Una enfermera había irrumpido en la habitación con una batea en la mano; le voy a suministrar un calmante suave, le dijo a Julia en tono bajo, le ayudará a dormir un rato y usted podrá descansar. Las horas aquí parecen más largas, había susurrado Julia mirando cómo conectaba un frasquito de suero a la vía que, desde hacía días, tenía canalizada en el brazo; y más por las noches, murmuró, parece como si el tiempo se ralentizase. Es cierto, había contestado la enfermera, por eso intente descansar ahora, así no se le hará tan pesado.

La enfermera apagó la luz antes de abandonar la habitación y volvió a repetirle que aprovechase para echar al menos una cabezada. La penumbra mortecina la había paralizado durante unos segundos, horadando sus ojos en ella hasta que se acostumbraron. Se había acercado al ventanal como si buscara el tenue resplandor de las farolas del jardín. Estuvo un buen rato mirando a través de los cristales desprovistos de persianas, sin pensar en nada concreto, abducida por la soledad que se percibía en los alrededores, rodeada de jardines y arboleda, una soledad que parecía aislarla del mundo, quedando ajena de todo y de todos.

Siguiendo el consejo de la enfermera, intentó dormir un rato, pero la silla era demasiado dura y su sueño demasiado frágil como para conseguirlo. Incómoda, sin poder dormir y sin saber qué hacer en aquella espesa placidez nocturna, optó por coger las revistas que su madre había ido acumulando en los tres días de hospital. Había encendido una pequeña lámpara situada en la mesa auxiliar y las estuvo hojeando hasta que se cansó de ver las fotos de famosos posando en sus casas, de analizar sus ropas, sus posturas, sus peinados, sus amores, sus bodas, sus rupturas y sus desamores. Al cabo, aburrida, las dejó sobre la mesa, apagó la luz y volvió a cerrar los ojos buscando con denuedo el sueño que la desconectase de aquel pesado transcurrir de las horas. Un ruido procedente del pasillo la había sobresaltado, arrancada de repente del letargo al que, sin apenas darse cuenta, ya empezaba a deslizarse. Desconcertada, había echado un vistazo al móvil para saber la hora; las cuatro y cuarenta y cinco; no había sido consciente del tiempo transcurrido a pesar del aparente insomnio, pensó que debía de haberse quedado traspuesta un rato. Fue el momento en el que su padre se removió inquieto. Se acercó junto a la cama y, durante unos segundos, observó el rostro de su padre iluminado sólo por el tenue resplandor que inundaba las sombras de la estancia; lo notó inquieto, como si quisiera gritar y algo se lo estuviera impidiendo. Con la mano había intentado quitarse la mascarilla; Julia había procurado impedírselo, pero él insistió y liberó la boca de aquel bozal de plástico desplazado hasta su mejilla. Fue entonces cuando el nombre de Carlota le salió de los labios como un silbido liberado de su encierro, repetido varias veces, un grito ahogado en la búsqueda desesperada del desierto de su memoria, Carlota, Lucero, mi Lucero, Carlota...

Julia, entristecida y decepcionada, le había dado la espalda y volvió a acercarse hasta la ventana, huyendo de su padre, de su voz, de aquel nombre que nombraba y que tanto dolor le provocaba.

La voz de su padre enmudeció, y los envolvió un silencio espeso, hueco, hasta que la oyó de nuevo más ronca, más profunda, más potente, pero esta vez no era una llamada a su añorada hija Carlota; sus palabras, al igual que su mirada, iban dirigidas a ella.

—Julia, dime la verdad, ¿ha sido ella la que no ha querido venir a verme o es que no la has buscado? Dímelo, por favor.

Julia había sentido un escalofrío y se encogió un poco con los brazos cruzados sobre el regazo. No había hecho demasiado por localizar a su desconocida hermana. Su padre le había dicho que buscase su vieja agenda, una libreta de papel gastado guardada y olvidada desde hacía años, de hojas de bordes dentados con cada una de las letras del abecedario llenas de nombres, apellidos y números de escritura apretada, indescifrables algunos, desleída la tinta por el paso del tiempo; aquéllos habían sido los primeros contactos en la vida de su padre, los primeros teléfonos (algunos todavía de cinco, seis o siete cifras), amigos y conocidos la mayoría ya muertos, desaparecidos de su vida, desgajados de su existencia que en algún momento fueron lo suficientemente importantes como para formar parte de sus contactos posibles. Ninguno de ellos contenía el nombre de Carlota, ni tampoco López o Molina. Su padre le indicó que lo intentara con un número anotado en la última página, uno de siete cifras sin el prefijo 91 y sin nombre del titular, como si en el momento de anotarlo hubiera tenido la intención de mantenerlo en secreto, una identidad sabida sólo por él. Julia lo había anotado en un trozo de papel y, desde entonces, lo había llevado en su bolso sin saber siquiera si todavía existía y si aquel número de un teléfono fijo la llevaría a dar con aquella hermana cuyo rastro habían engullido el tiempo y el olvido.

—Papá, déjalo estar... —le había dicho con pesar—; no te convienen emociones...

Él cerró los ojos como si sus palabras le hubieran causado un dolor intenso.

—Julia, acércate; necesito contarte algo.

Y Clemente se lo había contado todo. Y después de escuchar aquel secreto guardado a lo largo del tiempo, azotada por el tornado de sus palabras, apocadas, lúcidas, volteadas sobre su conciencia, Julia había salido tambaleante al pasillo con la angustiosa sensación de que le faltaba el aire, respirando a bocanadas como un pez fuera del agua; sola, con una mezcla de rabia, vergüenza y pesar, había sacado el móvil y el trozo de papel que había permanecido casi olvidado en el fondo de su bolso. Y había marcado con el corazón en un puño, sin reparar en lo intempestivo de la hora, y esperó impaciente el primer tono, y el segundo, y el tercero, y cuando se interrumpió el cuarto se había quedado sin aliento. Y la voz adormilada de su hermana se incrustó en su oído como una bocanada de aire helado.

6

Carlota aparcó el coche frente a la puerta del juzgado. Entró con paso rápido en el edificio y, tras haber saludado a los policías de la entrada, se dirigió al ascensor oyendo el retumbar de sus tacones; fue saludando a los funcionarios de su juzgado que ya trabajaban en sus respectivas mesas, hasta llegar al angosto pasillo, estrechado por el cúmulo de archivadores que cada día se arrumbaban en la pared izquierda, y que daba acceso a su despacho; extrajo la llave del bolso y abrió la cerradura. Dejó el bolso sobre su mesa como si se desprendiera de un enorme peso. Se acercó a la ventana y miró hacia el exterior, los árboles desnudos de hojas se extendían ante sus ojos, arrasados de toda su frondosidad por un viento gélido. Nunca le había gustado el invierno, el frío, esa sensación de vaporosa soledad que parecía envolverlo todo. La voz de Rita Torralba a su espalda la arrancó de sus cavilaciones. Traía un vaso en cada mano.

—Te invito a un café solo, cargado y sin azúcar —dijo Rita alzando una de sus manos.

—Ni te imaginas cuánto te lo agradezco. —Carlota se desprendió de su abrigo, lo colgó en el perchero y volvió a su sitio—. Hoy voy a necesitar uno doble.

Rita dejó uno de los vasos en el lado de Carlota y con el otro en la mano se sentó en uno de los confidentes al mismo tiempo que lo hacía la juez al otro lado de la mesa, frente a ella y de espaldas a la ventana.

—¿Te acuerdas de Sara Olmedo? —preguntó Rita, dando un sorbo del café.

—Sí, claro. Tenías hoy la vista, ¿no?

—Acabo de ver a su abogada. —El gesto de Rita se ensombreció—. Sara está en el hospital. Ayer su marido le dio una paliza. Han sido golpes, nada grave; por lo visto, el labio partido y magulladuras por todo el cuerpo. La han ingresado porque ha sufrido un ataque de ansiedad.

—Dios Santo... —murmuró la juez, pesarosa—. Lo siento.

Carlota sabía del caso porque para su amiga Rita se había convertido casi en una hazaña personal el intento de arrancar a esa mujer de un matrimonio ponzoñoso junto a un canalla esquivo y taimado. Sara Olmedo tardó mucho tiempo en denunciar las constantes violaciones, además de las agresiones físicas y verbales (nunca, en su opinión, lo suficientemente graves como para darle la importancia que de verdad tenían) que venía sufriendo de su esposo desde hacía diez años. Había sido una labor ardua en colaboración con la psicóloga y el asistente social del Juzgado de Violencia sobre la Mujer, alertados tras un parte procedente del centro de salud. Al principio, Sara negaba cualquier clase de maltrato, justificando los golpes (incluidas las lesiones reconocidas por la forense) como algo normal. Tenía asumido que su marido podía empujarla o vejarla como le viniera en gana; no conocía otra forma de vivir el matrimonio; lo había visto en sus padres, y ella se sentía afortunada porque su marido no bebía y no pegaba a sus hijos (su padre había sido un borracho que se gastaba en alcohol el dinero que ganaba su madre fregando en casas ajenas, y a menudo la emprendía a golpes con la madre y con los hijos, incluso con los más pequeños). A base de paciencia y de mucho tiempo, habían conseguido convencer a Sara de que aquello no era amor, que su marido no tenía ningún derecho a gritarle y mucho menos a pegarle porque las camisas no estuvieran lavadas o porque no había cervezas frías en la nevera. Hasta que se decidió a denunciar, lo que supuso ponerse en contra no sólo al marido, sino a toda su familia, incluida a su madre, que le hizo el vacío y la dejó sola en aquella batalla. Desde entonces, le había denunciado en tres ocasiones por violación y agresiones, pero siempre conseguía que le absolvieran por falta de pruebas, porque el miedo y la intimidación familiar todavía ejercían una presión demasiado fuerte sobre ella como para llegar al juicio y declarar sobre el contenido de la denuncia, negando de nuevo las agresiones y retractándose en su declaración, debida, según ella, a un ofuscamiento porque se había enfadado con él por alguna causa que ya no recordaba y habían acabado discutiendo entre los dos, sin mayor trascendencia; eso declaraba, para desesperación de Rita y de todos los que conocían el fondo del asunto.

—Pero si habías solicitado una orden de alejamiento.

—Ya, y el juez se la impuso; pero por lo visto ayer el marido la llamó, quería hablar con ella, por lo del juicio de hoy..., lo de siempre... Ella le abrió la puerta, volvió a confiar en él... Puedes imaginarte el resto.

—¿Dónde está él?

—Detenido en comisaría. Lo traerán a lo largo de la mañana.

—¿Y los niños?

—Con su abuela. Están bien. Según me ha contado la abogada, no se han enterado de nada porque estaban dormidos. La vecina de enfrente, aquella mujer tan cotilla que vivía sola, le vio subir y estuvo alerta. En cuanto oyó jaleo de voces llamó a la policía. Estoy convencida de que gracias a eso hoy no estamos hablando de algo peor.

Carlota dio un largo y sonoro suspiro.

—Pobre Sara. Esto va a ser un palo para ella. Otra vez a volver a empezar.

Carlota se quedó mirando al vacío, como ausente.

—Tienes mala cara —dijo Rita.

—No he dormido bien.

—¿Ha pasado algo... o tan sólo ha sido un insomnio transitorio?

Carlota levantó los ojos y esbozó una tenue sonrisa, como si hubiera descubierto a su amiga de repente.

—Rita, ¿desde hace cuánto nos conocemos?

—Uf, ya ni me acuerdo. Éramos muy jóvenes y muy tontas. Ahora seguimos siendo tontas y no tan jóvenes. Esto de cumplir años no deja de ser una putada.

—Según como se mire. Y no somos más tontas, yo al menos no te considero así.

Rita alzó las cejas y asintió.

—Lo que tú digas, reina, que te me pones de un trascendental que no hay quien te aguante. —Calló y adelantó un poco el cuerpo hacia la mesa—. ¿Me vas a decir a qué se debe tu falta de sueño?

Carlota bebió un sorbo de su café antes de hablar.

—Sabes que te considero una buena amiga.

La fiscal apretó los labios en un gesto alertado. La conocía bien y era evidente que había un problema.

—¿Qué pasa, Carlota?

—Hay muchas cosas de mí que desconoces.

—Todos tenemos nuestro pasado, a ver si te crees que eres la única que guardas cosas que no te apetece contar.

La juez Molina la miró fijamente durante unos segundos antes de hablar.

—Me ha llamado mi hermana —dijo, y dejó caer los brazos encima de la mesa para coger el café y llevárselo a los labios.

Miró por encima de la taza la cara de sorpresa de Rita, como si quisiera observar su reacción oculta tras sus manos.

—¿Tu hermana?... —Rita, extrañada, intentando hacer memoria del pasado familiar de Carlota—. ¿Desde cuándo tienes tú una hermana? Creí que eras hija única...

—Tengo una hermana y dos hermanos; bueno, en realidad son medio hermanos, sólo de padre...

—¿Y lo has descubierto ahora?

—No. Lo he sabido desde siempre; bueno, no exactamente, lo supe cuando tenía doce años. Es una larga historia, Rita.

—¿Y para qué te ha llamado tu hermana?

—Mi padre se muere.

Los ojos de Rita se abrieron mucho y dejó el vaso en la mesa para adelantar el cuerpo hacia delante con la intención de acercarse más a su interlocutora.

—Pero ¿no me dijiste que tu padre había muerto hace yo qué sé cuántos años?

Carlota bajó la mirada al fondo del vaso para ver el café negro, como los pensamientos que aporreaban su conciencia desde que había sonado aquel teléfono de la mesilla y que, además de perturbar su sueño, había despertado recuerdos amargos, ásperos, que volvían a revolotear por su vida presente.

—Para mí es como si lo estuviera. Ha sido la única forma de sobrevivir sin él, convencerme de que estaba muerto. —De nuevo sintió una presión en la garganta, una sensación de ahogo que se le había puesto en el momento de oír la voz de su hermana y que apretaba más o menos según el momento—. Pero esa clase de muertos creados a conveniencia tienden a volver, como si fueran fantasmas del pasado, y mi padre ha vuelto a mi vida en plena noche, como un espectro.

—Conociéndote, supongo que has tenido razones muy poderosas para actuar así con tu padre.

—Las tuve..., claro que las tuve, razones muy poderosas como bien dices.

—¿Y qué quiere de ti tu padre moribundo?

—Que vaya a verle...

—Es lógico, ¿no? Quizá quiera reconciliarse contigo.

—Mi padre siempre ha sido un ser demasiado complicado para saber qué le pasa por la cabeza.

Carlota mostró un gesto desasosegado.

—¿Y qué piensas hacer?

—Ahí está el problema, que no sé qué hacer. Y no tengo demasiado tiempo para pensarlo; me ha dicho mi hermana que está muy mal. Está ingresado en el Ruber Internacional.

—Carlota, si necesitas que te acompañe...

—Gracias, Rita, pero todavía no estoy segura de si voy a ir. —Calló un instante y resopló con desesperación—. Estoy convencida de que haga lo que haga me voy a arrepentir. Hace casi treinta años que no le veo y creo que, en este momento, mi presencia provocaría más daño que beneficio.

—Depende de para quién sea el daño y para quién el beneficio... —Calló unos segundos como si estuviera valorando si decir o no lo que estaba pensando—. Carlota, sabes que no me gusta nada dar consejos a nadie, y mucho menos sobre un asunto del que desconozco todo, pero me da a mí que pierdes poco si acudes a esa llamada, un rato de tu tiempo, como mucho; sin embargo, si no lo haces, es posible que te arrepientas el resto de tu vida.

La juez miró a su amiga con una lacónica sonrisa de gratitud.

Margarita Torralba era la fiscal del Juzgado de Violencia sobre la Mujer de Móstoles. Había cumplido los cuarenta y dos años. Mujer enérgica y muy vital; no era demasiado guapa pero sabía cómo sacarse partido vistiendo ropa de marca adecuada para cada momento, además de tener una melena larga y abundante y una altura por encima de la media. Carlota la conoció cuando llegó destinada al juzgado de Móstoles, en donde Rita ya ejercía de fiscal.

Rita estaba casada desde hacía nueve años con Alberto Santana, comisario de policía. No era su vocación la del matrimonio, pero siempre aducía que Alberto la cegó durante el tiempo suficiente para no pensar con claridad. Habían llegado al acuerdo mutuo (o al menos eso había creído siempre) de que el matrimonio no podía suponer un límite en la individualidad de ninguno; así que cada uno hacía su vida con la única limitación del respeto debido al otro, aunque aquel término había sido motivo de más de una discusión entre ellos y de largas conversaciones entre las dos amigas. No tenían hijos por decisión de ambos, ninguno de los dos sentía la necesidad de tenerlos, y aquella coincidencia la tuvieron clara desde el principio de su relación.

—Piensa que será mucho más llevadera la equivocación de ir a verlo que la de no hacerlo —le insistió Rita intentando ayudar a su amiga a tomar una decisión.

Equivocarse, Carlota pensó que ésa era la única posibilidad que tenía, equivocarse, se repitió para sí como un taladro percutido en su cabeza, convencida de que toda su vida había sido un error, un fallo, una existencia frustrada. Miró a Rita un instante para bajar los ojos de inmediato al sentir la punzada que siempre le aguijoneaba en el centro mismo del corazón, un mordisco que la dejaba sin aire y la obligaba a contraer el cuerpo y a cerrar los ojos, cerrar la mente, cegar así su conciencia para no sufrir, para evitar miradas displicentes o de lástima o esa indulgencia arbitraria de aquellos que se creyeron mejores que ella por tener lo que a ella le faltaba, lo que ella no tenía. Había aprendido a hacerlo a base de tiempo, desde aquel verano en la playa, con tan sólo doce años, cuando se colocó unas gafas de sol para mirar el mundo tras sus cristales oscuros y para que el mundo no pudiera ver sus ojos, ocultar sus sentimientos, la vergüenza que sentía de ser diferente a las demás niñas, distinta a las demás hijas. Alguna vez se las había quitado, descubiertos los ojos para mirar de frente, pero resultó abrasada por la luz, fulminada por una realidad tozuda e implacable; y, herida de nuevo, se volvió a cubrir con unos cristales aún más opacos, más ciegos, más sombríos.

Rita buscó sus ojos y ella, algo esquiva, sonriendo apenas, le musitó entre dientes:

—Gracias, Rita, lo tendré en cuenta.

7

Carlota Molina salió del juzgado tarde. Rita y ella habían continuado la conversación al final de la mañana, compartiendo mesa en el mesón Gregorio, desgranando, entre plato y plato, recuerdos confinados en lo más recóndito de la memoria, evocaciones dormidas pero nunca olvidadas.

Sentía un extraño vértigo de saberse en el filo de un abismo del que se había retirado hacía ya casi treinta años, un abismo en forma de legislación de pretendida justicia e igualdad que fue cayendo en cascada en aquellos primeros años de la recién estrenada democracia. Sin embargo, y a pesar de los aparentes avances sociales y legales, al final no tuvo más remedio que admitir que hay cosas que nunca cambian, porque no hubo ley en el mundo que pudiera alterar la inquebrantable y obstinada voluntad de no mover un dedo por quien está obligado a enmendar sus propios errores.

Cuando Carlota entraba en la mayoría de edad, los cambios legales que la atañían directamente se hacían cada vez más evidentes. Entusiasmada por el significado de aquellos cambios, le contaba a su madre la inminencia de la aprobación de la Ley del Divorcio y de la posibilidad que se les abría a ellos. Su padre podría separarse legalmente, y por fin podrían vivir juntos como una pareja normal, incluso podrían llegar a tener esa boda de la que se la privó de manera tan aparentemente injusta. Pero ni su madre ni su padre habían sido nunca una pareja normal para estas cosas del amor y de la convivencia.

Carlota había esperado de su padre una reacción en cuanto a la posibilidad, cada vez más cercana y evidente, de divorciarse de Amalia Escolar y romper el lazo que le unía a una mujer a la que decía no querer, y con la que vivía por la obligación legal del matrimonio. Sin embargo, Clemente siempre eludía el tema, «ya veremos, hija, mucho tendría que cambiar este país, está por ver que esa ley se apruebe, los curas no lo van a consentir; no lo veo yo tan claro que éstos cedan a una cosa así; mantienen mucho poder todavía...»; eso decía, pero cedieron (no les quedó más remedio), y la Ley del Divorcio se aprobó en junio de 1981, y este país no tuvo más remedio que adaptarse a la existencia de los divorciados, además de a los matrimonios civiles o a la simple convivencia como pareja de hecho, que convivían sin firmar papel alguno; y poco a poco las demandas de separación y posterior divorcio iban llegando a los juzgados para su tramitación, todavía torpe, arrastrando prejuicios y maledicencias. Para desesperación de Carlota, los meses transcurrían rápidos en una transformación constante, sin que Clemente hiciera ni un solo amago de plantearse una posible separación de su esposa. Carlota lo hablaba a menudo con su madre, pero Manuela ofrecía un hastiado silencio en contraposición al entusiasmo mostrado por su hija, un terco y apático silencio esperando, como siempre había hecho, a que fuera él el que diera el paso. Y no hizo nada, ni siquiera se lo planteó, aunque seguía visitándola cuando tenía un rato libre, visitas cada vez más espaciadas en el tiempo, más frías, más distantes. La única que porfiaba en el asunto del divorcio era Carlota, pero se topaba con la displicencia de su padre, que le repetía que dejase las cosas como estaban, que no era aquella cuestión de su incumbencia, que en cualquier caso se trataba de un asunto entre su madre y él; pero ella se rebelaba contra el inmovilismo desquiciante de su padre y contra el conformismo irritante de su madre, y les reprochaba que si tanto decían quererse no alcanzaba a entender qué razón les impedía vivir juntos, casados o no, pero juntos, ahora que ya no era un delito el amancebamiento y que el adulterio no podía enviarlos a la cárcel con penas de hasta seis años para ella, mucho más laxas para él por el mero hecho de ser hombre y su tan proclamada e irreprimible necesidad física de la infidelidad, una doble moral establecida por ley y que, una vez derogada, se mantenía (lo hizo durante mucho tiempo) arraigada en las mentalidades. Y a pesar de la insistencia de su hija para que aprovechasen la oportunidad que les brindaba la ley, ni Clemente Balmaseda se separó de su esposa ni Manuela Molina protestó ni reclamó lo que, a juicio de su hija, moralmente le correspondía. Manuela no exigió, no pidió la oportunidad que se le había negado en aras de una obligación ineludible y secreta que la arrojó al margen de una vida normalizada, y con ella, a su hija, estigmatizada por ser la hija del pecado, por aquel entonces todavía ocultada la verdad a la mayoría de su entorno, avergonzada aún de su calidad de bastarda, con el mantra de no legítima.

Durante los tres años siguientes en los que las parejas que no se querían y que así lo decidieran tenían ya la posibilidad legal de separarse (o incluso divorciarse en su pretensión de intentar reconstruir su vida dejando atrás su fracaso, su error o la infelicidad), las relaciones entre padre e hija se fueron tensando cada vez más. La ruptura llegó cuando Carlota le pidió a su padre que la reconociera como su hija para hacer desaparecer del Registro Civil la vergonzante filiación de «padre desconocido», y porque consideraba que era algo justo para ella. Carlota tenía el ciego convencimiento de que a ese asunto no pondría ninguna pega. Pero de nuevo su padre actuó en contra de la lógica y en contra de lo que decía sentir. Cuando se lo propuso, la miró ceñudo, cavilante, con un mohín de preocupación incomprensible para Carlota.

—¿Qué problema hay, papá?

—No puedo hacerlo, Lucero.

Entonces lo amenazó con demandarle y conseguir en el

juzgado lo que él no quería darle voluntariamente. Su respuesta fue como una bofetada moral que, al recordarla, seguía provocándole una hiriente punzada en las entrañas.

—Hazlo, demándame. No voy a poner ni un solo impedimento; pero no esperes de mí colaboración alguna.

Ella le suplicó que le diera una razón firme, consistente, algo a lo que ella pudiera aferrarse para entender lo que consideraba una injusticia tan hiriente como personal inferida contra ella por su propio padre.

Clemente había cavilado unos segundos analizando en su fuero interno cómo justificar aquello de lo que le estaba vedado hablar. Una sombra de amargura cubrió su rostro.

—No puedo hacer eso a mis hijos.

Aquellas palabras habían sido un clavo ardiendo en el ánimo de Carlota; al igual que cuando tenía doce años, cayó a un oscuro precipicio de incomprensión que parecía no tener fondo. Y no lo dudó, o sí, pero tampoco lo pensó demasiado y presentó una demanda para que se reconociera ante la ley que Clemente Balmaseda era su padre, con todas las consecuencias legales. El juicio se celebró y, ante su falta de asistencia, se le declaró en rebeldía. Carlota presentó como prueba de la paternidad biológica del demandado una caja llena de cartas y notas dirigidas a ella como hija de un padre atento y solícito, además del álbum de fotos con imágenes familiares y testigos que contaron al juez el trato que le había dispensado siempre como padre. No hizo falta demasiado. El único momento de debilidad en el que llegó a arrepentirse de la demanda interpuesta fue cuando su madre tuvo que testificar. Manuela Molina, con voz menguada y aspecto frágil, contó ante el tribunal partes de una dolorosa intimidad, intentó justificar su extraña vida aplazada, su retiro voluntario del mundo para esperar la llegada, siempre imprevista, del padre de la demandante, de la hija de ambos, del tercero suyo, de su utópico enlace ante el mundo, o de espaldas a él. Como era de esperar, ante la cascada de evidencias y a falta de cualquier prueba en contra, los tribunales le dieron la razón. Después de veinticinco años desde su nacimiento, en el Registro Civil aparecía el nombre y apellidos de su padre, Clemente Balmaseda Ortiz, junto al de su madre, Manuela Molina Lozano, y desapareció el López, apellido elegido para salvar la vergüenza de carecer de un padre que la sostuviera ante una sociedad que no tenía ningún remilgo en vapulear a los más inocentes dejando indemne al causante principal.

Pero aquella sentencia que le permitía llevar por fin el apellido Balmaseda, lejos de satisfacerla, le provocó una incomprensible desazón interna. Cargada con una rabia infinita, imposible de contener, se había presentado por última vez delante de su padre con la sentencia en la mano.

—Ya soy una Balmaseda, y no te lo debo a ti, sino a esta sentencia judicial.

Los folios timbrados habían quedado esparcidos ante los ojos paternos. Con parsimonia, gesto frío y calculado, Clemente cogió las hojas y, sin leer ni una sola línea, las alzó hacia ella.

—¿Crees que esto cambia algo entre nosotros?

—¡Todo, papá, ha cambiado todo!

—Eres mi hija, lo eras y lo seguirás siendo. ¡Qué importa el apellido inscrito en un registro!

Carlota le había mirado a los ojos y le había respondido con voz seria y cortante.

—No entiendes nada, nunca has entendido nada.

—¡Tú sí que no has entendido nada! ¿Qué crees, que todo esto lo hago por gusto, que la vida que llevo es la que quiero llevar, crees que no me gustaría que las cosas hubieran sido de otra manera?

—Ya no es sólo vuestra vida, papá, a mí también me afecta todo esto.

—Tengo mis razones, Carlota, y te aseguro que son muy poderosas.

—¡Pues dímelas! Tengo derecho a saber cuáles son esas razones tan poderosas que te obligan, año tras año, a mantenernos a mi madre y a mí al margen de tu vida como si fuéramos unas parias.

Clemente Balmaseda había bajado la mano en la que tenía la sentencia y la depositó sobre la mesa. Luego, dio un profundo suspiro, alzó el rostro y quedó abismado en los ojos de su hija, con un gesto tan sombrío que la llegó a estremecer. La voz quebrada, casi un susurro, una súplica de un condenado en el último segundo antes de la sentencia definitiva.

—No puedo, Carlota —bajó la mirada por fin, vencido, derrotado ante la evidencia del final anunciado—, no debo hacerlo...

—Está bien, pues ahí te quedas, con tu apellido, tu familia y tus razones poderosas, porque a partir de este momento para mí estás muerto, papá.

Clemente Balmaseda había mantenido la mirada inquisitorial de su hija, que permanecía de pie al otro lado de la mesa que presidía aquel magnífico despacho de la empresa, un despacho siempre vedado para ella, sentado en el fabuloso sillón basculante, con los brazos sobre el tablero de madera noble forrado de piel verde de su escritorio.

—Estás cometiendo un grave error, hija.

—No quiero volver a verte nunca, ¿lo entiendes? No me llames, no me busques... Hazte a la idea de que he muerto, de que no existo. Me has perdido para siempre, papá, para siempre. Sal de mi vida y olvídate de mí.

Se hizo un silencio espeso, meditado, padre e hija frente a frente, los ojos fijos en la mirada del otro, intentando aferrarse a algo para no hundirse en su desesperación.

La voz balbuciente de Clemente se quebró en su garganta.

—Lo siento...

Carlota, con la respiración mantenida en una vana esperanza de que le contase de una vez qué era lo que le impedía vivir su vida como él quería, comprender de una vez el porqué de aquella sinrazón, soltó el aire retenido y se irguió derrochando una consternada soberbia.

—Adiós, papá, hasta nunca.

8

Le había costado mucho aplicar aquellas palabras a la realidad. El dolor de la ausencia en los primeros tiempos fue tan intenso que creyó perder el rumbo de su vida. Para reafirmar su decisión, solicitó la alteración del orden de los apellidos, convirtiéndose en Carlota Molina Balmaseda y continuó haciéndose llamar Carlota Molina, conjurando con ello el olvido.

Si se hubiera enterado de otra manera de la situación terminal en la que se encontraba su padre, tal vez tendría claro que nunca hubiera ido a verlo. Se había prometido a sí misma no ceder, no aceptar nunca sus chantajes emocionales, no responder a sus llamadas ni escucharle y salir a escape cuando, sobre todo en los primeros tiempos, se hacía el encontradizo, apareciendo sonriente, como si no hubiera pasado nada, como siempre había hecho, aparentar que todo estaba bien, que nunca pasaba nada a pesar de que sí pasaban cosas graves, hirientes e incomprensibles como la de seguir viviendo con Amalia Escolar mientras Manuela Molina continuaba sola, halagándola con lisonjas de barragana, con regalos caros, con esporádicas y rápidas visitas de aparente cortesía.

El distanciamiento de su padre empeoró la siempre complicada relación con su madre. Manuela se mostró implacable con su hija, asaeteada la relación entre ellas por la terca insistencia de hacerla responsable del alejamiento. Y Carlota llegó a sentir el peso de la culpa porque era cierto que, desde aquel día, Clemente fue poco a poco desapareciendo de la vida de Manuela, como la marea que se retira sin brusquedad de la playa, dejando su huella cada vez más espaciada, cada vez más alejada de la orilla, hasta que dejó de acudir definitivamente, enfrentada ella a una melancolía permanente, desleída por la soledad y la pena, por una vida mermada, siempre a la espera.

El paso de los años había conseguido levantar una barrera en la conciencia de Carlota aislando en un enmohecido recuerdo la figura de su padre. Pero la llamada de su medio hermana en plena madrugada, su voz vacilante y frágil, la lenidad de su mensaje, entre la súplica y la desconfianza, había hecho quebrar la firmeza con la que se había encastillado desde que tomó la decisión de romper definitivamente con aquel que ahora reclamaba su presencia.

Rita la animaba a ir, pero ella no lo terminaba de ver claro. Además de la cesión frente a su padre, le aterraba la idea de encontrarse con sus hermanos no conocidos; temía su reacción, su rechazo, revivir otra vez esa sensación de estar fuera de lugar, de no formar parte de esa otra realidad de la vida de su padre.

—No soportaría que me echasen con cajas destempladas, y pueden hacerlo.

—Pueden decir lo que les dé la gana, Carlota, pero tú eres tan hija como ellos. Y, además, no puedes dejar a un lado que tienes tus derechos, porque si tu padre se muere, esta vez de verdad —añadió con algo de sorna—, habrá herencia, y tú tendrás que reclamar lo que te corresponde. Usted lo sabe, señoría, es la ley...

—No me interesa su dinero, nunca me ha interesado.

—Ah, claro, ésta es mi chica, de tan generosa tonta perdida. ¿Y qué vas a hacer, dejar que tus hermanos sigan chupando del bote de tu padre como llevan haciendo toda la vida? Claro, ésa es una solución fantástica, así te reafirmas ante el mundo de que no eres igual que ellos. Si no luchas por lo que es tuyo, seguirás siendo una hija ilegítima, una bastarda sin derechos.

—¡No lo soy! —dijo Carlota con vehemencia, reaccionando a la provocación consciente de su amiga.

—Pues demuéstralo, a ellos y sobre todo demuéstratelo a ti misma, Carlota. Tienes que ir allí con la cabeza bien alta.

9

Descubrir a los doce años que tenía tres hermanos a los que no conocía fue algo que a Carlota le pesó durante mucho tiempo. Nunca habían coincidido, pero siempre pensó que podría suceder, que algún día podría llegar a encontrarse con los que consideraba causantes del destino errado de su madre y del suyo propio. Su padre le había prohibido acercarse a ellos cuando, tras la confesión de su madre en aquel verano que apenas empezaba a disfrutar, llena de rabia adolescente, se enfrentó a él pidiéndole explicaciones, aunque esto, lo de exigirle explicaciones, no lo hizo de inmediato; aquella aturdida adolescente tardó un tiempo en reaccionar. Le costó asumir una realidad que la abrumaba demasiado. Encerrada en sí misma, se enfadó con el mundo, deseaba huir de todo y de todos, alejarse de su madre y también de su padre. Había pasado el resto de aquel verano callada, enfurruñada y de mal humor, castigando injustamente a su madre con un silencio hiriente, rechazando cualquier acercamiento por su parte. Cuando bajaba a la playa la dejaba sola en la tumbona y se iba a dar largos paseos por la orilla sin darse cuenta de que con cada paso cimentaba el desamparo de su aislamiento; el resto del día y gran parte de las cálidas noches los pasaba en la enorme terraza, que gozaba de unas hermosas vistas al mar, dejando sus ojos sobre la línea horizontal divisoria del cielo y la superficie rutilante del agua, refugiada en la soledad de aquel apartamento que compró su padre para que pasaran allí los dos meses de verano y las semanas santas que hiciera bueno. Allí se instalaban madre e hija en cuanto terminaba el colegio y no regresaban a Madrid hasta principios de septiembre. Las visitas de su padre a Benidorm siempre fueron esporádicas y rápidas: una mañana de paso, una comida y una siesta antes de emprender camino, siempre días de diario, nunca fines de semana ni en el mes de agosto, dedicado en exclusiva a pasarlo en otro apartamento en Mallorca con su familia legítima.

Aquel año, nada más llegar a Madrid, Carlota le pidió a su madre que la dejase pasar una temporada en casa de la abuela Zenobia; necesitaba pensar y ordenar las ideas en su cabeza. No le puso ninguna pega, y menos después del verano que le había hecho pasar con una actitud arisca de silencio recalcitrante. Zenobia Lozano, con gesto serio, aceptó la petición de su nieta para instalarse en su casa. Desde que enviudó (tres años antes de que Carlota llegase al mundo), vivía sola con Justina (la interna de toda la vida y su sombra doméstica imprescindible) en un hermoso ático en el paseo de Pintor Rosales, con vistas al parque del Oeste. Zenobia brindó a su nieta tiempo y soledad suficientes para pensar. Carlota apenas salía de la habitación si no era para ir al colegio. Una vez terminadas las clases volvía sola y se encerraba sin hablar con nadie. Comía muy poco. Justina se movía de un lado a otro como si la nueva inquilina no existiera, ignorándola, siguiendo instrucciones de su señora, como seguía dirigiéndose a Zenobia, y siempre de usted, a pesar de la estrecha confianza que ambas se profesaban. En el fondo, Carlota mantuvo durante todo aquel tiempo la ingenua esperanza de que su padre viniera motu proprio a darle alguna explicación; lo deseaba, necesitaba que lo hiciera. Le quería tanto, su admiración hacia él era tal, que no le cabía en la cabeza qué razón podía haberle llevado a no casarse con su madre para hacerlo con otra y montar una familia paralela a la suya. Sentía un dolor punzante en las entrañas al imaginarlo en una cama extraña acostado junto a otra mujer que no fuera su madre, abrazado a otra, o paseando de su brazo —martilleaba en su memoria el recuerdo de su sexto cumpleaños, aquella pareja con su pequeña hija, expulsada ella de aquel espacio feliz—, mientras que su madre permanecía sola, metida en casa, a la espera de su llamada, de su visita imprevista, pendiente de las migajas de su cariño desmigadas de la hogaza perteneciente a un hogar distinto. Pero más hiriente era imaginarlo riendo las gracias de otros hijos, sus hermanos desconocidos, repartiendo entre ellos los abrazos que creía sólo suyos, recibiendo carantoñas que hasta entonces había considerado propias, dispensando confidencias filiales que había supuesto únicas entre él y ella. De repente se veía en la obligación de asumir que aquello que siempre había estimado de su exclusividad (las ventajas de ser hija única) lo estaba compartiendo en realidad con tres más. El egoísmo exacerbado de creerse dueña de todo hizo que aflorasen en su interior unos celos enrabiados que inflamaron su corazón y la arrojaron a un vacío de desesperada incomprensión y vano sufrimiento que la marcó en los albores de aquella etapa adolescente, tan veleidosa como inestable.

No obstante, como si no tuviera más remedio que aferrarse a algo que entendía sólido, continuó creyendo en la heroicidad de su padre, él tendría una explicación convincente para todo aquel desastre, tenía que tenerla, él sí. Por eso esperó ansiosa una llamada o una visita, y, cada vez que sonaba el teléfono o llamaban al timbre de la calle, saltaba hacia la puerta de su habitación y esperaba con la oreja pegada a la madera para ver si Justina la avisaba de que, por fin, se cumplía su anhelo. Sin embargo, pasaron las semanas y el héroe fue desmoronándose en la fragilidad de su mente. Clemente no apareció en la casa de Zenobia para hablar con su despechada hija, y confirmó así lo que ella entendía como una cobardía impenitente mantenida a lo largo de toda su vida. Ni siquiera llamó preguntando por ella. Como siempre, su madre le excusaba aduciendo que su padre estaba muy preocupado por ella, pero que la culpa de no verle era suya porque había sido ella la que había decidido marcharse de casa, donde él seguía acudiendo, sin encontrarla y sin poder hablar con ella, eso le decía.

Cuando su delgadez fue demasiado evidente, Zenobia se alarmó y decidió intervenir. Fue un domingo de finales de octubre. Tocó en la puerta de su alcoba y abrió sin esperar respuesta. Carlota llevaba un buen rato sentada en el quicio del ventanal que daba al parque. Llovía y el viento arreciaba haciendo que las gotas se estrellasen a rachas contra el cristal. Le entretenía ver cómo se formaban delgados filamentos que se deslizaban ondulantes para perderse al llegar a la junta del marco.

Sin decir nada, Zenobia entró y cerró la puerta tras de sí. Estaban solas en la casa. Era la tarde libre de Justina, y aprovechaba para dar un paseo o meterse en un cine de sesión continua si la tarde estaba desapacible.

Zenobia se sentó frente a su nieta. Llevaba un vestido de lana color gris perla con una cadena de plata que le caía sobre el pecho, medias de nailon y zapatos negros relucientes de medio tacón, siempre perfecta como para asistir a un evento importante. Carlota nunca la había visto sin maquillar, salvo cuando estaba acostada, e incluso en ese momento su rostro tenía una luz especial.

No habló de inmediato. Durante un buen rato la acompañó con la mirada puesta en el mismo horizonte que su nieta, observando cómo el viento de otoño batía con fuerza las ramas de los árboles que se extendían al otro lado del paseo, en el parque del Oeste.

—No puedes seguir así, Carlota, algún día tendrás que reaccionar.

La miró con rabia.

—Tú sabías que soy una bastarda —lo dijo con vehemencia, recriminando su silencio.

—Te pueden llamar como quieran, se pongan como se pongan, tú eres hija de tu padre, y eso no lo puede remediar nadie.

—Tiene otra familia... Todo es una mentira.

—Bueno, si lo piensas bien, ellos opinarán lo mismo. Vosotras también sois su familia.

—Ya, pero ellos son los legítimos, los hijos de verdad; sin embargo yo..., yo soy... —La miró con gesto desesperado, y su voz se quebró al pretender ahogar las lágrimas que no quería derramar—. No sé lo que soy... Una bastarda, eso es... Una bastarda. —Sus labios se movían tensos, arrojando las palabras que le quemaban por dentro—. Siento tanta rabia..., tanta que me duele aquí. —Se puso la mano en el pecho, porque era ahí donde le dolía, una presión angustiosa que parecía no ceder nunca.

—Me imagino por lo que estás pasando, Carlota. Es injusto que a ojos de la ley se te considere como una hija ilegítima... Una bastarda, tú, que eres lo único auténtico de toda esta absurda historia que nos atañe a tantos.

—¿Por qué no me lo dijiste? Tú lo sabías —repitió como si quisiera confirmar lo que se estaba temiendo, que lo conocía todo el mundo, incluidas sus compañeras del colegio, los vecinos, los tenderos, las monjas del colegio, todos menos ella, como una estúpida viviendo sobre un montón de mentiras y burdos engaños.

Zenobia se quedó pensativa, calibrando la respuesta.

—Quizá fue una equivocación ocultártelo, otra de tantas.

Carlota la miró fijamente con la esperanza de encontrar en ella las respuestas que no le había podido dar su madre.

—¿Por qué dejaste que mi padre se casara con otra? Mamá y él eran novios, se iban a casar, y de repente mi padre organiza una boda en la que mi madre no es la novia.

Zenobia se mantuvo un rato callada, mirando al horizonte, envuelta en un halo de melancolía ajeno para Carlota, incapaz de apreciarlo. Sus ojos, vacíos de expresión, parecían escarbar en los escombros de su memoria. Cómo decirle a su nieta que nunca existieron esos planes de boda, al menos para su padre; cómo explicarle que su madre, que ante sus ojos aparecía como víctima, había urdido su propia historia y que pervirtió los sentimientos que afectaban a la otra parte, adaptándolos a su conveniencia, a costa de lo que fuera, incluso de inferir un terrible sufrimiento. No podía hacerlo, se sentía incapaz de meter en su mente herida otra cuchilla que cortase una realidad ya cercenada.

Llevó sus ojos al rostro adolescente de su nieta y esbozó una sonrisa rota, desganada.

—Carlota, a veces hay cosas que no se pueden evitar, por mucho empeño que se ponga.

—No lo entiendo... —Negó con la cabeza, el ceño fruncido, conteniendo un llanto rabioso.

—No te hace falta entender, Carlota. Aprende a vivir tu propia vida y deja que tus padres apañen la suya. Ya tienes edad para empezar a ser dueña de tus actos.

La observó un instante, sondeando su mirada.

—¿Tú sabes la razón por la que papá se casó con esa mujer y no con mamá?

Ella volvió la vista hacia el ventanal; estiró el cuello y alzó la barbilla. Carlota notó que tragaba saliva como si hubiera engullido aquella razón que había pugnado por salir.

—Son cosas del pasado. Ya no importa lo que sucedió ni por qué ocurrió. Es mejor mirar hacia delante. De nada sirve dejarse lastrar por errores que ya es imposible corregir. Si lo haces, si te empeñas en escarbar la herida, lo único que conseguirás es hacerte más daño.

Carlota se topó con sus ojos claros, su mirada profunda, tan brillante que se estremeció.

—Mamá me ha dicho que desconoce el motivo, que no tiene necesidad de saberlo.

—Es una opción, como tantas, el no querer saber —añadió, esquivando la mirada de su nieta.

—Tú lo sabes, Zenobia. Dímelo, necesito saber la verdad.

—Carlota, cielo, en el amor como en el odio la verdad siempre es relativa. A veces depende de factores tan ajenos que no te queda más remedio que renunciar y seguir adelante.

—Tú también me sigues tratando como si todavía fuera una niña.

—Es cierto que ya no eres una niña —añadió enarcando las cejas con gesto resuelto—, pero has de ser tú la primera que debes demostrar tu madurez; afronta el problema y sigue viviendo. Si te empeñas en quedarte metida en tu rincón, apartada del mundo, sin enfrentarte a la realidad, no resolverás nada. No intentes cambiar lo que corresponde a otros. Tus padres han elegido una forma de vivir su relación, una forma muy peculiar, complicada si quieres, pero que les pertenece a ellos, y sólo a ellos. Tú eres la única dueña de tu destino. Ha llegado el momento de que elijas la clase de persona que quieres ser. De ti depende seguir adelante o quedarte aquí, viendo pasar el tiempo y la vida al otro lado de estos cristales. Allí abajo la vida continúa a pesar de que tú pienses que todo se ha derrumbado. Cada uno de los que a diario ves pasar por la calle arrastra sus propios errores, sus pesares, miedos y carencias con los que tiene que cargar. Todos tenemos luces y sombras, Carlota. Nadie cuenta con una vida perfecta. Así que asume la tuya con lo bueno de ella, pero también con sus taras.

Carlota la miró con gesto desesperado, como un náufrago se aferra al brazo salvador que le libra del ahogamiento inminente.

—No sé qué hacer...

Zenobia bajó la mirada. Suspiró y alzó el mentón sonriendo. A Carlota le encantaba cuando lo hacía, era una sonrisa tan franca que contagiaba. Luego, Zenobia cogió la mano de su nieta y la apretó entre las suyas. Su piel era suave y cálida como el terciopelo.

—Deberías hablar con tu padre —le dijo con voz tenue y tranquilizadora—. Lo necesitas tú y te lo debe él. Él nunca dará el primer paso si sigues aquí encerrada. Vete a verle.

Y lo hizo. Al día siguiente de aquella conversación, Carlota se saltó las dos primeras clases del colegio y se fue andando hasta la calle Goya, donde su padre tenía la oficina. Puso los brazos en el mostrador tras el que se hallaba una chica morena de melena larga y lacia, con gafas de montura negra, tecleando con ágil habilidad una máquina de escribir, que detuvo sólo un instante para mirar y preguntar, con ademán de desprecio al verla con tan poca edad, qué era lo que quería. Carlota había tomado la firme decisión de hablar con su padre pese a la arrogante negativa que le propinó aquella mecanógrafa, molesta por la inútil interrupción de su tarea; ignorando sus palabras, se dirigió como un torbellino al despacho sobre cuya puerta ponía el nombre de su padre en letras doradas; la seguía Pilar, la solícita secretaria que intentaba en vano impedir que una adolescente con uniforme escolar que decía ser la hija de Clemente Balmaseda irrumpiera en la reunión que mantenía con otros dos hombres. Al verla, Clemente conservó la calma, siempre lo hacía. Se levantó y se acercó hacia su hija ceñudo y en silencio. Estaba molesto por su impertinente e inoportuna invasión en el inaccesible mundo de los negocios, su espacio siempre infranqueable para Carlota y para su madre. Por su mirada supo que la visita no le pillaba del todo por sorpresa; cabía la posibilidad de alguna reacción por parte de Carlota. Con mucha serenidad, prodigando una contenida mesura, sin quitar los ojos de su hija, obviando las miradas de asombro de los dos colegas de negocios y el pasmo de la secretaria, ordenó salir a los tres, reclamando antes a Pilar una tila para la recién llegada. «No quiero tilas, papá, quiero una explicación.» La secretaria la miraba espantada, no sólo por su atropellada entrada, sino porque no tenía ni idea de su existencia; conocía a todos los miembros de la familia «oficial» de su jefe, a doña Amalia, a su hijo mayor, Carlos, a Enrique y a Julia, la más pequeña; pero sobre todo le sorprendió comprobar el trato directo y filial que aquella pubescente desaforada dirigía al temido jefe, al que miraba atónita, atenta a recibir la orden de avisar a los de seguridad para echar a la intrusa con cajas destempladas.

Aquella conversación resultó decepcionante, mucho más

de lo que Carlota hubiera podido imaginar. Su rabia se ahogó en lágrimas que su padre dejó correr sin decir nada, paciente, frío y calculador mientras ella le reclamaba respuestas sobre la razón de ser de su vida, de la de su madre y de la suya en relación con ellas dos.

Lo único que a Carlota le quedó claro aquella mañana de octubre fue la prohibición que le hizo su padre de acercarse a la casa en la que vivía con su otra familia, y por supuesto nada de intentar conocer a los hijos de Amalia. «Ellos están al margen de todo esto. No significan nada en nuestras vidas. Tienes que tener claro, Carlota, que tú eres mi Lucero —hablaba con gesto serio—, pero a veces las cosas no salen como uno quiere y es necesario adaptarse. Te puedo asegurar que a tu madre y a ti nunca os va a faltar de nada. De hecho, nunca te ha faltado de nada. No lo negarás.» Carlota recordaba la quemazón en sus mejillas y sus palabras, que salían de los labios con ira exasperada. «Te equivocas, papá, ahora es cuando entiendo todo lo que me ha faltado, todo lo que me has negado.» «¿Qué te he negado? —Su enfado entonces fue evidente—. Has tenido, tienes y tendrás todo lo que una niña puede desear. Vives en una buena casa, vas a un buen colegio, has viajado más que muchos adultos, tienes vestidos, zapatos, regalos. Sabes que puedes contar conmigo siempre que me necesites. ¿Qué te ha faltado, Carlota?»

Carlota guardaba en la memoria la mirada de su padre, su gesto infalible convencido de que estaba en lo cierto, que no le había faltado de nada para ser una niña feliz. Sin embargo, de sus labios salió una frase que ensombreció el rostro de Clemente.

«Una Navidad, papá, me falta una Navidad.»

10

Una turbadora quietud se respiraba en la habitación 214. El silencio se rompía con el rumor mecánico del resuello que se escapaba de la mascarilla adaptada al rostro macilento del anciano. La luz tenue del invierno ya inminente apenas alumbraba la estancia en tonos grises y apagados. Las dos mujeres guardaban un mutismo pretextado en el descanso del enfermo, un silencio codiciado cuando nada había que decirse. Amalia Escolar permanecía desde hacía horas en la misma posición sin apenas mover un músculo, repantigada en el sillón situado junto a la cama del esposo convaleciente, los ojos bajos, la mirada perdida en el vacío que se abría ante ella, la mano sujetando el hastío recogido en su rostro; de sus labios cerrados se escapaba de vez en cuando un lánguido suspiro, el gesto cavilante sin cavilar nada, la mente vacía, aburrida, deslizadas las horas como seda entre sus dedos. Maribel Aranda sentada en una de las sillas, los brazos cruzados sobre su regazo, sumida en vagos pensamientos sobre el devenir del tiempo, sin más que hacer que verlo pasar lento, implacable, irrecuperable, reprochándose su permanencia en aquella habitación de hospital, incapaz de levantarse y salir huyendo, de plantar cara a su suegra, que la sujetaba allí, a su lado, dando por hecho una existencia tan vacía como la suya, sin nada que hacer ni que decir, dolida en el fondo porque era cierto, porque nada tenía entre manos, nadie la esperaba, ningún asunto ni urgente ni vacuo la reclamaba fuera de aquel ambiente pesado de enfermo, de viejo, de vida acabada al igual que la suya con tantos años menos. Y así llevaba más de tres horas, entumecidos los músculos y embotada la cabeza.

El taconeo más allá de la puerta la puso alerta, alzó la cara y su vista quedó fija en la puerta.

Julia avanzaba por el pasillo hacia la 214. Estaba inquieta. Temía los posibles efectos de la llegada de la hermana pródiga, no tanto por lo que le afectase a su padre, sino por el seguro rechazo que pudiera encontrar en su madre y sus hermanos; en realidad, no tenía por qué importarle si Carlota (en el caso de que decidiera acudir a su llamada) se topaba con un entorno hostil, o si su hermano Carlos, con ese ímpetu suyo inoportuno y siempre mal calibrado, la echaba con viento fresco de la habitación; al fin y al cabo aquella hermana voluntariamente extrañada había formado parte de la otra vida de su padre, conformada su existencia en el vago resentimiento mantenido en el tiempo de que tanto ella como su madre (la querida al fin y al cabo) habían robado tiempo, afecto y recursos a la familia legítima. Julia rememoraba la quiebra provocada treinta años antes cuando su padre planteó ante la legítima familia la conveniencia de reconocer legalmente a aquella otra hija espuria, compelida aquella necesidad por la ley y por un sentido de la equidad; los ojos de doña Amalia inyectados en rabia y odio, el dedo firme y tieso ante la amargura de su esposo, la amenaza clara y concisa delante de sus hijos de contarlo todo si se le ocurría facilitarle las cosas a esa bastarda, arrogada aquella amenaza por su hijo Carlos contra su padre, ignorante de su contenido pero consciente de que era la única defensa que blandir contra las intenciones de la intrusa, a la que odiaba tan sólo porque su madre le había enseñado a hacerlo; y de cómo al poco tiempo se enteraron de que Carlota había interpuesto una demanda contra su padre con el fin de obtener el reconocimiento de paternidad, y poder utilizar el apellido Balmaseda y ejercer todos los derechos legales que, como hija biológica, le correspondían. Julia fue más consciente de que con esa demanda interpuesta contra lo que consideró el honor de su padre, aquella medio hermana, la silenciada a pesar de su evidente presencia enmascarada por el anhelo de su no existencia, horadó hasta el infinito un abismo insalvable entre ellas, y creció en su interior un odio celoso, un rencor que la había llevado al enfermizo empeño de repudiarla, convertida ella en una resentida.

Desde muy niña, Julia quiso convencerse de que su padre estaba con aquella mujer y con su hija ilegítima por lástima, que en realidad era un compromiso personal de asumir la paternidad, además de tener una querida como tantos otros hombres que en aquellos años se veía como algo más que habitual, incluso conveniente para la serenidad de la esposa. No pensaba, o no quería hacerlo, en qué había detrás de aquella doble vida que su padre llevaba, una doble vida que nunca ocultó y que su madre no tuvo más remedio que aceptar, aunque lo hiciera a regañadientes.

Todo lo creído, todo lo asumido desde siempre, todo lo tenido por normal, se desmoronó aquella noche de hospital cuando le fue traspasada la carga del padre moribundo envuelta en cada una de sus palabras entrecortadas, interrumpidas por la necesidad de oxígeno, de recuperar un mínimo de vitalidad agostada que se le escapaba a cada exhalación, en cada latido de aquel viejo y agotado corazón. Y fue entonces cuando a Julia le quedó expuesta la fría lógica, una realidad oculta durante décadas que había condicionado el destino de dos familias, de unos hijos que debieron ser y no fueron y de otros que fueron y no debieron haber sido, determinada para siempre su existencia no por la fuerza del amor, sino por un hecho abyecto que dio pie a una extorsión infame.

Después de aquello, Julia no sabía qué pensar de su padre, envuelta en una absoluta consternación, incapaz de analizar lo escuchado, tal era el peso de la conciencia; pero también pensaba en su madre, en cómo mirarla, en cómo enfrentarla, en si juzgar o indultar la culpa; si era mejor callar y dejar pasar el tiempo, tanto tiempo ya pasado, o si debería espetarle al mundo que lo sabía todo, que era consciente de lo que hicieron y de las consecuencias que trajo aquello que hicieron.

Doña Amalia levantó la vista cuando sintió que la puerta se abría. Maribel sonrió y se irguió complacida por la irrupción de su cuñada en aquella dilatada y tediosa espera.

Julia miró a su madre y sintió una presión en el pecho. Luego vio a su izquierda la figura de Maribel. La saludó con un gesto que recibió la otra en silencio, prolongando su sonrisa.

—¿Qué tal está? —preguntó Julia susurrante, acercándose al durmiente enfermo.

—Igual —contestó la madre—. El médico dice que aquí ya poco pueden hacer, que se va agotando; que si queremos lo podemos llevar a casa.

—¿Y qué piensas hacer? ¿Te lo vas a llevar?

—Pues no sé, a ver qué dicen tus hermanos.

—Esto no es cuestión de mis hermanos, mamá, es una cuestión tuya, y como mucho mía, que soy la que me tengo que pasar aquí las horas muertas.

—Y de tu padre —intervino por primera vez Maribel, que se había quedado a la espalda de Julia—, que ya sabemos lo que odia los hospitales, y mucho más estar ingresado.

Doña Amalia hizo una mueca como si la opinión vertida por su nuera le hubiera parecido fuera de lugar.

—Ya, ya —afirmó con un mohín—, pero se lo he comentado a Carlos y él dice que no es buena idea.

—Y a él qué más le da si papá está aquí o en lo alto de un árbol —replicó Julia, ceñuda por la omnipresencia de las opiniones del que todo lo preveía y controlaba, pero siempre para que lo ejecutasen los demás.

—Ay, hija, no digas tontunas. Cómo no le va a importar. Qué cosas tienes.

Julia se calló y tomó aire para no gritar lo que pensaba sobre las decisiones de su hermano mayor y la irritante sumisión a ellas de su madre.

—¿Ha venido alguien? —preguntó Julia con los ojos fijos en su padre durmiente.

Su madre hizo un gesto displicente alzando los hombros.

—Algunos amigos de papá, compañeros del club, Santiago Ronda, Raúl Aguado... Los de siempre. Pero nada, han estado muy poquito, porque, como no se entera, apenas habla; con lo que ha sido, madre mía, a lo que llegamos, qué mala cosa es esto de llegar a viejo.

—No empieces con lo mismo, mamá —dijo Julia, irritada—, el que no llega a viejo es porque se ha muerto de joven, y papá ha estado siempre muy bien.

Su madre no le contestó. Mostró ese gesto de desprecio hastiado que manifestaba cuando su hija no le daba la razón en sus argumentos, cualesquiera que fueran.

—¿Y mis hermanos? Como siempre no se habrán dignado pasarse por aquí en todo el día.

—Hija, qué quieres, están trabajando; no sé qué vamos a hacer aquí todos, como los tontos, además, ya sabes que a Carlos lo de los hospitales es que lo lleva muy mal.

—Claro —replicó ella sin ocultar su ironía—, como a los demás nos encanta estar aquí...

—He hablado con Carlos hace un rato —intervino Maribel—. Vienen los dos ahora.

—A ver si me acercan a casa, que estoy medio atontada de estar aquí metida —añadió doña Amalia con voz cansina.

En ese momento se abrió la puerta y apareció Carlos, y a doña Amalia se le encendió el rostro con una amplia sonrisa.

—Mira, ¿ves?, ya está aquí. —Se quedó mirando hacia la puerta, expectante—. Y tu hermano, ¿no venía Enrique contigo?

—Está aparcando. Ahora sube. —Sin despojarse del abrigo, dispuesto a marcharse cuanto antes, le dio un beso en la mejilla a su madre y apenas saludó a su mujer y a su hermana con un somero gesto de indiferencia—. ¿Cómo está?

Amalia repitió lo mismo que le había dicho a Julia. Sentada, erguida, con cara de cansada y sobre todo de estar aburrida.

—Papá se queda aquí —sentenció Carlos como si fuera él la única voz autorizada para decidir—. Es donde mejor está atendido.

—Pues yo creo que es mucho más cómodo para todos que esté en casa —objetó Julia.

—Se queda aquí.

—Porque tú lo digas —replicó Julia indignada—. Como el señorito sólo viene por aquí de visita y cortita, no vaya a ser que se le pegue algo.

Carlos la miró, escurrió una risa entre dientes y habló con displicencia.

—Si te parece, cierro la oficina y me vengo aquí para que tú te vayas de paseo, no te jode.

—Tú como siempre tan generoso. El primero en ayudar. Qué sería del mundo de los negocios sin tu valiosa aportación.

—Déjame en paz, Julita, que he tenido un día muy complicado y no tengo cuerpo para escuchar sandeces.

—Complicado ha tenido que ser para los que han estado bregando contigo.

—Qué se puede esperar de alguien que no sabe lo que es dar un palo al agua.

—¡Tú qué sabes lo que yo hago o dejo de hacer!

—Pues eso, nada, vivir de las rentas de los negocios que yo mantengo y de lo que le pago al gilipollas de tu marido.

—Vaya, ahora resulta que tengo que darte a ti las gracias de cómo vivo, faltaría más.

Su hermano se volvió hacia ella, la miró al bies y le habló con sarcasmo.

—Por supuesto que tienes que darme las gracias, porque ya me contarás las horas que tú has echado al negocio. —Se calló, abrió los brazos y mostró las palmas como si hubiera caído en la cuenta de algo—. Ah, claro, que la doña es la señora de y eso de trabajar no entra en su cabeza.

—Carlos, yo creo que Julia tiene razón —terció Maribel, comedida—, será mucho más cómodo para todos que tu padre esté en su casa.

—Tú te callas, que a ti nadie te ha dado vela en este entierro.

—Pero qué desagradable eres —agregó Julia, en un intento de defender el poco espíritu que mostraba su cuñada frente al carácter siempre despectivo y abusivo que le dispensaba su marido.

—Bueno, bueno, vamos a dejar el tema de una vez. —Doña Amalia intervino como siempre para intentar poner paz a uno de tantos enfrentamientos en los que se enzarzaban los hermanos y en los que, casi siempre, salía escaldada Julia—. Papá se queda en el hospital y no se hable más.

Julia la miró asombrada. Sonrió sardónica y a punto estaba de enarbolar su absoluta disconformidad cuando se oyó un toque en la puerta. Pensaron que era Enrique, tan prudente y educado, pero la puerta se abrió sin esperar respuesta como si aquel golpe con el nudillo hubiera sido tan sólo un anuncio. A Julia se le paralizó el corazón por un instante, para luego sentir el alocado latido palpitando en su pecho.

Carlota se quedó en el umbral de la puerta, mirando al interior de la habitación, altiva y preparada para defenderse de un posible ataque; primero atisbó a Julia, a la que dedicó unos segundos más que a Amalia y que a Maribel, intuyendo que era ella la hermana que la había despertado, y apenas deslizó sus ojos por la figura de Carlos, el más cercano a la ventana y más alejado de ella.

Doña Amalia reaccionó enseguida creyendo que se trataba de una equivocación por su parte.

—¿A quién busca?

Entonces, Carlota posó los ojos en el anciano postrado y emboscado tras la máscara de oxígeno, y murmuró entre dientes:

—A mi padre.

Julia, incapaz de reaccionar, alternaba la mirada entre su

hermano y la recién llegada, que había dado un par de pasos hacia el interior, con los ojos puestos en el moribundo.

—Me temo que se ha equivocado —añadió doña Amalia con rancia amabilidad—. Al principio del pasillo está el control de enfermería, allí la informarán...

—No me he equivocado —la interrumpió Carlota esbozando una sutil sonrisa y señalando hacia la cama—. Ése es mi padre.

Un pesado silencio se mantuvo durante unos segundos que parecieron eternos, asumiendo los presentes el impacto. Carlos comprendió lo que pasaba y fue el primero que reaccionó; en dos zancadas se plantó delante de la recién llegada con la clara intención de impedirle que diera un paso más.

—¿Y se puede saber quién eres tú? —preguntó con un gesto arisco, rayando la mala educación.

Ella le miró a los ojos, con una fijeza casi hiriente. Luego, esquivó la mirada hacia Julia, que estaba a su lado, y habló con voz blanda, intentando atemperar el enfado evidente en el gesto de su hermano.

—Déjala pasar, Carlos, es Carlota, la hija de papá.

—Aquí la única hija de papá que hay eres tú, Julia —espetó Carlos sin quitar la mirada de la recién llegada—. No eres bien recibida, así que márchate. Aquí no tienes nada que hacer.

Carlota alzó la barbilla y tomó aire para soltarlo con la rabia que se le acumulaba a raudales en la garganta.

—Vengo a ver a mi padre.

—Te he dicho que te largues de aquí.

Amalia Escolar se había levantado al conocer la identidad de la visita. No le extrañó demasiado. A lo largo de todo el día lo único que se le había escapado de los labios a su marido había sido el nombre de Carlota, exhalado en aquella flacidez que le provocaba la sedación inoculada en la vía abierta de su brazo derecho.

—Déjala, Carlos —insistió Julia—. Papá quiere verla.

El mayor de los Balmaseda se volvió hacia Julia sin apartarse del camino de Carlota.

—¿Has sido tú la que la ha llamado? —Hubo un silencio sin respuesta—. No me lo puedo creer. Eres mucho más tonta de lo que me había imaginado.

—Carlos, hijo —doña Amalia se acercó a su hijo hablándole con gesto compungido—, deja que le vea. Es cierto que tu padre ha pedido verla.

—Pero ¿estáis tontas las dos o qué os pasa? No os dais cuenta de a lo que viene ésta; lleva desaparecida años y ahora, cuando se va a morir, se presenta aquí en plan hija buena y solícita... —Se dirigió a Carlota, que esperaba que el camino hasta su padre quedase despejado—. ¿Qué te crees, que te lo vas a llevar crudo? Pues de eso nada, guapa...

Carlota le miró a los ojos con el corazón en un puño. No sabía nada de aquel hermano mayor, nunca se había preocupado por cómo era ni de lo que había hecho. Lo cierto era que no se parecía en nada a su padre. Su cuerpo largo y delgado le recordó a los malos de las películas. Sintió que las piernas le temblaban y no estaba muy segura de que la sujetaran con la firmeza necesaria para no caer ridículamente desplomada. Llenó los pulmones intentando calmar el vértigo que la mantenía petrificada como una estatua en medio de las miradas de los que allí estaban, muda, incapaz de reaccionar, percibiendo el incomprensible odio expectorado por cada poro de la piel de aquel hombre que era su medio hermano.

A pesar de su flojera, a punto de claudicar al amedrentamiento ejercido por aquella barrera humana, impertinente y arrogante, levantó la cara y se encaró con él.

—Quiero ver a mi padre —repitió despacio, con voz firme y grave, ocultando su debilidad interior, que la arrastraba a cada segundo fuera de aquella habitación.

En ese momento apareció en la puerta Enrique, y su presencia resultó ser como un bálsamo a la tirantez que se había formado con la llegada de Carlota.

—¿Qué pasa? —preguntó al ver a todos de pie alrededor

de aquella mujer que estaba de espaldas a él y de frente a su hermano.

—Es Carlota López Molina —dijo Julia.

Y Carlota la miró para puntualizar lo que estaba diciendo.

—Soy Carlota Balmaseda Molina, y vengo a ver a mi padre. Y lo queráis vosotros o no voy a verle, porque tengo derecho...

—Lo que yo os digo —interrumpió Carlos farfullando. A pesar de que el cuerpo le pedía echarla a patadas se contuvo porque sabía de la inconveniencia de montar una escena y que se enterase todo el hospital de la presencia de aquella mujer, que merodeaba las migajas de la herencia del moribundo—. Ésta viene ahora de hija. Y los últimos treinta años, ¿dónde has estado?

—Eso no es de tu incumbencia —contestó Carlota sintiendo cada vez más fuerza para enfrentarse a aquel maleducado.

—Claro que lo es, Carlota López Molina. —Pronunció los apellidos con una sorna exagerada—. Lo es porque el que está ahí es mi padre.

—También es el mío por mucho que tú te empeñes en decir lo contrario.

Enrique se acercó hasta quedar al lado de Carlota. La miró como si no se terminase de creer que ella estaba allí. Luego miró a su hermano, que seguía sin quitar los ojos de la intrusa para evitar cualquier signo de relajación en su negativa de permitirle el paso.

—Déjala, Carlos, tiene derecho a verle. No hace daño a nadie.

El hermano mayor arrugó la nariz y la boca, apretó la mandíbula y los puños como si se estuviera disponiendo a liarse a tortas con todo el mundo. Las aletas de su nariz se movían rápidas para dar salida a la respiración acelerada que tensaba cada músculo de su cuerpo. Mientras, Carlota se mantenía aparentemente impávida ante aquella mirada de ferocidad, hasta que notó que la cogían por el brazo y tiraban de ella. Era Enrique, que la sacó del camino de Carlos y la llevó hasta dejarla al lado de su padre.

Todos quedaron a su espalda, menos doña Amalia, que estaba al otro lado de la cama, y que al comprobar que Carlota había superado el bloqueo gracias a la acción de Enrique, se arrimó dispuesta a ser testigo implacable de aquel reencuentro, sin permitirles ni un instante de intimidad, situada frente a ella, separadas por el cuerpo del anciano, ajeno todavía a lo que sucedía en su entorno.

Carlota miró a su padre durante un largo rato, fijos sus ojos en aquellos pómulos salientes, cubiertos de piel fina como pergamino seco tiznada de manchas y arrugada como una pasa. No sabía muy bien lo que sentía, o si sentía algo; no era ni pena ni alegría, se dio cuenta de que estaba vacía de sentimientos, como si de repente fuera consciente del abismo que se había formado en aquellos años de separación y ausencia. Sentía a su espalda la presión de la mirada de sus hermanos y le paralizaba el gesto vigilante e inquisitorial de doña Amalia, su mirada altiva, casi insolente, obviando a su marido, que permanecía ajeno a aquella extraña batalla que se estaba librando entre los de su sangre.

Carlota bajó los ojos hasta la mano raquítica y huesuda de su padre y puso la suya sobre ella. En ese momento, Clemente abrió los ojos y la miró. Una ligera sonrisa le iluminó el rostro ajado. Su muñeca se movió torpe buscando ciego el abrazo de la mano de su hija y ambas se apretaron con sutil delicadeza. La voz silbante se oyó en el interior de la mascarilla, parecido al aullido de un animal herido.

—Lucero, has venido..., mi Lucero... Has venido...

Sus ojos se volvieron cristalinos, y Carlota sintió una presión en sus sienes y la imagen de su padre se nubló a su vista. Notó que algo se desbordaba en su interior, como si el caudal de sentimientos embalsados hubiera quebrado el dique que los mantenía estancados en los valles más recónditos de la memoria, rebosando los límites del muro, inundando cada uno de los poros de su piel estremecida. Le provocó una intensa ternura la visión de dos lágrimas que desde las ralas pestañas de su padre resbalaron raudas hacia sus sienes. Sin pensarlo, Carlota alzó su brazo y llevó la mano que tenía libre hasta rozar la mejilla, percibiendo la humedad en la yema de sus dedos, y fue entonces cuando notó el ardor del llanto en sus párpados y murmuró un «papá» tenue, temblón, como si la palabra hubiera quedado ahogada en sus labios en una emoción incontrolada, liberada por fin.

Clemente se dio cuenta entonces de la presencia de su esposa a su otra vera. La miró un instante, y luego echó un vistazo a los que estaban en la habitación.

—Salid todos... —dijo con voz débil y fatigada—. Quiero hablar con Carlota.

—De eso nada —Carlos se adelantó con gesto arisco hasta ponerse al lado de Carlota, mirando a su padre—, de aquí no se mueve ni Dios.

—Carlos, hijo, no hables así —dijo su madre, molesta por la actitud de su hijo.

Clemente miró a su hijo con fijeza, alzó un poco la cabeza y le espetó con todas las fuerzas que pudo acumular que se marchara.

—He dicho que de aquí no me voy —repitió el hijo mayor de Clemente—. Si ésta te quiere ver, ya te ha visto. Pero hasta ahí llegamos. Ni un paso más. Se acabó.

Carlota y su padre se miraron, sabedores de que no tenían armas para luchar contra aquella intransigencia, alimentada durante años por el propio Clemente al imponer el irracional aislamiento entre los hermanos, transformado en aquel absurdo repudio y en una exacerbada desconfianza hacia Carlota. Comprendió que aquella actitud no era sino lo que él había sembrado, empeñado en mantener separadas las dos líneas de su descendencia.

El anciano miró a su mujer como una última súplica, pero doña Amalia ni siquiera se inmutó, dispuesta a no permitir que se quedara a solas con aquella hija que no era la suya y a la que consideraba de la misma forma que lo hacía su hijo Carlos, una incómoda advenediza.

Carlota se inclinó hacia su padre y posó con delicada ternura los labios sobre la frente ajada, mientras él, aferrado con la determinación de un náufrago a la mano de su hija, cerró los ojos para agradecer aquella indulgencia, aquel reconfortante gesto de consuelo que aceleró en exceso su pulso y provocó la reacción inmediata en el panel que recogía su ritmo cardíaco y, de repente, un pitido, incómodo e insistente, irrumpió como un vendaval que arrasó la magia del encuentro. Al cabo de unos segundos apareció una enfermera para conocer la causa de la alteración de las constantes del paciente. En ese momento, las manos enlazadas soltaron su abrazo y Carlota dio unos pasos atrás, sus ojos fijos en su padre, postrado y humillado por la implacable decrepitud. Las voces a su alrededor se perdían en su cerebro, mensajes diluidos no procesados como sonidos acorchados, palabras huecas en su mente vacía. La presión de una mano en su brazo y el bisbiseo en su oído la obligaron a salir de la habitación, sin apenas voluntad, impelida por un empuje ajeno, dejando en su interior a los guardianes erigidos en firmes defensores de la integridad de los derechos familiares contra la arribista. Con el corazón en un puño, enjugadas las lágrimas que resbalaban por la mejilla, tratando de afianzar el sentimiento de inseguridad con el sonoro taconeo de sus pasos, se encaminó a la escalera por el largo y espacioso pasillo, tan aséptico como los que transitaban por sus baldosas impolutas, mujeres y hombres con batas blancas y pijamas sanitarios, los bolsillos cargados de bolígrafos, rotuladores, móviles y buscapersonas, entrando y saliendo de una habitación a otra, a solas o acompañados de otros, sin fijarse en ella, en su rostro desolado por una inquieta frustración que pensó olvidada, un viejo resentimiento arrumbado en un rincón de su memoria que creyó no volver a necesitar nunca, con la única certeza de que había sido un error acudir a la llamada. Y de repente retumbaron en su conciencia las palabras de aquel hermano cainita cuando se alejaba del lado de su padre, del padre de ambos, tan suyo como de ella, y su mensaje llegó a su consciencia y comprendió su sentido: «Ya le has visto, ahora desaparece y no se te ocurra volver a merodear por esta familia», y recordó la presión de su mano sobre su brazo, la animadversión esparcida a través de sus ojos, de sus labios. Había sido entonces cuando se había soltado con brusquedad de su agarre, como reflejo de la anhelante huida, y se tocó el brazo que había sido atrapado y respiró hondo para sentirse libre.

11

Cuando estaba a punto de salir al exterior de la clínica oyó que alguien la llamaba a su espalda. Se giró y se detuvo al ver a Julia caminar deprisa hacia ella. Mientras la veía acercarse, sin moverse, esperando, se fijó en su hermana. A pesar de tener cuatro años menos, tenía un aspecto trasnochado disfrazado con ropa de calidad, abandonada al obligado declive que tradicionalmente se ha venido asignando a las mujeres una vez cumplida cierta edad, sin cabida ya para sentirse atractivas.

Julia llegó hasta ella y sonrió con reparo sin saber muy bien qué decir.

—Carlota..., yo... —Esquivó los ojos conturbada—. Lo siento mucho.

—No tienes por qué disculparte. Al contrario, te agradezco que me llamases, aunque no haya servido para nada; bueno, únicamente para enfadar a tu hermano...

—También es el tuyo... —Alzó las cejas dando a entender la evidencia—. Mi hermano, quiero decir, también es tu hermano.

Carlota no dijo nada, y Julia se sintió incómoda, sin saber muy bien qué palabras utilizar, ni siquiera sabía por qué estaba allí, delante de aquella mujer intentando decirle algo que le rugía por dentro sin encontrar la forma de hacerlo.

—Carlos es... —Julia calló y chascó la lengua—, cómo te diría yo..., es..., es...

—Un capullo.

La pequeña de los Balmaseda se la quedó mirando como si de repente hubiera encontrado exactamente lo que ella nunca se hubiera atrevido a expresar, a pesar de pensarlo desde que tenía uso de razón. La sonrisa le estalló en la cara iluminando sus ojos, como una auténtica liberación.

—Eso, eso es... Un capullo. Carlos es un auténtico capullo...

Carlota suspiró también relajando la tensión del rostro.

—Bueno, le puedes decir al capullo de tu hermano que se quede tranquilo, no volveré a molestar a la familia Balmaseda, y sobre todo dile...

—Carlota... —Julia interrumpió la frase con los ojos fijos en los de su hermana. Se mantuvieron un instante en silencio, mirándose de hito en hito, como si estuvieran analizándose la una a la otra de manera exhaustiva, intensa, apresurada—. ¿Te apetece un café? —preguntó al cabo.

Carlota, desconcertada ante la invitación, miró a un lado y a otro, echó un vistazo al reloj de su muñeca izquierda sin estar segura de si aceptar o rechazar la propuesta.

—No sé, es un poco tarde...

—Por favor, Carlota, tan sólo un café. No todos los días se conoce a una hermana.

12

Carlos Balmaseda tenía cincuenta y cinco años, estaba casado con Maribel Aranda, con quien tenía dos hijos, Nacho, de treinta, e Isabel, de veintisiete. Su carácter era contradictorio y ambiguo. De puertas adentro, se mostraba como un ser irascible, grosero y muy déspota en el trato con su familia, especialmente con su mujer, transformado en un ser encantador, simpático y afable con cualquier extraño. Tenía además una indefectible tendencia a flirtear con toda mujer que se pusiera a su alcance, sin reparar demasiado en edad o estado civil, siempre y cuando tuviera las cualidades que para él resultaban imprescindibles en una fémina: pelo largo, preferentemente rubio, tobillos finos, caderas anchas, cintura estrecha y buenos pechos sin ser excesivos. Huía como de la peste de aquellas demasiado inteligentes o de las que resultaban difíciles de doblegar, definidas a sí mismas como independientes, a las que pasaba a calificar de feministas peligrosas para la especie, y echaba de su lado con cajas destempladas a las que se ilusionaban con un proyecto de futuro juntos con la pretensión de que lo dejase todo por ellas. No es que fuera un adonis, pero su aspecto donoso, revestido de buena ropa combinada con un gusto exquisito (gracias a los acertados consejos de su esposa), una facilidad pasmosa para la lisonja y el galanteo impostado, buenos regalos, restaurantes caros, incluso algún viaje con gastos pagados en primera clase, hacían que mujeres ávidas de requiebros y atenciones cayeran rendidas a sus pies, aunque en la mayoría de los casos acabasen escaldadas.

El carácter dominante y manipulador había sido forjado y avivado desde niño por su madre, doña Amalia, que sentía hacia su primogénito una auténtica idolatría supeditada por el temor a sus reacciones, a menudo desabridas, arbitrarias y bruscas; además de profesar un respeto reverencial a todo cuanto dijera, hiciera o decidiera, obviando e incluso discrepando del criterio de su marido. En demasiadas ocasiones, el pertinaz empeño de doña Amalia en ocultar, tapar, arreglar o simplemente defender o justificar algo referido al hacer o decir de su hijo mayor había provocado el efecto contrario al perseguido por ella, dando lugar, su inoportuna intervención, a duros enfrentamientos entre padre e hijo, que, con los años, les había llevado a mantener una tensa relación personal entre ellos, en la que el trato se circunscribía a lo imprescindible para llevar adelante las empresas y los negocios, el imperio levantado por el padre. Pero Carlos no sólo se llevaba mal con su padre, sino también con sus hermanos a consecuencia, precisamente, de toda una cadena de injusticias, frustraciones y resentimientos causados por la excesiva protección materna ejercida hacia el primogénito. Resultaba tan palmaria la torpeza de doña Amalia en su intento de mantener una desconcertante armonía familiar que, en los últimos años, había conseguido que los hermanos, con sus respectivas parejas, apenas tuvieran entre ellos una relación más allá del indolente saludo y la pura cortesía.

Enrique Balmaseda tenía seis meses más que Carlota, su hermana consanguínea. Se había criado a la sombra de Carlos, acompañándole como su fiel escudero primero en los juegos, en los que siempre le había tocado perder, y luego en las correrías adolescentes a cuyas nefastas consecuencias solía enfrentarse a solas el hermano menor, e incluso llegaba a defender a capa y espada y delante de todos al verdadero causante del desastre, abducido y manipulado por el sólido liderazgo del mayor y con tal de evitar sufrir las graves consecuencias que le podía reportar la falta de lealtad. Creció sintiendo en su nuca la constante amenaza de su hermano, se acostumbró a ceder en su favor, a respaldar y demandar cualquier cosa a la que Carlos aspirase conseguir como si fuera para sí mismo, renunciando a sus propios deseos y gustos en beneficio de los del líder.

Cursaba segundo de Derecho cuando apareció Carlos de la mano de Maribel, en aquel entonces una cría de apenas diecisiete años que aún vestía uniforme escolar y tenía que estar a las diez en casa. Fue en un guateque organizado por uno de la pandilla que ambos hermanos frecuentaban. Maribel era la más joven de todas las chicas de aquella fiesta, la mayoría universitarias o ya trabajando. A pesar de que se habían conocido hacía muy poco, Carlos ya la había besado en la boca y le había prometido amor eterno, atrapada ella en sus largos tentáculos totalmente obnubilada por la seductora verborrea del mayor de los Balmaseda. Una vez seducida, dócil y leal, Carlos la tenía a su merced sin apenas esfuerzo; así que en cuanto entró a la fiesta, el mayor de los Balmaseda se desentendió de ella y apenas le hizo caso, bebiendo y tonteando con toda la que se colgaba a su cuello, ante la frustración de la pobre Maribel, que, sola, entre toda la multitud de gente que bebía, fumaba y reía sin parar, se veía impotente para controlar su rabia y sus celos; hasta que no pudo más y reclamó la atención de Carlos sin poder reprimir su enfado, lo que provocó la cólera del requerido novio, que, con cajas destempladas, la agarró del brazo y se la llevó a un rincón para regañarla como si se tratase de una niña caprichosa que molesta a los mayores. «Ni se te ocurra volver a montarme el numerito, ¿me oyes?, son mis amigas de siempre y no pensarás que voy a dar de lado a todo el mundo para estar pegado a ti...» Aquélla fue la primera de las muchas disputas entre la pareja que presenciaría Enrique. Ella se quedó en un rincón aturdida por una situación que la superaba. Al pequeño de los Balmaseda le dio pena y la animó a bailar; al principio se resistió, mohína aún por el disgusto. «No se lo tomes en cuenta —la consolaba cuando se le escaparon unas lágrimas debido a los celos de ver a su recién estrenado príncipe tonteando y bailoteando con otras—. Carlos es algo brusco a veces, pero cae muy bien a la gente, es el alma de la fiesta, ya lo ves; nadie puede acapararlo.» Al final Enrique consiguió hacerla sonreír y que se animase a bailar suelto. Se pasaron toda la tarde juntos, bailando y charlando, con visitas esporádicas de Carlos para controlarla (o más bien marcarla como de su propiedad ante su hermano): «Cuídamela, Enrique, que no se le acerque ni Dios, que además de estar muy buena todavía está muy tierna, y hay mucho cabronazo suelto por aquí esta tarde».

Cuando llegó la hora límite para ella, fue Enrique quien la acompañó a casa a petición de su hermano, demasiado ocupado en ganar una partida de mus que se había montado en una habitación aparte.

Frente al portal de su casa, Maribel le dio las gracias, le miró a los ojos y le dio un beso en cada mejilla mientras él se quedaba quieto, sin decir nada, sin hacer nada, porque ya sabía que se había quedado colgado por la dulzura de esa sonrisa y la intensidad de aquellos ojos. Intentó obviar un sentimiento que crecía cada vez que la veía con su hermano, y no podía evitar una sensación de náusea cuando los veía besándose, o reírse juntos, o marcharse en el coche de Carlos, a sabiendas de que la llevaba a algún sitio apartado, o a casa de algún amigo emancipado. Enrique tenía la esperanza de que en algún momento Carlos se cansaría de ella, o ella le dejaría, y entonces tendría su oportunidad de conquistarla. Pero sus esperanzas se frustraron el día en que entró en casa y vio a su madre muy seria y con gesto circunspecto, de pie, el rictus crispado, escuchando a su padre y a su hermano, sentados, igualmente tensos y preocupados. Cuando Enrique preguntó qué ocurría, la voz aflautada de su madre resonó en su conciencia: «Tu hermano ha dejado embarazada a esa chica, a esa Maribel

—pronunció el nombre desairada, ceñuda—, menuda fresca, os lo he dicho muchas veces, mucho cuidado, que os cazan sin que ni siquiera os deis cuenta...». «¡Bueno, ya está bien! —su padre terció levantándose y tomando aire—. El que tiene cojones para meterla ha de tenerlos también para asumir las consecuencias. Te casas con ella y se acabó esta conversación, y cuanto antes mejor.»

Y se casaron, y Enrique creyó que la boda aplacaría la pasión oculta que sentía por esa chica que en apenas unos meses se había convertido para él en una obsesión. Pasó el tiempo y Maribel dio a luz a su primer hijo, pero Enrique no conseguía olvidarla; la pasión por ella no sólo no se aplacaba, sino que crecía tanto que se le hacía complicado ocultar su sentimiento cuando estaban juntos en alguna reunión familiar. Con la excusa de ir a ver a su sobrino recién nacido, visitaba a menudo la casa de los recién casados, y en cada una de esas visitas Enrique notaba en el semblante de Maribel el claro reflejo de la tristeza y la infelicidad, desapareciendo poco a poco el brillo de sus ojos, ensombrecida día a día la luz de su rostro. La tata Juana, que cuidaba al bebé y que antes había cuidado a los tres hermanos Balmaseda, le confesó a Enrique que Carlos trataba muy mal a Maribel, que era arisco con ella, que la hacía llorar; Juana conocía muy bien a Carlos porque le había visto crecer y sabía de la poca empatía que podía tener hacia el prójimo; a veces se atrevía incluso a reprenderle por gritar de aquella manera a su mujer, pero Carlos se revolvía contra ella y la amenazaba con ponerla en la calle si no se callaba, y ella callaba, y lo hacía por no dejar al niño, que no tenía culpa de nada, y porque le daba pena esa pobre chica, porque no sabía con quién se había juntado, y porque a pesar de ser madre aún era una cría de apenas veinte años.

Y sucedió lo inevitable. Carlos había empezado a trabajar en la empresa con su padre y había tenido que salir de viaje de negocios durante unos días. Era sábado. La tata Juana se había marchado a su pueblo a ver a su familia y regresaría el domingo. Enrique llegó a media tarde con un regalo para el niño y unas flores para ella. Se pasaron la tarde hablando, la ayudó a bañar al niño, a darle su última papilla y, después de dormirlo, continuaron hablando hasta que Enrique no pudo contenerse y la besó, un beso dulce y apenas un roce de los labios que ella no retiró, un beso al que siguió otro más intenso, y ella cerró los ojos y se dejó abrazar, deslizada en el ansia de cariño, ávida de tanta ternura derrochada en cada caricia que Enrique le regalaba, poco acostumbrada a tanta delicadeza, tanto mimo. Aquella noche hicieron el amor varias veces, eliminando en cada beso el aroma de Carlos impregnado aún en las sábanas, mecido el uno en el abrazo del otro, abandonados a las horas de una madrugada en la que sólo existían ellos, ajenos al mundo exterior, y rendidos se durmieron juntos, entrelazados sus cuerpos, exhaustos de pasión y colmados el uno del otro. Hasta que el llanto frágil del niño los devolvió a la realidad, se rompió el hechizo en un instante, el mismo en el que Maribel dejó de ser sólo suya y se convirtió de nuevo en la madre de su sobrino y en la esposa de su hermano, de nuevo sólo su cuñada, nada más que su inalcanzable cuñada.

Aquella noche quedaron fundidos el uno en el otro para siempre, no hubo más oportunidades para ellos, no tanto por la insistencia de Enrique para que se separase de Carlos y poder empezar una vida juntos como por las reticencias de Maribel, el temor a que su marido notase en sus ojos el fuego de su amor por Enrique, su desasosiego por apartarlo de ella para protegerlo de Carlos. Pero Enrique porfiaba en su empeño llegando a poner en apuros a Maribel, en tal medida que tuvo que intervenir Juana, que le advirtió la conveniencia de que se alejase de su cuñada: «Por tu bien y sobre todo por el suyo; sabes cómo se las gasta tu hermano, no la expongas más de lo que está».

Pero Carlos lo supo todo. Consciente de que, desde que eran novios, Enrique bebía los vientos por ella, no tuvo que pensar mucho para entender que Maribel sentía algo más que el normal afecto familiar entre cuñados, tan sólo había que mirar a su hermano y a su mujer cuando estaban juntos, sus miradas los delataban de manera tan evidente que le daban ganas de reírse de ellos.

—Deja en paz a mi mujer —le había espetado un día a bocajarro, después de una comida familiar.

—Pero ¿qué dices? —Enrique había intentado disimular sorpresa.

—Sabes muy bien de lo que te hablo, babeas por mi mujer y además te crees que soy gilipollas.

—Ah, ¿y no lo eres? —había agregado con sorna.

El dedo amenazador de Carlos se alzó ante el rostro de su hermano.

—Te lo advierto, como se te ocurra acercarte a ella...

—¿Qué vas a hacer, me vas a matar? —le retó.

El silencio gélido estremeció a Enrique al contemplar el sentimiento de odio inyectado en los ojos de Carlos.

—A ti, no... —Sus labios se quebraron en una sonrisa sórdida—. Me la cargo a ella. Así que, si tanto la quieres, por el bien de todos, aléjate de mi mujer.

A partir de ese momento, Carlos impuso un control implacable a las entradas y salidas de Maribel, echó a Juana y contrató a una mujer a la que aleccionó y pagó muy bien para que le informase de cualquier movimiento de su esposa. Y así empezó a construir una especie de celda con barrotes invisibles instalados en la conciencia de Maribel, con el fin de evitar que cayera en los brazos de su hermano, algo que no soportaría debido, más que por el amor hacia ella (un amor inficionado desde el principio), por la profunda rivalidad que sentía frente a él.

El tiempo pasó y, para desesperación de Enrique, Maribel quedó embarazada otra vez.

Decidió poner tierra por medio y se marchó a Buenos Aires para estudiar un máster de asesoría jurídica de empresas; después encontró trabajo en un importante bufete de abogados.

A mediados de los noventa conoció a Graciela Ponce, una guapa estudiante de Derecho, hija única de un rico empresario argentino, ocho años menor que él. Entre ellos se estableció una historia apasionada en la que ella lo puso todo y él tan sólo se dejó llevar. Cuando en el último año del milenio los padres de Graciela murieron en un accidente de tráfico, en sus manos quedó una fortuna inmensa. Graciela tuvo el acierto de seguir el consejo de Enrique, que intuyó la crisis que se avecinaba, y vendió gran parte del patrimonio heredado, sacando el capital al extranjero y poniéndolo a salvo del corralito que estalló a finales del año 2001. Enrique y Graciela se casaron, regresaron a España y se establecieron definitivamente en Madrid, donde abrieron un despacho de abogados en un espacioso piso de la calle Hermosilla del que dependían seis letrados, además de ellos como socios únicos.

El único de los hermanos que trabajaba en la empresa familiar del Grupo Balmaseda era el primogénito. Desde muy joven no se planteó otra posible opción. Carlos tenía que ser el que dirigiera el compendio de negocios desarrollados desde la nada por Clemente Balmaseda.

13

Al quedarse solos los Balmaseda, una vez que Carlota hubo abandonado la habitación hospitalaria y la enfermera hubo comprobado que el latido del enfermo recuperaba la normalidad, Julia le había reprochado a su hermano sus malas maneras.

—Eres un maleducado.

—Y tú eres tonta de remate. ¿Cómo se te ocurre llamar a ésa? ¿Es que no te das cuenta de que es tirar piedras contra tu propio tejado?

—Papá lo pidió.

—Papá lo que tiene que hacer es callarse, que ya bastante complicó las cosas liándose con esa zorra.

—Carlos —la madre se irguió y le habló ceñuda—, no te permito que hables así...

—Tú te callas, que durante años has estado consintiendo los cuernos.

Enrique escuchaba sereno a un lado.

—Sorprende oírte hablar así de los cuernos de mamá —dijo el mediano de los hermanos con una sonrisa irónica dibujada en la cara—. Me gustaría saber qué piensa de eso Maribel.

Maribel dio un respingo, miró a Enrique ofendida y movió la cabeza a un lado y a otro, intentando salirse del campo de batalla.

—Yo no voy dejando hijos por ahí —replicó Carlos con gesto despectivo.

—Si tú lo dices... —murmuró Enrique torciendo la boca con sorna.

—Tú preocúpate de tu gauchita, que te veo demasiado confiado —se puso las manos en la frente para que quedase clara su intención de ofender—, a ver si un día no vas a poder entrar por la puerta.

—Pero qué dices —le espetó Enrique, descompuesto. No soportaba las maneras de su hermano—. Tú estás chalado, háztelo mirar porque no estás bien. —Se dirigió a su cuñada sin dejar de mirar a Carlos—. Maribel, lleva a tu marido a un psiquiatra, porque necesita tratamiento con urgencia.

—Bueno, ya está bien —interrumpió doña Amalia con vehemencia; le desazonaba mucho oír discutir a sus hijos—. Se acabó la discusión. Aquí no ha pasado nada. Esa mujer ha venido, le ha visto y se ha ido. No hay más que hablar.

—Pensándolo bien —añadió Carlos ceñudo, como si estuviera analizando la situación—, creo que va a ser una buena idea lo de llevar a papá a casa. Así nos evitamos visitas incómodas como ésta.

—Pues mira, tienes razón, hijo. —Doña Amalia miró a su marido, que mantenía los ojos cerrados como si quisiera aislarse de las palabras que se vertían a su alrededor, ajeno, frustrado e impotente ante esas luchas que ya ni podía ni tampoco quería zanjar porque su autoridad debilitada le incapacitaba para reaccionar—. Clemente, te vamos a llevar a casa, allí vas a estar más cómodo. ¿Te parece?

Clemente no contestó, ni siquiera abrió los párpados; al contrario, los apretó con fuerza para evitar que las lágrimas que pugnaban por rebosar no pudieran mostrarse y dejaran a la vista su debilidad.

Julia escuchaba atónita la perorata hipócrita de su hermano aplaudida por su madre. Cogió su bolso y salió de la habitación, oyendo a su madre preguntar que adónde iba. Apretó el paso por el largo pasillo y, en vez de esperar al ascensor, corrió por la escalera hasta que llegó a la planta baja, y allí vio a su hermana recién conocida. La llamó por su nombre hasta que consiguió detenerla.

14

Se dirigieron al ascensor para bajar a la cafetería, sin decirse nada que no fuera estrictamente necesario. Ya desde el pasillo de acceso se escapaba un embriagador aroma a café. Entraron al local y las dos mujeres disminuyeron el taconeo ante la quietud que se respiraba en el ambiente, únicamente interrumpida por el sonido de la loza apilada maquinalmente por uno de los camareros. Una mujer de cierta edad y aspecto cansado y solitario, con una taza ya vacía sobre la mesa, miraba al frente sin ver nada, abstraída en cavilaciones; un chico joven de poco más de veinte años sentado junto a la que parecía ser su madre mordía con ganas un bocadillo mientras ella, con gesto lastimero de preocupación y ojeras de varios días, tomaba a sorbos espaciados una infusión que todavía humeaba en su taza. De pie, acodado en la barra, había un hombre solo, fijos sus ojos en su móvil, dando toques con los dedos sobre la pantalla, ajeno de todo a su alrededor, con una cerveza mediada y un platillo de almendras casi vacío.

Julia caminaba delante de su hermana, que la seguía con paso lánguido, pensando en que había cometido un error al aceptar la invitación, arrepentida en el mismo instante de hacerlo; no le apetecía nada estar con una de las personas que habían hecho de su existencia un continuo vaivén de incertidumbres y contradicciones que habían lacerado la base de sus sentimientos más profundos y arraigados. Además, aquella hermana que ahora parecía tan solícita le había arrebatado algo que le dolió mucho más y durante muchos años, una herida que a pesar de estar ya cicatrizada estaba ahí, recordándole la puñalada trapera que había recibido, quebrado su destino, arruinado su futuro y sus sueños.

La segunda vez que vio a su hermana Julia fue plenamente consciente de quién era. El encuentro casual se produjo durante las fiestas de San Isidro del año 1981; Carlota había asistido con varios amigos de la facultad a un concierto de Aute en el palacio de los Deportes. Al terminar, se fueron a tomar una copa a un pub de la zona y allí una amiga suya le presentó a Cayetano Vegallana; desde el primer instante surgió entre ellos una extraña atracción que hizo que los demás, el grupo de él y el de ella, quedasen al margen de los dos, ellos solos, ajenos a todo, esfumado el mundo a su alrededor. Charlaron durante más de una hora de la vida y del universo, hasta que de repente, igual que un torbellino (o un tornado que lo descolocó todo), apareció una chica de unos dieciocho años que se abalanzó sobre él para darle un efusivo abrazo y un par de sonoros besos en cada mejilla. Caye de mi vida, había gritado al verlo, qué alegría me da verte. Cayetano, desconcertado por la inoportuna interrupción, se dejó hacer mostrando una sonrisa entre complacida y educada. Pero bueno, si es nada menos que Julita Balmaseda; Carlota, al oír aquel nombre relegado en su memoria, se había erguido como un animal en estado de alerta; quién te ha visto y quién te ve, ¿cómo estás?, ya veo que muy guapa, le decía en tono cariñoso, ¿se puede saber qué haces tú por estos antros? He aprobado COU, le contestó ella agarrándole las manos con una sonrisa abierta de felicidad, y en junio a la selectividad, a ver si apruebo; eso está muy bien, había añadido él mirando de reojo a Carlota que, disimuladamente, se había apartado un poco para encenderse un cigarrillo y evitar cualquier conversación con la recién llegada, consciente de quién era. ¿Y qué piensas hacer al final?, le había preguntado él, ya me conoces, Cayetano, me encanta el arte, y, como en Historia del Arte no hay númerus clausus, con un aprobado raspado en la selectividad me vale. Durante todo el rato que estuvieron hablando, Julia no se dirigió ni una sola vez a Carlota, ignorándola como si no existiera, dándole incluso la espalda como si quisiera acaparar toda la atención de Cayetano. Al rato se marchó igual que había aparecido, plantándole un par de besos en cada mejilla, derrochando simpatía sobre él y sin decir ni un adiós a Carlota. Al quedar solos, él se disculpó por la interrupción; es una amiga, había dicho él con reparo ante la actitud algo infantil que había mostrado Julia obviando la presencia de Carlota, está un poco alocada, pero ya sabes, estas cosas se curan con la edad... No pasa nada, había añadido incómoda, ¿cómo se llama?, le preguntó para asegurarse, Julia, le contestó, Julia Balmaseda, es la hija de Clemente Balmaseda, el empresario; ¿la conoces? Carlota se había quedado muda ante la pregunta, sin poder ocultar su desconcierto. No, había contestado al cabo con firmeza, no la conozco, sólo preguntaba..., por saber... Tengo que marcharme, había dicho metiendo con repentina prisa su tabaco y el mechero en su bolso; en ese momento, el desconcertado fue él, ¿te vas ya?, pero si todavía es muy pronto. Ella se excusó diciendo que tenía que madrugar para estudiar. ¿Puedo acompañarte? Carlota se levantó con gesto arisco, rota toda la magia que había empezado a surgir entre ellos por la aparición, igual que una negra sombra, de aquella medio hermana, como si cada vez que intentara levantar el vuelo apareciera un Balmaseda para ponerle plomo en las alas. Tengo el coche muy cerca, gracias, le contestó sin mirarle. Él se había levantado al mismo tiempo que ella, inquieto por la precipitada marcha, ¿puedo llamarte y quedamos a tomar algo, al cine, a dar un paseo, hacer *puenting*? Carlota le miró por fin y no pudo resistir sonreír, a pesar de tener el corazón helado. Suelo venir por los garitos de la zona, le había contestado, así que, si te pasas por aquí, tal vez nos veamos otra vez. Y se marchó dejándole solo y fundido de amor por ella. Al salir, Carlota se había topado con Julia; nunca supo si aquel choque (sin mayores consecuencias que la obligación, no cumplida por ninguna de ellas, de pedirse mutuas disculpas) lo había provocado Julia adrede o si fue una casualidad fortuita; las dos hermanas se habían mirado un solo instante hasta que Julia se volvió reclamada por un chico que se la llevó a bailar. Carlota tampoco llegó a saber nunca si Julia, en algún momento antes o después de aquel encuentro, fue consciente de quién era ella.

Y, ahora, transcurridas más de tres décadas, la tenía de nuevo delante, como si no hubiera pasado nada, pero sí que pasaba, porque, apenas tres años después de aquel encuentro inesperado y fortuito, aquella joven alocada e histriónica, según él una amiga de la familia, se casó con Cayetano Vegallana usurpándole esta vez al hombre de su vida, quebrando de nuevo uno de los cimientos más importantes de su existencia.

Ajena a los pensamientos negativos que bullían en la mente de su hermana y que estaban recayendo sobre ella, Julia se dirigió a una de las mesas del fondo. Al ver su reflejo en uno de los espejos colocados en las paredes y que daban al local una ilusoria sensación de amplitud, observó furtiva el rostro de Carlota, que iba tras ella, y en un momento sus miradas se encontraron. Al llegar a la mesa elegida, Julia se volvió y sonrió.

—¿Te parece bien aquí?

—Sí, claro.

Carlota contestó dejando el bolso en una de las cuatro sillas, sin llegar a quitarse el abrigo, como si llevase asumida la idea de no quedarse demasiado. Julia sí se despojó del pesado chaquetón y lo dejó caer en el respaldo de la silla en la que se sentó; había elegido la posición que la dejaba de cara a la entrada y tenía a la vista todo lo que sucedía en la cafetería; Carlota, sin embargo, sólo podía verla a ella. Una vez acomodadas, una enfrente de la otra, el camarero se acercó. Julia pidió un descafeinado y Carlota una infusión.

Cuando de nuevo se quedaron solas, la conversación resultó escueta, tensa e incómoda. Carlota esquivaba la mirada hacia el cristal azogado que se extendía por encima de la cabeza de su hermana, del que apenas se atisbaba nada de lo que había a su espalda.

—Julia, te agradezco que me hayas llamado. Hace años que mi padre y yo...

—No tienes nada que agradecerme —interrumpió Julia—. Lo he hecho porque él me lo pidió y porque creo que los dos teníais derecho a este encuentro.

—Está claro que tu familia no piensa lo mismo. —Chascó la lengua moviendo la cabeza—. A mí me da igual el dinero de mi padre. No lo he necesitado en todos estos años. Puedo seguir viviendo sin él.

—Yo no sé mucho de leyes, pero tengo entendido que siendo su hija tienes los mismos derechos como heredera que cualquiera de nosotros.

Carlota suspiró con una mueca reflexiva.

—El problema es que no quiero de mi padre aquello a lo que le obliga la ley; no quiero que actúe por imposición legal. Tal vez te sonará pretencioso lo que voy a decirte, pero me hubiera gustado que hiciera las cosas porque las siente aquí dentro —se puso la mano derecha sobre el pecho—, porque tiene la voluntad de dármelo; y no me refiero sólo a lo material, todo esto va mucho más allá de lo que pueda recoger un testamento; me refiero a que me trate como un padre, sin más, no como una institución legalmente establecida, porque eso ya lo tengo. —Calló y se irguió como si aquello le sonase a justificación y de repente se hubiera arrepentido de haberlo hecho—. Estoy hablando tonterías... No me hagas mucho caso.

Julia no dijo nada. Pensaba en la forma de hablar de aquella mujer, en cómo se refería a su padre, siendo también el suyo. La miraba y se sorprendía del parecido que tenía con él. Carlos era igual que su madre, y Enrique tenía una extraña mezcla que le daba un aire propio. Pero todos decían que era ella la viva imagen paterna, los mismos ojos, las cejas, los labios carnosos, la quijada contundente, el pelo claro y abundante. Y ahora tenía frente a ella a una hermana con un sorprendente parecido a su padre, el padre de ambas, y por tanto debía de tener un parecido a ella misma. Y a pesar de ser los rasgos físicos tan comunes, Julia era consciente, sin apenas conocerla, de lo distinta que era de Carlota, del abismo indefinido que separaba sus vidas.

—Todo lo referente a mi padre —continuó hablando Carlota ante el silencio observante de Julia— me provoca una sensación extraña, contradictoria... Es una ambivalencia de sentimientos... No sé... Es todo tan absurdo... No creas que es algo que ha surgido ahora; desde que me enteré de que existíais, de que no era yo la única que ocupaba su vida, todo lo que yo consideraba sólido, la familia en la que yo me sentí protegida hasta entonces, todo se desmoronó y empezaron las dudas, y a lo largo de los años me ha perseguido la sensación de estar constantemente pisando un terreno que no me corresponde, de que se me quería por pena, o por lástima, o, peor aún, que se me atendía por pura obligación, siempre a la búsqueda de mi lugar en este mundo en el que no resultase molesta a nadie.

Carlota enmudeció, evitó la mirada de su hermana y apretó los labios, convencida de que estaba hablando demasiado. ¿Qué le importaba lo que sentía o dejaba de sentir? No se había preocupado nunca de ella. Era cierto que la había llamado para que pudiera ver a su padre, al de ambas, pero no había sido un acto voluntario de ella, sino a consecuencia de la insistencia de su padre, una insistencia bien conocida por Carlota y a la que era difícil resistirse. Sabía de la capacidad de convencimiento de su padre, así que no tenía por qué fiarse de aquella hermana, ahora aparentemente tan atenta y cortés.

Sin embargo, aquel encuentro había provocado el efecto contrario en Julia. Escuchaba a Carlota con una mezcla de admiración y estupor. Cuando Carlota calló, Julia tragó saliva y se removió como si estuviera entumecida. Luego sonrió con una risa estúpida. Movió la cabeza, confusa.

—Es curioso, yo siempre supe de tu existencia; desde que

tengo uso de razón he sabido que tenía una hermana, y de pequeña soñaba en cómo sería jugar contigo, compartir mis muñecas, hablar de nuestras cosas entre chicas... Lo distinto que hubiera sido todo para mí si te hubiera tenido a mi lado. Pero también supe desde siempre que tu presencia en nuestras vidas era imposible, que estaba prohibido preguntar por nada referido a ti o a tu madre. Jamás me planteé acercarme a ti, o buscarte, conocerte, como si temiera que pudieras quitarme lo que me pertenecía. Toda mi vida has sido como una inquietante sombra sobre mi cabeza.

Carlota escuchaba manteniendo la desconfianza, una incredulidad construida para evitar que volvieran a hacerle daño. Lo había aprendido con los años, a no fiarse de las buenas palabras, de los aparentemente buenos sentimientos, como un mecanismo de defensa contra un mundo, el de los Balmaseda, al que veía como una amenaza para su bienestar mental. Habló con un tono entre la desidia y el desprecio.

—Tiene gracia. —Carlota bajó los ojos a sus manos, que estaban posadas sobre la mesa—. Nunca hubiera pensado que sentías eso. Al fin y al cabo tú has sido siempre la hija legítima. Era yo la que durante muchos años fui la hija del pecado, la bastarda. Así me llamaban las compañeras más audaces en el colegio..., Carlota *la Bastarda.*

Se callaron porque en ese momento llegó el camarero con las consumiciones; las colocó sobre la mesa y se retiró. Carlota abrió la tetera y tiró del hilo de la bolsita cuyo contenido se iba diluyendo en el agua hirviendo. Julia rasgó el papel de su azucarillo y lo vertió en el café. Luego, cogió la cucharilla y removió con la vista clavada en el movimiento circular de su mano.

—¿Te puedo preguntar por qué no llevas el apellido Balmaseda? Tengo entendido que te dieron la razón en el juzgado.

—¿La razón de qué? —preguntó Carlota, áspera.

Julia se encogió un poco de hombros, como si se achantase ante la evidencia de que le habían molestado sus palabras.

—Quiero decir, que como demandaste a mi padre por lo de la paternidad...

Carlota la miró con fijeza durante un par de segundos, buscando en el rostro de aquella hermana una malicia que no terminaba de encontrar.

—Julia, a pesar de que cuando nací en mi inscripción de nacimiento pusieron padre desconocido, siempre he sabido quién era mi padre, y lo ha sabido todo el mundo, incluidos vosotros. Lo que demandé fue mi derecho a quitar esa inscripción vergonzante. Primero se lo pedí a él, que debería haberlo hecho de inmediato, y ante su negativa no tuve más remedio que hacerlo a través de los instrumentos que me otorgaba la ley. Por eso demandé.

—Pero si luego has seguido utilizando el apellido de tu madre...

—Ya, pero en el Registro Civil está inscrito el nombre de mi padre, y eso no siempre fue así. Para ti tal vez puede que no sea importante porque siempre lo has tenido, pero yo no, yo he sido una bastarda hasta que una sentencia me arrancó ese apelativo.

—Carlota, no quiero que pienses que yo...

—No pienso nada, me da lo mismo lo que opines tú o cualquiera de tu familia, y ahí incluyo a mi propio padre. Hace mucho tiempo que superé eso.

Carlota se tragó su acritud y cuando terminó la frase sintió un escalofrío al escuchar el grito de su conciencia decirle que mentía, que no lo había superado, que tan sólo había aprendido a vivir con ello, porque, como le había hecho ver Rita Torralba, en el fondo aún sentía la sensación de ser diferente, aunque esa diferencia se hubiera quedado clausurada con una sentencia y una inscripción registral.

—Entonces, ¿ya no debo llamarte López?

La respuesta negativa fue drástica y concluyente.

—Ahora soy Molina Balmaseda. Me cambié el orden de los apellidos; es una especie de homenaje a mi madre. Se lo merece más que él. Al fin y al cabo, hasta los veinticinco años fui Molina.

—¿Y el López?

—Un ardid legal de aquellos tiempos para evitarme la vergüenza de tener una madre soltera.

Julia sintió un escalofrío al pensar en lo que había tenido que pasar Carlota a lo largo de su vida, consciente ahora de tantas cosas, tantos agravios hacia ella y hacia su madre. Desde la conversación nocturna en el hospital, en la que sólo habló su padre, sin que ella le interrumpiera ni una sola vez, había empezado a entender tantas cosas, tantas actitudes, tantas conversaciones, miradas y reproches soslayados que se quedaban en el aire como colgados sin la fijación del entendimiento que ahora poseía. Y pensó que Carlota tenía el derecho a saberlo, que su padre se lo había confesado todo a ella para que se lo pudiera trasladar a su hermana, con el temor de no poder hacerlo él por sí mismo en los últimos suspiros que le otorgaba la vida o, mejor dicho, que le regalaba la muerte, permitiéndole mantenerse vivo para enmendar su falta al revelar lo sucedido. Tenía que decírselo antes de que fuera demasiado tarde, para ella y para su padre; pero no lo hizo. Apretó los labios y esquivó la mirada; necesitaba tiempo; aún no había decidido si guardárselo y olvidarlo o contar a la hija pródiga la verdad que había conformado sus vidas, la suya y la de su propia familia. Era consciente de que el daño podría ser irreversible, para ella, para sí misma, para todos, peor aún que la cruel ignorancia mantenida en el tiempo. Sin embargo, su conciencia pugnaba por la necesidad de contar.

Intentó cambiar de tema para evitar el muro de incomodidad que se erguía entre ellas.

—¿Puedo preguntarte a qué te dedicas?

—Soy juez.

Julia se irguió ligeramente como si aquella palabra por sí sola invocase una especie de autoridad. Sonrió para relajar la sorpresa.

—Debe de ser muy interesante..., lo de ser juez, quiero decir.

Carlota arqueó las cejas e inclinó la cabeza, valorando el cariz de su respuesta.

—Según como se mire. Interesante es, no cabe duda, pero no siempre es agradable.

—Me imagino..., eso de juzgar, dictar sentencias, tratar con delincuentes.

—No sólo trato con delincuentes, también trato con víctimas.

—No sé por qué, pero cuando pienso en un juez siempre me imagino a un señor con toga muy serio y muy mayor... Será porque no he tenido que acudir nunca a un juzgado, ni como víctima ni como delincuente.

Carlota la miró con un ademán benevolente.

—Desde hace unos años somos muchas las mujeres en el mundo de la judicatura, y no sólo jueces, también hay muchas fiscales y forenses.

—De lo que tú decidas puede depender el futuro de gente... Qué carga de responsabilidad... Yo sería incapaz.

—Todos podemos ser capaces de todo, de lo mejor y de lo peor.

—Seguramente tengas razón, pero me sigue pareciendo una responsabilidad que no es para cualquiera. A mí me afectarían tanto los casos que no podría ser imparcial.

—Tengo una amiga fiscal que dice que más que impartir justicia debemos reparar la injusticia. Como cuando uno pasa la palma de la mano por encima de una mesa llena de objetos, si la mano es la aplicación estricta de la ley y la pegas a la superficie, te llevarás todo por delante, si la subes un poco más caerán algunas cosas. De lo que se trata no es de arrasar con todo, sino únicamente con lo malo, y por lo tanto tienes que ir subiendo y bajando según el caso concreto para eliminar de la mesa lo que realmente hay que retirar.

Calló Carlota y bebió de su taza. Julia, sin decir nada, la miraba como absorta.

—Perdona, te estoy aburriendo con este tema. Es deformación profesional. Lo siento.

—No, no, nada de eso, me gusta escucharte... Me..., me sorprende cómo hablas...

Carlota percibió una especie de admiración en los ojos de su hermana. No le era ajena esa sensación de fascinación por el halo de autoridad que le otorgaba ser juez, como si por el hecho de llevar una toga fuera un ser distinto o diferente de lo que realmente era, una mujer como Julia, con sus grandes debilidades, sus enormes dudas y su propia dosis de adocenada mediocridad asumida.

Julia insistió en su interés por la profesión de su hermana.

—¿Y no has tenido alguna vez la sensación de que te has equivocado al mandar a alguien a la cárcel, o de haberle dejado en libertad? Debe de ser complicado decidir sobre la vida de una persona.

—En realidad no decido sobre su vida; por fortuna, la pena de muerte no existe en nuestra legislación. Sobre lo que decido en realidad es si el futuro, más o menos próximo, lo va a pasar en libertad o en una prisión o con unas medidas cautelares determinadas.

Carlota volvió a sorber un poco de la infusión, dejó la taza en el plato, inclinó la cabeza hacia el hombro como si quisiera indagar en el ensimismamiento en el que parecía haber caído Julia.

—Y tú, ¿a qué te dedicas?

—¿Yo? —Julia miró a su hermana y sonrió lacónica—. Si te digo la verdad, no lo sé muy bien. Hace unos años hubiera contestado que a mis labores, pero hoy suena tan despectivo como antes lo de ser una solterona.

—Lo importante es estar a gusto con lo que cada uno haya elegido.

—Si realmente lo ha elegido —la interrumpió Julia. Las dos hermanas se miraron unos segundos, y Julia preguntó a bocajarro a sabiendas de que se metía en un jardín con demasiadas espinas—. ¿Estás casada?

Carlota esquivó su mirada, su rostro se ensombreció.

—Lo estuve.

—Separada, entonces.

—Mi marido murió.

—Lo siento.

—No tienes por qué. —Calló y soltó una risa contenida, como si por dentro se le hubiera desinflado un globo—. ¿Cómo lo vas a sentir si me acabas de conocer?

—Tienes razón —contestó desconcertada—. Tenemos la inercia de solidarizarnos con el que ha sufrido una pérdida.

—Hace más de veinte años que sucedió. Apenas viví con él un año. Fue una historia muy... —arrugó el ceño como buscando en su mente la palabra ya olvidada—... fugaz.

Resultaba evidente la falta de confianza existente entre ellas, y Julia se estaba aventurando en un terreno desconocido y minado, arriesgándose a que le estallase en la cara en cualquier momento. Pero no podía callarse, no quería hacerlo porque le comía por dentro la curiosidad de saber más de aquella hermana recién conocida.

—¿Tienes hijos? —preguntó insistiendo en conocer más sobre esa desconocida hermana, de lo que había sido su vida desde que Cayetano rompió su relación para casarse con ella.

La juez negó sin decir nada. Ante su evidente gesto reticente, blindada ante cualquier intromisión por su parte, antes de espantarla y deshacer el corto camino ya recorrido, Julia decidió cambiar de estrategia.

—Yo tengo una hija de veintidós años —añadió—. Se llama Cristina. En junio terminó enfermería con unas notas excelentes; lo tenía claro desde niña: quería ser enfermera. Pero no encuentra trabajo. Está un poco desencantada, tenía tanta ilusión...

—Es muy joven, encontrará algo, seguro.

—Eso le digo yo, pero es tan impaciente..., todo tiene que ser inmediato, todo ha de ser ahora, y si no es así le parece que nunca va a ser.

—Eso es lo malo de ser joven —añadió Carlota con una risa condescendiente—. La imperiosa necesidad de la inmediatez en todo.

—Dos de sus mejores amigas llevan seis meses trabajando en el hospital americano de Dubái; les pagan un dineral; el hospital es uno de los mejores equipados del mundo y además están trabajando con profesionales muy buenos. Le han dicho que con el currículo que tiene la contratarían de inmediato. Sería una gran oportunidad para ella.

—¿Y qué se lo impide?

Julia alzó las cejas y abrió las manos como para dar a entender lo que consideró evidente.

—Está enamorada.

—Eso no debería ser un problema..., supongo.

—Para ella lo es. La verdad es que a mí no me hace mucha gracia la idea de tener a mi hija tan lejos. De todas formas, no me meto en esas cosas, ni se me ocurre ni me deja ni mucho menos me pregunta. Pero yo no soy el problema para ella. El tema está en que ni se plantea la posibilidad, porque no entra en su cabeza estar tan lejos de su Nicolás.

—No estoy segura de que renunciar a un futuro profesional por amor sea la mejor opción.

Julia miró fijamente a Carlota.

—El amor es también saber renunciar a cosas para ganar otras en favor del otro. No se puede tener todo en la vida. —Bajó los ojos a sus manos—. Cristina está muy enamorada de ese chico y ha decidido renunciar a esa oportunidad profesional, y a mí, qué quieres que te diga, en el fondo me conmueve la razón de su decisión.

—¿Y él está de acuerdo en que se quede?

—Nicolás le ha dicho que respeta la decisión que tome, es más, sé que le ha aconsejado que lo piense muy bien, que es una gran oportunidad profesional para ella. Pero mi hija ya ha elegido y está completamente segura. En eso no se parece a mí, tan pusilánime y cobarde para todo.

—¿Es que no te irías si estuvieras en su lugar?

—Pues no lo sé... Me imagino que si no estuviera enamorada como ella lo está, sí. Pero yo perdí todas mis oportunidades hace mucho tiempo, demasiado.

—La vida siempre ofrece posibilidades.

La miró con una mueca de haber asumido su estado de conformidad como algo natural.

—A mi edad, ni tengo ganas, ni fuerzas, ni capacidad para hacer nada más allá de lo que hago... Es decir, nada, o vivir del cuento, como me recuerda Carlos de vez en cuando; y él me lo dice, pero pensarlo lo piensan muchos, incluso me he llegado a convencer yo misma de que es así.

Carlota miró a Julia mientras hablaba. Bebió un trago de su infusión, ya templada, y se contuvo en decir lo que pensaba realmente de lo que se infería de las palabras de su hermana.

De repente Julia se irguió mirando por encima del hombro de Carlota, como si hubiera visto a alguien entrar en la cafetería. Carlota no se volvió. Apuró su manzanilla dispuesta a marcharse. Sus ojos se alzaron y vio en el espejo el reflejo de Enrique, que llegaba justo a su lado.

—Julia, llevamos un buen rato intentando localizarte. ¿Se puede saber por qué no respondes al móvil?

—No lo he oído, lo tengo en silencio.

—Pues no se puede tener en silencio el móvil tal y como están las cosas.

Carlota sacó de su bolso la cartera dispuesta a pagar y a marcharse, pero Julia se lo impidió con la mano extendida para indicarle que la guardase.

—La invitación ha sido mía, pago yo. —Metió la mano en su bolso para extraer su billetero y alzó los ojos hacia su hermano—. Ahora mismo subo.

—Llama a mamá, que la tienes de los nervios.

—Maldito móvil. No puede una ni mantener una conversación tranquila.

—Al menos podías haber dicho dónde estabas —le replicó con reprobación.

—¿Papá está mejor? —preguntó Julia en un intento de cambiar de tema.

—Sí —respondió secamente—. Acaba de estar el médico. Mañana le dan el alta.

—Mejor —añadió Julia—, al menos para mí.

Enrique tecleó algo en la pantalla de su móvil, sin moverse del sitio.

—Mamá está empeñada en que esta noche se queda ella, que no quiere dejarlo después del susto que se ha dado.

Al decir esto hizo un gesto casi imperceptible dirigiendo la mirada hacia Carlota, dando a entender que había sido ella la causa del susto de doña Amalia.

—Bueno, pues que se quede —añadió mientras esperaba que el camarero se acercase.

—Sube ya, que están intentando arreglarlo para ver si pueden llevárselo en ambulancia. —Hizo un amago de irse, pero no se fue—. Y activa el teléfono. Debes de tener doscientas llamadas de todo el mundo. El móvil no está para llevarlo de adorno, Julia.

Carlota se removió un poco en la silla, incómoda por la absurda bronca que estaba recibiendo Julia de su hermano.

—Pago y ahora subo —repitió Julia percibiendo la incomodidad de Carlota—. Y tú, ¿ya te vas? Corta la visita, ¿no?

—Yo tengo que volver al despacho —la espetó con acritud por tener que darle explicaciones—. Me ha surgido algo urgente. Me tomo un café y me marcho.

El segundo de los Balmaseda se dio la media vuelta y, sin dirigirse ni una sola vez a Carlota, como si su hermana hubiera estado sola, se marchó hacia la barra y se acodó sobre ella quedando de espaldas a las dos mujeres.

—Gracias por la invitación —dijo Carlota ya de pie.

Julia se levantó también con la inquietud de no haberle contado nada sobre el secreto paterno depositado en su conciencia la noche anterior.

—Carlota —le habló mientras se ponía el chaquetón—, ¿podríamos vernos otro día? En otro sitio, más tranquilas.

Carlota la miró un instante a los ojos y no pudo evitar soltar la frase con un tono de ironía sin calibrar que se equivocaba de persona.

—Pero ¿te dejan tranquila alguna vez tus hermanos?

El rostro de Julia se ensombreció.

—Sólo cuando les conviene a ellos —añadió utilizando sus palabras como arma arrojadiza que respondiera con la misma ofensa—. Pero déjalo, no importa. Me imagino que estos días de Navidad tendrás muchos compromisos. No quiero molestarte.

—Lo siento, Julia, no quería ofenderte... Es que me ha parecido muy mal la actitud de tu..., de Enrique.

—No importa, estoy acostumbrada. Tengo que subir, de lo contrario me llevaré otra bronca. Gracias por este rato; para mí ha sido muy importante. No te imaginas cuánto.

Julia sonrió someramente y se alejó dejando a Carlota plantada, inmóvil, incapaz de reaccionar a lo que realmente quería.

—¡Julia! —La alcanzó ya en los ascensores. Carlota llevaba en la mano su cartera y sacó una tarjeta de visita. Se la tendió—. Llámame cuando quieras. Y no te preocupes por mis compromisos de estos días, yo hace muchos años que perdí la esperanza de tener una Navidad.

15

Jamás había podido conseguir de su padre una Navidad. Esas fiestas tan familiares nunca fueron especiales para ella. Carlota y su madre pasaban la Nochebuena y la comida de Navidad en casa de la abuela Zenobia. El recuerdo de aquellas fechas, señaladas y especiales para la mayoría, se tornaba sombrío en su memoria: las tres sentadas ante una mesa espléndida (Zenobia cuidaba la puesta en escena con elegancia exquisita), la blancura del mantel, la regia vajilla cartujana, las delicadas copas de cristal checo, la suntuosa cubertería de plata con filo dorado, los centros rojos, verdes y dorados que decoraban los rincones de aquel amplio salón, solitario y algo fascinante a los ojos de la niña que deambulaba por sus vitrinas y estantes en los que descubrir recuerdos de países remotos a los que Zenobia había viajado a lo largo de su vida. El sempiterno gesto resignado de su madre en contraste con la majestuosa dignidad de su abuela, con más silencios que palabras, más volcadas las mentes al pasado que al presente, con el vértigo del futuro incierto.

Era el tiempo en que la Carlota niña disfrutaba, junto a su madre, de la grata compañía de su padre la tarde previa a la gran cena, paseando los tres por el centro de Madrid como una familia más de compras de algún detalle navideño en los puestos de la Plaza Mayor, para acompañarlas luego hasta casa de Zenobia, en Pintor Rosales. Su padre subía con ellas todavía risueño, con la expresión festiva que se congelaba en el mismo instante en que la puerta se abría y Zenobia aparecía con aquella augusta presencia que la hacía incomparable, original, delicadamente encastillada en un terreno propio, y con ella las risas se apagaban y se volvían ásperas las voces, y las palabras que habían fluido alegres y complacidas se tornaban educadamente cortantes, y Carlota comprobaba cómo, poco a poco, los silencios empezaban a ocupar la magia de la noche. Clemente apenas entraba más allá del recibidor, envarado, muy erguido, incómodo de permanecer allí, el sombrero en la mano, sin despojarse nunca de su abrigo, indicación clara de su inmediata marcha; se despedía enseguida, saludando de manera cortés y distante a la anfitriona, que apenas se dejaba ver por pura cortesía, hasta que Clemente abrazaba el frágil cuerpo de Carlota, aferrada a su cuello y sin poder ocultarle la tristeza que su ausencia provocaba en su ánimo; y cuando conseguía desprenderse de la niña, se volvía hacia Manuela, que esperaba junto a ellos, con los brazos cruzados, una digna conformidad reflejada en su porte, en su postura, en la mesura de su gesto, y ambos se daban un casto beso en la mejilla, una despedida como tantas otras que dejaba la habitual sensación de desamparo, mucho más estridente esa tarde que el resto de las tardes del año.

En Nochevieja, Zenobia tenía la costumbre de viajar a París, a casa de unos amigos, para recibir el nuevo año en compañía de su inseparable amiga Antonia; por lo tanto, esa noche de fiesta y vigilia, Carlota y su madre no salían de casa y la pasaban las dos solas. Año tras año, Carlota sufría el desconsuelo al observar cómo su madre se introducía las uvas en la boca, una a una, al son de cada campanada que sonaba en aquella tele en cuya pantalla aparecía el reloj de la Puerta del Sol con una imagen titilante en blanco y negro, un aparato que, como todo lo que poseían, lo había comprado su padre, sustituida con el tiempo por una Philips K30 ya en color; y con la explosión de voces festivas de los vecinos celebrando el año que acababa de empezar, madre e hija se abrazaban y permanecían un buen rato entrelazados los cuerpos, en silencio, sin apenas respirar, presintiendo el llanto surgir desde las entrañas de la madre, apretada muy fuerte a la hija hasta que se separaba como si de nuevo se la estuviera desprendiendo de las entrañas, y la miraba con ojos tristes, intentando sonreír, conteniendo la emoción que a Carlota le parecía lo normal en aquellos casos, y entonces, sólo entonces, con voz temblona le felicitaba el nuevo año. Y ahí terminaba la fiesta para ellas.

Nunca había pasado una Nochevieja fuera de casa, porque nunca encontró el valor para dejar sola a su madre, excluidas siempre del jolgorio general y casi obligado de esa noche convertida en especial debido a su situación en el calendario. Cuando alcanzó la mayoría de edad y durante algunos años, Carlota solía quedar después de las uvas con gente para ir a bailar a algún local por cuya entrada se pagaba un dineral, todos emperejilados como árboles navideños, y había que estar contento aun cuando ahogase la tristeza, y beber alcohol sin ganas, y besar a todo el mundo y desear felicidad a unos y a otros sin apenas distinción de caras o gestos, y a pesar de estar agotada, con los pies destrozados por unos tacones imposibles y desacostumbrados, de sentirse helada de frío debido a lo liviano de la tela del vestido de fiesta, resultaba imprescindible quedarse hasta la amanecida y comer churros con chocolate, aunque se tuviera el estómago alterado, y al regresar derrengada a casa, enfrentada al espejo, el reflejo devolvía la imagen de la ruina festiva con la que comenzaba el año, desgreñada, el rímel corrido y unas profundas ojeras que tardarían horas en desaparecer.

Pero lo que Carlota llevó siempre peor, sobre todo cuando creía ciegamente en ellos, era el día de Reyes. Su padre nunca la acompañó a la cabalgata, y cuando llegaba la noche, nerviosa por dormirse cuanto antes por si acaso se adelantaban los tres Magos, le preguntaba a su madre si papá vendría, y ella sonreía, claro que vendrá, hija, duerme tranquila que en cuanto pueda estará aquí para asegurarse de que los Reyes dejan todo lo que les has pedido. Y Carlota se dormía con la ilusión de que al despertar, además de los juguetes, los Reyes le hubieran traído (porque así se lo había pedido con todas las fuerzas con las que pide un niño esas cosas) la presencia de su padre. Pero aquel deseo nunca le fue dado; él nunca estuvo junto a su madre observando feliz cómo abría sus juguetes; los Magos no le concedieron aquel regalo que hubiera eclipsado el mejor y más caro de todos los que la esperaban al pie del árbol de Navidad, adornado con esas bolas tan delicadas que sólo con pasar a su lado se caían, para disgusto de su madre, estrellándose en mil pedacitos contra el suelo, un árbol que no hacía competencia al enorme e historiado belén que montaban entre las dos el día de la Lotería, muy atentas a que el sonsonete de los niños de San Ildefonso se interrumpiera para precipitarse al décimo que había sobre la mesa a comprobar si les había tocado el Gordo.

Pero la Navidad más dura que Carlota recordaba haber pasado fue precisamente la de aquel año en el que fue consciente de lo que era y de quién era. Aquella Nochebuena su padre ni siquiera se dignó a aparecer por casa; su madre le esperó todo el día, arreglada, maquillada, con el perfume que a él le gustaba; se pasó el día delante de la ventana, mirando a la calle, los brazos cruzados en el regazo, sentándose de vez en cuando para levantarse inquieta y volver a la cristalera. Y pasaron las horas, y la tenue luz decembrina la fue dejando en una penumbra inquieta y silenciosa, y cuando Carlota encendió la lámpara descubrió su rostro compungido, que había intentado ocultar en la oscuridad.

—No va a venir —le había dicho Carlota con una mezcla de pena hacia ella y rabia por someterse a la espera—. Estará con la otra familia y no tiene tiempo para nosotras.

—¡No te permito que digas eso! —La madre, indignada, la había interrumpido volviéndose hacia ella.

—¿Es que acaso no es verdad?

—Tú tienes la culpa de todo esto.

Aquélla fue la primera vez que su madre le infligió expresamente la carga de la culpabilidad, repetida en otras muchas ocasiones, como un castigo inyectado poco a poco sobre su conciencia hasta asumir como propia aquella culpa ajena. Durante muchos años, el resentimiento que mostraba su madre hacia ella se convirtió en un potente corrosivo para el ánimo de Carlota, dejando muy trastocado su pundonor ante el mundo.

—¿Yo? —le había preguntado aturdida por lo súbito del ataque.

—Sí, tú. Todo estaba bien como estaba. A qué remover lo que no se puede cambiar. —Hablaba con áspera firmeza.

Carlota abrió la boca pero volvió a cerrarla, incapaz de articular palabra.

Su madre le dedicó una mirada rápida, esquiva. Luego se giró para darle de nuevo la espalda, los brazos apretados contra el regazo, nerviosa, inquieta y derrotada.

—Me dijo ayer que intentaría pasarse. No me ha llamado, eso quiere decir que todavía puede aparecer. Ya sabes... Tu padre no tiene horarios.

Carlota, en silencio, dejó a su madre que continuase su solitaria espera.

Cuando llegó la hora de irse a casa de Zenobia para la cena, su madre le dijo que fuera ella, que no se encontraba bien, y se encerró en su habitación. Y Carlota llamó a su abuela para decirle que no las esperase; no tenía moral para dejarla sola, ni tampoco tenía ganas de salir, ni de hablar, ni de ver a nadie, y lo mismo que había hecho su madre hizo ella, se encerró en su cuarto. Tumbada sobre la estrecha cama, envuelta en una grata penumbra, iluminada sólo por la escasa luz procedente de la calle que se filtraba a través de los cristales de la ventana, imaginaba la Nochebuena feliz de la otra familia: su padre presidiendo una suntuosa mesa decorada con guirnaldas y espumillón de colores, a su lado la mujer que no era su madre (nunca supo muy bien la razón, pero siempre la creyó guapa, tal vez por lo idolatrado que tenía a su padre, por lo que no le concebía al lado de una mujer fea), casi podía oír en su cabeza los villancicos cantados de los otros hijos, sus voces risueñas, panderetas y alegría que, estaba convencida, les estaban robando a ella y a su madre.

Intentando espantar aquellos fantasmas, incrustados en su piel con una fuerza hiriente y abrasadora, conjurando las imágenes propias, había cogido el álbum que le había regalado su padre nada más nacer para llenarlo con las fotos de los momentos más especiales de su existencia, desde la primera, siendo un bebé, muy rubita, de risueños mofletes, pasando por sus primeros pasos, cumpleaños, sola o en brazos de su padre; ninguna foto retrataba juntos a sus padres, aunque al fin y al cabo, pensó, aquél era un álbum únicamente para ella, instantes retenidos en aquellas imágenes de una vida feliz y sostenida en la seguridad, disueltos ante sus ojos como si fueran tinta en un papel mojado.

16

Julia introdujo la llave en la cerradura. Se sentía muy cansada. No había podido dormir nada. Después del encuentro con su hermana, había subido a la habitación. Su madre ya había cambiado de opinión en lo de quedarse, así que le tocó a ella volver a hacerlo; era la última noche, le dijo, porque al día siguiente se lo llevaban a casa, y doña Amalia tendría que regresar por la mañana muy temprano para arreglar el traslado en ambulancia; Maribel se brindó para acompañarla, así Julia podría marcharse en cuanto ellas llegasen, y en cuanto lo hicieron regresó a casa a darse una ducha e intentar descansar un rato. Antes de marcharse, su hermano Carlos le advirtió que había dado orden expresa de que no se permitiera ni una sola visita durante la noche, por si acaso se te ocurre la genial idea de llamar a tu querida hermanita, le había espetado. No le contestó, no tenía ganas, ni tampoco intención de hacer nada referente a su hermana, al menos aquella noche; había quedado mentalmente agotada después de lo ocurrido en aquel primer encuentro, temerosa de que le sucediera algo a su padre y la culpasen a ella de un fatal desenlace, o incluso a Carlota.

Al abrir la puerta, Julia oyó voces; alguien discutía en algún lugar de la casa. Se extrañó y cerró despacio, pensando, en un primer momento, en una cuestión entre padre e hija, desengañada enseguida al no coincidir la voz masculina.

Se respiraba un aire espeso y cálido de cerrazón nocturna.

Julia dejó el bolso sobre la mesa de la entrada. Se desprendió del abrigo a medida que avanzaba por el largo pasillo en dirección a la última de las habitaciones, de donde procedía la discusión. Antes de llegar atisbó el interior de su habitación, extrañada de que la puerta estuviera abierta. Era demasiado pronto para que Cayetano se hubiera marchado ya. Pensó que estaría en el baño. Encendió la luz. La cama estaba hecha y la puerta del baño abierta.

La voz recia y endurecida —ya identificada— de Nicolás se tragaba las palabras quejicosas y débiles de Cristina.

Julia soltó el abrigo en la silla de su alcoba y se dirigió directamente a la habitación de su hija, pero se detuvo en la puerta para escuchar las palabras del chico.

«Me agota este asunto, Cris, siempre estamos igual. No puedes pedirme que te justifique cada paso que doy, cada salida y cada entrada, con quién hablo, con quién tomo un café. ¡No puedo aislarme! ¿Lo entiendes? Es agotador tener que estar dando explicaciones de todo, estoy harto de que te creas lo que te dicen los demás y de mí desconfíes tanto. No sé ya cómo demostrarte lo que significas para mí, que a mí las demás me dan igual. Me importas tú, Cristina...»

Debían de llevar un buen rato dando vueltas al mismo asunto, una y otra vez, en una de esas salmodias que no llevan a ninguna parte y giran y giran como una peonza sin otra finalidad que alimentar la mutua irritación.

Julia fue a abrir la puerta, pero se lo pensó mejor. Lo último que necesitaba era una escena incómoda con su hija y su novio. Dio un par de toques sobre la puerta con los nudillos.

—Cris, soy yo —dijo sin ocultar cierta irritación en la entonación de sus palabras.

Le respondió primero un silencio de evidente desconcierto. Después se oyó la voz apurada de su hija y ruidos apresurados.

—Un momento, mamá. Espera un momento.

La puerta se abrió y apareció Cris con los ojos enrojecidos

por un llanto seco. Nicolás andaba esmerado en buscar sus cosas desperdigadas por aquella habitación que aún mantenía recuerdos de la niña que la habitó, detalles que, al contemplarlos Julia, le hicieron añorar un pasado aún cercano, demasiado como para asimilar que aquella niña rubia de ojos oscuros y sonrisa franca se había convertido en la mujer afligida y conturbada que tenía delante; no se terminaba de acostumbrar a verla sufrir. Por ello, Julia no pudo reprimir un sentimiento de agravio en lo que consideraba un territorio propio, maternal aún, un espacio suyo de protección filial invadido por aquel extraño.

—¿Qué haces tú aquí? —preguntó Cristina confusa, entre la sorpresa y el enfado.

—¿Cómo que qué hago aquí? Te recuerdo que vivo aquí.

—¿No ibas a pasar la noche con el abuelo en el hospital?

—He pasado la noche en el hospital. Son las ocho de la mañana. Y ya veo —dijo mirando hacia el interior por encima del hombro de su hija— que tú aprovechas bien mi ausencia...

—Ay, mamá, no estoy ahora para sermones. —Se volvió y vio a Nico que ya se metía las llaves y el móvil en el bolsillo. Volvió a mirar a su madre y le habló con gesto tenso y suplicante—: Hablamos luego, ¿vale?

Y sin más cerró la puerta, dejando a su madre como un pasmarote en el pasillo.

A los pocos segundos, Nicolás salió de la habitación y, al ver a Julia, se detuvo esquivando su mirada inquisitiva, apurado por lo comprometido de la situación.

—Julia... Yo..., lo siento...

Y salió andando pasillo adelante, seguido por Cristina que le suplicaba que no se marchase aún.

—Te llamo luego —dijo Nicolás intentando mantener una tensa calma para reprimir el evidente nerviosismo de su novia.

—Nico, por favor, no te vayas así... Lo siento, perdóname... Ya sabes cómo soy... Llevo muy mal estas cosas, por favor...

El chico se volvió al llegar al recibidor.

—No pasa nada, Cris, no te preocupes. Será mejor que me vaya —le dijo, echando una rápida mirada a Julia, que se mantenía en medio del pasillo, observando atónita la escena. Puso la mano en la mejilla de su novia en un gesto cariñoso e intentó sonreír—. Te llamo luego, ¿vale?

Abrió la puerta de la calle y salió dando un ligero portazo. Cristina se mantuvo mirando a la puerta, como si no pudiera creerse que se hubiera ido de verdad, y sólo reaccionó cuando oyó a su espalda la voz de su madre.

—¿Sabes dónde está papá?

Cristina se volvió e inició el camino de regreso a su cuarto.

—Papá no ha dormido en casa —le espetó ceñuda como si le tirase las palabras—. Hablé con él anoche y me dijo que tenía mucho lío.

—¿Y por qué no me llamó a mí?

—No lo sé —contestó con brusquedad—. Pregúntaselo a él.

Cristina le dio la espalda a su madre, entró en su habitación y cerró la puerta, dejándola sola sin saber muy bien qué hacer.

Cuando reaccionó, Julia fue a por su bolso y sacó el móvil. No tenía ninguna llamada perdida de su marido, ni mensajes, ni nada que le indicase dónde podía haber pasado la noche. La última vez que había hablado con él, tras haber despedido a Carlota en el hospital, apenas se refirieron dos frases: «Todavía estoy en la oficina, ha surgido un problema y no sé a qué hora saldré, ya te llamaré». Eso había sido todo.

Marcó el número de Cayetano, pero no tenía cobertura.

Fue a la cocina y se preparó un café. Se sentó frente a la ventana. La alborada ya despuntaba en una claridad gris de niebla húmeda. Hacía un rato que el paseo de Recoletos era un hormiguero de coches que se detenían y aceleraban al ritmo de la luz de los semáforos, de figuras solitarias caminando con prisas, encorvadas en el interior de sus recios abrigos, envueltas sus gargantas en mullidas bufandas de las que apenas asomaban los pómulos y los ojos. Otro amanecer, pensó Julia, otro día más en el que el sol saldrá para todos, para buenos y para malos, para los desdichados y para los que gozan de fortuna, para los que lloran y para los que tienen la oportunidad de sonreír o de celebrar la ecuánime injusticia de cada amanecer.

Había dejado el móvil sobre la mesa; miró la pantalla. Volvió a marcar el número de Cayetano y esta vez sí dio señal y se oyó la voz ronca de su marido.

—¿Qué pasa?

—¿Dónde estás? —preguntó Julia.

—En casa, dónde voy a estar. ¿Qué hora es?

Julia se quedó atónita ante la mentira de su marido.

—¿Cómo está tu padre? —preguntó al comprobar el silencio de Julia.

—Igual —contestó sin interés alguno en darle explicaciones.

—¿A qué hora llegarás?

—No sé. —Julia respondió siguiendo el engaño.

—Vale, entonces luego te veo. Un beso.

Julia miró el móvil como si estuviera viendo un vacío profundo y oscuro. No sabía cómo encajar aquello. Pero decidió no pensar en Cayetano; ya le preguntaría el porqué de su ausencia y la razón de su mentira cuando se encarase con él. En el fondo, le importaba muy poco si su marido tenía o no una aventura; creía que era algo factible, teniendo en cuenta que la relación entre ellos era de una respetuosa convivencia. Siempre había sido consciente de que los celos que a veces sentía hacia algunas evidencias de Cayetano lo eran por pura inercia, por costumbre o por esa sensación de posesión que se tiene de aquel con el que se convive, aquel al que se ha quedado vinculado por el hecho del matrimonio, con ese terco empeño en conservar lo que ya no existe, lo que nunca hubo, porque entre ellos nunca existió nada más que el compromiso legal y social, a lo que muy de vez en cuando se añadía una mera atracción sexual entre ambos, más evidente en los primeros años, cuando los dos eran jóvenes y sus cuerpos respondían a la pura necesidad física.

Cogió el café y se dirigió hacia la habitación de Cristina. Abrió la puerta despacio.

—¿Puedo entrar?

Permanecía tumbada en la cama, el móvil entre sus manos, los ojos fijos en la pantalla, ceñuda, como si estuviera comprobando algo que le resultaba incómodo, poco grato.

—Me gustaría estar sola si no te importa —respondió con rudeza.

Su madre no le hizo caso. Con la taza caliente entre las manos, entró y se sentó a los pies de la cama.

—Y a mí —dijo al cabo su madre, acompañando las palabras con un profundo suspiro—. También me gustaría estar sola para no sentir el dolor que estoy sintiendo ahora mismo, aquí. —Se tocó el pecho con la mano para luego abrazar de nuevo la calidez de la taza. Bebió un sorbo, pujando por que las lágrimas no llegasen a sus ojos, ahogadas en el amargor del café al pasar por la garganta.

Cristina desvió un instante sus ojos de la pantalla para mirarla.

—Pero ¿qué dices? —preguntó con una arisca curiosidad.

—Acabo de hablar con tu padre... —dijo Julia sin reparar en el malestar de su hija, buscando un refugio en el que verter su abatimiento—. Pensaba que le estaba llamando desde el hospital y me ha dicho que estaba durmiendo aquí, en casa... —Su débil voz se quebró—. Me ha mentido...

Cristina dejó definitivamente el móvil a un lado, se incorporó un poco, conturbada ahora al comprobar la pena de su madre.

—¿Y dónde piensas que está?

Julia miró a su hija, encogió los hombros y levantó la barbilla para contener un llanto impertinente que no quería derramar.

—Yo qué sé... Pero me imagino que cuando miente así...

—No te preocupes, mamá, estoy segura de que habrá una explicación.

Su madre asintió con la cabeza gacha, mirando el fondo de su café. Luego dio un largo suspiro e irguió la espalda, como si intentase desentumecer sus doloridos músculos.

—Es posible... Seguro que la hay, debe haberla.

—¿No estarás pensando que papá te es infiel? —preguntó sin concebir una respuesta afirmativa.

Julia encogió los hombros, en un gesto conforme.

—Y yo qué sé... —Levantó la mirada hacia el techo, como si quisiera atrapar el aire que le faltaba—. Con tantos años de matrimonio tendría que estar más acostumbrada a estas cosas, pero... reconozco..., no sé...

—Pues yo nunca podría acostumbrarme a la infidelidad. No soportaría que Nicolás me fuera infiel, es una cuestión de lealtad.

Su madre la miró con una sonrisa indulgente.

—¿Era ése el motivo por el que discutíais?

Cristina miró a su madre y asintió, derrotada.

—¿Es que no confías en él?

—Sí..., confío en él, quiero hacerlo, pero ellas... —Cristina se removió como si le estremeciera sólo pensarlo—. Las compañeras de trabajo..., es que no se cortan, le envían fotos al móvil y le invitan a salir; se le insinúan con toda la cara, incluso cuando estamos juntos. Es como si yo les diera igual, pasan de mí como de la mierda.

—Te advierto que los celos pueden llegar a ser una tortura, tanto para el que los padece como para el que los sufre.

—Pero tú ahora estás celosa de papá.

Julia alzó las cejas y torció la cara con un gesto de duda.

—No exactamente. No son celos lo que siento, no debería sentir celos de tu padre... No tiene sentido. —Enmudeció, cerró los ojos, alzó el rostro y tomó aire hinchando sus pulmones; luego lo soltó con un ademán fatigado—. Estoy muy cansada, eso es todo. No he dormido nada en toda la noche y tengo la cabeza embotada. A ver si el café me espabila un poco.

Cristina se echó hacia atrás dejándose caer sobre la cama.

Clavó los ojos en el techo, las manos sobre su pecho sintiendo el latir del corazón.

—Tengo tanto miedo a perderlo, mamá..., y no soy capaz de controlarme y sé que mis dudas, mis celos nos destrozan a los dos. Nico lo pasa fatal. Pero es que no puedo evitarlo, pierdo los nervios y le monto un número, y la mayoría de las veces tengo que reconocer que es sin motivo, me dejo llevar y estallo... —Hablaba lenta, como si estuviera haciendo un exhaustivo análisis de su comportamiento y sus reacciones—. Me supera, no puedo remediarlo.

—Poco puedo ayudarte en eso, hija, pero estoy convencida de que el mejor antídoto para los celos es el amor. Nicolás te adora, no hay más que verle, está tan enamorado de ti que se le cae la baba a tu lado. No te atormentes con lo que no puedes controlar y dedícate únicamente a quererlo. Eso es lo importante, Cris. Tienes entre manos una hermosa historia de amor y todo el futuro por delante para vivirla; no pierdas el tiempo y la energía en asuntos que sólo sirven para envenenarte la sangre. No les des ese gusto a ésas, que lo único que pretenden es emponzoñar vuestra relación.

Su hija se incorporó para mirar a los ojos a su madre, quedando sentada sobre el colchón.

—¿Y si ocurre?, ¿y si cae en los brazos de otra? —insistió Cristina ofuscada en el tósigo de sus pensamientos—. No lo soportaría, no podría perdonarlo. Sólo de pensarlo...

—Pues no lo pienses —la interrumpió la madre—, no te coloques la venda antes de la herida. Deja de malgastar tu tiempo en discusiones sin sentido por algo que no ha ocurrido siquiera. No bases tu vida en sospechas. Si lo haces, nunca conseguirás ser feliz.

Cristina cedió por fin en su empeño. Se dio cuenta de su actitud inicua hacia su madre; había entrado a su habitación arrastrando el peso de la duda y había terminado por mitigar el suyo.

—Mamá, yo sé que papá te quiere mucho.

Julia miró a su hija y sonrió. Nunca había soportado que

Cayetano y ella se llevasen mal. Desde que era muy niña, si los descubría discutiendo, se ponía a llorar tan amargamente que los obligaba a recapacitar y posponer la razón del enfado, cualquiera que fuera.

—Tu padre es un buen hombre.

Un silencio se hizo entre las dos. Al cabo, Cristina cogió de la mano a su madre, la acarició con ternura y habló con el semblante apesadumbrado.

—Y te quiere, mamá —insistió, con la intención de convencerla ante cualquier duda que pudiera asistirla—, te quiere mucho.

—Sí, yo también le quiero.

—Pero no estás enamorada... —murmuró, ahondando en los ojos cansados de su madre, más allá de su mirada, donde se hallaba instalada una profunda tristeza.

—El amor es un sentimiento que muy pocos alcanzan y muchos menos conservan. Por eso, hazme caso, aprende a conservar lo que Nicolás y tú sentís. Hay que hacerlo crecer cada día para que no se apague.

—Pues para no haber estado enamorada sabes mucho de amor.

Julia miró condescendiente a su hija. Le dio pena que diera por sentado que no había conocido el amor, pero prefirió no hablar más de la cuenta para no caer en una conversación en la que de ninguna manera quería entrar.

—Una madre sabe de casi todo.

Cristina miró un rato largo a su madre, en aquel momento sintió una mezcla de ternura y admiración.

—Gracias, mamá. No sé cómo te las arreglas, pero siempre que te necesito estás a mi lado.

—No tienes por qué dármelas. Es mi obligación y mi devoción. Eso sí, te pido...; es más, te exijo que intentes ser feliz sea como sea. Con eso me basta.

Se dieron un abrazo. Cuando Julia se levantó, Cristina miró el reloj de su móvil.

—Voy a darme una ducha. A las diez tengo una entrevista con la subdirectora de Enfermería de La Paz, necesitan una enfermera para intensivos de la General.

—Me alegra saberlo.

—No me quiero hacer ilusiones, pero me ha dicho Nico que tengo muchas posibilidades. Veremos si tengo suerte.

—La suerte no se tiene, Cristina, se busca y se persigue. Así que anima esa cara y a por ello.

17

Julia dejó sola a su hija y regresó a su habitación. Abstraída, se quitó la ropa lentamente, como si despojarse de cada prenda le costase un mundo. Notaba su mente espesa, agotada. Se había pasado gran parte de la noche con los ojos fijos en el ventanal, mirando más allá de la oscuridad, atisbando la penumbra cerrada, fría de humedad, oyendo la respiración de su padre. No dejaba de darle vueltas al encuentro que había tenido con Carlota, analizaba el contenido de la conversación, cada frase dicha, cada palabra, cada gesto, los silencios, las miradas, enfrentadas y rehuidas. Sopesaba lo que Carlota era y lo que aparentaba ser, con la tendencia inevitable de compararse con ella, de lo diferentes que parecían, de todo lo que las separaba, de sus vidas tan distintas.

Se metió en la ducha y estuvo bajo el agua un buen rato, sintiendo la calidez del chorro resbalar por su piel. Al secarse contempló el reflejo de su cuerpo desnudo en el espejo; sus pechos habían perdido parte de la tersura de la que habían gozado hasta hacía no demasiado tiempo, sus caderas se habían ensanchado un poco y su tripa abultada desdibujaba lo que en su día fue la estrechez de su cintura. Recorrió con la mano el perfil de sus curvas como si intentase definir su propia figura. Por fin, levantó los ojos para enfrentarse a su rostro ovalado, la piel ajada por el cansancio, las ojeras oscuras, el pelo mojado pegado a su frente. Ante su propia imagen sintió un inmenso desasosiego y murmuró:

—No te reconozco...

De repente se abrió la puerta y apareció Cayetano, vestido como el día anterior y con cara de cansado.

—Julia, no sabía que estabas en casa... —le dijo con gesto compungido—. Ya me ha dicho Cris... Perdona, es que ayer hubo un problema a última hora y... vengo de la oficina, he dormido un rato... Cuando me has llamado no sabía ni dónde estaba. Lo siento. Ha sido una confusión.

Julia le miraba a través del espejo sin decir nada, sorprendida por el torrente de justificaciones que le había salido sin tiempo para reclamarle ninguna, a sabiendas de que Cris le había llamado y le había puesto en alerta de lo sucedido. Ante su silencio sorprendido y cavilante, Cayetano se relajó pensando que aceptaba lo que había sido un malentendido; los ojos fijos en sus pechos, esbozó una sonrisa como si se le hubiera escapado de los labios sin quererlo.

—Sigues estando muy buena. Lo sabes...

Se acercó por detrás quedando a su espalda y la envolvió con sus brazos. Le besó el cuello y ella se dejó hacer, cerró los ojos y sintió los labios húmedos lamer su piel mojada, sus manos abarcaron sus senos y los acarició con suavidad, lentamente, sin prisas. La voz lasciva y susurrante en su oído se envolvía en los suspiros. Julia abrió los ojos y le hastió la imagen. Se revolvió y se soltó del agarre.

—¡Déjame! ¡Estate quieto!

Cayetano la miró atónito.

—¿Qué pasa?

—Nada... No pasa nada. No me apetece, eso es todo.

—Nunca te apetece.

Ella no contestó. Se cubrió con el albornoz, se frotó el pelo con la toalla. Cayetano siguió a su espalda, observándola desde el espejo.

—Estás enfadada. Te repito que estaba en el despacho. Si no me crees, llama a Carlos, anoche tuvo que venirse después de dejar a tu madre en su casa. Estuvimos con Martín y Eduardo hasta cerca de las cinco de la mañana. Me tumbé en el sillón para echar una cabezada porque estaba agotado, y me has despertado tú con el móvil. Se habían ido todos y me han dejado allí. Puedes preguntar a Marta, ella me ha visto salir de la oficina.

—No te he pedido ninguna explicación —replicó Julia mientras se extendía crema en la cara.

—Porque sé que te has creído que te he engañado, me lo ha dicho Cris, y no es cierto...

—Ya vale, Cayetano, déjame tranquila, estoy cansada.

—Y yo... Yo también estoy cansado de que me evites...

—Llevamos años evitándonos —añadió con una melancólica languidez.

Sus ojos se buscaron para esquivarse de inmediato. Un silencio espeso como el vapor blanquecino que aún impregnaba el ambiente los envolvió en una extraña nostalgia de aquello que nunca tuvieron.

Julia salió del baño y se vistió mientras Cayetano hacía lo contrario, lentamente, en un mutismo rabioso e incómodo.

Al cabo de un rato, Julia intentó relajar la tensión.

—¿Habéis podido resolverlo?

Él no contestó, pero se volvió ceñudo, sin entender.

—El problema de la empresa que os ha mantenido toda la noche en vela..., ¿lo habéis resuelto? —insistió ella ante su silencio.

Cayetano dio un profundo suspiro y negó con un ligero movimiento de cabeza.

—Tiene difícil solución, yo diría que es una batalla perdida. —Echó hacia atrás la cabeza y dio una bocanada, como si se ahogara y quisiera tomar más aire—. Desde que tu padre no está al mando, esto es un caos; tu hermano es un desastre. No tiene ni puta idea, y lo malo es que se cree listo. No sé por dónde vamos a salir... No lo sé... Nos está llevando a la ruina y no puedo hacer nada para evitarlo.

Julia no se había interesado nunca por el funcionamiento

de la empresa; era socia minoritaria, cobraba por ello y, además, su marido era director financiero del grupo, percibiendo por ello un sueldo importante. Su implicación era nula. Pensó que eran problemas habituales, sin mayor trascendencia para ella.

Le miró de reojo mientras se ponía las medias.

—Ayer estuvo en el hospital Carlota López Molina.

Cayetano se estaba desabotonando la camisa, se detuvo un instante como si aquel nombre le hubiera provocado una descarga en su interior; la miró un instante para luego continuar con los botones. Encogió los hombros.

—¿Y a mí qué me importa?

—¿Seguro que no te importa?

—¿A qué viene esto? —preguntó áspero—. No, no me importa. Qué me va a importar a mí si te ves o no con quien te dé la gana.

—Quería decírtelo. No todos los días se conoce a una hermana.

Cayetano no dijo nada y se metió en el baño. Mientras se duchaba pensó en ella, Carlota López Molina. Sintió una punzada en el estómago, como una herida que se resiente al hurgar en ella, un dolor sordo apenas mitigado después de tantos años.

18

Cayetano Vegallana del Castillo se había casado con la pequeña de los Balmaseda hacía treinta años. Desde un principio, se aferraron el uno al otro conscientes de que la infelicidad se instalaría en sus vidas, incapaces de detener la corriente que los arrastró a una boda impostada y premeditada, no por ellos, sino por circunstancias ajenas a sus sentimientos.

Era Cayetano el menor después de seis hermanas, con la carga moral desde su nacimiento de ser el único descendiente varón y por tanto encargado de heredar el imperio de los Vegallana. Su padre, don Luis Vegallana, había sido uno de los más reputados bodegueros de los años sesenta y setenta, y llegó a amasar una inmensa fortuna con negocios basados en el clientelismo estatal de contactos. Contrajo nupcias con doña Eugenia del Castillo, hija de un grande de España que tuvo un ascendiente colateral lejano entroncado, por afinidad, con la Casa de Alba, cuestión de la que doña Eugenia hacía constante ostentación ante allegados y ajenos, a pesar de que aquel parentesco se perdía en la noche de los tiempos. Gastaba la señora de Vegallana un carácter arrogante de marquesa chapada a la antigua con ínfulas de reina; de personalidad firme, intrigante y astuta, se cuidó mucho de arrimar a sus hijas a buenos partidos con los que emparentar, muy consciente de la importancia de una buena boda para una mujer con la que poder mantener el conveniente estatus social y la prosperidad a la que estaban acostumbradas, así como el orden establecido dentro de la familia. Con esa visión de futuro y una increíble capacidad de dominación sobre toda su prole, doña Eugenia había ido urdiendo, a lo largo de los años, cada uno de los casamientos de sus hijas, sin tener en cuenta si los emparejados se querían o no, siguiendo el ejemplo, como defendía ella, de la reina Católica, que sacrificó a sus vástagos en beneficio de su reino.

Cayetano fue el que más se había zafado de los ardides de su madre, o eso creía él, algo más desprendido del amarre materno por el solo hecho de ser varón, pero sin desatar doña Eugenia el lazo que lo manejaba y que dirigía, con hábil sutileza y sin que él lo llegase a percibir, su destino, al igual que ocurría con sus hermanas, otorgándole, eso sí, una sensación de libertad de acción y movimientos de los que nunca dispusieron ninguna de ellas. El benjamín de los Vegallana estaba llamado a ser el que dirigiera el imperio familiar si no hubiera sido porque, a principios de los años ochenta, las bodegas Vegallana sufrieron una debacle a consecuencia de una estafa que llevó al patriarca al límite de su salud y de la ruina, de la que se libró gracias, precisamente, a la política de casamientos de sus hijas, ya que fueron los yernos, en mayor o menor medida, los que arrimaron el hombro y el capital necesario, con el fin de evitar la vergüenza familiar de la quiebra que salpicaría a todos por igual. Este escamoso asunto cerró las puertas a un joven Cayetano, universitario todavía y el único que quedaba por colocar (las demás hermanas ya lo estaban del brazo de sus respectivos maridos, asegurado su futuro, cumpliendo a la perfección el papel bien aprendido de exquisitas esposas y perfectas anfitrionas de su casa, a imagen y semejanza de su madre), y no le quedó más remedio que buscar la manera de ganarse la vida, ya que los salvadores que tomaron las riendas del grupo de empresas Vegallana impusieron sus propias normas, incluidas las referentes a las nuevas contrataciones. Cayetano pudo haber presionado en su favor, pero ni lo intentó ni permitió que nadie lo hiciera, al convertirse aquella circunstancia adversa en la manera de despojarse de la odiosa autoridad de su padre, dominante en exceso, déspota e intransigente con cualquier fallo de los que trabajaban a su lado; así como de la mordaz y pringosa influencia de su madre, que intentaba manejar cada uno de los pasos que daba en su vida, siempre por su bien, como ella decía, una frase que se le caía de la boca cada vez que se dirigía a alguno de sus hijos o sus nietos, una vez aparecida esta nueva generación, puesta de nuevo la maquinaria reproductora en marcha.

Recién licenciado en Económicas, el benjamín de los Vegallana tuvo la oportunidad de colocarse en el Grupo Balmaseda, no por sus méritos (había candidatos mucho mejor preparados y con experiencia), sino a consecuencia de la amistad que, por aquellos años, unía a Luis Vegallana y Clemente Balmaseda. Al principio se le prestó poca atención, preconcibiendo que aquel chico, algo tímido y apocado, niño rico venido a menos, no iba a dar para mucho. Sin embargo, Clemente Balmaseda se dio cuenta enseguida de que aquel pipiolo, como le llamaban algunos despectivamente, poseía un potencial extraordinario, muy trabajador, voluntarioso, hábil y que aprendía muy rápido, dándole sopas con honda a su hijo Carlos, que, por aquel entonces, empezaba también en la empresa. Cayetano supo hacerse casi imprescindible para don Clemente y en poco tiempo llegó a convertirse en su mano derecha, lo que provocó los recelos del hijo mayor de los Balmaseda.

Estas reticencias del primogénito de los Balmaseda, que dificultaban el buen funcionamiento del entorno del patriarca Balmaseda, se unieron al problema que se planteó con Julia, la menor de los hijos, que a sus veinte años andaba tonteando con un hombre casado, quince años mayor que ella, con cuatro hijos pequeños y muy conocido, ya que se trataba de uno de los políticos en auge de la derecha de aquellos años. Los primeros divorcios empezaban a solicitarse al albur de la nueva ley y Alejandro Ruiz de la Torre le llegó a plantear la separación a su esposa, Rosario Taboada, con la firme intención de casarse, por lo civil, con la joven Julia Balmaseda. La señora de Ruiz era amiga íntima de Macarena, la hija mayor de los Vegallana del Castillo, y enterada su amiga del drama social que se le planteaba a Rosarito Taboada, a sabiendas de la amistad de sus padres con los Balmaseda, no dudó en presentar el problema a su madre para una posible resolución. Eugenia del Castillo no era nada partidaria de las nuevas leyes, a su parecer de carácter comunista cuya única pretensión, al igual que había ocurrido con la República, era acabar con la familia cristiana y con el sagrado sacramento del matrimonio. Estaba convencida la señora de Vegallana de que, una vez bendecidos los esposos por la Iglesia, en ningún caso cabía la ruptura, aunque era de entender que pudieran llegar a aparecer algunas desavenencias, incluso deslices irrefrenables, siempre de ellos, jamás de ellas, que por supuesto debían solventarse en la intimidad de la alcoba. Con estos mimbres, doña Eugenia, acompañada de los llantos inconsolables de la pobre Rosarito, que ya se veía señalada por la vergüenza de un divorcio (con la convicción de que se trataba de un capricho del bueno de Alejandro, seducido por la juventud de Julia, de la que se había enamoriscado), se presentó ante el matrimonio Balmaseda, padres de la engatusadora, para ver cómo enmendar la incómoda situación de una manera civilizada.

Pero es que, además, la señora de Vegallana vio el cielo abierto para resolver el problema que, por aquel tiempo, se le había planteado con su propio hijo Cayetano, que andaba en exceso amartelado con una chica poco conocida en los círculos habituales.

Cayetano había acudido casi a diario a los garitos de la zona en la que le habían presentado a Carlota López Molina, pero no volvió a verla por allí. La suerte, o el destino como él decía, le llevó a ella por pura casualidad unas semanas después del primer encuentro (interrumpido, precisamente, por la inoportuna aparición de Julia Balmaseda) mientras hojeaba libros en una de las decenas de casetas que jalonaban el paseo de Coches del Retiro durante la Feria del Libro. Sin embargo, y a pesar de que estaba totalmente colgada por aquel chico, Carlota se resistió a derribar el muro de desconfianza que había construido por el hecho de que ya sabía de la relación de Cayetano con la otra familia de su padre, y esa circunstancia abría un abismo insalvable entre ellos. Sin embargo, el benjamín de los Vegallana era terco en conseguir sus propósitos y, lejos de rendirse, insistió; le enviaba flores, la iba a buscar a la facultad, la llamaba sin obtener otra cosa que no fuera cierta cortesía por su parte, hasta que, poco a poco, Carlota fue cediendo a la evidencia, relajó la actitud y comenzaron a verse y a salir juntos. Nunca le dijo la relación que tenía con los Balmaseda, utilizó el recurso que ya empezaba a ser habitual, o bien no hablar de su padre, como si no existiera, o bien darlo por fallecido, no tengo padre, decía, y eso le dijo a Cayetano, no tengo padre, murió cuando yo era pequeña. Y ahí se quedó la cosa, porque ella hablaba poco de su pasado, de su entorno, de su madre y de sus vivencias, o bien las enmascaraba en mentiras inventadas sobre la marcha, sin darse cuenta de que se iba metiendo en un fango cada vez más espeso y difícil de controlar. Pero el amor que sentía por Cayetano lo cegaba todo. Por primera vez se sintió especial, flotando en una nube de arrebatado romanticismo, con detalles por parte del pequeño de los Vegallana que la hacían levitar de felicidad y enamoradiza inconsciencia.

Pero aquello que Cayetano ignoraba, por pura confianza en la mujer a la que amaba, no se le escapó a su madre; y doña Eugenia del Castillo, que sabía que su hijo salía y entraba, como ella decía, con una chica que aún no conocía (su hijo no quería presentaciones en sociedad o, mejor dicho, era Carlota la que huía de semejante idea), y viendo que la cosa se mantenía en el tiempo, empezó a sospechar de la huidiza desconocida con la que su hijo parecía absolutamente embobado. En varias ocasiones le pidió conocerla y que le diera referencias, pero lo único que consiguió fue un nombre, Carlota, y poco más, no hubo forma de que su querido hijo le contase más sobre la escurridiza susodicha. Alertada por las noticias que le llegaron a través de terceros de que Cayetano estaba pensando en irse a vivir con aquella chica a un apartamento, puso su maquinaria a trabajar en la labor de indagar lo que su hijo le ocultaba, hasta que dio con las raíces de la que pretendía convertirse en su nuera, con la desagradable sorpresa al descubrir que era nada menos que una hija bastarda de Clemente Balmaseda. Carlota fue descubierta, y la carga de la mentira, la manipulación bien urdida por la madre y el silencio culpable de la afectada resultaron ser una potencia arrasadora de aquel amor demasiado tierno para comprender y sobre todo para calibrar la verdad y el alcance real de las cosas. Rota la confianza entre los enamorados, doña Eugenia aprovechó la oportunidad y puso en marcha todas sus habilidades para solucionar los dos problemas, el de su propio hijo y el que pendía peligrosamente sobre el matrimonio de Rosario Taboada, y lo hizo con la mirada puesta, precisamente, sobre Julia, ésta sí, hija legítima de Clemente Balmaseda y Amalia Escolar.

Las cosas fueron más fáciles de lo que la señora de Vegallana hubiera podido esperar, porque ocurrió algo de lo que ella no fue consciente, pero que derrumbó el castillo de fortaleza y buenos sentimientos que se profesaba la primera pareja cuestionada, la que formaban Alejandro Ruiz de la Torre y la pequeña de los Balmaseda. En el mismo día en el que doña Eugenia les contaba a Clemente y a su esposa el drama que la inconsciente juventud de su hija pequeña había planteado en la familia Ruiz Taboada, Julia se encontraba en el aeropuerto de Barajas dispuesta a tomar un avión con destino a Londres. Les había dicho a sus padres que se marchaba de fin de semana con sus amigas a Valencia, pero en realidad se iba sola para poner fin a la angustia de dos faltas en su regular menstruación, camino ya de la tercera, que el Predictor había confirmado en positivo, cada vez más angustiada por el aumento de volumen de sus pechos, la redondez de sus caderas y las náuseas matinales, conminada por Alejandro, artífice del embarazo, temeroso a su vez por el escándalo que aquello podría suponer en su carrera política a punto de caramelo en unas elecciones en ciernes, y que había conseguido convencerla de la locura de seguir adelante con aquello, incapaz de mentar la palabra *embarazo,* como si con no nombrarlo conjurase una realidad que se le atragantaba, y le pedía paciencia hasta conseguir el divorcio de su mujer; entonces, se casarían y tendrían todos los hijos que ella quisiera tener. Y ella le creyó, porque estaba enamorada y ciega, y porque él lo decía en serio, aunque la dura realidad, intransigente con los amores inoportunos, aplastó cualquier proyecto de futuro entre ellos. Y tras la tierna despedida en la terminal de Barajas de aquel que fue para ella el amor de su vida, se marchó a Londres con la promesa de que a la vuelta se llamarían. Pero regresó y lo hizo distinta, vacía, desalentada por la culpa callada de una moral pesada y maldita que la agarrotaba. Su mundo de ensueño se derrumbó al comprobar que Alejandro se había convertido en un ser inaccesible a sus reclamos y llamadas, nunca recibidas gracias a la férrea vigilancia que instaló su madre, que consiguió alzar a su alrededor un muro infranqueable para ambos. Alejandro Ruiz de la Torre se esfumó convencida Julia de que, tras lo del embarazo frustrado, no quería saber nada de ella. Lo cierto es que él sintió terror a que estallase un escándalo con el asunto del embarazo y del aborto, y en una chica tan joven, lo que supondría en aquel momento la retirada definitiva de sus ambiciones, a lo que se añadía la actitud amenazante de su esposa, que seguía las instrucciones de doña Eugenia del Castillo, no le dejes ni a sol ni a sombra, siempre vigilante, siempre alerta, preparada para atacar y no encontrarte con el ataque, le explicaba solícita la madre de Cayetano para retirar a Julia (la que debía convertirse en su nuera) del peligro de que volviera a caer en los brazos de Alejandro Ruiz de la Torre.

A partir de aquel momento, toda la maquinaria que hábilmente había puesto en marcha doña Eugenia funcionó a la perfección, y Cayetano apareció en la vida de Julia como por ensalmo.

Lo que no supieron ninguno de los dos hasta después de muchos años fue que ambos habían sido desahuciados de sus propios sentimientos a consecuencia de un conciliábulo urdido por sus respectivos progenitores.

El noviazgo entre Cayetano Vegallana y Julia Balmaseda fue muy breve, apenas el tiempo necesario para preparar la gran boda. Ni uno ni otro fueron capaces de reaccionar a la decisión que se les había dado ya tomada, de manera natural, nada parecía forzado. Los dos se conocían desde hacía un tiempo, se caían bien, se llegaban incluso a apreciar, pero nunca se habrían elegido el uno al otro para un proyecto de vida, precisamente porque cada uno tenía el suyo propio.

19

Nubes espesas y oscuras amenazaban descargar con toda su furia sobre la tierra. El ambiente húmedo y plomizo y una ligera brisa gélida hicieron estremecer a Carlota al salir del juzgado. Apretó el paso con la intención de llegar pronto a casa para no salir en toda la tarde. Le dolía la garganta y tenía el frío metido en el cuerpo. Estaba a punto de entrar en el coche cuando sonó su móvil. Era Rita Torralba.

—Carlota, ¿dónde estás?

—Me iba ahora mismo para casa.

—Te invito a comer —le dijo la fiscal—. Necesito una amiga. Además, estás de guardia.

Carlota suspiró porque sabía que era imposible negarse a una invitación de Rita.

—Está bien, pero me quiero ir enseguida a casa. Estoy muy cansada.

Esperó a que la fiscal saliera y las dos mujeres iniciaron la marcha.

—Acabo de hablar con la cría de los vecinos de mi madre —le contaba la fiscal mientras caminaban, encogidas por el frío—. La que denunció ayer a su padre por malos tratos.

—¿Cómo lo ves? ¿Vas a solicitar orden de alejamiento?

—No. Se ha retractado.

—¿Y eso? ¿No me dijiste que había ratificado la denuncia en comisaría?

—Como no me fiaba demasiado de esa ratificación, he

estado hablando con ella, y ha resultado lo que me temía. Después de explicarle las consecuencias inmediatas que iba a tener su denuncia, es decir, la detención de su padre, la orden de alejamiento que iba a cursar contra él y que, por supuesto, tendría que salir de la casa con lo que ello supondría..., se ha derrumbado y me ha contado la verdad. Anda con un chico que no les gusta a sus padres. El sábado no volvió a casa a la hora convenida, y a las cuatro de la mañana el padre se fue a buscarla. La encontró en un garito con el fulano y se la quiso llevar a casa. Estaba muy enfadado y para sacarla la agarró del brazo, lo que le provocó los moratones que aparecen en el parte médico; ella reconoce que se resistió porque no quería irse. Pero fue el chico el que le aconsejó ir al centro de salud y, con el parte médico en la mano, a la policía a denunciar a su padre. La chica lo hizo..., dice que porque le quiere mucho. Todo esto entre lágrimas, claro. Acabo de hablar con la madre, está destrozada; me ha dicho que esta noche al padre le ha dado un ataque de ansiedad, y ha tenido que llamar al SUMMA, y..., bueno, un drama. Es terrible. Con diecisiete años. No sé cómo se asume esto en una familia hasta este momento totalmente normal. Joder, Carlota, los conozco desde siempre; son vecinos puerta con puerta de mi madre de toda la vida. Una familia perfecta, la madre encantadora, el padre educado, trabajador, el hijo mayor estudiando Arquitectura, la otra hermana ha entrado este año en Medicina, y esta cría que es la pequeña, muy educadita, buenas notas, una monada de niña; hasta que se junta con el chico en cuestión, que si tú le ves dices pero cómo es posible que se pueda enamorar de ese tipo, no le pega nada, ella tan pijita siempre, y él un macarrón del quince, cachas de discoteca sin oficio ni beneficio, ni estudia ni trabaja; vamos, un futuro prometedor a su lado... Me dice la madre que desde que está con él la cría no parece la misma, que se ha vuelto contestona, impertinente, falta al colegio, lo que nunca había hecho antes, ha dejado de verse con las amigas de siempre, incluso ha cambiado su manera de vestir, ahora va como a él le gusta, eso le dice, que se viste así porque al que le tiene que gustar es a él... Mira sólo por los ojos del chaval, que por lo visto la controla a todas horas con el móvil.

—Deberías estar acostumbrada a estas cosas —dijo la juez, chascando la lengua.

—Ya, deberíamos. Pero no entiendo qué está pasando con la gente más joven. Cada vez entran más casos de chicas que ven con normalidad que sus novios las controlen en el vestir, en los horarios, que sean celosos, que eso es porque las quieren mucho, dicen... No me fastidies... Es que no lo entiendo. Todo lo que hemos conseguido avanzar parece que a esta nueva generación le suena a chino y están retrocediendo, pierden terreno a marchas forzadas y con una naturalidad tan sorprendente como decepcionante. —Enmudeció ensimismada, hasta que alzó los ojos al cielo, sonrió como si quisiera borrar con su gesto lo pesado de su mente—. Bueno, hablemos de otra cosa. Necesito un hombro.

—Y yo otro —añadió Carlota.

Rita sonrió y la miró con franqueza.

—Tú lo que necesitas es un hombre, eso sí, con hombro incorporado, un hombro fornido, musculoso, cachas y que su dueño tenga llena la cartera... Puestos a pedir, para qué quedarse cortas.

—Pero ¿eso existe?

—Qué va a existir... —Las dos sonrieron mirándose—. Si no tienes ninguno, te cedo el mío —dijo adelantando su hombro, en un gesto de ofrecimiento—. Es enclenque, huesudo y chuchurrío, pero te aseguro que sabrá sostener con dignidad tu magna frente. —Enmudeció y respiró, quebrando el gesto con una mueca de gravedad—. De verdad, Carlota, necesito hablar con alguien o reviento aquí mismo.

—¿Qué pasa, Rita? ¿Problemas con Alberto?

—No, ése es un bendito. Si encima tuviera problemas con él, me hacía el harakiri. Se trata de mi madre.

—¿Le ocurre algo?

—Ocurrirle no le ocurre nada, salvo que está cada vez más impertinente. —Se calló, frunció el ceño con gesto cavilante—. Reconozco que hay veces que me desespera.

—Es normal, con su edad...

—Me niego en rotundo a aceptar esa excusa. La edad no es sinónimo de ser desagradable y egoísta. Y mi madre es muy desagradable y muy egoísta.

—No será para tanto... —Arrugó los labios y frunció la frente con mohín lastimero—. Pobrecita.

—Pobrecita, dice. —Rita la miró al bies, airada—. Pobrecita yo que la aguanto. Lleva una temporada que me tiene frita; se ha aprendido mi número y no hace más que llamarme, que no me quiere molestar, pero que le duele todo. Y la llevo al médico y no tiene nada, como le dice el médico, que es usted muy mayor y algo le tiene que doler. Pretende que amarre mi vida a su ritmo, como si no tuviera nada que hacer, como si mi trabajo fuera una mierda o, peor aún, un pasatiempo.

—Algo parecido le pasaba a la mía, nunca entendió por qué me hice juez. No le gustaba y nunca he sabido por qué.

Pero Carlota sí que lo sabía, porque a su madre no le gustaba nada de lo que hacía, a todo lo que emprendía le ponía pegas, todo lo veía negativo, a todo le auguraba algo malo. Pensó en la falta de empatía que siempre tuvo con ella. No estaba a gusto con nada, parecía estar siempre enfadada, amargada, nunca le parecía bien nada, aceptaba las cosas como una obligación irremediable, con una terca indolencia que provocaba un mayor desapego entre ellas. Tampoco ella hizo nada por derribar ese muro que las había aislado, adaptada a su mutua antipatía, acomodadas ambas al trato seco y agrio que hasta el final se brindaron.

Dio un largo suspiro antes de continuar, desvanecido el amarrido recuerdo.

—No se lo tomes en cuenta, Rita. Ellas no tuvieron las oportunidades que ha tenido nuestra generación. Somos unas privilegiadas, hay que reconocerlo.

Rita chascó la lengua evidenciando que no se conformaba con el mensaje de su amiga.

—No me perdona que no le haya dado un nieto, no me lo perdona, Carlota, no te imaginas las cosas que me llega a decir, y quiero pensar que no es consciente del daño que me hacen sus desprecios, es tan insidiosa...; es como si hubiera cometido el pecado mayor del mundo. Para ella no tiene ningún mérito el hecho de que su hija haya conseguido llegar a ser fiscal, que sea una mujer preparada e independiente; al contrario, eso no está bien, según ella, porque yo lo que tenía que hacer es darle hijos al pobre Alberto, que es un santo por aguantarme todo lo que me aguanta; si Alberto quiere o no tener hijos a ella le trae al pairo, que los hombres no entienden, que qué va a decir, que si yo digo que no, pues él también. Como si fuera gilipollas, vamos.

—Pero siempre has dicho que tu madre nunca ha sido cariñosa. No puedes esperar que lo sea ahora. Tú tampoco eres un ejemplo de ternura. Por eso te quiero tanto.

—¡Muy graciosa! —dijo con sorna ante la ironía inferida en las palabras de su amiga—. Tú no sabes cómo cambia de actitud cuando está con mi hermano, y no te digo ya con mi cuñada, y eso que la trata a patadas, pues, según ella, ésa sí que es una mujer como Dios manda. Tres niños, como tres castillos, y ella en casa; dejó de trabajar para cuidar de su familia, lo que supuso que el desgraciado de mi hermano se pase todo el día trabajando como un pringado para sustentar a la tan cacareada familia. Mi cuñada deja a los niños en el colegio a las ocho y media y los recoge a las cinco, tiene criada que le hace todo, y ella se coloca de punta en blanco y se va a echar la mañana con el grupito de amigas que deben de ser tal para cual. A mi hermano no le dio la gana de estudiar; tiene un trabajo que no le gusta; gana dinero, sí, pero está amargado. Pues eso para mi madre es la familia perfecta, y yo soy la imperfecta; ni un solo reconocimiento, ni una sola vez se digna a decirme algo bueno sobre mi vida, mi aspecto, mi profesión... Ni me pregunta, no le interesa nada de mí salvo para tocarme las narices. —Calló un momento y resopló moviendo la cabeza de un lado a otro—. Perdona por esta perorata, Carlota, pero tenía la necesidad de soltárselo a alguien. Ni siquiera Alberto me entiende, me dice que es mi madre, que pobrecita, que no se lo tenga en cuenta.

—Yo también te lo he dicho.

—Ya, pero tú eres mi amiga y puedes decirme lo que te dé la gana, porque sé que no me juzgas, ni me condenas, ni me absuelves, simplemente me escuchas, que es lo que necesito, que me escuches...

Sin dejar de caminar posó un instante su cabeza sobre el hombro de Carlota. Sus brazos entrelazados se tensaron como para darse a entender un mutuo apoyo. Anduvieron un rato en silencio.

—Puede que nosotras no lo entendamos porque no somos madres, ni lo vamos a ser.

—No creo que tenga nada que ver —replicó Rita—. Es como si a las mujeres al parir les dieran patente de corso para ser como les dé la gana sin que se les pueda tocar un pelo, sin ninguna responsabilidad. Igual que hay hijos que son unos egoístas y padres prepotentes y autoritarios, también hay madres que son injustas y que hacen las cosas muy mal. Y yo todito se lo perdono, válgame el cielo, pero me canso, Carlota, me agoto y, sobre todo, me duele, joder, me duele mucho, que una no es de piedra. —Enmudeció un instante, reflexiva, los ojos perdidos en el fango de su conciencia—. Estamos mirando para meterla en una residencia donde la atiendan y la cuiden en condiciones. Yo en mi casa no la puedo tener, y además no tengo tiempo, mi vida es muy complicada. Y mi hermano ni se lo plantea, el señorito está convencido de que es responsabilidad mía; como si él no fuera hijo igual que yo; aunque la peor en este asunto es mi cuñada, menuda es ésa, tiene una cara que se la pisa. Bien que ha tirado de mi madre cuando le ha convenido, y ahora, hala, que la cuide Rita, que yo soy la que la entiendo, eso dice... ¡Será posible!

—Y tu madre —Carlota interrumpió su retahíla—, ¿qué opina de ir a una residencia? En general, no les suele hacer mucha gracia.

—Ella no quiere moverse de su casa. Yo lo entiendo. Como en casa de uno no se está en ningún sitio, pero desde que le dio el ictus está muy torpe y muy lenta. Un día se va a caer y se va a morir de asco tirada en el suelo. Además, es tan terca que no le da la gana llevar el botón de emergencia. Lo tiene colgado en la entrada, con las llaves. ¡Ya me dirás tú, para una urgencia! Pues se lo dices y por un oído le entra y por el otro le sale.

—Pero ¿no me dijiste que habíais cogido a una mujer para que la atendiera?

—Sí, está por la mañana, pero pasa de ella.

—¿Quién, la mujer?

—No, mi madre. Se llevan como el perro y el gato. Como es polaca dice que no la entiende. Es un circo verlas, no te lo imaginas. La mujer tiene más paciencia que un santo, no sé yo lo que va a durar.

—Mi madre se manejó bien hasta el final. También tenía a una externa; no se llevaban ni bien ni mal, porque en los últimos años mi madre hablar, lo que se dice hablar, hablaba poco, y el que no habla no discute —dijo con un gesto de asumida conformidad—. Así que la mujer arreglaba la casa, le hacía la compra, la comida y le dejaba preparada la cena, y, si hacía falta y yo no podía, la llevaba al médico o a dar un paseo para que se aireara, porque no le gustaba nada salir a la calle, siempre metida en casa, sola, y así desde que tengo uso de razón.

Carlota pensó en la reclusión voluntaria en la que se fue confinando su madre a medida que ella iba creciendo. Salía lo imprescindible, al principio se entretenía haciendo algo de punto o cosiendo, no se le daba nada mal y le gustaba, pero dejó de hacerlo y se volvió cada vez más desidiosa para hacer nada por entretener el tiempo, salvo ver la televisión o mirar a la gente transitar por la calle a través de la ventana, pasiva, una vida vagarosa malgastada en mirar al exterior, siempre abúlica, como desganada.

—Rita, dime una cosa, ¿a ti no te da cargo de conciencia por sentir así como sientes respecto a tu madre?

—Cargo de conciencia... —repitió la fiscal, con gesto valorativo—. Pues sí, qué quieres que te diga, claro que me da cargo de conciencia. A pesar de todos los pesares es mi madre, y en el fondo, muy en el fondo —dijo haciendo hincapié en sus palabras—, es una buena mujer; creo que es un poco víctima de sí misma y de sus propias frustraciones. —Enmudeció un instante antes de continuar—. Algunas veces tengo la sensación de que me envidia, de que le hubiera gustado ser como yo soy, tener la vida que yo he tenido. Pero como no puede ser, la jode y hala, a cargar contra mí. ¡Qué le vamos a hacer! —exclamó alzando las manos—. Madre no hay más que una, y menos mal, ¿no?

Sonrió y buscó los ojos de Carlota, abandonada su mirada en un vacío de atormentados pensamientos.

Carlota arrugó el gesto antes de hablar, vacilando si hacerlo o permanecer callada, como siempre lo había estado, tragándose sola toda la amargura que había jalonado su vida.

Al cabo, habló pausada, dolida por el significado de lo que decía.

—Yo no sé si quería a mi madre o simplemente la he soportado por lo que era. Sobre todo en los últimos años he tenido la sensación de que la atendía por el mero hecho de que no tenía otra persona en el mundo salvo yo. Cuando iba a verla, lo hacía por pura obligación, como el que va al dentista porque tiene una muela picada y no le queda más remedio. —Quedó pensativa, y sus hombros se encogieron, avergonzada de lo que estaba diciendo—. No recuerdo una muestra de cariño entre nosotras... Y ahora que no está... —Dio un largo suspiro—. Es una sensación extraña, incómoda... No sé si la echo de menos o simplemente tengo cargo de conciencia por no haber... —tragó saliva antes de continuar—, por no haber sabido quererla.

—Bueno, el cariño también hay que ganárselo.

Carlota tomó aire, alzó el mentón y miró al cielo como buscando aire para respirar.

—Pero tú lo has dicho, Rita, a una madre hay que quererla...

—No te atormentes demasiado, Carlota, los sentimientos no se pueden controlar.

—Desde que murió, no sé... Es como si tuviera una deuda moral que ya es imposible de solventar... Y eso me angustia más todavía.

—Ay, Dios mío, ¡maldita culpa! —La miró y buscó sus ojos escondidos en su regazo—. Eh, Carlota, déjalo estar, convéncete de que fuiste la hija que ella fraguó. Toda relación es de doble sentido. Haz como yo cuando estoy a punto de explotar, piensa en algo bueno que recuerdes de ella, aunque sea de cuando eras niña y te cuidaba si estabas enferma con fiebre... Es más fácil que cargarte con lo malo o lo negativo, y más ahora que no puedes hacer nada, salvo atormentarte inútilmente.

Carlota la miró y sonrió. Sí, pensó, si escarbaba en su memoria podía encontrar algo bueno de su madre, de sus cuidados cuando era pequeña, de sus risas vertidas siempre junto a su padre. Mientras él permaneció en sus vidas, Manuela fue y se comportó como una madre, una madre de verdad, hasta que dejó de serlo para convertir sus días en soledad, en intransigencia, en una hosquedad tirana en la que se había tenido que batir Carlota a su lado.

—Puede que tengas razón... Si escarbas, algo bueno siempre encuentras.

El camarero se acercó dispuesto a tomarles nota de la minuta y, después de hacerlo, se alejó.

—Tú me tienes que contar todo lo que pasó en la clínica con tu padre y tus hermanos.

—Pasó lo que tenía que pasar —añadió Carlota—, que piensan que fui para llevarme la herencia, su herencia.

—Pues ya se pueden poner como quieran, tú eres tan hija como ellos.

—Hasta para eso lo voy a tener difícil con mi padre; sé que hay muchas cosas que están en sociedades, y los socios mayoritarios son mis hermanos... Así que... Bah, déjalo, hablamos de otra cosa. ¿Qué hacéis en Navidad? ¿Os quedáis en Madrid?

—Ésa es otra —contestó Rita tensando el rictus de nuevo—. Alberto y yo queríamos organizar una escapada fuera de Madrid, pero mi madre dice que cómo la voy a dejar sola, porque mi hermano y mi cuñada se van con los chicos a esquiar a los Alpes, y claro, la que se tiene que quedar soy yo.

—¿A los Alpes? Qué nivel. ¿Y no se pueden ir a sierra Nevada como todo el mundo?

—¡No, hija, no! Viste más irse a los Alpes, y más cuando el viaje se lo paga mi madre.

—Pues si a ti te paga un viaje a Nueva York, yo me apunto.

—Para mí no hay ni para pipas, que yo gano mucho, dice.

Callaron mientras les servían las bebidas.

—¿Y en Nochevieja?

—Pues igual —contestó Rita encogiendo los hombros—, se van el 23 hasta el día 2. No me hagas hablar de esto que se me envenena la sangre. Este año te vienes a casa, que va a ser la primera Navidad sin tu madre.

—Ya sabes que a mí esto de la Navidad no me entusiasma nada —dijo la juez con gesto de negación—. Esto de tener que estar feliz y contento por obligación, todo tan familiar, tan bonito... No me convence. Soy rara.

—No tanto, te lo digo yo. Pero tú te vienes con nosotros.

—Tengo planes.

—¿Pues no dices que no te gusta?

—No he dicho que vaya a celebrar la Nochebuena, digo que tengo planes, por eso no puedo ir a tu casa.

—¿Y puedo saber qué planes son ésos? No me digas que hay alguien que te ronda y no me lo has dicho...

—No hay nadie que me ronde y, si lo hubiera, serías la primera en saberlo. Hace unos días me llamó una amiga de la universidad a la que no veía desde hacía tiempo; se acaba de separar y, al igual que yo, no quiere ni oler la Nochebuena. Tiene una casa de sus padres en Pedraza. La verdad es que me apetece salir de Madrid unos días.

—Pues tú te lo pierdes, porque las Nochebuenas con mi madre son de traca.

—Me imagino, pero me resistiré a la tentación...

El Nokia del juzgado que Carlota había dejado sobre la mesa sonó y ella torció el gesto.

—Me temo que me van a fastidiar la comida, ya verás.

Contestó y escuchó atenta. Metió la mano libre en el interior del bolso y sacó un bloc de notas y un bolígrafo y fue apuntando algunos datos.

—¿Han avisado a la Judicial? Bien. Río Guadarrama, N-501, junto al club de golf Las Lomas Bosque..., calle del Carmen... —repetía mientras escribía. Miró a Rita, que le hizo señas de que sabía dónde estaba—. Sí, yo aviso a la forense y al secretario judicial. Gracias... Voy para allá —dijo al que le escuchaba al otro lado de la línea.

Colgó y se dirigió a Rita sin dejar de mirar el móvil para marcar otro número.

—Han encontrado el cadáver de una mujer. Un posible homicidio. Sin aparentes signos de violencia. Voy a llamar a Begoña y a Miguel.

—Te llevo en mi coche. Conozco el sitio. Está camino de mi casa.

La juez la hizo callar porque alguien le hablaba desde el otro lado de la línea.

—Begoña, soy yo.

Explicó a la médico forense toda la información. Luego colgó y volvió a marcar un número para avisar del asunto al secretario judicial. Le dijo que no la esperasen, que iba por sus propios medios.

Colgó y en ese momento la dueña del mesón dejó el primer plato sobre la mesa.

—Lo siento, Fuencisla —le dijo la juez mientras recogía sus cosas con prisa—, nos tenemos que marchar. Un asunto urgente.

20

Un coche de la Guardia Civil detenido al lado de la carretera les indicó el lugar exacto hacia el que se tenían que desviar. Rita disminuyó la velocidad, giró el volante y se adentró en el camino de tierra hasta llegar junto al guardia que les daba el alto. Se identificaron y les indicó que continuasen un poco más hacia delante, que era donde se hallaba el cuerpo.

La zona estaba ya acotada por las cintas de la Policía Judicial de la Guardia Civil. Varias figuras cubiertas con monos blancos vagaban por la zona con la vista atenta al suelo, buscando algo que pudiera ser de interés. Otros dos permanecían junto al cadáver haciéndole fotos desde varios ángulos.

El sargento Salgado se acercó a ellas cuando las vio descender del coche.

—Buenas tardes, señoría.

En ese momento apareció un coche policial que llevaba en su interior al secretario judicial y a la forense. Una fina lluvia, apenas perceptible, comenzó a caer, lo que tornó más lúgubre el ambiente. Una vez lista la Comisión Judicial, emprendieron la marcha en dirección al lugar donde se encontraba el cuerpo, pero antes el sargento echó una rápida mirada a los tacones de Carlota.

—Hay mucho barro. Se va a poner perdidos los zapatos.

—Intentaré ir con cuidado.

La forense le tendió un par de cubrezapatos de plástico.

—Gracias, Begoña —le sonrió con complicidad—, si no fuera por ti, no ganaría para zapatos.

Carlota se los calzó y la comitiva judicial, encabezada por la juez, siguió los pasos del sargento.

—Vayan por donde les marco para evitar demasiadas pisadas. El terreno está muy embarrado por las lluvias de estos días.

—¿Se sabe quién la ha encontrado?

—Sí. Un jubilado que pasaba por aquí. Está con el cabo Reviejo. —Apuntó con el dedo a un hombre de unos setenta años con chándal y aspecto desolado, como si la situación le hubiera superado—. Suele caminar por estos parajes todos los días. Se detuvo a orinar y al desviarse del camino descubrió el cuerpo. Fue el que avisó al cuartelillo.

Llegaron hasta donde se encontraba el cadáver. Se trataba de una mujer de más de cuarenta años, en posición decúbito supino, deslavazada sobre un charco de lodo y agua estancada, arrojada ya sin vida, las piernas retorcidas a un lado, el cuerpo ladeado y la cara tapada con el pelo largo y rubio peinado de peluquería. Llevaba un vestido claro, botas altas de ante con bastante tacón y medias, todo a juego, bien conjuntado, ropa y calzado de marca y caro.

La forense se había colocado los guantes de látex y se acercó al cadáver, haciendo una primera inspección ocular sin llegar a tocar el cuerpo.

—¿Algún signo de violencia? —preguntó la juez al sargento de la Judicial.

—A primera vista no. La han debido de traer hasta aquí muerta. Hay huellas de coche un poco más allá y pisadas de una persona que llegan hasta aquí. —Señaló con la mano un pasillo formado por las cintas de plástico que llegaban hasta otra zona del camino—. Por la profundidad de las huellas, el que la arrojó aquí la trajo en brazos.

—Y no hace mucho —dijo Begoña, que ya inspeccionaba el cuerpo con sus manos; lo movió un poco para atisbar la espalda por el cuello del vestido—. Yo diría que la han dejado aquí hace unas tres o cuatro horas. No más.

—¿Sabes la causa de la muerte? —le preguntó Carlota.

—Es posible que sea un desnucamiento. —La forense tocaba con sus manos el cuello de la víctima, con gesto adusto y concentrado—. No se perciben signos de violencia, no parece que hubiera resistencia. —Cogió cada una de las manos e inspeccionó las uñas pintadas de color rojo, perfectas salvo una que estaba rota. Pidió hacer fotos de las manos y de la posición del cuerpo. Le abrió el vestido dejando al descubierto el pecho—. Tiene la ropa interior rota... Ah, no, perdón. Se trata del tipo de lencería que deja todo al aire.

—¿Crees que hay agresión sexual?

Begoña levantó la falda de la mujer para descubrir que no eran pantis sino medias sujetas al muslo por un liguero. La braga apenas era un hilo con un adorno en la parte del monte de Venus quedando expedito el sexo.

—A primera vista no hay signos externos de que haya sido forzada —dijo la forense observando la zona púbica—. Pero no descarto que haya mantenido una relación sexual reciente. Te concreto más con la autopsia.

A pesar de que había más de una docena de personas, entre guardias civiles y los que formaban la Comisión Judicial, el silencio se imponía en aquel lugar de muerte. Eran casi las cuatro y se vislumbraba la premura del atardecer debido a la impenitente lluvia y a una neblina que convertía en viscoso el ambiente.

—El bolso ha aparecido en aquellos matorrales —añadió el sargento—. Junto a un abrigo de visón y unos zapatos de tacón altísimo.

—¿Zapatos de tacón? —inquirió Rita adelantándose al pensamiento de la juez—. Qué raro, si no está descalza.

—Creemos que pertenecen a la víctima.

El sargento hizo una señal al cabo Reviejo, que se acercó con una bolsa en la que estaban un par de zapatos rojos, con plataforma de unos cuatro centímetros y más de quince de tacón dorado.

—¡Qué barbaridad! Con esto no das ni dos pasos sin romperte la crisma —dijo Rita.

—Son para caminar sobre moqueta —añadió la juez—, delicados como el cristal. —Miró hacia la víctima—. Lencería erótica, zapatos de plataforma y taconazo descomunal... ¿Es posible que fuera una prostituta?

El sargento negó ceñudo.

—No, señoría, nada de eso... Se trata de Alicia Dorado, la mujer de Arturo de la Llave.

—¿El empresario?

—El mismo.

21

El salón estaba a media luz. Doña Amalia, sentada en su butaca de toda la vida, parecía absorta en la pantalla del televisor a pesar de que no le interesaba demasiado aquella película que ya había visto varias veces. Miró a su alrededor, consciente de la soledad que la rodeaba, como un apretado cerco en el que vivía cada vez más limitada. Los muebles de toda la vida, sillones de piel ya ajada que en su tiempo fueron la envidia de todo el que los veía; trasnochados cuadros de caza, bodegones o sombríos paisajes, vitrinas en las que se exponían multitud de cosas, cachivaches inútiles, historiadas vajillas, cristalerías, marcos con fotos antiguas que le daban idea del tiempo pasado, del poco tiempo que ya le quedaba. Sintió un escalofrío y se arrebujó en su toquilla de lana que siempre se ponía para estar en aquel salón, y no en su salita donde acostumbraba a estar a diario, más recogido y luminoso, a la espera de que llegasen sus hijos, avisada de su visita.

Hacía ya unos días que habían regresado del hospital, de nuevo en ambulancia, pero esta vez no para recuperarse o curarse, sino ya para morirse, así de descarnadamente se lo había comunicado el médico. Su corazón está muy débil, Amalia, afirmaba el doctor Peralta, cardiólogo de la familia, con ese gesto de sobriedad trascendente aprendido a base de años de dar ese tipo de noticias, tiene una grave insuficiencia respiratoria aguda, con el oxígeno tal vez puede durar algo más, pero si se sigue negando a utilizarlo, no podrá aguantar mucho.

Y es que Clemente se negaba a que le amarrasen ese bozal a la boca, se sentía prisionero, atrapado en su propia respiración; así que lo tenían preparado para ponérselo en cuanto notaban que aumentaba en exceso su disnea. Poco más se podía hacer por él, cuidarle mucho, intentar que se sienta a gusto y esperar el desenlace, eso le habían dicho a doña Amalia antes de abandonar el hospital. Pero cómo hacerle sentir a gusto si continuaba aislado del mundo, sin querer hablar con nadie, envuelto en un halo de soledad y amargura que parecía supurarle por todos los poros de su piel. Ella creía conocer la razón, aunque no quisiera asumirla.

La primera que llegó fue Julia, entró con su llave, fue a saludar a su madre y le dijo que iba a ver cómo estaba su padre. Al cabo, doña Amalia oyó el timbre de la puerta, los pasos de Felisa y a continuación la voz de Enrique y de Graciela saludando a la criada. Cuando entraron en el salón, acompañados de Julia ya de regreso de la visita paterna, doña Amalia puso su habitual cara de circunstancias, aquella particular manera suya de dar pena a sus hijos y nuera, tan sola todo el día, en ese callejón sin salida que supone la presencia de la muerte no sólo de su marido, una muerte ya anunciada, sino también de la suya, cada vez más cercana, más presentida, en una continua contradicción de rechazo y deseo de que le llegase, consciente de que su sombra ya se había instalado en aquella casa y de que ya no se marcharía hasta dejarla vacía de vida.

Al cabo de un rato, volvió a sonar el timbre. Carlos entró en el salón seguido de Maribel. Saludaron a los que ya estaban sentados, Graciela y Enrique, Julia y doña Amalia.

—Hola, hijo —dijo la madre sonriendo satisfecha—, qué bien que hayas venido.

Maribel sonrió. Estaba acostumbrada a que su suegra obviara su presencia cuando estaba con Carlos, igual que un ser invisible, una sombra que camina a su lado; había veces incluso que se dirigía a su hijo para preguntar o plantearle cosas que debía responder o resolver ella. Se quitó el abrigo y se sentó junto a Graciela.

—¿Cómo está hoy? —preguntó Carlos, repantigándose en el sillón que solía ocupar su padre.

—Aparentemente está como una rosa —contestó doña Amalia cariacontecida—. Si no fuera por lo del corazón y porque no sale ni a la puerta de la calle, cualquiera diría que está tan malito. No quiere estar en la cama, ni que le pongamos el oxígeno. Ahí está, en su estudio, como un muerto en vida, viendo pasar las horas, como en los últimos meses. —Hablaba como si fuera tirando las frases, sin ánimo, alicaída—. ¿No vas a entrar a verle?

—Ahora pasaré. —Miró el reloj como si estuviera pensando ya en marcharse—. Maribel, tráeme un café, anda.

—¿Quieres algo de comer? —añadió la madre, solícita.

—No, sólo un café.

—Pues tienes mala cara, hijo. Come algo para acompañar al café. Hay bizcocho del que a ti te gusta, ¿queréis un poquito? —Sin esperar respuesta, se dirigió a su nuera, que ya se había levantado, y le habló con voz gutural—. Maribel, hija, dile a Felisa que traiga el bizcocho.

Maribel miró a su suegra y salió al pasillo.

—¿Qué tal, cuñada? ¿Cómo te *sentís*? —preguntó el mayor de los Balmaseda imitando con énfasis el tonillo argentino que aún tenía Graciela—. Hace tiempo que no te veía. No *querés* nada con nosotros.

—Bien, Carlos, estoy muy bien, ¿no me ves? —Su cuñada habló, asimismo, exagerando su acento, consciente de la guasa que siempre intentaba gastar con ella Carlos, a costa de su particular deje.

—Sí, se te ve bien, sí, y yo que me alegro. —El mayor de los Balmaseda miró a su hermana Julia y le preguntó recuperando la normalidad en su entonación—. ¿Y Cayetano? ¿No ha venido?

—Se ha ido de caza —contestó ella con desgana—. Ya lo sabes. Para qué me preguntas.

El tiempo pasaba entre conversaciones vacuas: de fútbol o política ellos, de la estilosa falda que llevaba Graciela ellas, o de la forma tan original que tenían los zapatos que calzaba Julia; del frío que estaba haciendo en general y de lo que iban a hacer en Navidad. Preguntas y respuestas insustanciales que evidenciaban la poca empatía del grupo familiar.

Al cabo de un rato de charla anodina, Carlos miró impaciente el reloj de su muñeca.

—Pero dónde se ha metido esta gilipollas. No me extrañaría que se hubiera perdido de aquí a la cocina.

Doña Amalia miró hacia la puerta del salón como si quisiera ver aparecer en ese momento a Maribel con el café.

—Voy a ver —agregó la madre haciendo amago de levantarse—, que lo mismo no encuentran el café. Últimamente, esta Felisa tiene muy mala cabeza.

—Deja, mamá, ya voy yo. Que ya no me lo traiga porque me tengo que marchar.

—¿Ya te vas? —preguntó su madre desolada, como si le hubiera dado un disgusto—. Tómate algo, hijo. Y entra al menos a ver a tu padre.

Carlos no le hizo caso y salió del salón gritando el nombre de su esposa.

—¡Maribel! ¡Maribeeel!

Se oyó un «voy» al final del pasillo. Carlos se dirigió hacia el lugar de donde había salido la voz de su mujer, dando imperiosas zancadas, sin entender qué estaba haciendo y por qué no le traía el maldito café. Se detuvo en el cuarto de soltera de Julia. La puerta estaba abierta y Maribel hablaba por teléfono de espaldas a la entrada, encogidos los hombros, atenta a lo que le decían al otro lado de la línea, como si la llamada le hubiera pillado desprevenida de camino a la cocina y hubiera buscado un lugar para hablar con tranquilidad.

Se volvió al oírlo. Al gesto impaciente que le hizo Carlos para saber quién era, ella le respondió con la mano que aguardase y continuó atenta a la voz que le hablaba al otro lado del móvil. Carlos notó preocupación en su semblante.

—¿Y qué os ha dicho la policía? —A la pregunta de Maribel, se disparó la expectación en Carlos y se puso frente a ella incapaz de esperar. Ella le miró y le habló interrumpiendo a su interlocutor—. Es tu hija, que le han robado, pero que está bien. Ahora te cuento...

Pero Carlos no esperó y, sin mediar palabra, de forma brusca, le quitó el móvil de la mano para plantarlo en su oído.

—Isabel, ¿qué coño ha pasado? ¿Qué es eso de que te han robado?

Maribel cruzó los brazos en su regazo con la ansiedad reflejada en su rostro.

Carlos escuchó atento las explicaciones de su hija.

—¿El chaquetón de mamá, el de visón gris? ¿Y tú por qué cojones llevas el chaquetón de tu madre a una fiesta?

Ante las explicaciones de su hija, Carlos se volvió con brusquedad hacia Maribel. Ella se sintió fulminada y esquivó los ojos con la angustia metida en el cuerpo.

—Hay que ser gilipollas —farfulló sin dejar de mirarla—, tal para cual, gilipollas la hija y más gilipollas la madre...

Terminó la conversación y ni siquiera colgó. Arrojó el teléfono sobre la cama con tanta fuerza que cayó al suelo.

—¿Cómo se te ocurre dejar a la cantamañanas de tu hija el visón que te regalé?

Maribel cogió el móvil del suelo y comprobó que la pantalla se había resquebrajado.

—Qué bruto eres —dijo obviando la pregunta y mostrándole el iPhone—. Mira lo que has conseguido, lo has roto.

—¡Que por qué coño le has dejado el chaquetón!

—Me lo pidió y se lo dejé —contestó ella utilizando el mismo tono.

—Ya veo lo que te importan a ti los regalos que yo te hago.

—Qué tiene que ver eso. Tenía una fiesta. A cualquiera nos puede pasar.

—A cualquiera... ¿Tú tienes alguna idea de lo que me costó el dichoso chaquetón?

—Me imagino que mucho, Carlos, pero yo no tengo la culpa de que se lo hayan robado.

La mueca torcida de Carlos anunciaba tormenta, así que Maribel, consciente de ello, intentó escapar del juego iniciado y salió al pasillo dispuesta a ir a la cocina.

—¿Quieres el café?

—No quiero café ni pollas.

Ella le miró con fijeza y alzó las cejas con gesto de agotamiento.

—Mira, Carlos, vamos a dejarlo.

Maribel dio la vuelta para ir en dirección al salón, buscando refugio en el resto de los presentes para aplacar los ánimos.

Él salió detrás de ella alzando la voz a cada paso, alterado y ofuscado en algo que no tenía razón de ser. Sin embargo, a veces el sentido común de Carlos se diluía en anodinas broncas que, con un origen casi siempre absurdo, se eternizaban sin otra solución posible que la rendición, siempre de ella, y el hastío de ambos.

—La culpa la tengo yo por regalarte lo que no te mereces.

Ella no contestó.

Entraron en el salón y Maribel volvió a sentarse junto a Graciela, en medio de un silencio incómodo, irritadas miradas, tensión ante una situación repetida y conocida, asumiendo que lo más conveniente era callarse, ignorar la situación, como si nada estuviera pasando, no intervenir, a la espera de que llegase la calma.

Carlos se había quedado de pie frente a Maribel, dispuesto a continuar con la trifulca, airado y rabioso.

—Te estoy hablando, Maribel.

Doña Amalia no pudo resistir la tentación; pero su intervención no buscaba aplacar los ánimos, sino más bien enterarse del asunto para estar en disposición de opinar y enmendar a quien hubiera que hacerlo.

—¿Qué ha pasado, hijo?

—Nada —contestó arisco sin dejar de mirar a su esposa—, no pasa nada, ésta, que se le ha ocurrido la genial idea de dejarle el chaquetón de visón a la tonta de tu nieta y se lo han robado. —Se calló, abrió los brazos con vehemencia, cada vez más encolerizado, como si el hecho fuera creciendo en su interior—. Y no pasa nada. Seis mil euros a la mierda, y, según la señora, aquí no pasa nada.

—Pero ¿es el que te regaló para tu cumpleaños? —preguntó doña Amalia a su nuera, inoportuna siempre.

Maribel respondió afirmando, desolada porque veía que su suegra, lejos de calmar los ánimos, los iba a encabritar más.

—Sí, pero a Isabel no le ha pasado nada, se encuentra bien; está disgustada y con el susto metido en el cuerpo; pero ya han puesto la denuncia y todo. —Añadió todos los detalles intentando cubrir la incontenible curiosidad de su suegra.

Pero doña Amalia no pretendía sólo enterarse de lo que había pasado y de cómo estaba su nieta, tenía el convencimiento de que ella debía tomar partido en aquel asunto, y no se calló.

—Hija, por Dios Bendito, pero a quién se le ocurre, un abrigo así no se deja...

—Ay, Amalia, no se meta en esto...

Carlos estalló sin dar tiempo a nadie a reaccionar; la agarró por el brazo, la alzó con rudeza y se la llevó casi a rastras hacia el pasillo.

Enrique hizo un amago de levantarse pero tan sólo tensó el gesto, impotente ante la situación, que le superaba.

—¡Que no se meta!... Mi madre está en su casa y se mete donde le sale del moño, ¿te enteras?

Julia cerró los ojos como si así pudiera hacer desaparecer la cruda realidad. Graciela fue la única que se levantó arrebatada por una descarga de indignación.

—¡Che, no seas pavo! —dijo sin moverse del sitio, viendo cómo Carlos se llevaba a una Maribel asustada.

—Carlos, por favor. —La voz balbuciente y asustada de Maribel se oía alejarse hacia la entrada—. Carlos... Me haces daño... Por favor...

La llevó hasta la entrada, abrió la puerta y la echó al rellano, cerrando con un fuerte portazo. Luego regresó al salón. Y se derrengó en el sillón como si nada.

—No te enfades, hijo.

—Déjame en paz, mamá.

—*Mirá,* vos *tenés* un problema grave en la cabeza —le espetó Graciela irritada, llevándose la mano a la sien.

—Tú te callas, que nadie te ha preguntado —le dijo Carlos con desprecio.

—Graciela, hija, no te metas —agregó la matriarca con tenso desdén.

—Sí, mejor callarse y mirar para otro lado, ¿no es cierto? —Salió del salón dispuesta a salvar a Maribel.

Carlos sacó un cigarrillo y cuando lo iba a encender su madre le reconvino.

—Aquí no se fuma, te lo he dicho muchas veces.

Carlos se puso el pitillo en la boca, ignorando la autoridad de su madre. Lo encendió ante la mirada de todos. En ese momento, Enrique se levantó y cogió su abrigo dispuesto a marcharse, se acercó a él y le arrancó el cigarrillo de los labios y lo aplastó en un gran cenicero que había en la mesa.

—Te han dicho que aquí no se fuma.

Carlos, con la llama del mechero todavía prendida en la mano, le miró en silencio, sorprendido. Enrique salió del salón sin decir nada a nadie, ni siquiera a su madre, que contemplaba la escena, desolada.

Graciela había abierto la puerta a la expulsada Maribel, y las dos se encontraban en el recibidor cuando llegó Enrique. La escena intensificó la profunda aflicción que arrastraba como una pesada cadena, al verla allí, su frente apoyada en el hombro de su mujer, que consolaba su pena con un plácido y dulce silencio; Graciela miró a su marido circunspecta por encima de la cabeza vencida de Maribel. Él esquivó sus ojos, ocultando el dolor que sentía ante cada hipido de aquel llanto.

—Yo no sé cómo le aguantas —le dijo Enrique batiéndose entre la rabia y la incomprensión mientras se ponía el abrigo.

Graciela le hizo un gesto para que no echase más leña al fuego. Él se calló. En su rostro se reflejó el deseo de sustituirla en el abrazo y mecer aquel desconsuelo en su propio regazo, sin darse cuenta de que hacía testigo a su esposa de aquella ansiedad manifiesta.

Al cabo, se volvió, les dio la espalda, abrió la puerta y se marchó mascando la amargura de su cobardía, de su inacción, de su vergonzante silencio.

Graciela respiró hondo, tragando saliva como el que traga una píldora amarga. Se oían voces procedentes del salón. Decidió no regresar allí, al menos hasta que se le pasara un poco el disgusto a Maribel; con delicadeza la arrastró hasta la habitación más cercana, la que Enrique ocupaba cuando estaba soltero. Las dos mujeres se sentaron en el borde de la cama, vacía desde hacía tanto tiempo.

Graciela la consolaba pero sin perder su vehemencia.

—Vamos, Maribel, *dejate* ya de llorar, es un cretino que no te merece.

—Yo no entiendo qué le pasa a este hombre —murmuraba Maribel arrasada por un dolor interno, incrustado dentro como si en vez de sangre corrieran por sus venas cristales diminutos—. Está siempre enfadado, siempre a la que salta. Ya no sé qué hacer ni qué decir, haga lo que haga para él todo lo hago mal. —Gimoteó con una tristeza tan profunda que conmovió a Graciela, que la volvió a arrullar como si fuera un niño—. Me siento tan torpe...

—Vos no *sos* el problema, Maribel —replicó indignada—. *Avivate* de una vez. *Andás* metida en un círculo peligroso. Deberías plantearte alguna salida a esta situación.

—¿Y qué voy a hacer? ¿Dónde está esa salida y hacia dónde me va a llevar?

—A donde sea, cualquier cosa será mejor que permanecer junto a un loco que os está destrozando la vida.

Maribel alzó la vista que mantenía clavada en sus manos y la miró igual que si fuera un náufrago que, entregado al mar, observa con gratitud al que le tiende la mano a sabiendas de que no puede alcanzarle.

—No puedo... —Negaba con la cabeza, la voz quebrada, conteniendo un caudal de llanto en sus ojos—. Graciela... No sabría adónde ir... Ni qué hacer...

Graciela se retorcía por dentro al comprobar aquella pasividad domesticada.

—¿Y si tuvieras otra oportunidad?

—Hace mucho tiempo que se acabaron todas para mí.

—En eso te equivocas. —Al decirlo, Graciela no pudo evitar que su gesto se quebrase.

Maribel la miró buscando sus ojos, pero no los encontró.

—No, Graciela, no me equivoco. Para mí se terminó todo definitivamente hace mucho tiempo.

—Pero *tenés* derecho a ser feliz.

Maribel sonrió. Cogió la mano de Graciela y la apretó mostrándole afecto.

—Enrique es muy afortunado de tenerte a su lado.

Graciela pensó que ella, sin embargo, no tenía la fortuna de sentirse amada por el hombre al que adoraba con toda su alma. Durante años se había esmerado en alimentar un amor que sólo aportaba ella, con la esperanza de rescatarlo de aquel torbellino que llevaba el nombre de Maribel, en el que se ahogaba sin remedio, pero su infinita paciencia empezaba a desgastarse y los síntomas de agotamiento se atisbaban en una convivencia cada vez más fría. Enrique no le ocultó nunca lo que sentía por su cuñada, y, aunque era su esposa la que a diario le salvaba de aquella frustración, la sombra del recuerdo de Maribel había corroído los cimientos de su matrimonio.

22

Hay días en los que uno no está para fiestas a pesar de que la fiesta se imponga de manera oficial y casi por obligación, como ocurre en los días de Navidad. La Nochebuena hay que pasarla en familia, porque de lo contrario querrá decir que o se tiene una vida muy triste o se está muy solo en la vida, como si la soledad fuera de por sí mala, y buena la compañía, y hubiera que demostrar que durante esos días se es muy feliz y se está contento, aunque a veces le apetezca a uno entregarse a la melancolía, al lánguido silencio, huyendo de la compulsión abrumadora de compras innecesarias, lejos del recargado bullicio de villancicos y papanoeles con burdos disfraces rojos y tosca barba blanca, evadirse del gasto desenfrenado, del comer sin hambre, del beber en exceso, con ese desmedido afán de brindar con todo el mundo esparciendo vacuos plácemes relegados en el mismo momento en que son formulados; y una vez llegado enero, al apagarse las luces y desaparecer los adornos, evidentes los kilos de más, la resaca y las sobras de las francachelas, cuando tan sólo queda la gelidez brumosa del plomizo invierno, de nuevo se retorna a la seguridad que ofrece la rutina, los mismos hábitos, igual de extraños, igual de crueles, los mismos odios, envidias semejantes, humores desabridos, desprecios y ambiciones aparentemente estancados durante unos días falsamente mágicos.

Carlota había aprendido a vivir su soledad con bastante serenidad. A pesar de que le había hablado a Rita de su intención de ir a Pedraza con una amiga de la facultad, lo cierto es que había rechazado la oferta porque no le apetecía demasiado ser el paño de lágrimas de una recién separada a la que no veía desde hacía más de dos años y que solía acudir a ella cada vez que tenía un problema, con el único fin de usarla como consuelo, porque Carlota sabía escuchar muy bien, eso le decía cada vez que, de forma incauta, había accedido a sus llamadas de auxilio. Pero aquellas Navidades, las primeras tras la muerte de su madre, le apetecía estar sola, por eso no le dijo a Rita nada de que había rechazado ir a Pedraza, porque estaba segura de que ni ella ni Alberto le hubieran permitido cenar sola, como era su pretensión; dejar pasar aquellas fiestas sin demasiada pena ni gloria, tal y como estaba acostumbrada a hacer, dispuesta a encerrarse en la calidez de su casa, con la nevera llena, buena música de fondo y un rimero de libros que esperaban pacientemente ser abiertos entre sus manos para entregarle historias apasionantes en las que sumergirse.

En esa placidez se encontraba la tarde del día 24 cuando sonó su móvil. No conocía el número y a punto estuvo de no hacer caso, pero al final tocó con la yema del dedo el círculo verde de la pantalla y se puso el teléfono en la oreja. Al oír la voz de Julia se sobresaltó.

—Hola, Julia, ¿qué tal? ¿Ocurre algo?

—Hola, Carlota, no te preocupes. Nuestro padre está relativamente bien. Le tenemos en casa desde hace días. Se apaga poco a poco. No sé cuánto durará... Pero no es por eso por lo que te llamaba. Carlota, verás... —la voz de Julia era balbuciente, como si no encontrase las palabras exactas o, peor aún, como si le avergonzase decirlas—, mi hija se ha ido a pasar las Navidades a Baqueira con su novio y un grupo de amigos, y mi marido tiene la costumbre de reunirse a comer con sus cuñados antes de acudir a la cena familiar... Estoy sola y había pensado que, tal vez..., si no tienes ningún compromiso... A lo mejor te apetecía tomar algo y charlar un rato.

Carlota cerró los ojos durante unos segundos, en silencio, los abrió, apretó los labios y alzó las cejas.

—Estoy en casa y la verdad es que no me apetece salir...

—Ya..., yo... Lo siento, no quería molestarte, te llamo otro día y hablamos...

Carlota apenas sin pensarlo la interrumpió:

—Julia, espera, ¿por qué no te vienes a casa? Tengo un vino extraordinario. Te invito a una copa.

Calló y sintió de nuevo el rechazo de esa parte de su conciencia que a gritos le advertía del peligro de acercarse a esa mujer y a todo lo que ella significaba. Pero lo cierto era que, desde aquella primera conversación en la cafetería del hospital, sentía una irrefrenable curiosidad por aquella desconocida hermana, pero sobre todo con aquel encuentro se había vuelto a despertar en su interior el inconfesable anhelo de conocer cómo estaba él, Cayetano Vegallana, qué vida llevaba, saber si era o no feliz, si le había ido bien la vida; aunque ese anhelo lo intentaba reprimir como siempre había hecho, acostumbrada a contener sus sentimientos, a ocultarlos, incluso a desterrarlos de su vida si con ello dejaba de sufrir aunque fuera un poco.

Tras varias frases de educada cortesía por parte de Julia, segura de lo inoportuno de la llamada realizada casi sin pensarlo, o pensándolo demasiado, dudas y vacilaciones bullendo en su cabeza en un caótico desmán, al final accedió a la invitación previamente solicitada. Carlota le dio la dirección y, al cabo de media hora, rayando un atardecer temprano por oscuras y pesadas nubes que precipitaban la noche invernal, Julia llegó al portal 16 del paseo del Pintor Rosales. Pulsó el timbre del portero automático y, tras unos segundos en los que notó las palpitaciones de su corazón agitado, se oyó una voz enlatada.

—Carlota... —la saludó ella—. Soy Julia.

Al oír el sonido plantó la mano sobre la puerta, que cedió a su empuje. Al fondo vio una garita de portero vacía. Subió unos pocos escalones hasta llegar al ascensor. Ya en el interior, mientras notaba el ascenso de la plataforma bajo sus pies, se atusó el pelo, colocó la cinta que ataba el envoltorio de la bandeja de canapés que llevaba y, de repente, se sintió ridícula y pensó que no debía haber ido. Cuando llegó al descansillo del último piso, Carlota la esperaba con la puerta abierta, sonriente.

Se miraron azoradas, indecisas entre darse un beso en cada mejilla o tenderse la mano. Al final, Carlota, algo más decidida, le plantó dos besos.

—Pasa, por favor.

Julia entró a un recibidor pequeño y cálido y se quedó parada, cohibida.

—Esto es para acompañar el vino —dijo Julia—, son unos pasteles salados... No sabía qué traer...

—No tenías que traer nada —añadió la anfitriona cogiendo la bandeja.

—Te agradezco mucho la invitación, sé que es un día especial.

—Para mí no lo es... Ya te lo dije. Es un día de descanso, de lectura y de tranquilidad.

La invitó a desprenderse del abrigo, lo dejó en una silla y le indicó el acceso al salón.

—Siento haber interrumpido esa tranquilidad. No te robaré demasiado tiempo, tengo que estar en casa de mi suegra a las nueve y media. Es de las que monta unas cenas de postín; mi suegra todo lo hace a lo grande; bueno, mejor dicho, lo que hace es dirigir muy bien, porque en realidad ella sólo coordina a todas sus hijas y tres criadas, que son las que lo hacen todo. —Julia hablaba como para justificar su presencia—. Si te digo la verdad, no lo soporto, ni la cena, ni a mis cuñados, y mucho menos a mi suegra. Al único que soportaba era a mi suegro, tenía muy mal genio, era muy hosco, pero no sé por qué yo le caía en gracia y me trataba incluso mejor que a sus hijas; era el único que me hacía un poco de caso; el pobre se murió hace seis años y, la verdad, cada vez lo llevo peor. —Se calló y sonrió nerviosa porque de repente fue consciente de que estaba hablando de algo tan intrascendente para Carlota que rayaba el ridículo—. Lo siento, me pongo a hablar y no paro...

—¿Y por qué vas? —Carlota preguntó ignorando estas últimas palabras.

—¿Adónde —Julia miró a Carlota como si la pregunta no le encajara porque no existiera respuesta posible—, a casa de mi suegra? —Se mantuvo unos segundos pensativa—. Pues..., no sé, porque hay que ir... No es tan fácil escapar de estos compromisos familiares. La sola idea de plantear que no quiero pasar la Nochebuena en casa de mi suegra... No sé, me imagino que provocaría un conflicto familiar... O tal vez no... Si te digo la verdad, ahora que lo pienso, estoy completamente segura de que nadie me echaría de menos si no asistiera, nadie...

—Pensándolo bien, se trata de una noche, no será tan malo si nunca te has planteado otra cosa en todos estos años. —Hizo un gesto con la mano como para evitar el tema—. No me hagas mucho caso, yo tengo un concepto muy flojo de esto de la Navidad.

Pero Julia estaba ceñuda, pensativa, calibrando una cuestión nunca considerada hasta entonces.

—La verdad es que siempre he pasado estas fechas rodeada de gente a la que no me apetece ver el resto del año y con la que no me siento cómoda. Pero, año tras año, caigo en lo mismo. Es la costumbre, lo que toca. Ni me planteo otra cosa. —Se quedó callada y miró a Carlota, sonriendo—. No sabría qué hacer sola en casa...

—Todo tiene sus ventajas y sus inconvenientes. —Le hizo una indicación para que fuera hacia los sillones—. Siéntate, por favor, voy a por las copas.

Carlota dejó la bandeja de salados sobre la mesa baja de madera y desapareció.

Julia se sentó en el borde de uno de los sillones, sin acomodarse todavía, consciente de que había invadido el espacio de intimidad de Carlota y con la imperiosa curiosidad por saber más de aquella hermana que apenas acababa de conocer. Se oía una música de fondo, melodías suaves y relajantes que apenas eludían el silencio. Sus ojos recorrieron todo el salón, no demasiado grande, decorado con gusto; la iluminación lánguida y dorada que daban las dos lámparas otorgaba a la estancia un ambiente acogedor y confortable, con tapizados que combinaban colores tostados, cremas y granates. Cerca de la ventana, en un rincón que formaba una sólida librería de madera repleta de libros, había una butaca de lectura tipo *lounge chair*, de palo santo y piel negra con su otomana a juego, sobre la que se descolgaba una manta oscura y cálida sin doblar, y encima de ella un voluminoso libro abierto con las páginas vueltas hacia la lana, abandonado con prisas; alargó un poco el cuello para ver el título, *Los gozos y las sombras*, de Torrente Ballester, alumbrado por una luz suspendida sobre el cabecero que permanecía encendida, lo que le dio a entender que, cuando llamó a la puerta, Carlota leía. Aspiró el aire echando un último vistazo y percibió un agradable aroma, como si hubiera flores frescas cerca.

En ese momento entró Carlota con dos copas de vino en una mano y una botella de Vega Sicilia en la otra. Mientras introducía el sacacorchos, Julia se fijó en su atuendo: unos *leggings* azul oscuro, con un jersey de lana del mismo color, ancho y largo, con dibujos blancos, calzaba unas cómodas bailarinas de tela granates. Llevaba el pelo recogido y no estaba maquillada. Pensó que tenía ese aire de mujer actual e independiente. Se tocó el nacimiento de su pelo (melena corta y capeada, peinada de peluquería y teñida con mechas) y no pudo evitar comparar su aspecto; y de repente tuvo la sensación de ser mayor, de estar más cercana a su madre que a aquella hermana. Se tiró de la carísima falda marrón de Armani para cubrir las rodillas, vestidas con medias oscuras y tupidas, y se ajustó el historiado collar de abalorios diversos que llevaba sobre el jersey tostado de cuello alto de Dolce & Gabbana.

Carlota se mantuvo de pie mientras abría el vino.

—Me lo ha regalado mi mejor amiga. En esto de los vinos siempre acierta, y sabe que me gusta el Ribera del Duero.

—Yo no entiendo nada de vinos, apenas bebo. Dicen de mí que soy muy aburrida porque siempre bebo agua.

Carlota se detuvo y la miró con gesto alertado.

—¿No te gusta el vino? Te puedo sacar otra cosa, un refresco...

—No, no, claro que me gusta el vino, pero la verdad es que como salgo muy poco..., más bien nada, pues no bebo nunca, y en casa bebemos agua.

La anfitriona sirvió las dos copas, dejó la botella y, sólo entonces, se sentó.

—Pues éste tiene que estar muy bueno, así que vamos a disfrutarlo. —Cogió la copa y la alzó hacia su hermana, que ya la mantenía entre sus dedos—. Por nosotras.

—Por nosotras —repitió Julia, acercando la suya hasta juntarla con la de su hermana para hacer chocar el fino cristal con un sutil toque.

Bebieron un sorbo, y Carlota, paladeando en su boca la mezcla perfecta del sabor amargo del roble y el dulzor del alcohol, comentó, mirando el caldo a través del limpio cristal, que su amiga Rita había dado en el clavo. Luego, manteniendo entre sus dedos la copa sujeta por el talle y la base, se dirigió a Julia.

—Entonces, el todopoderoso don Clemente —dijo con sorna— está ya en su casa.

—Ya no tan todopoderoso.

—Parece mentira verle así, tan frágil, tan mayor... Tú estás más acostumbrada, pero yo no le veía desde... —Se calló porque le había visto hacía unos meses, aunque él no la vio a ella ni supo de su cercana presencia.

—Debería ser lo normal, tiene mucha edad. Pero todo ha sido tan de repente... Cuando volvió de Mallorca a principios de septiembre, cayó en picado. Dejó de salir y se encerró en sí mismo, sin querer hablar con nadie; todo el día sentado frente a la ventana de su estudio, mirando pasar las horas, ausente de todos y de todo. —Calló y dejó la mirada perdida en el vacío, el gesto cavilante—. Le han caído encima todos los años que tiene..., con todas sus cargas... Parece que se estuviera preparando para el final, como si él, que siempre lo ha decidido todo, hubiera tomado la determinación de que le ha llegado el momento de morir.

Carlota la observaba con fijeza, en silencio, apenas sin moverse, sentada, cruzadas las piernas, apoyada la espalda en un rimero de mullidos cojines. Ella sí creía conocer la razón por la que su padre había caído en aquel abandono, consumido su tiempo para enmendar, de alguna manera, el drama que planeó a lo largo de toda su vida.

Su madre había muerto el 25 de agosto, sola, tal y como había vivido casi toda su vida. Carlota se encontraba en California pasando quince días con unos amigos. La avisó Milagros, la mujer que iba todas las mañanas a hacer las tareas de la casa; se la había encontrado sentada en el sillón delante del televisor. Un infarto. No debió de enterarse mucho, eso le había dicho el médico que certificó el fallecimiento, tal vez una sensación de mareo y un pinchazo en el pecho, aunque Carlota estaba convencida de que aquellas explicaciones trataban de aminorar la evidente sensación de culpa de no haber estado a su lado, de su ausencia inevitable, o no tanto. El regreso desde Los Ángeles había resultado algo complicado. Tardó dos días debido a problemas con los vuelos. Desde que supo la noticia, pensó que debía decírselo a su padre, pero no tenía su móvil, la ruptura entre ellos se había producido mucho antes de la era de los *smartphones*, y con ello había evitado la tentación de llamarlo o, la más plausible, de que lo hiciera él. Le llamó al fijo de su casa, pero nadie contestó. No le extrañó. Desde niña sabía de su estancia veraniega en su magnífico apartamento de Mallorca, del que también desconocía su ubicación al haberse cambiado hacía algunos años a otro mejor. Podía haberlo intentado a través de la empresa, pero lo cierto fue que tampoco tenía muchas ganas de verlo en aquellas circunstancias, por lo que enterró a su madre y le remitió una carta manuscrita en la que le explicaba escuetamente lo que había ocurrido, además de indicarle el lugar de la sepultura. Iba a enviarla a la calle Alfonso XI, la casa que debió ser la suya si Amalia no se hubiera cruzado en sus vidas, pero lo pensó mejor y la envió a la empresa, sin remite.

Cuando Clemente regresó a Madrid, Manuela llevaba una semana enterrada en una tumba del cementerio de la Almudena, junto a los cuerpos de sus padres. Desde la muerte de su abuela Zenobia, Carlota había descubierto la grata sensación de quietud que provocan los cementerios, y solía ir, de vez en cuando, a sentarse sobre la lápida gris que cubría sus restos, para mantener con ella, con Zenobia, esa extraña e íntima conversación que uno sólo puede mantener con los que ya no están, en el inocuo empeño de conjurar la ausencia, retraídos soliloquios con los que expresar aquello que se ocultó en vida, lo que no se dijo por falta de tiempo o por el temor a herir o porque dio vergüenza decirlo, o por desidia u olvido, con el vano aunque placentero deseo de hacer llegar las palabras al ausente, fija la mirada en el nombre grabado sobre el mármol, como si al leerlo se invocase de nuevo su presencia al mundo de los vivos.

Pasados diez días del entierro de su madre, Carlota se había acercado al cementerio para comprobar que los marmolistas habían realizado bien el trabajo de grabación de la lápida y aprovechó para llevar unas flores. Cuando todavía estaba lejos, vio que alguien estaba al pie de la sepultura; una oscura figura trajeada, las manos entrelazadas delante; se estremeció al comprobar la tremenda soledad que emanaba de aquel hombre, al que reconoció de inmediato aunque no podía verle la cara. Se mantuvo un rato observándole desde la lejanía, enternecida por la imagen; atisbó en sus manos la blancura de un sobre, una carta que creyó la que ella le había enviado. Al cabo, Carlota dio media vuelta, dejó las flores sobre una de los cientos de lápidas que se esparcían a sus pies y se marchó con el convencimiento de que aquel momento les pertenecía a ellos, un encuentro que ambos se debían, que los dos necesitaban. Lo que ella no sabía, lo que Carlota desconocía es que aquel hombre que apenas podía sostenerse ante la evidencia de la muerte no estrujaba entre sus manos la carta enviada por la hija anunciándole el deceso y el lugar en el que permanecería para siempre su desdichada Manuela, sino otra manuscrita, de letra clara y firme (todo lo contrario de lo que había sido el transcurrir de su vida) de la que ya reposaba en aquella tumba, una misiva que al leerla le había desgarrado el alma, porque en sus palabras reflejaba la verdad escarnecida de una vida conscientemente entregada a una inevitable fatalidad.

—¿Sabías que mi madre murió el 25 de agosto? —La voz de Carlota sonó gutural, grave.

—Sí —contestó Julia dejando su copa sobre la mesa—. Me lo dijo él, en el hospital, la misma noche que te llamé.

Julia miró con fijeza a su hermana durante unos segundos, reflexiva, conteniendo la respiración como si con ello retuviera encerrados los pensamientos infectados con un virus letal. Las palabras que escuchó aquella noche de boca de su padre le quemaban en su conciencia igual que una brasa inagotable. Desvió los ojos y sacudió sutilmente la cabeza como si con la sacudida pretendiera cegar el lacerante rescoldo.

—Tal vez fuera ésa la causa de su abatimiento —añadió Carlota—. La muerte a veces obliga al que se queda a hacer balance sobre su propia existencia, sobre todo de lo malo que uno ha ido dejando a su paso, tanto sufrimiento, tanto dolor inferido conscientemente o no tanto...

—¿Crees que es eso... —Julia sabía la respuesta, pero tenía que sondear a su hermana sobre qué pensaba, juzgar así si debía o no contar, o si lo mejor era mantenerse callada—, que está así porque con la muerte de tu madre se ha dado cuenta del mucho daño que ha hecho?

—Y del sufrimiento que ha provocado...

Las dos quedaron en silencio, pensativas.

Carlota dio un largo suspiro. Luego, fijó los ojos en su hermana, levantó la copa esbozando una sonrisa y bebió un sorbo.

—Julia, háblame de ti.

—¿Que te hable de mí? Mi vida es de lo más aburrida. Te puedes imaginar.

—He imaginado tu vida desde la primera vez que supe de tu existencia. Siempre he querido saber cómo eras, qué vida llevabas, qué comida te gustaba, qué muñecas, qué cuentos, cómo era tu habitación, tus amigas..., si alguna vez te acordabas de que tenías una hermana...

Julia Balmaseda se quedó embelesada, los ojos fijos en aquella hermana que, de repente, le preguntaba algo que nadie antes le había reclamado, porque nunca le había interesado su vida a nadie, ni su pasado, ni su presente, ni sus proyectos; nadie preguntó jamás por cómo era y por qué era como era, un ser etéreo moviéndose siempre en la sombra, para no molestar, sin llamar la atención demasiado.

Ante su silencio, Carlota le insistió:

—Háblame de ti como si nada nos uniera, como si ni siquiera compartiéramos padre.

Julia la miró en silencio un rato más, hasta que se oyó hablando, como si su voz no fuera suya y sus palabras salieran de labios ajenos.

—Desde muy pequeña aprendí a pasar desapercibida para que mis hermanos no reparasen en mí, porque cuando lo hacían era para hacerme rabiar, para burlarse de mí, romperme alguna cosa o esconderme los juguetes o mis zapatos con el fin de que no los encontrase; y entonces mi madre se enfadaba conmigo porque decía que era un desastre, que perdía las cosas o que las rompía, y eran ellos, pero si lo decía me llamaban chivata durante días, y tampoco mi madre me creía mucho. Así que aprendí a crear mi propio mundo, al margen de todos, y sin ser muy consciente me convertí en una niña invisible.

»La casa de mis padres, donde todavía viven y en la que me crie, es un piso muy grande con un pasillo largo y ancho. En el portal hay dos escaleras: la principal, muy señorial, peldaños de mármol y una barandilla de hierro, en cuyo centro está el ascensor de madera que asciende al rellano de lo que llaman en casa la zona noble y que da acceso al recibidor, salón, biblioteca y despacho de mi padre; la otra es estrecha e interior, con un montacargas por la que se sube a la zona de servicio. Yo casi nunca utilizaba la escalera principal, siempre subía en el montacargas y entraba por la cocina, para desesperación de mi madre, que no comprendía mi querencia por transitar por la zona de las criadas en vez de estar donde el resto de la familia. Pero a mí me gustaba que me abriera la puerta la tata Juana, que en cuanto me veía me daba un beso en la frente y me friccionaba las mejillas, heladas por el viento de la calle, con sus manos ásperas, pero cálidas y agradables, y me preguntaba qué tal me había ido en el cole mientras me ayudaba a desprenderme del cerro de libros, cuadernos, además del estuche y la caja de Rotring que abrazaba contra mi pecho... Qué cosas —añadió, como si el recuerdo la hubiera sorprendido—, en aquel tiempo no estaban de moda las carteras y cargábamos con todo el material entre los brazos limitando cualquier movimiento; cuántos apuros he pasado yo por ello cuando una ráfaga de aire levantaba la falda de mi uniforme, en unas décimas de segundo tenías que elegir: o soltar los libros al suelo o mostrarle las bragas al mundo...

—Sí —añadió Carlota divertida por la anécdota recordada—, a mí también me pasaba. Mi uniforme era de falda tableada. Cerca de mi colegio había un instituto y nos llamaban la cofradía de la mano en el culo, porque siempre llevábamos una mano sujetándonos la falda, por si acaso. Pero sigue, por favor, estabas contando el recibimiento que Juana te hacía.

—Mi tata Juana... —reiteró con lentitud mental, como si las palabras de su hermana hubieran deslumbrado su entendimiento—, la mujer más buena que he conocido jamás. Ella era la que cada tarde me preparaba la merienda. Yo me desprendía con prisa de la trenca, el verdugo y la bufanda y, sin quitarme el uniforme, a costa de llevarme otra bronca de mi madre por desobedecer su orden de que me cambiase de ropa nada más llegar de la calle, me lavaba las manos en la pila y Juana me ponía el pan con chocolate y un vaso de ColaCao, o un yogur hecho en la yogurtera que había comprado mi madre como si fuera la panacea de los electrodomésticos y que, por más empeño que puso, nunca consiguió que le saliera un yogur en su punto. Juana siempre estaba contenta; cantaba muy bien y me enseñaba canciones mientras hacía bizcochos o magdalenas sobre la encimera de la cocina. De jovencita había tenido un novio muy guapo que la dejó plantada por otra, pero ella me decía que no le importaba, que si él era feliz, pues que ella también; con el tiempo llegué a comprender que le había querido con toda su alma hasta el final de su vida. Tenía una vieja colección de segunda mano de las obras de Julio Verne que compró para leérmelas, y cuando lo hacía era como si estuviera viendo a los personajes, accionaba con las manos, con la cara, con los ojos... Así descubrí historias como *Viaje al centro de la Tierra, La vuelta al mundo en ochenta días* o *La isla misteriosa*; se me pasaban las horas muertas escuchándola. En aquella casa ella era la única que me tenía en cuenta, me miraba a los ojos, me sonreía y me abrazaba con tanta efusividad que, aunque casi no podía respirar, me quedaba quieta pegada a su cuerpo, que desprendía aroma a canela y a harina, encantada de saberme querida y apreciada. Ella era la única que salía en mi defensa cuando mis hermanos se metían conmigo o me liberaba cuando me encerraban en un armario muy grande que había al fondo del pasillo, donde se guardaban las maletas; la primera vez que me metieron allí tuve tanto miedo que me... —enmudeció unos segundos para luego continuar hablando, con una voz blanda por una emoción controlada—, me oriné encima... Tenía seis años, lo recuerdo porque unos días antes había sido mi primera comunión y mi hermano

Carlos estaba tan envidioso de mí al haber sido yo el centro de atención que se pasó varios días haciéndome la vida imposible. Cuando Juana abrió la puerta del armario y mis hermanos se dieron cuenta de que estaba mojada, se mofaron de mí diciendo a todo el mundo que me había meado encima. Para mi desgracia aquello se convirtió en una costumbre, y en cuanto mi madre salía por la puerta y mi pobre tata se despistaba, me metían en ese armario y me dejaban un rato, riéndose mientras yo me mantenía con los ojos cerrados para ahuyentar el miedo que tenía; hasta que llegaba Juana y me sacaba y me llevaba con ella a la cocina. Yo creo que es por eso por lo que no soporto los sitios cerrados y demasiado estrechos..., me da la sensación de que no puedo respirar... Lo paso muy mal...

—No me extraña —agregó Carlota—. El cerebro de un niño es una esponja, para lo bueno y, por desgracia, también para lo malo.

—Sí, a esa edad todo lo absorbemos, sin comprender nada la mayoría de las veces, sobre todo lo malo; lo bueno lo asumimos mejor. —Julia relajó un poco el gesto y continuó su relato manteniendo la postura, su voz calmada, complacida en rememorar la figura de aquella mujer que ocupaba un lugar privilegiado en su memoria—. Juana sentía debilidad por mí, no le gustaba ninguno de mis hermanos, el mayor porque decía que era más malo que la quina, y Enrique porque era un tonto que andaba detrás de él como un perro faldero, acompañándole en todo lo que ideaba la maquiavélica cabeza de Carlos. Ella decía que yo valía mucho más que los dos juntos, que no me llegaban ni a la altura del zapato. Mi hermano Carlos siempre fue consciente del cariño que ambas nos profesábamos y siempre intentó malmeternos con mi madre, celosa de mi buena relación con la tata, lo que suponía broncas para la pobre Juana por cosas con las que no había tenido nada que ver. Con el tiempo mi hermano consiguió separarla de mí. Carlos se independizó muy joven, dejó embarazada a Maribel y se tuvo que casar, y para cuidar de su hijo le pidió a mi madre que le cediera a Juana; según él, en casa ya no hacía falta porque éramos mayores; por supuesto, a mi madre le pareció una idea fantástica y Juana se tuvo que ir a casa de mi hermano. Tenía muy buena mano con los niños, era paciente, tierna, dulce; aguantó por mi sobrino y porque le daba pena mi cuñada Maribel, decía de ella que era tan frágil como una porcelana. Pero al poco tiempo Carlos la echó y contrató a otra mujer que no tenía nada que ver con ella; no sé muy bien por qué lo hizo, tal vez se sintiera vigilado por Juana, que le conocía hasta por los andares... Mi madre no quiso que volviera a casa, que ya no la necesitábamos, y a mi pobre Juana no le quedó más remedio que marcharse a vivir a un pueblo de Zamora, a casa de una hermana viuda. Cuando me casé le pedí que viniera conmigo, pero ya no pudo ser; su hermana estaba muy enferma, incapacitada con un problema de huesos, y no podía dejarla cuando más la necesitaba. Seguí teniendo contacto con ella hasta que murió. Creo que con ella se me fue lo mejor que tuve en los primeros años de mi vida.

Julia enmudeció como si hubiera caído en un vacío, como si al aventar las esquirlas del recuerdo de aquella mujer se hubiera precipitado en un vuelo inesperado, sintiendo una emoción amarga y dulce a la vez.

Carlota no dijo nada, bebió un sorbo de vino y se mantuvo expectante a lo que contaba su hermana.

—Lo siento —dijo Julia balbuciente y ruborizada—. Te estoy aburriendo... Soy un desastre. Te robo tu tranquilidad y tu lectura y no se me ocurre otra cosa que contarte estupideces de mi infancia.

Carlota alzó las cejas sorprendida, y negó con un gesto.

—Nada de eso, de verdad. Todo lo que estás contando me interesa mucho más de lo que te puedas imaginar. Continúa, por favor.

Julia cogió su copa y bebió un trago largo. Lo saboreó tal y como le había visto antes hacer a Carlota, con los ojos puestos en la opacidad magenta del vino. Lo dejó sobre la mesa. Se miró las manos y dio un profundo suspiro. Sin levantar la barbilla continuó hablando, desmalezando sus recuerdos, con los hombros ligeramente caídos hacia delante, como si la conversación le hubiera servido para abandonar poco a poco la rigidez de un principio.

—Mi reino estaba en la cocina al lado de Juana y, en ausencia de mi padre, mis hermanos reinaban en el resto de la casa como pequeños tiranos. Mi madre se lo permitía casi todo, a pesar de sus impertinencias y trastadas; solía regañarlos tan blandamente que apenas se quedaban en reproches carentes de cualquier autoridad, y cuando veía que perdía el control de la situación amagaba con la sentencia de siempre, como se lo diga a papá os vais a enterar; hacían lo que querían, como diosecillos malcriados a los que se les dejaba por imposible. A mi madre le encantaba discutir con Jesusa, la criada externa, desde que llegaba a las ocho de la mañana hasta que se iba por la puerta; por una cosa o por otra, siempre acababan tarifando por las cosas más absurdas. Jesusa era muy trabajadora pero no se callaba ni debajo del agua, eso decía mi madre, contestona y malencarada. Sin embargo, y a pesar de que siempre estaba amenazándola con ponerla de patitas en la calle, se mantuvo en casa hasta que se jubiló; yo creo que las dos se necesitaban mutuamente para volcar su insatisfacción... Era como si se vieran reflejadas la una en la otra, se gritaban y se desahogaban. Nada que ver con Felisa, la que está ahora, la pobre a todo dice que sí, no discute nunca, le da la razón en todo, así que el afán de porfiar que siempre ha tenido mi madre no le ha valido con ella, ni tampoco le valió con Juana.

—¿Y qué ocurría cuando él estaba en casa?

Carlota sintió un estremecimiento porque se dio cuenta de que tenía miedo de escuchar, de saber y conocer lo que había al otro lado de la vida de su padre, pero era mucho mayor la curiosidad alentada por un patético anhelo de comparar.

—Estando mi padre la cosa era muy distinta; cuando entraba por la puerta una sombría autoridad llegaba con él. A todos nos imponía su presencia; en el momento en el que se oía la llave en la cerradura, mis hermanos se metían en su habitación y aparentaban que hacían los deberes; y conseguían engañarlo porque entraba a su cuarto y le oía decirles que se sentía muy orgulloso de ellos, de lo buenos chicos que eran y lo bien que se portaban... Nunca entró a mi habitación, y jamás le oí decir que estaba orgulloso de mí... En aquel tiempo no era muy consciente, pero con cada halago que le brindaba a cualquiera de mis hermanos, y que a mí me negaba en circunstancias parecidas, me hacía sentir cada vez más insignificante. —Calló un momento y sonrió con un movimiento de hombros, como si un extraño sarcasmo le hubiera estallado en su evocación—. Me acuerdo de algo que ocurrió cuando debía de tener cinco o seis años, un detalle que se me quedó suspendido en la memoria y que pude entender con el paso del tiempo, porque en el momento en que sucedió no fui consciente de lo que realmente había pasado; creo que fue uno de esos resortes defensivos que posee la mente infantil para protegerse contra lo arbitrario y lo injusto. Mi padre viajaba con mucha frecuencia, nunca nos traía regalos, pero un día llegó muy contento; después supe que había cerrado uno de los negocios más importantes de su vida; nada más entrar se abrazó a mi madre, cosa ya extraña en él, que apenas le dedicaba un frío saludo; luego entregó un paquete a cada uno de mis hermanos y observó con mucha expectación cómo desenvolvían el regalo, satisfecho por sus caras de sorpresa ante unos camiones articulados de los que todavía no se veían en España. Yo esperaba paciente mi turno, contagiada por la alegría de mis hermanos, que ya jugaban por todo el salón con sus remolques iguales, uno rojo y otro azul; mi madre le dijo algo al oído a mi padre, y ambos se volvieron hacia mí; y, de repente, ante mis ojos apareció una caja de manzanas rojas, brillantes, tan perfectas que parecían de porcelana: «Mira, Julia, mira qué manzanas más preciosas; como las de Blancanieves; anda, elige una, la que más te guste es para ti...», y elegí una, y no sé si me la comí o la guardé, no recuerdo más que la imagen de mis padres con la dichosa caja y una mueca estúpida en sus caras. Mi mente mantuvo fija aquella instantánea y, con el transcurrir de los años, cuando ya tuve capacidad de discernir, comprendí que aquella manzana, como la de Blancanieves, llevaba el veneno del descuido de mi padre, que se había olvidado de mí al comprar los regalos.

La estupefacción de Carlota aumentaba a medida que las palabras de Julia Balmaseda iban penetrando en su conciencia cada vez más confusa, porque no conseguía reconocer a su propio padre en aquel padre que describía su hermana. Mientras la escuchaba, Carlota evocaba sus propias experiencias, porque a ella, su padre, el mismo padre al que se estaba refiriendo Julia, siempre le traía algo cuando volvía de sus viajes, no solían ser regalos caros, sino algún detalle que le indicaba que se había acordado de ella: un cuento en alemán o en inglés, tebeos, unos recortables, pinturas, acuarelas, plastilina de colores, cuadernos para dibujar o unos sobres con un surtido de juguetes de plástico muy pequeñitos que había que armar. Carlota recordó perfectamente aquellos dos camiones con remolques, porque habían estado en su casa antes de llegar a manos de sus otros hijos. Tenía nueve años, era primero de mayo y no había colegio. Su padre llamó desde el aeropuerto de Múnich. Su madre y ella se pusieron de punta en blanco y las llevó a comer a un buen restaurante. Tenía mucho que celebrar porque, como contaba Julia, en aquel viaje cerró uno de los contratos más sustanciosos de toda su vida. Cuando bajó del taxi procedente del aeropuerto de Barajas, Carlota atisbó desde el balcón donde le esperaba la bolsa con los regalos; después de abrazos y besos, sin poder reprimir el nerviosismo por saber lo que contenía aquella bolsa que había dejado junto a su maleta, una maleta que nunca abriría en aquella casa, apartó las dos cajas de los camiones y extrajo el paquete más grande. Envuelta en un papel de mil colores, Carlota descubrió una talega de tela marrón de cuadros que contenía unos patines de hierro con cuatro ruedas, una tuerca para que se adaptasen al tamaño del pie y unas cintas de cuero con una hebilla para atarlos al tobillo. Nunca antes presumió tanto entre sus compañeras como con aquellos patines, que aún conservaba.

La voz de Julia la arrancó de su abstracción.

—Te puedo asegurar que no tengo ningún momento de afabilidad de mi padre, nunca le he visto alegre con nosotros; si lo estaba era para sí mismo, porque le había salido bien un negocio o había hecho una buena operación... —fijó sus ojos en Carlota y dio un profundo suspiro—, o porque venía de estar con vosotras, supongo... Eso lo supe después, cuando fui más mayor y entendí algunas cosas, algunas actitudes y algunas ausencias. Hacia nosotros siempre se mostró serio, ausente, como si no estuviera a gusto con la vida que le había tocado vivir. Se enfadaba por cosas nimias, de las que nadie tenía la culpa. Siempre he pensado que mi madre estaba sometida a él... Pero... —Enmudeció, miró a Carlota y desvió sus ojos—. Era evidente que no había amor entre ellos, que no se querían, nunca se han querido, sólo se soportan, cada uno atrincherado en su propio silencio, silencios eternos que congelaron el aire de mi infancia. —Inspiró hinchando sus pulmones para vaciarlos después lentamente, como si realmente le hubiera faltado aire que respirar y estuviera recuperando el aliento—. Es lo único que existe entre ellos, pueden pasar días enteros sin hablarse, sin dirigirse una palabra estando uno al lado del otro.

A Carlota le costaba creer lo que estaba escuchando. El recuerdo de su padre se había quedado enquistado en el tiempo, idolatrado y enaltecido por la falta de contacto, mantenida por tanto la profunda admiración que le profesaba, precisamente por todo lo contrario de lo que decía Julia: su alegría, su ímpetu para todo, su energía vital; ella siempre le consideró como un hombre feliz, un irresponsable, un insensato, un viva la vida; tan sólo cuando estaba preocupado por algo se mantenía callado, ceñudo, pensativo. Era difícil discutir con él, porque tenía la extraña capacidad de dar la vuelta a las cosas de tal manera que un fallo suyo terminaba por convertirse en virtud, o algo ajeno de lo que no tenía la culpa. Le costaba creer aquella otra faceta de su padre, que ella siempre consideró idílica, de familia perfecta, porque el hombre que Julia le describía nada tenía que ver con el que ella había conocido como padre, con todos sus fallos, sus defectos, sus carencias y sus ausencias, con todo eso, entendió que había sido mucho mejor padre para ella que para sus medio hermanos.

—Entonces —Carlota balbució desconcertada—, no erais la familia perfecta que yo pensaba...

—¿Perfecta? No puede haber perfección donde la infelicidad es lo cotidiano, y en mi familia ese estado lo hemos mamado desde la cuna. Todo estaba podrido desde el principio. —Hablaba ceñuda, los ojos fijos en el vacío, escarbando de nuevo en aquellas palabras dichas en la serenidad de aquella madrugada de hospital. Dio un largo suspiro y continuó—: Mi padre nunca ha querido a mi madre, y una convivencia sin amor puede resultar insufrible; la insatisfacción mantenida en el tiempo saca lo peor de cada uno, los convierte en perdedores, y mi madre ha sido siempre una perdedora... Igual que lo hemos sido nosotros, cada uno a nuestra manera, mis hermanos y yo somos unos malditos perdedores.

—De una cosa estoy segura sobre nuestro padre, lo ha podido ser todo menos un perdedor.

Julia se quedó pensativa unos instantes. Sabiendo lo que sabía podía haber rebatido aquella sentencia de su hermana y decirle que, a pesar de haber ido por la vida como un triunfador, en el fondo era un gigante con pies de barro que se deshacía en el lodo de una vida que no le gustaba. Pero decidió callarse.

Envueltas en un oportuno silencio, las dos hermanas se mantuvieron la mirada de hito en hito, intentando descubrir el sentimiento la una de la otra en lo más profundo de sus ojos, como si el tubo de un caleidoscopio distorsionara la realidad de ambas.

Al cabo, Carlota frunció el ceño y habló con los ojos fijos en un vacío incierto, como si derivase la mirada hacia sí misma, a sus propias dudas, sus incertidumbres tanto tiempo abiertas, moviendo la mano delante de su cara para dar mayor veracidad a lo que extraía de su mente confusa.

—Hay algo que nunca he comprendido y que él siempre me ha ocultado. Qué poderosa razón le mantenía unido a tu madre. Por qué han seguido juntos. Por qué mi padre no se divorció para estar definitivamente con mi madre. Si tus padres eran tan infelices, ¿por qué han seguido juntos...? Podían haber acabado con un matrimonio a todas luces insufrible.

Julia observó un rato en silencio a la hermana recién encontrada. Hacía apenas unos días que había conocido la razón que ancló a Clemente a un matrimonio nunca deseado, encerrada en las conciencias de los actores de aquel teatro. No podía precipitarse. Debía medir el momento, la forma y sobre todo las consecuencias; y si era ella, una simple figurante, la que debía hablar o deberían hacerlo los verdaderos protagonistas de aquella tragedia. Apretó los labios, desvió los ojos hacia sus manos y respondió lo que había pensado hasta la noche en que lo descubrió todo.

—Eso mismo me he preguntado yo muchas veces. —Enmascaró la mentira bajando la mirada a sus manos, con la intención de que sus ojos no delataran lo que estallaba en su pensamiento—. Siguen juntos desde hace más de cincuenta años, con la misma vida malograda de siempre. Un matrimonio que nunca tuvo que haber sido y que sin embargo no puede romperse.

Aquel discurso se había convertido de repente en una burda mentira que a Julia le pesó en la conciencia y que le hizo sentir una extraña descomposición de sí misma. Intentó desterrar esos pensamientos para indagar más sobre el perfil de aquella hermana que le había despertado una curiosa fascinación.

—Yo también te he imaginado muchas veces —dijo Julia—.

Siempre has estado en mi vida como una sombra, sobre todo cuando comprendí tu existencia. De niña tenía miedo de que me quitases a mi padre, que no regresara a casa y se quedase contigo y con tu madre; era una sensación angustiosa que se mantuvo durante mucho tiempo. Sin embargo, con el paso de los años, tu sombra me la llegué a imaginar grata, un lugar donde tal vez podría llegar a protegerme. —Se quedó callada un instante antes de continuar, la mirada fija en la nada, ensimismada. De repente sonrió y miró a Carlota—. ¿No has pensado nunca en lo fabuloso que sería tener la posibilidad de dar marcha atrás en el tiempo y recuperar los momentos en los que fuiste feliz para vivirlos con más intensidad?

—Estoy convencida de que nos sentiríamos decepcionados y de que lo que un día nos hizo felices ahora no significaría nada para nosotros. No somos los mismos con quince años que con cincuenta. Queramos o no, la vida nos da una experiencia que nos condiciona y altera nuestra percepción de la realidad. La memoria es muy subjetiva. Un mismo hecho visto por varias personas puede ser contado de distintas formas por cada uno de ellos, y todos dicen la verdad, pero su verdad, su manera de ver las cosas que suceden, difiere en cada testigo. Todo depende de lo que lleves vivido y de cómo lo hayas vivido.

—¿Crees que la vida ha sido injusta contigo? —Julia indagaba en los ojos de su hermana, intentando comprender algo más sobre ella.

Carlota se quedó pensativa, ahondando en su propio pasado. Desde siempre había mendigado un afecto que le fue negado una y otra vez; ella sólo quería que la quisieran; primero su padre, del que había recibido un amor provisorio, sin tiempo suficiente para llenar su niñez frustrada, condicionado durante la adolescencia, como si al descubrir su pasado bastardo se hubiera abierto un abismo definitivo entre ellos, al que también se precipitó la relación con su madre, que durante años la llegó a tratar como una rival a la que abatir, y de hecho lo consiguió en varias ocasiones, derribarla y dejarla fuera de juego durante un tiempo. Con denuedo pretendió la amistad en las compañeras de clase, postulando su aprecio, sin llegar a desprenderse nunca de la angustiosa sensación de ser diferente, distinta del resto, un sentimiento que la había perseguido siempre como una sombra y que condicionó su manera de estar con el mundo, rematado todo por la frustración que sintió al perder al único hombre al que había amado, lo que la convirtió definitivamente en una mujer de apariencia dura, fría, distante, incluso una actitud arrogante como mecanismo de defensa, para evitar que le hicieran daño, convertida ya en una descastada.

Miró a su hermana y habló con voz blanda.

—No estoy segura. Si me lo hubieras preguntado hace unos años, te hubiera contestado con firmeza que sí, muy injusta; desde mi nacimiento se me trató de manera distinta, la gente me juzgaba porque no llevaba el apellido de mi padre, aunque todos sabían quién era, o precisamente por eso, porque lo sabían me señalaban como un peligro por tener una ascendencia obscena que, obligatoriamente, tenía que condicionar para mal mi propia manera de vivir. —Carlota miró a su hermana con fijeza, como si buscase su comprensión—. Éramos los hijos del pecado. Así nos llamaban. ¿Tú sabes lo que es eso para una niña? No te imaginas lo que sentí la primera vez que entendí lo que significaba la palabra *bastarda*... Fue tan doloroso... —Enmudeció durante un rato, la mirada perdida en una sutil amargura interna. Tragó saliva, tomó aire y lo exhaló como si con ello expulsase la pena—. Con el tiempo intenté encontrar el sentido a esa maldad que se gasta la gente con seres tan indefensos como yo lo era. —Sonrió y movió la mano hacia Julia—. Es posible que ahí me surgiera mi vocación de ser juez.

Del interior del bolso de Julia salió una musiquilla que las arrancó de aquella abstracción en la que las dos se hallaban inmersas, la una frente a la otra, como si el resto del mundo se hubiera quedado al margen, ajeno a ellas, detenido el tiempo en un espacio sin prisas, sin compromisos, la vista puesta en un pasado sombrío iluminado por sus palabras.

Con gesto de fastidio sacó el móvil del fondo del bolso. Observó la pantalla.

—¡Dios Santo, son las nueve y media! —Miró a su hermana y le pidió disculpas antes de contestar.

Habló muy poco, monosílabos negando o afirmando.

«Ya voy... Que ya... Me he despistado. Estoy con una amiga y se me ha ido la hora. Voy para allá. Que sí..., que vale..., muy bien.»

Colgó sin prestar más atención al reclamo que se le hacía al otro lado de la línea. Con un gesto hastiado, introdujo el móvil en el bolso como para hacerlo desaparecer de su vista.

A Carlota no le había pasado desapercibido que había ocultado que estaba con ella.

—No sabes la suerte que tienes, Carlota —refunfuñó Julia, intentando moderar su irritación—. No tienes que dar explicaciones a nadie, nadie te controla, nadie te molesta...

El móvil volvió a sonar. Al principio no se movió, como si no lo oyera. Ante la insistencia de la repetitiva melodía que se escapaba del interior del bolso, metió la mano y lo sacó impaciente. Miró la pantalla y deslizó el dedo sobre ella para contestar, poniéndose el aparato en la oreja.

—Empezad sin mí. —Esta vez habló taxativa, con firmeza, ajena a la evidente irritación del que le hablaba—. Tardaré un poco en llegar. No, no te preocupes, estoy bien... Tengo algo importante que hacer y me voy a retrasar...

Cuando colgó el móvil, Carlota le habló.

—Julia, no quisiera que tuvieras problemas con tu familia.

—Estoy aquí porque quiero. —Julia calló con el móvil en la mano, los ojos puestos en la pantalla, como si estuviera viendo el rostro de su interlocutor ya silenciado. Luego lo apagó y lo guardó—. ¿Sabes?, por primera vez desde hace muchísimo tiempo estoy donde quiero estar.

Las dos hermanas mantuvieron un momento de silencio esquivando miradas y esbozando sonrisas.

—No soporto estos aparatos —añadió Julia al cabo—. Es una forma de control tiránico. Si no contestas a la primera, te montan la de Dios es Cristo; si te descuidas un poco, te envían a la policía a buscarte o llaman a los hospitales. Es tan agobiante... Antes podías desaparecer por unas horas y no pasaba nada... Ahora eso es impensable.

—Parece mentira que hace tan sólo unos años fuéramos capaces de vivir sin móviles.

—Y no pasaba nada... O nos preocupábamos menos. —Julia enmudeció, pensativa. Alzó la barbilla como si de repente hubiera recordado algo—. Por cierto, he leído por ahí que llevas el caso de Alicia Dorado en tu juzgado.

—Sí. Ése es otro problema que tenemos ahora, el exceso de información en los medios de comunicación, generalmente mal interpretada y poco contrastada; y, en estos casos tan mediáticos, la verdad es que ayudan muy poco.

—Yo la conocía —añadió Julia—, a Alicia. La conocía a ella y conozco a Arturo, su marido. Clara, su exmujer, es amiga mía.

—¿Conocías a Alicia?

—No la trataba mucho. La verdad es que no me gustaba demasiado. Se metió entremedias del matrimonio. Ella fue la causa de que rompieran. Aunque yo, en el fondo, me alegré. Clara está ahora mucho mejor que con ese patán con pintas disfrazado de Armani.

—¿Arturo de la Llave un patán? La imagen que da es otra muy distinta, educado, elegante, el hombre perfecto. Le llaman el Pierce Brosnan de los empresarios.

—Todo fachada, una buena imagen de cara a la galería, pero de puertas adentro la convivencia era un auténtico infierno para Clara. Ella es pediatra en el Marañón y da clases en la Autónoma. Una mujer inteligente, pero totalmente sometida a él, la tenía anulada, no era capaz de hacer nada por sí misma. Le temía más que a un nublado.

—¿Me estás diciendo que la exmujer de Arturo de la Llave sufría maltrato por parte de su marido?

—No lo llamaría yo maltrato —contestó Julia con un gesto de rechazo nada impostado.

—¿Cómo llamas tú a lo que acabas de decir? —preguntó Carlota asombrada por la incapacidad de ver la realidad de su hermana—. ¿No te parece maltrato estar sometida, temerosa y anulada por su marido?

Julia se quedó un instante pensativa. Encogió los hombros y apretó los labios antes de seguir hablando.

—No creo que le pusiera la mano encima, eso no.

—No me lo puedo creer... —musitó Carlota intentando controlar su indignación.

—A ver, entiéndeme —intentó aclararle Julia—, Clara vivía muy bien antes de su divorcio. Casa de más de quinientos metros, con dos criadas y chófer, una piscina cubierta y otra exterior, millones de euros en la cuenta... En esas condiciones no se puede hablar de maltrato.

—¿Eso piensas, Julia? ¿Crees que el maltrato sólo se da en los que viven en un piso pequeño, alquilado, sin medios y sin educación, y que únicamente es violencia contra una mujer cuando recibe una paliza?

—No es lo mismo. Las penas con pan son menos penas, y en eso hay un poco de verdad... Entiendo que tú, por tu profesión, lo verás de otra manera, pero yo te digo que las cosas son más normales de lo que se pretende dar a entender con todas estas leyes, al menos en los círculos en los que yo me muevo.

—Julia, ¿qué tiene que ver que sea juez o dependienta del Mercadona? Los malos tratos son una lacra, los físicos y los psicológicos. A veces éstos tienen peores consecuencias para una mujer que una bofetada.

—Ya, me imagino. Pero bueno, no es el caso. La aparición de Alicia Dorado en la vida de Arturo liberó a Clara de ese hombre. Se divorciaron y ahora ella es otra mujer y se encuentra feliz. Por eso digo que le vino muy bien que se metiera por medio. —Se sentía incómoda ante la reacción de Carlota y quiso cambiar de tema—. Por lo visto no hay ningún sospechoso todavía.

Carlota no podía creer lo que estaba escuchando, pero quiso indagar más sobre aquel asunto y le siguió la corriente.

—Los sospechosos quedan en el ámbito del secreto del sumario. Pero cuéntame, Julia, cómo era Alicia Dorado.

—Poco te puedo decir. Cuando se divorciaron dejé de tener contacto con Arturo. Yo creo que habré cruzado media docena de frases con ella. Era muy arrogante. Muy guapa, pero muy estúpida. Se lo tenía muy creído.

—¿Y del marido? ¿Qué me cuentas de Arturo de la Llave?

—Tuvo negocios con nuestro padre, pero fue hace ya mucho tiempo.

Carlota lo sabía. Nunca habían sido presentados, pero supo de la existencia de Arturo cuando ella estaba todavía en la universidad y él era el hijo treintañero de un eminente arquitecto, ya por entonces se le veía su casta de líder. En aquel tiempo montó una constructora y se le dieron muy bien los negocios de construcción y promoción de naves industriales y sedes de grandes empresas.

—Dejó de tener relación con el Grupo Balmaseda hace mucho —continuó Julia—, porque a nuestro padre no le gustaba su manera de trabajar y de hacer negocios, algo oscuros y poco leales. La verdad es que yo apenas le trataba, únicamente cuando coincidíamos en su casa; Clara solía invitarme a la piscina en verano, hasta que me marchaba a Mallorca. Poco más puedo decirte.

—¿Presenciaste alguna vez malos tratos de Arturo de la Llave hacia Clara, malos gestos, agresiones, insultos?

—No, no, nunca. ¡Qué dices! ¡De ninguna manera! —Hizo un gesto con la mano como si se asustara sólo de pensarlo—. Siempre fue muy considerado con ella, la trataba como a una reina, con una delicadeza y una exquisitez que daban hasta grima, por excesiva; no te imaginas los regalos que le hacía, eran increíbles, no sólo caros, sino también originales y muy románticos. Un día le llegó a enviar a la consulta cinco ramos de doce rosas blancas, uno detrás de otro. Yo pensaba que era la pareja perfecta. Mientras estuvo con él, nunca me contó nada, ni siquiera lo llegué a sospechar. Ella sabía mantener muy bien las formas. Mucho después de separarse me contó el infierno en el que había vivido. Te aseguro que me costó creerlo.

SEGUNDA PARTE

1

> En la amistad y en el amor se es más feliz con la ignorancia que con el saber.
>
> WILLIAM SHAKESPEARE

Era martes y, como cada martes desde hacía casi un año, Maribel Aranda se arreglaba para su cita, tan excitante antes y tan corrosiva ahora. Se miró al espejo después de maquillarse algo más de lo habitual como cada martes, se peinó como se peinaba cada martes, se ciñó el sujetador cuya media copa tan sólo sostenía y alzaba los senos sin cubrirlos, sugerentes y brindados; se ajustó las medias al liguero que ya rodeaba sus caderas dejando al aire su sexo, se calzó los zapatos de finísimo tacón y plataforma y se colgó al cuello el collar, que le cayó por el pecho hasta rozar el ombligo.

Miró la ropa que había traído de la calle colgada en la percha. Unos pantalones granates de lana virgen y cachemira, una camisa blanca, una chaqueta tostada, una bufanda, unos botines de piel marrón y el abrigo.

A pesar de que ya lo esperaba, los dos toques en la puerta la sobresaltaron.

—Perla... —dijo la voz de un hombre al otro lado—. ¿Ocurre algo?

—Ya voy —contestó con voz ahogada.

Se miró otra vez al espejo y en sus ojos encontró una sombra de amargura que la estremeció. Sin dejar de mirar el reflejo de su propia imagen, se apoyó sobre la mesa donde tenía todo para transformarse en lo que ahora era, en lo que quedaba convertida cada mañana de martes. Boqueó como si le faltase el aire, con la mirada fija, reclamándose a sí misma algo de amor propio para decir basta. Pero la puerta se abrió y apareció un hombre joven, desnudo, un musculado galán de piel blanca, brillante y bien nutrida, pelo negro y rizado, formas de seductor epicúreo.

La miró de arriba abajo con una sonrisa en los labios carnosos, el deseo en los ojos.

—Estás preciosa, Perla.

—Eso lo dices porque te pago.

—Eso lo digo porque es cierto. —Se acercó por detrás y la envolvió con sus brazos quedando los dos frente al espejo—. Eres una mujer muy hermosa... Hermoso pelo, hermosos ojos, hermosa boca —hablaba de forma pausada, arrullando con su cuerpo el cuerpo de Maribel mientras sus manos recorrían cada uno de los puntos que iba citando—, hermoso cuello... —Ella dobló blandamente la cabeza a un lado para dejar que aquellos labios húmedos y mórbidos se posaran en su piel—. Hermosos pechos, hermoso vientre...

Maribel cerró los ojos y se dejó hacer, vencida, y se entregó a lo que se entregaba cada martes a lo largo de una hora durante la que renunciaba a su nombre y a su estado, desleído su cuerpo entre los tules sobre los que se revolcaba, para convertirse en una extraña rodeada de tinieblas, sobada por aquellas manos expertas, penetrada sin tregua, sin descanso, batida en un ambiente de lujo y discreta privacidad que la transformaba llevándola hasta un cielo impostado alejado de su anodina rutina.

Tendida sobre la cama, aplacada ya la excitación lasciva, Maribel observaba cómo aquel extraordinario apolíneo se vestía con esmero, plantado frente al espejo, con esa extraña seguridad que la hechizaba subyugándola como un chamán, como un brujo del deseo, cada prenda bien colocada, planchada con sus manos, la camisa de un blanco azulado, los pantalones oscuros, anudada la corbata con dedicación.

Marco cogió la chaqueta, pero antes de ponérsela miró a Maribel un instante, calibrando a medida cada uno de sus actos como siempre hacía; se acercó despacio y se sentó en el borde de la cama, junto a ella.

Ella sacó los billetes de su cartera y se los dio. Le tocó el brazo y le sonrió lánguida.

—Marco, esto tiene que acabar.

—¿Ya no te gusta?

—No me siento cómoda. Es... No sé explicarlo...

—¿Sexo? —preguntó él enarcando las cejas espesas y brillantes—. Es eso lo que buscas, y eso es lo que te doy, Perla. No es necesario más.

—Ya... Tú no lo entiendes...

Un silencio incómodo se estableció entre ellos. Ocurría siempre después de apagar el fuego de la excitación, cuando ya había caído el telón del deseo y dejaba al aire la realidad cruda y diaria de lo que era, de quién era y de lo que estaba haciendo.

—Mi marido está pasando un mal momento en la empresa. Si él supiera... Sería un golpe para él.

—Resulta conmovedor tanta preocupación hacia tu marido. —La miró al bies reflejando una mueca de ironía—. Hace un rato no te importaba demasiado.

A Maribel no le pasó desapercibida la ironía y se sintió incómoda y herida, porque en el fondo tenía razón.

—Te transformas cuando te pongo el dinero en la mano. Eres tan distinto...

—Perla, querida, cumplo con creces con lo que me comprometo. Me pagas por darte sexo y te lo doy, y del bueno, no me lo negarás.

—Vete ya —le interrumpió Maribel molesta por mostrarle con tanta crudeza la realidad—. El martes no me esperes... Necesito tiempo para pensar.

Marco no se movió. Miró el dinero que tenía entre sus manos. Luego se volvió hacia ella.

—Maribel, tengo que pedirte algo.

Ella le miró extrañada porque nunca la llamaba por su nombre, era una consigna establecida desde el principio, nada de nombres para evitar problemas.

—¿Qué quieres de mí?

—Necesito dinero.

Maribel Aranda aspiró el aroma a jabón que se desprendía de la piel de aquel hombre recién duchado.

—Te pago suficiente, Marco. Eres muy bueno, pero también muy caro. Puedo prescindir de ti. No eres único en esto, lo sabes.

Fue todo tan rápido que la cogió desprevenida. Marco lanzó la mano al cuello desnudo de Maribel y apretó con tanta fuerza que ella creyó desfallecer; intentó desasirse del agarre tirando de las muñecas que la asfixiaban. Tras unos segundos eternos, Marco se acercó hasta casi rozarla con los labios; pero ahora no había deseo en ellos, sino una actitud encolerizada que ensangrentaba sus ojos negros.

—Escúchame bien, señora de Balmaseda, ya he conseguido que te corras como una puta perra y ahora ya no estoy a tu servicio.

—Me haces daño.

La voz apenas salió como un suspiro de sus labios, pero lejos de aflojar Marco apretó más.

—Necesito veinte mil euros y tú me los vas a conseguir.

Maribel negó con la cabeza dándole a entender que aquello era imposible. Pero la mano de aquel hombre detuvo su leve gesto.

—No admito esa respuesta, Maribel. Necesito ese dinero y tu marido lo tiene. —El dolor intenso de la mano presionando su garganta atenazaba la voluntad, cada vez con menos aire que aspirar—. Estoy seguro de que Carlos Balmaseda pagaría muy a gusto mi silencio. No creo que le agradase demasiado que se supiera en su exquisito círculo de amistades que su mujercita paga cada semana para que otro haga lo que él es incapaz de hacerle.

En ese momento la soltó. Maribel se llevó sus propias manos al cuello, intentando recuperar el resuello, dolorida por la presión ejercida.

—¿Estás loco? No puedo darte veinte mil euros.

—Claro que puedes.

—No te voy a dar ni un euro. —Maribel recobró por un instante la dignidad perdida entre los dedos de aquel hombre transformado en un extraño.

Marco se levantó. Sin dejar de mirarla, con una sonrisa burlona y gesto prepotente, se colocó la chaqueta.

—Tú eliges, si no me das esa cantidad, haré que tu vida y la de tu familia se convierta en un infierno. El mundo entero sabrá qué clase de zorra eres, eso dalo por supuesto. Durante este tiempo te he prestado un buen servicio; ahora te toca comprar mi silencio, y su precio es muy alto, Perla, porque lo que te juegas es mucho.

—No puedes hacer eso. Iré a la policía, te denunciaré por chantaje.

—No lo harás.

La extrema serenidad que destilaban sus palabras la turbó todavía más que la posible extorsión. Parecía estar completamente seguro de que no tendría ninguna posibilidad de negarse, y la idea de que aquello pudiera saberse la atenazó por dentro. Intentó reponerse, mostrar determinación y alejar el temor de la amenaza que le daba fortaleza a él.

—Claro que lo haré —dijo levantando la barbilla, con un impostado gesto de altivez.

La mirada torva de aquel hombre hizo que su cuerpo se estremeciera. En silencio, Marco se acercó a un mueble que había en uno de los lados del apartamento, abrió las puertas y un televisor quedó a la vista. Cogió el mando y con él en la mano se echó unos pasos hacia atrás, presionó y Maribel vio con horror cómo aparecía su propia imagen en la pantalla en pleno orgasmo, penetrada por detrás, el collar danzando sobre sus pechos desnudos, regocijada en un placer desenfrenado como nunca antes había conocido. Volvió la cabeza y miró al lugar donde supuso se escondía la cámara, un espejo colgado en la pared frente a la cama. De nuevo sus ojos se posaron en aquella pantalla, en aquel rostro desconocido, diluida en una desenfrenada voluptuosidad, desconcertante al observarlo de sí misma.

—Eres un miserable. Cuando empezó esto me aseguraste absoluta discreción.

—Y he cumplido... ¿Es que hay alguien que sepa de tus secretas visitas de cada martes? —No esperaba respuesta porque ya la sabía. Nadie sospechaba siquiera de sus encuentros en aquel apartamento propiedad de Marco al que acudía cada semana con la obsesión de sentir lo que nunca antes había sentido—. Yo sé guardar un secreto, no temas por eso. Nadie se enterará de lo que pasa aquí. —Abrió los brazos e hizo un gesto vehemente—. Es sólo dinero, Perla; qué importan unos miles de euros más o menos a cambio de tu tranquilidad.

—No te tengo miedo.

—Pues deberías tenerlo. —Se acercó de nuevo a ella y, clavando sus ojos en los suyos, arrancándole cualquier energía que pudiera quedarle para defenderse, le habló con una voz ronca y áspera—. No merece la pena arriesgar la placidez de una vida por unos miles de euros. —Volvió a alejarse hacia la puerta y su tono se relajó—. Prepáralo para el sábado. Me pondré en contacto contigo.

—No me llames al móvil —dijo ella casi suplicando.

—Tranquila. Bien sabes que sé cómo ser invisible. Tú prepara los veinte mil euros para el sábado —repitió imprimiendo firmeza en sus palabras—. En billetes de cien. A su debido tiempo sabrás qué debes hacer y cómo. Adiós, Perla, no olvides salir del apartamento antes de las doce. Tienen que limpiarlo para la sesión de la tarde.

Le dedicó una de sus mejores sonrisas, la más seductora, la más hipócrita, la más traidora.

Cuando cerró la puerta y se quedó sola, Maribel cayó en

un abismo que la ahogaba mucho más que las manos de aquel hombre sobre su cuello. Se estremeció al contemplar la pantalla que seguía exhibiendo la voluptuosa fruición, escarnecida ante su propia imagen lasciva y jadeante. Cuando empezó aquella aventura era consciente del riesgo que corría; o no, tampoco lo pensó con claridad, no supo o no quiso calibrar la amenaza que se cernía sobre ella al dejarse arrastrar por un deseo irracional, desenfrenado, anclada en un mortífero aburrimiento de años durante los cuales su cuerpo joven se había ido ajando en la displicencia despachada de su marido, reclamado de vez en cuando con el fin de desfogar su deseo propio, sin pensar nunca en las necesidades de la mujer que tenía entre sus piernas, paralizada bajo su peso, utilizada como una más de aquellas a las que, fuera de casa, camelaba o pagaba. Cuando Marco irrumpió en su vida, Maribel recuperó una imagen bella de sí misma, deseada, atractiva, y volvió a sentir un deseo salaz e incontrolado que creía haber dejado olvidado en cada una de las frías embestidas de Carlos, siempre esporádicas, nunca por ella deseadas.

Al cabo de un rato, se levantó tambaleante y apagó con rabia el televisor, cerrando el armario en un intento de ocultar aquellas imágenes. Tenía el frío metido en el cuerpo como si la sangre de sus venas se hubiera congelado. Se metió en la ducha y se vistió con rapidez, intentando recuperar su identidad de esposa y madre intachable. Bajó caminando por la escalera, encogida y angustiada. Al llegar al portal, cuando estaba a punto de salir a la calle, sintió pánico. La paralizó la sensación de tener grabada en su cara la vergüenza de lo que era, de lo que había hecho, de lo bajo que había caído. La sensación de una amarga culpa le caía sobre los hombros, una carga demasiado pesada como para soportarla con una cierta dignidad. Se imaginaba, como ya lo había hecho antes, la tragedia que se cernía sobre su futuro si se supiera que pagaba a un hombre por acostarse con ella, la incertidumbre de la amenaza la desasosegaba tanto que le impedía respirar con normalidad, entorpecía su paso y nublaba su entendimiento.

—Señora, ¿se encuentra usted bien? —La voz del portero de la finca la asustó, como si la muestra de preocupación hubiera sido un ataque.

—Estoy bien... Estoy... bien... —Su voz salió balbuciente, débil de sus labios temblones.

Se abrochó el abrigo y salió a la calle con una sensación de ahogo y vértigo. Tenía ganas de vomitar, se sentía mareada y enferma.

2

Enrique Balmaseda giró desde la calle Lagasca hacia Jorge Juan mientras hablaba por el móvil con un cliente. Ralentizó el paso cuando la vio salir de aquel portal. Su corazón se aceleró ante la imagen de Maribel, le ocurría siempre, no podía evitarlo y lo sabía, sobre todo cuando la encontraba sola, más accesible, más cercana, aunque nunca pudiera alcanzarla. La voz que le llegaba a su oído le exigía una atención que se había desviado hacia aquella figura cabizbaja, inestable en apariencia. Observó que se ponía las gafas de sol a pesar de que el día estaba muy nublado.

—Señor Villalta, le llamo dentro de un minuto. Tengo que dejarle.

Sabía que cortar la conversación de esa manera al intocable Francisco Villalta podía reportarle problemas futuros, y más después de todo lo que le había costado que le diera una cita. Pero sus instintos primarios pudieron más que la razón pura del negocio y corrió hacia su cuñada llamándola por su nombre.

Al oír su voz, Maribel se detuvo, sobresaltada. Se volvió con recelo. Las gafas de sol, el cuello del abrigo subido hasta las orejas y la bufanda hasta la nariz ajustada sobre su garganta con la mano derecha enguantada le cubrían casi todo el rostro.

—Hola, Maribel, ¿cómo estás? ¿Qué haces por aquí?

—Nada... —Esquivó la mirada tras los cristales oscuros—. He venido a... —titubeó un instante sin saber qué decir—, tenía que hacer unas cosas, pero he de irme a casa.

—Iba a tomar un café. ¿Te apetece uno?

—No..., Enrique, tengo un poco de prisa... Yo... Lo siento.

Maribel echó a andar sin volverse, dejando a su cuñado plantado en la calle, indeciso. Sin embargo, no la siguió. Dejó que se marchara mirando cómo se alejaba con paso rápido, encogida como si huyera de algo o de alguien.

Cuando Maribel se aseguró de que su cuñado Enrique no la seguía, aminoró el paso e intentó tranquilizar el latido de su corazón. Sintió en su pecho una fuerte presión. Un aire gélido quemaba sus mejillas como si minúsculos cristales se incrustasen con saña en su piel. Le costaba respirar. Un llanto amargo le ascendió por la garganta y, a pesar de llevar las gafas oscuras, pegó la barbilla a su pecho para ocultar sus ojos, temerosa de que se descubriera en ellos el reflejo de su propia degradación.

No tenía ganas de ir a su casa, tampoco quería meterse en una cafetería, y hacía demasiado frío como para caminar por la calle. Necesitaba estar sola un rato sin ser vista por extraños. Al llegar a la valla del Retiro pensó en la casa de sus suegros y, como si fuera una autómata, se dirigió hacia Alfonso XI. Doña Amalia se alegró al verla.

—Mira qué bien me viene que estés aquí. Si te quedas un ratito, aprovecho y me voy yo al banco. No tardo nada. ¿No te importa?

No le importaba. Sabía que su suegra ni siquiera repararía en su cara, nunca miraba más allá de su propia imagen. Jamás le hubiera preguntado si le ocurría algo, no fuera a ser que le contase algún problema, lo que suponía cargar con él, o al menos conocerlo, y eso ya de por sí era una carga. Doña Amalia era de las que decían que no les gustaba meterse en la vida de nadie, y preguntar suponía la posibilidad de abrir la puerta a una vida ajena, así que nunca se arriesgaba.

Maribel le aseguró a su suegra que no tenía ninguna prisa, que fuera tranquila, que ella se quedaba pendiente. Entró en el acogedor estudio donde su suegro permanecía sentado frente a la ventana, en un silencio permanente, aislado y encerrado en sí mismo. Maribel no dijo nada. Con sigilo, sin apenas hacer ruido, se sentó en un sillón que había en el rincón más recóndito, quedando fuera de la vista de su suegro. Sólo entonces se sintió segura y pudo cerrar los ojos y dejar que un llanto seco y silente fluyera, desahogando la acidez que la abrasaba por dentro.

Llevaba un rato apaciguada, casi adormecida, la cabeza apoyada en un lado del sillón, los brazos cruzados sobre su regazo, cuando oyó la voz de Julia llamando a su madre. No dijo nada. Maribel se mantuvo inmóvil, igual que Clemente, que parecía una estatua griega, impertérrito como una esfinge.

Julia había entrado en casa de sus padres con la llave que llevaba en el bolso. Todo estaba en silencio, demasiado, pensó. Después de llamar a su madre sin obtener respuesta, se dirigió hacia la habitación de su padre y al abrir la puerta se encontró la cama perfectamente hecha y la ventana abierta de par en par con el fin de ventilar el cuarto. Cerró y volvió a llamar a su madre. Se dirigió al estudio y allí se encontró al anciano sentado en su sillón de piel, enfrentado a la ventana, su mirada fija en los tonos invernales y fríos que emergían en la calle. Se extrañó de que le hubieran dejado solo. Se acercó sin darse cuenta todavía de la presencia de su cuñada, que la miraba desde su rincón como un animal escondido y asustado.

Julia la vio cuando ya estaba junto a su padre.

—Maribel —susurró desconcertada—, no sabía que estabas aquí. Creí que estaba solo...

La esposa de Carlos no dijo nada, miraba a su cuñada como si hubiera entrado un fantasma y esperase su desaparición.

—¿Y mi madre? ¿No está en casa?

—Ha ido a no sé qué del banco.

—Felisa tampoco está.

—Ni idea, Julia. Yo no me he movido de aquí.

Julia se inclinó hacia su padre y le besó en la frente.

—Hola, papá, ¿cómo estás? —preguntó con voz suave.

Clemente apenas encogió los hombros. Sus ojos acuosos brillaban, perdida la mirada, removidos sus recuerdos más oscuros martilleando su conciencia una y otra vez, una y otra vez: Tengo tanto miedo... No pasará nada, confía en mí... Deberíamos esperar, tal vez... No puedo esperar más, te necesito a mi lado, amor mío, me muero por ti... ¿Y si sale mal?... No va a salir mal, no puede salir mal, confía en mí, confía en mí... Amor mío, te quiero tanto...

Julia se volvió hacia Maribel, que continuaba sentada en el sillón. Se dio cuenta entonces de sus profundas ojeras.

—Maribel, ¿te encuentras bien? Tienes mala cara.

—Estoy muy cansada —contestó, mostrando un gesto dolorido—. Apenas he dormido.

—¿Nos tomamos un café? —la invitó Julia.

Maribel aceptó. Tenía la boca seca, arrasada como un desierto; un dolor agudo parecía comprimirle las sienes como si fuera a estallarle la cabeza en mil pedazos. Pensó que necesitaba ese café.

Ya en la cocina, se dejó caer en una de las sillas que rodeaban la mesa rectangular que había en un extremo, junto a la ventana que daba a un gran patio interior. Julia preparó el café. Al dejar el azucarero sobre la mesa intuyó que a su cuñada le ocurría algo más grave que una noche de insomnio, pero no se atrevió a preguntar. Cuando la cafetera escupió el café en las dos tazas, se sentó frente a ella. El silencio era tan incómodo que Julia se puso la suya en los labios a modo de parapeto contra la sensación de vacío entre ellas.

Maribel tenía los ojos fijos en el líquido oscuro y humeante, como si buscase algo en el fondo negro. De repente, levantó el rostro y la miró.

—Julia, ¿te puedo hacer una pregunta?

Con un movimiento lento, Julia posó la taza sobre la mesa.

—Claro.

—Tú... —Frunció el ceño y calló un instante, indecisa—. ¿Tú te sientes feliz con la vida que llevas?

Julia Balmaseda se sorprendió de la pregunta. Nunca se la hubiera esperado de su cuñada. Entre ellas la relación era estrictamente cordial, sin demasiadas confianzas, apenas había contacto que no fuera el derivado de la familia.

—No sé... —balbució desconcertada—. Según lo que se considere una vida feliz.

—Pues una vida plena, que te llene, que te haga sentir bien contigo misma.

Julia se quedó pensativa un rato, con los ojos puestos en el abismo que se abría ante ella. Dio un suspiro y habló con voz queda, como si hiciera un rápido recuento de lo que era su existencia.

—Tengo un marido que me respeta... Es un buen hombre... y un buen padre. Tengo una hija que ya estoy empezando a perder en brazos de un extraño. Vivo en un piso fantástico; una criada me libera de todas las tareas de la casa, dispongo de dinero más que suficiente para poder gastar sin hacer ningún esfuerzo. Cualquiera diría que no me puedo quejar. —Enmudeció y observó a su cuñada unos segundos. Encogió los hombros para continuar hablando—: No estoy segura de que eso signifique tener una vida feliz, pero no he conocido otra.

Las dos se mantuvieron un rato en un silencio pesado, reflexivo, como si los pensamientos escaparan de la mente de cada una y chocaran insistentemente entre sí igual que bolas de billar en danza sobre la tela verde.

—¿Por qué me lo preguntas? —Julia habló ante el mutismo de Maribel.

—No sé... Cosas mías... No me hagas mucho caso. —Bebió un trago de café como si quisiera esconderse detrás de la taza.

—¿Hay algún problema con mi hermano?

Maribel levantó la vista y la miró como si la hubiera descubierto en aquel momento.

—¿Con Carlos? —Calló y encogió los hombros, con gesto cavilante—. Pues no sé qué decirte, tu hermano es un problema en sí mismo. Hay días que no cruzamos una palabra, y cuando lo hacemos... —Se detuvo como si se hubiera dado cuenta de que no era ése el camino que quería emprender—. Bueno, mejor no hablar...

—Si te soy sincera, Maribel, yo no entiendo cómo le aguantas, con el carácter que tiene. Es insoportable.

—Ya... Eso dicen todos... —Se echó a reír, pensativa—. Un poco de mal carácter sí que tiene... Pero yo creo que Carlos no es malo. Lo que le pasa es que no es feliz, no lo ha sido nunca, al menos desde que yo le conozco. —Estas palabras las susurró—. Siempre ha deseado aquello que no tiene, y cuando lo tiene ya no lo quiere, precisamente por eso, porque ya es suyo y pierde cualquier interés, y entonces tiene que ir en busca de aquello que no tiene... Debe de ser muy frustrante. Creo que es uno de los seres más insatisfechos que conozco.

—Pues yo creo que es un capullo —dijo recordando cómo le había calificado Carlota en el hospital—. Un capullo desde que era un niño.

—¿Alguna vez has pensado en el divorcio?

Parecía que la pregunta le había estallado en los labios después de haber valorado si hacerla o no.

—¿De Cayetano?... ¿Divorciarme yo de Cayetano? —Julia se quedó callada, abismada en aquella palabra que parecía estrenada en su mente, sorprendida y a la vez confusa por la pregunta—. Pues... Qué quieres que te diga... Pensarlo, así, lo que se dice pensarlo para tomar la decisión..., yo creo que nunca. Que se me haya pasado por la cabeza que cometí un error al casarme con el hombre equivocado... —calló un instante y la miró a los ojos, como si quisiera reafirmar lo que iba a decirle—, muchas... Yo creo que desde el mismo día de mi boda.

—Entonces, ¿qué razón te ata a él? ¿Por qué sigues a su lado?

Julia encogió los hombros, desconcertada. Recordó la conversación que había tenido con Carlota sobre el matrimonio de sus padres. Las mismas preguntas pero ahora referidas a ella misma. Por qué continuar una situación que no gusta, que ahoga, que paraliza o que simplemente se desliza sin voluntad, sin conciencia, dejando pasar los años hasta que un día uno se da cuenta de que se ha llegado al final y de que la vida que ha vivido no ha merecido la pena, que ha sido la vida de otro, desperdiciada la propia.

—Puessss... —De nuevo se quedó mirando al vacío, intentando encontrar en su mente una sola razón que dar como respuesta—. No lo sé..., Maribel... Porque tenemos una hija... O porque no estoy tan mal... No sé..., tal vez por cobardía. Seguramente me resulta más fácil seguir con él. Para qué arriesgar si estoy bien como estoy.

—¿Y si te saliera bien? —La pregunta tenía un atisbo de ansia, de anhelo de obtener la respuesta que buscaba y no encontraba en su interior—. Nunca lo sabrás si no te arriesgas.

Julia dio un profundo suspiro, venció el cuerpo hacia delante como queriendo acercarse algo más a su cuñada y la miró fijamente, circunspecta.

—Para mujeres como tú y como yo, Maribel, sin otro oficio que asumir una vida regalada, esas cosas nunca salen bien. Solemos perder nosotras.

—Siempre será mejor ser consciente de lo que has perdido que de lo que nunca has tenido...

Julia la miraba intentando atisbar qué problema grave acuciaba a su cuñada para que le hablase de aquella manera. Su aspecto evidenciaba una profunda preocupación.

—Maribel —buscó sus ojos, pero su cuñada esquivó la mirada hundiéndola en el fondo de la taza que mantenía entre sus manos—, ¿por qué estamos hablando de esto? ¿Es que estás pensando en separarte de Carlos?

Ella tragó saliva, alzó la cara y cerró los ojos con una mueca de dolor interno.

—Hace varios años se lo planteé. Ya sabes cómo es tu hermano, todo aquello que él no controla o sobre lo que no haya llevado la iniciativa lo considera un ataque personal. Era cuando todavía había que aportar para separarse una causa en la demanda. Me dijo que no contase con él, que no me lo iba a poner nada fácil. Fue a los pocos meses de nacer Isabel. Me amenazó con que me quitaría a mis hijos. Y estoy segura de que lo hubiera hecho, aunque fuera para dejarlos en manos de una mucama. Después de soltarme un sinfín de exabruptos, me pidió..., me suplicó que no le dejara, que no éramos la familia perfecta pero que me necesitaba a su lado..., que funcionábamos bien... —Soltó una risa irónica—. Funcionar bien. Para tu hermano el buen funcionamiento es que su rutina diaria no se rompa: las camisas en su sitio, las corbatas en el suyo, los zapatos relucientes, el desayuno a su hora, los hijos controlados... Eso es el buen funcionamiento de una familia, y ésa es mi vida.

—Pues así son muchas, Maribel. ¿Qué te crees, que eres la única?... Así es la mía con Cayetano. Podríamos ir en pos de la felicidad, en busca del hombre perfecto, de la existencia perfecta, pero eso no existe; ni la vida perfecta porque el mundo está lleno de imperfecciones ni el hombre perfecto porque nosotras tampoco lo somos. Yo me conformo con lo que tengo.

Maribel la miraba con la ansiedad reflejada en el rostro, buscando apoyo en las palabras de su cuñada de algo que tenía dentro y que era incapaz de expresar, la mano tendida solicitando amparo para no seguir cayendo a una oscura sima de la que se había propuesto escapar, a sabiendas de que nunca podría hacerlo sola porque carecía del valor suficiente y de la fuerza necesaria para remontar un vuelo en picado, imparable y extenuante.

—¿Y no has pensado nunca qué sería de tu vida si rompieras con todo, con tu marido, con tu familia, con todo lo que te ata a una vida que no vives, que sólo te arrastra? Julia, ya no tengo veinte años. Me queda poco tiempo para reaccionar... —Enmudeció, se irguió y una sombra nubló su rostro—. Puede que sea demasiado tarde para hacerlo.

Las dos cuñadas se miraron de hito en hito durante un

rato, hasta que Felisa irrumpió en la cocina cargada con bolsas que soltó sobre la encimera, sermoneando lo caro que estaba todo, lo cansada que venía y dando por hecho que no se iban a quedar a comer, porque no había apaño para tantos y ella ya no estaba para imprevistos.

Maribel recogió sus cosas y se marchó la primera, sin apenas mirar a Julia, que se quedó rumiando la extraña conversación mantenida con su cuñada.

3

Había tenido una falta, únicamente era una falta. Quince días mirando la braga cada vez que se la bajaba, el papel al limpiarse, con el anhelo de que apareciera la mancha, atenta a su cuerpo, deseosa de padecer (esta vez sí) los síntomas que, como cada mes, anunciaba la siempre inoportuna menstruación, tan ansiada ahora; malestar de ovarios, sensibilidad en los pechos convertidos en delicado mármol, dolor de cabeza y, por fin, esos cuatro días al mes, el engorro del bolso lleno de tampones y compresas, la precaución de no vestir con ropa clara, ni demasiado ajustada, no fuera a ser que en un descuido se produjera el temido incidente de la dichosa mancha. Pero aquel mes de enero ninguno de los alifafes, tan denostados e incómodos desde que tenía trece años, hacían acto de presencia en el interior de su cuerpo. Lo único que había sentido para su desesperación era algún que otro mareo mañanero con la intención frustrada de vomitar y la ausencia de aquello que le indicaba que su cuerpo seguía su ritmo normal.

No había dicho nada a nadie del retraso, ni siquiera a Nico. Había comprado el test de embarazo la tarde anterior. Se levantó temprano y se marchó a casa de su novio con el Predictor metido en el bolso. Nicolás se había extrañado al verla por lo inusual de la hora. Ella entró sin apenas decirle nada y se encerró en el baño, mientras que él, sin hacerle mucho caso, se metió a ducharse.

El test de embarazo quedaba oculto en la caja donde Cristina lo había metido para esperar el tiempo necesario (después de haber empapado el puntero de orina), con la intención de esconderlo a una mirada fugaz antes de tiempo. Cuando Nicolás salió de la ducha vio la caja sobre la cama. Sorprendido, se volvió hacia su novia, que permanecía frente a la ventana, de espaldas.

—¿Y esto? —preguntó anudándose la toalla a la cintura.

—Tengo una falta.

—¿Cómo dices?

Se volvió y le habló encorajinada.

—Que me tenía que haber venido la regla el día 6 y estamos a 20 y ni por asomo... Esto me pasa por hacerte caso, tenía que haberme tomado la píldora del día siguiente...

—Eso es una bomba hormonal, Cris, ya te lo dije.

—¡Joder! —espetó con rabia contenida—. El puto condón se rompe y me quedo embarazada. —Abrió los brazos como para pedir auxilio—. ¡Coño, no me digas que no es una putada!

—No es necesario que hables así. Cálmate.

Nicolás Castrillón era un hombre de apariencia serena; alto y fuerte, moreno, de facciones contundentes, labios gruesos, ojos grandes y oscuros, con la frente amplia y despejada. Desde que tenía uso de razón sabía que iba a ser médico, como su padre, y como su abuelo, y la mayoría de sus tíos paternos. Su madre se había dedicado a cuidar del único vástago Castrillón llegado con muchas dificultades tras años de embarazos frustrados, malogrados por el débil cuerpo de doña Marisa.

—¿Estás embarazada?

—No lo sé... En esa caja está la respuesta.

Nicolás miraba aquel envoltorio como si se tratase de una bomba que pudiera estallar si se acercaba demasiado.

—¿Ha pasado el tiempo ya? —preguntó Nicolás, intentando controlar su nerviosismo.

Cristina miró el reloj del móvil y dio un profundo suspiro, afirmando.

—Míralo tú, anda... —dijo ella—. A mí me da pánico...

Nicolás fue a coger el Predictor, pero antes de alcanzarlo la mano de Cris se lo impidió agarrándole el brazo. Le habló con gesto grave.

—Nico, dime una cosa: si estoy..., me ayudarás, ¿verdad? No me irás a dejar por esto...

Nicolás abrió su sonrisa, se acercó a ella, tomó entre sus manos las mejillas, la miró fijamente unos segundos para luego cerrar los ojos y besarla en los labios suavemente. Luego la abrazó con ternura y le habló al oído con voz queda.

—Nada en este mundo me haría más feliz que tener un hijo contigo...

Cristina se estremeció y se deshizo de su abrazo para mirarle, asustada.

Pero Nico no percibió la alarma en sus ojos y se precipitó hacia el test de embarazo. Lo sacó de la caja y le dio la espalda para imprimir más emoción al momento. Lo mantuvo entre sus manos, los ojos fijos en aquel aparato, observándolo durante un rato, como si estuviera leyendo una frase importante, trascendental, abstraído de todo, incluso de la presencia de Cristina, que esperaba, las manos tensas sobre su boca, pendiente de la reacción de su novio, de si su vida seguiría como siempre o si se había elevado un muro que no le quedaría más remedio que escalar o derribar.

Cristina se impacientó ante la actitud de Nicolás.

—¿Qué? ¡Di algo! ¿Sí o no?

Nicolás se volvió con una sonrisa que le iluminaba el rostro, tanto que parecía salir la felicidad por cada poro de su piel. Tenía el Predictor en la mano y lo alzaba como si de un trofeo se tratase. La abrazó y la apretó contra su pecho desnudo que olía a jabón. Luego, sin soltarla, la miró a los ojos y le habló rebosando felicidad en cada una de sus palabras.

—Cris, vamos a ser padres... Mi amor, estás embarazada.

A pesar de que tenía el convencimiento de que el retraso de su regla se debía a un embarazo, Cristina se había aferrado a la posibilidad de que hubiera sido algo más psicológico que físico. Por ello, las palabras de Nico, mezcladas con lo que para ella era una estúpida alegría, resultaron ser como un brutal mazazo que le heló la sangre. Se quedó como una estatua de sal, inmóvil, paralizada, con la mirada puesta en la felicidad de Nico, que insistía con vehemencia que sí, que el resultado era positivo, que estaba embarazada, mientras ella percibía que todo a su alrededor se desmoronaba, su futuro ensombrecido de repente, los proyectos dilapidados de un plumazo, y sintió el vértigo de lo inesperado, lo que no cabía en su cabeza, aquello que a ella nunca le pasaría... le había pasado.

4

Cuando Cristina le dijo a su madre que estaba embarazada, Julia sintió un extraño vahído mezcla del desconcierto y la preocupación. Las palabras salían de sus labios a trompicones, torpes, ya que, a pesar de la evidencia, se negaba a admitir el hecho de que su hija, su dulce niña, estuviera esperando un hijo.

—Tranquila, mamá —atajó con resolución ante el azoramiento materno—, no tienes de qué preocuparte, no va a ser un problema porque no voy a tenerlo.

—¿Que no lo vas a tener? ¿Y qué piensas hacer? —La obviedad de la pregunta era un intento de la madre para reaccionar al torrente de estupefacción que se le estaba viniendo encima.

—Abortar —contestó Cristina, alzando las cejas con una sonrisa irónica ante lo evidente.

—Tú estás loca. No voy a permitir que pases por eso.

Su hija la miró ceñuda.

—Es un asunto mío, me concierne a mí. Lo decido yo, te guste a ti o no.

Julia la miró en silencio, estupefacta, sin aliento. Cerró la boca y respiró hondo intentando calmarse para hacerla razonar de alguna manera.

—Vamos a ver, Cristina, abortar es una cosa muy seria.

—Y tener un hijo también.

—Pero ¿tú qué te crees?, ¿que esto es como el que va al

dentista a quitarse una muela picada? —alegó la madre con un irónico ímpetu.

—No, no es una muela picada. —Se calló y arrugó la frente, se sentía defraudada—. ¿Sabes?, esto no está siendo nada fácil, por eso te lo he dicho. Creía que me apoyarías.

—Pero ¿cómo te voy a apoyar en algo así, hija? ¿Cómo me pides eso?

—Pues te lo pido, porque lo voy a hacer con tu ayuda o sin ella.

Julia encogió los hombros como si por dentro recibiera una descarga de desesperación ante la aparente seguridad que mostraba su hija. Movió la cabeza de un lado a otro e intentó suavizar el tono.

—Hija... Debes pensarlo muy bien, ésa es una decisión muy drástica.

—No quiero ser madre, no ahora, no es el momento.

—A veces los momentos no se pueden elegir, las cosas llegan y se asumen, sin más...

—Pues yo no entiendo así la maternidad. No quiero un hijo impuesto por un error.

Julia soltó una risa nerviosa, consecuencia de la tensión acumulada por aquella conversación que la desbordaba.

—Un error... Dios Santo... Ahora resulta que los hijos son un error...

—Mamá, por favor, no te pongas dramática... No tenía que haberte dicho nada —murmuró con gesto desolado.

—No me estoy poniendo dramática, Cris —dijo sin poder ocultar una mezcla de impotencia e indignación—, pero entiende que me cueste asimilar que, en sólo unos minutos, mi hija está embarazada y además está pensando en abortar, ¡nada menos! Si te parece me pongo a dar saltos.

—Lo que menos necesito ahora es que me agobies más de lo que estoy.

—Sólo quiero que estés segura de lo que vas a hacer, Cristina, porque no hay marcha atrás.

Hubo un silencio expectante. Las dos se miraron fijamente durante un rato, retadoras las dos, pretendiendo rendir a la otra sin tener ninguna la fuerza y la moral suficientes ni siquiera para luchar.

—Ya está decidido. —La voz gutural fue tan contundente como un martillazo en la conciencia de su madre.

Julia la observó durante un rato. No puede ser, se decía, no es posible que ella tenga que pasar por esto.

—¿Nico qué dice de todo esto? Porque algo tendrá que decir, me imagino. ¿No habrá sido él el que te ha sugerido la genial idea?

—No, no ha sido él. He sido yo. Él no tiene que decir nada. La que está embarazada soy yo.

Julia guardó silencio intentando poner en orden el marasmo de ideas que le estallaban en la cabeza.

—Y si no querías, ¿cómo es que no habéis tomado precauciones? Nicolás es médico y tú acabas de terminar enfermería, supongo que algo debéis de saber de cómo no caer en estos errores, como tú lo llamas. Tanta libertad y tanta información y os ocurre esto...

Su hija se volvió hacia ella rabiosa. Le estaba pidiendo, suplicando a gritos, su ayuda incondicional, sin reproches que hendieran más en la incertidumbre en la que nadaba desde hacía unos días.

—No entiendes nada. —Habló a su madre con un desprecio desmedido, soltando las palabras como si las arrojara a la cara, culpándola de su incomprensión—. ¡Tuvimos un fallo y me he quedado! Claro, como tú eres doña perfecta... No tienes ni idea de lo que estoy pasando, ni idea.

Julia sintió como si su hija le hubiera propinado una sonora bofetada. Sus palabras causaron un dolor intenso en sus recuerdos más remotos, en apariencia olvidados, como si un violento zarpazo hubiera desgarrado la cicatriz de una llaga haciéndola sangrar.

—Ojalá hubiera tenido yo la posibilidad de hablar de esto

mismo con mi madre. Tal vez no me hubiera sentido tan sola como me sentí cuando regresé de Londres... Tan sola y tan vacía.

Cristina la miró alunada, como si su madre se hubiera vuelto loca.

—Pero ¿qué dices?

—¿Qué te crees, que eres la única que ha pasado por esto? —Apretó los labios antes de continuar, como si algo en su interior le gritase que no siguiera, que no hablase, pero lo hizo, habló como si las palabras reventasen en su boca—. La que más y la que menos también hemos tenido fallos, Cris, y en tiempos en los que estas cosas eran mucho más complicadas que ahora.

—¿Tú? No me lo puedo creer... ¿Tú has abortado? ¿De papá?

Julia bajó los ojos a sus manos. De repente sintió una profunda tristeza, una sensación amarga que creía haber olvidado. Se arrepintió de haber sacado el tema; se había prometido a sí misma no hablar nunca de aquel asunto con nadie, mucho menos con su hija.

Negó con la cabeza gacha y habló apenas con un hilo de voz.

—Olvídalo. Es una historia pasada y muy dolorosa para mí.

—¿Tuviste que ir a Londres para abortar?

Julia fue consciente de la terquedad propia de su hija y de que no pararía hasta conocer todo sobre un asunto que le resultaba tan amargo de recordar.

—En el año 1982 todavía había vuelos chárter con destino a Londres que se llenaban de chicas de toda edad y condición para abortar. —Hablaba con voz queda—. Generalmente, el viaje lo hacías sola porque, entre una cosa y otra, la broma te salía por cerca de treinta mil pesetas, mucho dinero para la mayoría. Embarcabas un viernes y regresabas el domingo, vacía y más sola que nunca. No lo supo nadie salvo..., bueno, únicamente lo supo el interesado; fue él el que lo organizó todo, me llevó al aeropuerto y... —abrió los labios con una sonrisa irónica—, ¡hasta ahora! El tipo no quiso saber más de mí. Estuve mucho tiempo sin salir de casa, me sentía avergonzada, rota por dentro; pensaba que me miraban mal, como si hubiera hecho algo malo, algo sucio y lo llevase grabado en la frente. En aquella época, estas cosas todavía no se hablaban con la facilidad con que lo hacéis ahora; era todo muy distinto. Seguía siendo un tema tabú, mal visto, o algo peor, te miraban con lástima, y eso sí que no lo hubiera soportado, la lástima de los que se creían mejores porque habían tenido más suerte o mejores medios... Había mucha hipocresía.

—¿Papá lo sabe?

Cayetano llevaba un rato escuchando en el pasillo, tragando saliva con cada palabra escuchada, comprendiendo cosas que no se había podido explicar o que nunca había querido preguntar, tal vez porque no le interesaba demasiado la respuesta.

—No, cuando ocurrió no estaba con él; y espero que nunca lo sepa, no estoy segura de que lo entendiera. Además, saberlo no le aportaría nada, al menos nada bueno.

—Pero... ¿os conocíais?

—Papá y yo nos conocemos desde niños.

—¿Y quién fue?

—Qué más da. Aquello pasó. Vamos a dejarlo, Cris, no me apetece hablar de esto.

—Nunca hubiera pensado que tú...

—Hija, yo soy una mujer, igual que tú, y he sido joven, igual que tú, y me he enamorado, igual que tú... Y tuve que tomar decisiones, en un mundo en el que las mujeres éramos mucho más vulnerables que en el que te mueves tú. Eso sí, Cristina, piensa muy bien en la decisión que vas a tomar.

—Nico no quiere que aborte —agregó frunciendo los labios como cuando era niña y quería algo que dudaba conseguir.

—Es un asunto que os concierne a los dos, aunque seas tú la que tomes la decisión. Creo que deberías hablarlo con él y llegar a un acuerdo.

—Tengo miedo, mamá...

—Entiendo ese miedo, pero no estás sola, me tienes a mí y tienes a Nicolás, que te adora.

—Está tan entusiasmado con la idea de ser padre... —Miró a su madre con gesto suplicante, buscando su apoyo—. Si lo hago... —Bajó los ojos con gesto acongojado—. Tengo miedo a perderle a él también...

—Si decides hacerlo... —Calló y encogió los hombros, intentando sacar algo bueno de aquella situación que ya no podía controlar al haber quedado al descubierto su propio secreto, su error, aquello mismo que le estaba reprochando a su hija—. Podréis tener hijos más adelante.

Cristina se puso la mano en la tripa con un ademán compungido.

—Pero no será éste...

—Serán otros. Yo lo hice... Y a cambio te tuve a ti.

Cristina alzó los ojos para mirar a su madre.

—Mamá, ¿alguna vez te has arrepentido?

Julia esquivó la mirada y sacudió la cabeza resoplando.

—No sé qué responderte a eso, Cris. —Chascó la lengua y quebró el gesto—. Durante mucho tiempo no supe exactamente lo que sentía, si remordimiento, pesar, no sé... Estaba triste, sin ganas de nada. Con los años aprendí que todo en la vida conlleva consecuencias, es lo que tiene poder tomar decisiones, la capacidad de elegir supone la obligación de renunciar a las demás opciones. La gran diferencia es que antes teníamos que ocultarnos porque era un delito —su rostro se ensombreció—, había que hacerlo clandestinamente como si fuéramos delincuentes, disfrazado de viaje de turismo de fin de semana al maravilloso Londres... —Calló un instante, fijó los ojos en su hija y sonrió—. En eso habéis ganado mucho terreno. Pero, a la postre, el peso de la decisión y las posibles secuelas en la conciencia de cada una son los mismos.

—Entonces, mamá, ¿qué hago? Estoy tan confusa...

Cristina se derrumbó y, sollozante, se hundió en el regazo de su madre.

—Dios mío —murmuró Julia, acariciando la cabeza de su hija—. ¿Qué vamos a hacer...?

—¿Se puede saber qué está pasando aquí? —Cayetano estaba en la puerta mirando la escena.

Madre e hija se separaron bruscamente. Cristina se volvió para secarse las lágrimas y ocultárselas a su padre.

—Nada —contestó Julia—, cosas nuestras.

—¿Por qué llora? —preguntó a su mujer haciendo un gesto hacia su hija, que seguía de espaldas a él.

Julia se levantó y le obligó a salir de la habitación, pero antes de hacerlo atisbó a su hija, que se había vuelto con las manos juntas y un mohín de súplica para que no le contase nada a su padre. La madre asintió para su tranquilidad y cerró la puerta.

—No te preocupes, se le pasará —le dijo a Cayetano ya en el pasillo—. No te he oído llegar.

—Acabo de hacerlo —mintió.

La idea de que su hija estuviera pensando en abortar le desbordaba por completo. No tenía ni fuerza ni capacidad de convencimiento para hablar con ella en aquel momento. Lo intentaría cuando meditase bien cómo afrontar aquella situación que le desconcertaba. Era su forma de actuar siempre: pausada, reflexiva, sobre todo cuando se trataba de algo tan delicado como aquello que había oído desde el pasillo. Se trataba de un tema lo suficientemente importante como para esperar a tener la cabeza fría y las ideas bien pensadas.

—Has llegado muy pronto —dijo Julia cuando entraron en el salón.

—Estoy cansado. —Se dejó caer en el sillón, como si con él se desplomase el universo entero. Su mujer se sentó frente a él, inquieta por su aspecto derrotado. Con la mirada baja, vencido por la situación, Cayetano habló imprimiendo una grave solemnidad a sus palabras—. Julia, tengo que decirte algo. —Levantó los ojos y la miró lacónico—. Estamos a punto de la quiebra.

—¿Tan mal van las cosas?

—Es la ruina, Julia. Las inversiones de tu hermano han sido un desastre y ahora arrastran todo el activo sano que queda. —Se pasó la mano por la cara como si quisiera borrar los malos presentimientos que le acuciaban—. Estamos en la ruina...

5

El secretario judicial dio dos toques en la puerta, abrió y asomó la cabeza.

—Carlota, está aquí Arturo de la Llave.

—Hazlo pasar. —Antes de que el funcionario desapareciera, la juez le llamó—. Miguel, no hace falta que entres. Sólo quiero aclarar algunos puntos de su declaración.

—Como quiera. Estaré pendiente por si me necesita.

Carlota se colocó la chaqueta, irguió la espalda y movió el cuello. Estaba inquieta porque era consciente de que aquella citación no entraba dentro de lo considerado habitual, pero no se había podido resistir a hacerlo. Uno de los fluorescentes parpadeaba de forma casi imperceptible. Pero no lo podía apagar porque, a pesar de que era mediodía, la luz invernal apenas se colaba por el ventanal que había a su espalda.

El secretario judicial cerró de nuevo y a los pocos segundos la puerta del despacho volvió a abrirse. La juez echó un vistazo rápido al hombre que apareció en el umbral. Sesenta años, vestido de forma exquisita con traje de alpaca gris oscuro, camisa blanca impoluta, corbata de rayas verdes y azules de tonos intensos, perfectamente ajustado el nudo al cuello, pelo abundante y cano peinado hacia atrás, frente despejada y ojos vivos y claros. Alto, espigado, elegante, muy bien conservado para su edad, tenía el aspecto de cuidarse mucho.

Dio los buenos días con una estudiada cortesía.

—Pase, por favor. —La juez no se movió de su sitio—. Tome asiento, señor De la Llave.

Antes de sentarse, Arturo de la Llave se desabrochó el botón de la chaqueta y se acomodó en la silla de confidente, erguido, alzado el mentón, gesto serio, circunspecto, dando una apariencia de control sobre sí mismo y sobre su entorno. Se fijó un instante en la mesa en forma de ele, ordenada, la madera en exceso desgastada, carpetas de color amarillo, blanco, verde y azul apiladas en varios montones, la pantalla de un ordenador obsoleto, a su juicio; la bandera de España junto a la autonómica y, junto a ellas, en la pared, un retrato del Rey y un diploma en el que, de un rápido vistazo, leyó «Al mérito policial con distintivo blanco», alzó las cejas extrañado; también se fijó que sobre el ancho alféizar, a la espalda de la juez, había una *fofucha* ataviada con la toga de juez junto a una pequeña planta; esbozó una leve sonrisa, mujeres, pensó para sí.

—Señor De la Llave, le he citado con el fin de aclarar algunos aspectos de la declaración que tomó la Guardia Civil. —El recién llegado no dijo nada y se mantuvo impertérrito—. ¿Cuánto tiempo llevaba usted casado con doña Alicia Dorado?

—Diez años hubiera hecho en mayo.

—¿Tenía buena relación con su esposa?

Arturo de la Llave la miró contrariado.

—¿Qué clase de pregunta es ésta?

—Señor De la Llave, soy yo la que hace las preguntas, usted limítese a contestar.

—Pues claro que tenía buena relación con mi esposa.

—¿En los últimos tiempos habían discutido por algo en concreto?

—Alicia y yo discutíamos lo normal.

Carlota conocía muy bien esa respuesta. Era demasiado habitual.

—¿Qué es para usted lo normal?

—Pues lo normal en todos los matrimonios, ¿o es que usted no discute con su marido?

—Señor De la Llave, le repito que soy yo la que hace las preguntas. Limítese a contestar.

—Pues en vez de preguntarme a mí podría estar buscando al que asesinó a mi esposa, que todavía anda por ahí suelto.

—Le aseguro que estamos en ello. Pero, insisto, ¿qué clase de discusiones habían tenido en los días previos a la muerte de su esposa?

—Ninguna en especial —contestó con un gesto de naturalidad—. Alicia entraba y salía a su antojo. Últimamente había gastado demasiado y le dije que se controlase un poco. Mi mujer podía llegar a gastar en una sola mañana seis mil euros en su tienda favorita de ropa, en la que una braga puede costar doscientos euros y una falda, dos mil quinientos. —Se había relajado un poco—. No es que me importase, siempre me ha gustado que mi mujer vaya bien vestida. Pero todo tiene un límite. Del ropero de mi esposa podría vivir una familia entera, y le aseguro que ya no cabía ni un fular. Las facturas las pago yo y creo que tengo derecho a pedir explicaciones, y a Alicia eso de dar explicaciones le molestaba mucho, y entonces discutíamos. —Encogió los hombros como dando a entender lo cotidiano—. Lo normal, que si yo soy el que lo gano, que si se gasta demasiado, que si no tenía nada que ponerse, que si quería que fuera hecha un cuadro... Lo normal.

—Ya —añadió secamente la juez. Luego, bajó los ojos a los papeles que tenía delante de su mesa y durante unos segundos estuvo callada, lo que provocó la impaciencia del declarante.

—Señoría, no sé si es consciente de ello, pero mi tiempo es oro.

Carlota levantó la cabeza, le miró fijamente unos instantes y, sin decir nada, como si se regodease del tiempo perdido de aquel prepotente, siguió leyendo unos segundos más.

—En su declaración dijo que la noche anterior a la muerte de su esposa tuvieron una fuerte discusión porque ella le pidió más crédito para la tarjeta Visa.

—Así es. Ella quería más límite y yo me negaba a autorizarlo. Ésa fue la base de la discusión... Lo normal en un matrimonio normal. —Resultó evidente el énfasis irónico a sus últimas palabras.

—¿Tenía su esposa que justificarle todo lo que gastaba?

—Todo no, únicamente cuando se excedía.

—¿Y era usted el que determinaba ese exceso?

—¡Esto es el colmo! —exclamó indignado—. ¿Me va usted a decir cómo tengo que llevar las cuentas en mi casa?

Carlota obvió sus palabras. Puso los antebrazos sobre la mesa, entrelazó las manos y clavó la mirada en los ojos de aquel hombre.

—¿Agredió alguna vez a su esposa?

—Pero ¿qué está diciendo? Usted no sabe con quién está hablando.

—Señor De la Llave, conteste a mi pregunta.

—Claro que no.

—Y a su exmujer, Clara Navarro, ¿la agredió alguna vez durante el tiempo que estuvo casado con ella?

—No, claro que no, pero ¿por quién me toma?

—La señora Navarro ha declarado que, de puertas adentro, cuando no había nadie delante, usted la trataba con desprecio, la insultaba y la denigraba.

El hombre hizo un gesto y enarcó las cejas, con un aire de mantener una infinita paciencia.

—Algo querrá sacarme si después de diez años viene con ésas. A Clara siempre le ha gustado mucho el dinero, demasiado, señora juez, o jueza, ¿cómo debo llamarla?

—Diríjase a mí como señoría, así no tendrá ninguna duda.

—Ya —añadió el hombre con ironía—. Señoría, le puedo asegurar que en todos los años que estuvieron a mi lado traté a las dos con la exquisitez que toda mujer requiere, tanto delante de la gente como cuando estábamos en la intimidad.

La juez continuó con la línea de lo que Clara Navarro había declarado unos días antes en el mismo despacho en el que estaban.

—En su declaración, la señora Navarro manifiesta que le tenía miedo porque mostraba accesos de agresividad hacia ella.

Arturo soltó una mueca entre la ironía y la estupefacción.

—¿Ha dicho eso Clarita? ¿Y usted la ha creído? ¿Tiene testigos que acrediten esas acusaciones? ¿Alguien que me haya visto tratar mal a mi exesposa? Ya no digo ponerle la mano encima, sino decirle una mala palabra, un mal gesto. ¿Hay alguien que lo haya presenciado? —Calló un instante y se irguió para dejar clara la ofensa a su dignidad—. Señoría, yo tengo una educación, no me dedico a pegar a las mujeres con las que me caso, ni a ellas ni a ninguna, no es mi estilo.

—Hay hombres muy educados que de puertas adentro pierden las formas.

—Ya entiendo, el discurso que se lleva ahora, la guerra al macho: los hombres malvados, ogros capaces de cualquier atrocidad contra las inofensivas mujeres.

Carlota no entró en valorar aquellas palabras fuera de lugar que denotaban la personalidad del tipo. Continuó hablando como si no le hubiera oído.

—Manifiesta la señora Navarro que, durante los veinte años que duró su matrimonio, usted la obligaba a mantener relaciones sexuales en contra de su voluntad, e incluso que una vez la obligó a acostarse con un hombre al que usted debía un gran favor, como pago de ese favor.

—Ésta sí que es buena. Ahora me está llamando cornudo...

—Yo no le llamo nada, señor De la Llave. Diga si es cierto o no lo que manifiesta la señora Navarro.

—Mire usted, si cuando estaba casada conmigo Clara se acostó con otro fue un problema suyo y en todo caso mío, pero jamás en mi vida se me ocurriría echar a mi mujer en brazos de otro. Yo soy un hombre y me visto por los pies.

—¿Niega entonces las agresiones y la coacción para obligarla a mantener sexo con usted o con terceros?

—Claro que lo niego, lo niego todo porque todo es mentira, una burda mentira. Pero ¿esto qué es? ¿Soy sospechoso de algo? ¿Se me está acusando de algo? No he venido con mi abogado porque pensé que era un trámite para esclarecer quién fue el que mató a Alicia.

—Le aseguro que ésa es nuestra prioridad.

—Pues entonces deje de hacerme acusaciones injuriosas que rayan la calumnia.

—No le estoy acusando. Pretendo contrastar las declaraciones de su exmujer realizadas respecto a usted. Por eso está aquí, señor De la Llave.

Arturo de la Llave no dijo nada. Su gesto se volvió severo, marmóreo, como si se hubiera puesto una careta de impávida honorabilidad.

La juez volvió a leer en silencio párrafos de la declaración que aquel hombre había hecho a los pocos días de encontrar el cadáver de Alicia Dorado.

—La mañana en la que se halló el cadáver de su esposa usted salió de casa a las nueve y se dirigió a su oficina. ¿No es cierto?

—Así es.

—Pero nos consta que en la empresa no entró hasta las doce y media pasadas.

—Ya dije en su momento que estuve hablando con un conocido.

La impaciencia era evidente en el empresario, acostumbrado a hacer él las preguntas y que respondieran los demás con el temido halo de su autoridad levitando sobre sus cabezas.

—Señor De la Llave, se ha tomado declaración a la persona que usted indicó y manifiesta que, efectivamente, estuvieron juntos pero a mediodía; él calcula que pasadas las doce.

—No se acordará. Fernando es un hombre muy despistado, se lo aseguro.

—¿Qué hizo exactamente hasta que se encontró con Fernando Castro?

—No recuerdo muy bien, fue un día complicado.

—Inténtelo, se lo ruego.

Después de hacer un ademán de estar cavilando, respondió con una sola palabra.

—Gestiones.

—¿Qué clase de gestiones?

—Personales —añadió envarado.

—¿Hay alguien que pueda ratificar que estuvo haciendo esas gestiones personales?

La incomodidad fue evidente. Se tocó el nudo de la corbata como si estuviera pensando.

—Estuve en una sala de masajes a la que suelo ir de vez en cuando. Tengo problemas de próstata y allí dan un masaje especial para mejorarlo. —Calló un instante, para sentenciar después—: Es la verdad.

Carlota anotó el lugar de los masajes y le indicó que lo comprobarían.

—Señoría —apuntó, balbuciente por primera vez ante las palabras de la juez—, me resulta un poco embarazoso que vayan allí preguntando por mí... La discreción es una de sus reglas y no quisiera...

—Debemos comprobar lo que nos dice, señor De la Llave. Pero no se preocupe, la discreción no es sólo asunto de las casas de masaje.

6

La conversación que Carlota había tenido en su casa con su hermana Julia el día de Nochebuena fue el detonante de nuevas citaciones para tomar declaración a más gente, y por supuesto citó a su despacho al viudo de la víctima, el señor De la Llave. Lo había comentado con Rita, ya que cabía la posibilidad de que las sospechas de haber acabado con la vida de Alicia Dorado pudieran recaer sobre el marido con un posible perfil de maltratador.

—No te formes juicios precipitados, Carlota —le había aconsejado su amiga, la fiscal—. Contrasta lo que dice tu hermana con la exmujer y con el viudo, porque esto de hablar las cosas con una amiga pasados los años puede distorsionar y mucho los recuerdos y la realidad.

Aún no tenían ningún sospechoso. La forense había certificado la hora de la muerte hacia las once de la mañana; la causa, desnucamiento con rotación de las vértebras. Los neumáticos que habían dejado las huellas en el lugar eran del coche de la víctima, un Mercedes deportivo localizado en una calle poco transitada de la urbanización El Bosque, no muy lejos del lugar donde se había hallado el cuerpo. Además de las huellas tomadas, se estaban revisando todas las cámaras de seguridad de la zona por si se había captado alguna imagen del sujeto que conducía, aún sin resultados. La víctima había mantenido relaciones sexuales recientes, la misma mañana de la muerte, y no había sido con su marido. En principio, el coito había sido consentido porque nada indicaba que hubiera sido forzada. Se habían revisado las llamadas del móvil de la víctima y se comprobó que no había hecho ni recibido ninguna llamada en las horas previas a su muerte. Se seguía investigando, pero poco más se sabía sobre el caso.

Unos días antes de aquella declaración de Arturo de la Llave, Carlota había citado a Clara Navarro, su exmujer, con la que tenía dos hijos varones de veintitrés y veinticinco años. Sin embargo, en el despacho de la juez y ante el secretario judicial, Clara había negado cualquier maltrato por parte de su exmarido. Definió la relación que habían tenido a lo largo de casi veinte años de convivencia como normal en un matrimonio normal. Carlota había recordado esta frase cuando la oyó, calcada, de Arturo de la Llave, una perversa normalidad aprendida y asimilada. Sin embargo, cuando el secretario judicial se marchó del despacho, Clara Navarro sorprendió a la juez con una confesión casi sin pausa, sin necesidad de que volviera a repetir ni una sola pregunta. A puerta cerrada, aquella mujer fue desgranando recuerdos amargos aparcados en los confines de su memoria, la voz tenue, casi siempre serena, temblona a veces porque la emoción dejaba quebradas las palabras en sus labios.

Cuando terminó su relato, Carlota le dijo que todo lo que le había descrito no respondía a una relación normal en ningún matrimonio, sino que podría considerarse como un delito de maltrato de su marido contra ella.

—Yo no quiero problemas —le había dicho a la juez, a solas, en su despacho—. Han pasado diez años, he retomado mi vida y me encuentro a gusto con lo que soy y cómo soy. Arturo es historia para mí; a pesar de que tengo mi trabajo, me paga una buena pensión y desde que nos divorciamos nunca me ha vuelto a molestar. Mis hijos le adoran y no entenderían que esto que le estoy contando pudiera trascender, no se lo creerían y es muy posible que se volvieran contra mí. Los dos le tienen en un pedestal. Lo que ocurrió entre nosotros es pasado, y en cualquier caso me afectaría únicamente a mí. No le deseo nada malo. Es mejor dejar las cosas como están.

—¿Y si su exmarido fuera el asesino de Alicia Dorado? ¿Declararía entonces contra él?

Ella no dijo nada, se dio media vuelta y se marchó.

7

—¿Quién dices que es? —insistió Enrique Balmaseda a la secretaria que le había llamado por la línea interna. Ella repitió el nombre. Se quedó unos segundos pensativo—. Está bien, pásamelo.

Enrique se mantuvo alerta. No era nada habitual que le llamase a su despacho el subdirector general del Banco Español de Crédito. Juan Carlos Martínez no había tratado nunca nada con él. Todos los asuntos bancarios del Grupo Balmaseda estaban en las manos de Carlos, y ni siquiera tenía cuenta del bufete en ese banco para evitar cualquier conflicto de intereses entre su propia sociedad y las del grupo familiar que dirigían su padre y su hermano.

El tono en el que le habló fue firme y concreto. Le urgía a una reunión inmediata para tratar asuntos graves referentes a las empresas del grupo. Enrique le había advertido que él no tenía nada que ver con la gestión y que sabía muy poco sobre el tema, pero aun así Juan Carlos Martínez insistió.

Quedaron en verse a la una en el salón Cuatro Estaciones del hotel Gran Meliá Fénix, en la calle Hermosilla. Enrique salió del bufete y se dirigió hacia el lugar de la cita caminando. Miró su reloj. Faltaban cinco minutos, pero al entrar vio a Juan Carlos Martínez sentado junto a uno de los ventanales, lo que le dio prueba evidente de que había cierta premura en aquel encuentro. Al verle, Martínez se levantó, se abrochó el botón de la chaqueta en un gesto automático y le tendió la mano en cuanto lo tuvo enfrente, saludándose con cordialidad.

—¿Cómo está tu padre? —preguntó mientras se acomodaban.

—Sobrevive. Es lo único que se puede decir, sobrevive a pesar de su delicado estado.

—Pero ¿sigue ingresado?

—No. Está en casa desde antes de Navidad. Era inútil además de incómodo mantenerlo en el hospital. Nos ha dicho el cardiólogo que su corazón se está agotando; es el final, puede durar unos días, semanas, tal vez. Hasta que se detenga definitivamente.

—Vaya, lo siento de veras. Considero a tu padre como un gran tipo.

Enrique Balmaseda lo miró serio.

—Juan Carlos, no me has citado aquí para hablar del estado de salud de mi padre. ¿Qué ocurre? ¿Qué es eso tan urgente que tienes que decirme?

—Enrique, ¿os ha contado Carlos el estado en el que están las cuentas del Grupo Balmaseda?

—A mi hermano Carlos nadie le ha pedido cuentas nunca y él nunca las ha dado, mucho menos a mí.

Juan Carlos Martínez le miró ceñudo, echó el cuerpo hacia delante y puso los codos sobre sus rodillas.

—Pues va siendo hora de que se las pidáis.

—¿Qué ocurre? ¿Hay algún problema grave?

—Problemas van a ser los que voy a tener yo con el banco por haber confiado en las gestiones de tu hermano. Llevo más de treinta años trabajando con tu padre, y las cosas siempre han estado claras entre nosotros. Pero últimamente Carlos ha hecho algunos movimientos al margen del control de tu padre que están resultando un desastre.

—Me sorprende lo que me dices. Hasta hace unos meses, siempre he pensado que era mi padre el que ha controlado todo, aunque haya dejado creer a mi hermano que es él el que lleva la dirección.

—Es cierto que siempre ha sido así. Pero en los últimos meses Carlos ha aprovechado para hacer y deshacer. La verdad es que en parte tengo yo la culpa, porque confié en que tu padre estaba al corriente de todo y, conociéndole, entendía que las inversiones tendrían su porqué. Pero cuando me enteré de su ingreso en el hospital y empecé a hacer preguntas a tu hermano, ya vi que las cosas estaban fuera de control y que eran un desastre en el que yo estoy metido hasta el cuello.

—¿De qué se trata exactamente?

—Hace un año, Carlos compró varios terrenos que están siendo una sangría para la empresa de inversiones; los vencimientos de los préstamos están impagados desde hace más de nueve meses, prácticamente desde la primera cuota. Yo ya no puedo sujetar más esta situación y mucho menos renegociar un solo crédito estando Carlos al frente. Es un impresentable, no responde a los llamamientos, no da la cara. —Calló un instante para indagar el efecto de sus palabras en aquel Balmaseda al que conocía muy poco y en el que tenía la necesidad de confiar para salvarse a sí mismo—. Si no se toman medidas drásticas, el Grupo Balmaseda se va al carajo... —volvió a enmudecer, frunció el ceño y dejó los ojos en un vacío agónico—, y mucho me temo que yo con él.

—Sería conveniente que esto lo sepa mi padre, pero no sé si está en condiciones de decidir o hacer nada.

—Conozco bien a tu padre, le aprecio como amigo y como cliente. Ha sabido llevar con acierto las riendas de todo; pero se ha equivocado al ceder el control a un tarambana que lo único que tiene en la cabeza es el güisqui y las putas, eso sí, de las más caras de Madrid. —Calló un instante, tomó aire, cavilante, y volvió a hablar con gesto serio—. En su estado, no sé yo cómo encajará su corazón saber que todo el trabajo de su vida se está yendo al garete por una gestión tan nefasta y de tan pocos meses.

—¿Qué propones?

8

Enrique Balmaseda salió desconcertado de aquella conversación. Juan Carlos Martínez había conseguido el compromiso de una reunión familiar en el banco con los accionistas: doña Amalia, Julia, Carlos y él mismo. Con el paquete de acciones de doña Amalia, el de Julia y el de Enrique podrían remover como apoderado a Carlos y, sólo entonces, el banco estaría dispuesto a renegociar alguna solución para que la pérdida no fuera una debacle.

El mayor de los Balmaseda había estado actuando como consejero delegado con todos los poderes para hacer y deshacer, sin contar con nadie (se temían incluso que había falsificado la firma de su padre), lo que tuviera por conveniente en todo el grupo de empresas. La idea de Enrique, sugerida por Martínez, era hacerse con los poderes del grupo, a fin de negociar con la entidad y salvar algo del patrimonio. Pero tenían que convencer del asunto a Julia, teniendo que dejar al margen de todo a su marido, ya que Cayetano, como director financiero, formaba parte del desaguisado. Y por otro lado estaba doña Amalia, que en toda su vida no había tomado una decisión por sí misma, y mucho menos en contra de su hijo Carlos.

Enrique llamó a su hermana Julia instándola a que se reuniera con él en la casa paterna por un asunto familiar urgente, sin darle más explicaciones. Después de colgar se dirigió a la calle Alfonso XI. Felisa le abrió la puerta. Le dijo que su madre estaba en la sala, pero Enrique le advirtió que no la avisara porque antes quería ver a su padre. A pesar del consejo de Martínez sobre la conveniencia de dejarle al margen, le pareció franco comentarle sus pretensiones y solicitarle, si no la iniciativa teniendo en cuenta lo delicado de su estado, la cesión de su paquete de acciones para no tener que pedírselo a su madre, consciente de lo complicado que le iba a resultar convencerla de actuar en contra y a espaldas de su querido primogénito, incluso a sabiendas (o no, porque su madre para esos asuntos era muy obtusa) de que no actuar podría suponer la ruina para ella. Sabía de lo arriesgado de exponérselo; al fin y al cabo, se trataba de revelarle la realidad de su imperio creado desde la nada y que ahora se tambaleaba como si fuera una metáfora de su vida, un reflejo de su propio declive.

Entró en el estudio y lo vio sentado en su sillón, como siempre, inmóvil, hierático, como si no oyera quién entraba o quién salía, desinteresado de todo, ausente de la vida que continuaba a sus espaldas. Avanzó con paso lento, temiendo perturbar aquel mutismo, hasta quedar frente a él, de pie, un gigante frente a un anciano débil, consumido, decrépito, eso pensó al ver a su padre, que apenas se inmutó ante su presencia, tan sólo alzó los ojos un instante, sin mover ningún otro músculo, un solo vistazo para volver la vista al encierro en el que se había instalado.

—Papá, necesito hablar contigo.

—Yo ya no tengo nada que hablar ni que decir. —Su voz parecía salir de una caverna, como si estuviera agazapado en su interior igual que un animal salvaje y asustado.

—Se trata de la empresa... y de Carlos... Hay un riesgo evidente de quiebra.

Al oírlo, sus ojos volvieron a alzarse hacia aquel gigante que permanecía en pie, envarado y altivo. Levantó las cejas y bajó la mirada de nuevo.

—Nunca nada es tan grave como parece —murmuró con la voz muy tenue y una evidente fatiga—. Tú deberías saberlo mejor que nadie, Enrique.

—No es eso lo que piensan los del banco.

—Ésos siempre van a lo suyo y no tienen ni idea de nada.

—Carlos no ha hecho bien las cosas, papá.

—Olvídate de tu hermano. Acude a Cayetano.

—Cayetano es parte del problema, es el director financiero.

Clemente alzó los ojos para mirarlo con intensidad.

—Hijo, nunca te fíes de las apariencias.

Enrique se estremeció como si un rayo le hubiera rozado la espalda.

—Voy a intentar echar a Carlos de la empresa.

Su silencio pesó en el aire como el plomo. Sólo entonces Enrique se puso en cuclillas para poder enfrentar los ojos de su padre.

—Papá, necesito tu apoyo, aunque sólo sea moral.

Los ojos de Clemente estaban anegados, sombríos, vacíos de mirada, ausentes. Sus labios se movían musitando algo que Enrique no conseguía entender.

... Tengo tanto miedo... Confía en mí... Te amo tanto... Lo haría todo por ti... Confía en mí...

—Papá... —Enrique insistió al comprobar aquel ensimismamiento, mentalmente alejado de sus palabras y de su presencia—. ¿Me has oído? Necesito tu apoyo, por favor...

En ese momento, Clemente levantó los ojos hacia él y le observó unos segundos antes de hablar.

—Hijo..., tu padre..., yo... —Tragó saliva y su respiración se alteró como si no le llegase el aire a sus cansados pulmones—. Soy un miserable...

Se le quebró la voz y rompió a llorar, con tanta congoja que Enrique quedó sobrecogido. Nunca antes le había visto llorar. En un gesto impremeditado de ternura, le tomó la mano y la notó fría, yerta, igual que si hubiera cogido la mano de un muerto.

—No te preocupes, papá, intentaré arreglarlo lo mejor que pueda. No llores, por favor, no llores más...

Enrique salió conmovido de aquel estudio, y su turbación no fue porque no supiera que su padre estaba mal, sino por el absoluto desamparo en el que parecía transitar por aquel tramo final de su vida.

A los pocos minutos llegó Julia. Encontró a Enrique sentado en el salón, los codos sobre las rodillas y las manos cubriéndole el rostro. Su hermana se alarmó aún más después de su llamada, porque pensaba que estaba llorando.

—Enrique, ¿qué ocurre?

Su hermano alzó la cara y la miró un momento. Sus ojeras denotaban una profunda preocupación. No lloraba pero sus ojos brillaban, contenida la emoción.

—¿Le ha pasado algo a papá?

—No es papá el problema —contestó Enrique bajando el rostro con gesto derrotado.

—Entonces, ¿qué es eso tan urgente? Me tienes en ascuas.

Enrique volvió a mirarla. Ella se quitó el abrigo y se sentó frente a él.

—El grupo de empresas Balmaseda está en quiebra técnica —contestó Enrique, circunspecto.

—Últimamente Cayetano está muy preocupado y algo me ha comentado de que había problemas, pero no creí...

Doña Amalia apareció por la puerta.

—Pero, hijos, si no sabía que estabais aquí. Esta Felisa es medio boba. No me ha dicho nada. Cada día está más torpe.

—He sido yo el que le ha dicho que no te avise. —Enrique interrumpió la retahíla de reproches a la pobre Felisa—. Mamá, siéntate, tenemos que hablar.

Esperó a que la madre se sentase; lo hizo en el borde del sillón.

—¿Qué es lo que pasa? —preguntó observando el gesto preocupado de su hijo.

—El Grupo Balmaseda está en quiebra. Estáis a un paso de perderlo todo.

La madre le miró al bies con la barbilla enhiesta, el cuerpo envarado, prietos los labios, una postura habitual en ella cuando veía acercarse un problema que afrontar.

—¿Qué quieres decir con que está en quiebra? Eso no es posible.

—Claro que es posible, mamá. Y sabes perfectamente lo que significa la palabra *quiebra.*

—Bah, no será para tanto —añadió con un mohín despectivo.

—Mamá, a ver si puedes estar un rato callada para que prestes mucha atención a lo que voy a decirte, porque de lo que hablemos y decidamos en esta reunión dependerá en mucho tu futuro y tu actual forma de vida.

—Uy, hijo, cuando te pones no hay quien te gane a trascendental, qué trágico, qué barbaridad, ni que fuera...

—Mamá, por favor, cállate. —Julia la interrumpió un segundo antes de que Enrique estallase, echando a perder la necesaria cordialidad que ella había intuido para mantener aquella conversación—. Vamos a escuchar lo que Enrique tiene que decirnos, ¿vale?

—Bueno —doña Amalia se arrellanó en el sillón—, pues, hala, a ver, qué es lo que pasa, dinos, qué es eso tan grave que estás que parece que se acaba el mundo.

—Mamá... —Julia insistió con premura para silenciarla.

Enrique, con tensa calma, se mantenía a la espera de conseguir la predisposición de su madre a escuchar, cosa que sabía complicada porque doña Amalia no era de atender, ella era de las que hablaba y opinaba de todo, incluso de aquello que desconocía, mucho más en estos casos como una táctica defensiva con la ingenua intención de ocultar su ignorancia, aun a costa de conseguir el efecto contrario, evidenciando una atrevida torpeza que a veces llegaba a rayar lo patético.

Echó una mirada a su hermana agradeciendo su intervención. Se levantó y dio unos pasos nervioso, tenso, preocupado, las manos en la cintura, encorvado. Procuró hablar despacio, desgranando a grandes rasgos la situación, sin entrar en demasiados detalles para evitar que la atención, ya conseguida, se dispersara, detalles que tampoco él conocía en profundidad, pero que había podido llegar a intuir a partir de la conversación con Martínez.

—La situación es muy grave —sentenció al final.

—Esto lo arregla tu padre con un par de llamadas, vaya tontuna. Que no se pagan los créditos, pues se pide otro y ya está, como siempre se ha hecho. Y si no es en ese banco, pues se va a otro, será por bancos.

Su hijo no soportaba la indolencia de su madre.

—¿No he sido lo suficientemente claro, mamá, o es que no te enteras? No se trata de que papá llame o haga. No hay crédito para el Grupo Balmaseda. A ver si lo entiendes. Nadie os va a dar un puto euro tal y como está la situación.

Pero doña Amalia era muy terca en lo que se refería a afrontar problemas; cuanto más graves más transversales eran sus reacciones, esquivando a toda costa la situación a la espera de que todo se resolviera como por ensalmo.

—Tu padre ha sacado adelante cualquier dificultad durante años. ¿Por qué iba a ser distinto ahora?

—Porque papá no es el problema, es tu querido hijo Carlos el que ha provocado esta situación.

—Pues lo que yo digo, díselo y ya verás cómo encuentra una solución.

—Se lo acabo de decir.

—¿Has hablado de esto con tu padre? ¿Y qué te ha dicho?

—No ha dicho nada —añadió ceñudo y aún estremecido—. No está en condiciones de afrontar este asunto. Nos toca a nosotros hacernos con la situación.

—¿Y qué propones? —preguntó Julia.

Antes de que Enrique explicase el plan que habían pensado para desalojar a Carlos de la empresa, doña Amalia volvió a interrumpir.

—Pero ¿habéis preguntado a Carlos? —insistió la madre,

obstinadamente—. ¿Por qué no está él aquí si es el que sabe de todo? Si no es tu padre, lo arreglará Carlos.

Enrique se echó las manos a la cabeza con gesto desesperado.

—¡Ahhh, no lo soporto! —Se acercó a su madre hasta ponerse frente a ella, inclinado sobre su cara, con tanto ímpetu que consiguió amedrentarla—. Tu hijo Carlos es el causante directo de todo este follón en el que ha metido a la familia. Él no puede hacer nada porque ya ha hecho todo lo malo que un mal empresario puede hacer en una gran empresa para hundirla. Eso ha hecho tu hijo, hundir las empresas de las que vivís. ¿Te ha quedado claro?

—Si yo sólo digo que por qué no está aquí para que nos diga qué pasa. —La voz de la madre era más blanda, aunque se resistía a rendirse a la causa.

Enrique se incorporó y recuperó la compostura con el fin de continuar con la propuesta que les llevaba.

—Carlos va a tener que dar muchas explicaciones sobre su manera de actuar, pero ahora no toca eso. Para una posible negociación, el banco nos impone la condición indispensable de dejarle al margen, de echarle fuera, quitarle los poderes.

—Pero eso no puede ser, hijo. —La insistencia exasperó de nuevo a Enrique, que resopló como un toro para no gritar e intentar calmarse—. Tu hermano tendrá que saberlo... Vamos, digo yo.

Enrique se volvió y le dio la espalda a su madre antes de hablar.

—Carlos no da la cara. Y ése es el problema... Que no da la cara el muy gilipollas.

—No hables así.

—¡Déjame en paz! Hablo como me sale...

—Bueno. —Julia consiguió de nuevo atajar el enconamiento entre madre e hijo—. Vamos a mantener la calma y a tranquilizarnos un poco.

Enrique se dejó caer en el sillón con un ademán de agotamiento. Miró a su hermana y luego a su madre, abrió las manos y continuó hablando algo más sosegado.

—A mí todo esto me da lo mismo. Tengo mis propios ingresos, mi propia empresa, mi patrimonio. Si insistes en defenderlo, vais a tener muchas dificultades, tú, Carlos y Julia... Al fin y al cabo todos vivís del Grupo Balmaseda.

—Entonces, ¿qué? —preguntó su madre con gesto de angustia.

—Ya te lo he dicho, mamá. Hay que cortar esto de cuajo. Es la condición que pone el banco para buscar alguna clase de acuerdo o solución, si es que la hay y llegamos a tiempo. Carlos tiene que desaparecer de la gestión de la empresa.

—Dios mío, qué va a ser de mi hijo —musitó la madre como si el lamento se le hubiera caído irremediablemente de los labios.

—Te recuerdo, madre, que también nosotros somos tus hijos —remarcó Enrique con aspereza.

—Ya, hijo, pero tú tienes tu bufete montado y tu vida hecha, tú mismo lo reconoces.

—¿Y yo? —reclamó Julia sin ocultar su indignación hacia su madre.

—Tú nada, qué vas a hacer tú, nada —remarcó su madre displicente—. Cayetano sabrá qué hacer. El problema es Carlos, esta empresa es toda su vida, a la que lleva dedicándole todo el tiempo.

Julia sintió una punzada de indignación ante aquella forma de actuar de su madre, a pesar de los años, y a pesar de que resultaba ya imposible cambiar esa arraigada mentalidad en virtud de la cual el valor profesional y laboral se define solamente en los varones, dejando a las mujeres el segundo plano de la familia, de ser mantenidas con la obligación de no crear demasiados problemas. Pero era cierto que ella misma había adoptado esa forma de vida en su matrimonio, desentendida de todo, ajena a cualquier problema que no fuera la intendencia básica de la casa. Sin embargo, no podía evitar sentirse tocada en su pundonor cuando su madre recurría a esas comparativas tan hirientes.

—Julia, ¿puedo contar con tu apoyo? —preguntó Enrique deseando poner fin a la conversación.

—Se lo diré a Cayetano...

—No —atajó Enrique—. No le digas nada a tu marido, al menos por ahora.

—¿No confías en Cayetano?

—No es eso. No quiero que Carlos haga ninguna pifia más. Tenemos que intentar pillarle el viernes de improviso. Si sabe que le vamos a echar a un lado, puede hacer movimientos que nos perjudiquen aún más.

—Qué barbaridades dices cuando te pones, Enrique, hijo —replicó doña Amalia, molesta—. Cómo va a hacer eso...

—Mi hermano ya ha hecho bastante, mamá. Mejor que se quede quietecito de una puñetera vez.

—Bueno... —replicó la madre incapaz de mantenerse callada y acorde con la seriedad de la situación, lo que desesperaba a su hijo.

—Entonces, ¿cuento con vosotras para intentar arreglar este asunto de la mejor manera posible?

—¿Pues no dices que no tiene arreglo?

Enrique obvió el comentario.

—Dime cómo puedo apoyarte —dijo Julia con firmeza.

—Eres accionista, necesito de tu paquete de acciones. —Se volvió hacia su madre y la miró con fijeza—. Y las tuyas, madre. Los tres tenemos espacio suficiente para poder actuar al margen de Carlos.

—No sé, hijo, yo... Estas cosas siempre las han llevado tu padre y tu hermano... Y yo..., no sé.

—Mamá también te apoyará —interrumpió Julia dirigiéndose a su hermano—. No te preocupes por eso, yo me encargo. ¿Qué hay que hacer?

—Juan Carlos Martínez nos ha convocado el viernes a las cuatro de la tarde, a todos, también a Carlos.

—Uy, el viernes yo imposible, ya lo sabes...

—Mamá, por una vez procura pensar un poquito en los demás y no en ti misma —le espetó Julia con evidente enfado—. Te está diciendo Enrique que la cosa es muy grave.

Doña Amalia torció el gesto, era evidente que no estaba conforme con que la privasen de ir al Embassy para acudir a una reunión en la que se iba a hablar de números y créditos, algo que a ella ni le iba ni le venía.

—Yo no sé qué voy a hacer allí, el tonto... Ya ves tú.

Enrique se levantó, cogió su abrigo y mientras se lo ponía le dijo a su madre:

—Pasaré a recogerte a las tres y media. —Luego, se dirigió a Julia—. Ni una palabra a Cayetano, al menos hasta el viernes. A ver qué nos cuentan.

Julia asintió. Enrique se marchó y se quedaron las dos solas.

—Enrique no sabe de estos asuntos —farfulló la madre con despecho—. Esto lo arregla Carlos en un santiamén, ya lo verás.

Julia se levantó.

—Mamá, no te imaginas lo insufrible que puedes llegar a resultar.

9

La reunión en la sede del banco resultó mucho más tensa de lo esperado. Carlos Balmaseda se negó en principio a la cita planteada por Juan Carlos Martínez, arguyendo asuntos de toda índole. Tuvo que ser Enrique el que le llamase indicándole que le convenía acudir. Ante la llamada de su hermano Enrique, el mayor de los Balmaseda intuyó alguna jugada y se comprometió a asistir. Y, aunque con retraso, se presentó en aquella sala de reuniones donde ya esperaban todos desde hacía más de media hora.

Al ver a su madre y a su hermana, Carlos Balmaseda vaciló en el umbral de la puerta, sorprendido y turbado.

—¿Qué significa esto? ¿Qué hacéis vosotras aquí?

—Hijo, a mí me ha traído tu hermano, que dice que hay problemas...

—Cállate, mamá —replicó Enrique.

—Ya, ya me callo, hijo, qué barbaridad, no sé a santo de qué me traes entonces...

Julia mandó callar asimismo a su madre.

En ese momento, Juan Carlos Martínez entró acompañado de una mujer alta, de unos treinta años, vestida con traje de chaqueta oscuro, medias claras y zapatos de tacón ancho y cómodo.

—Ella es Miriam Segovia, analista de riesgos. —La mujer entró con seguridad y prestancia—. Carlos, tú ya la conoces. —Dicho esto, se dirigió con ella hacia el resto de los Balmaseda para presentárselos—. Es la esposa de don Clemente y ellos son sus hijos, Enrique y Julia.

Se saludaron con un apretón de manos y se sentaron alrededor de la mesa.

—¿Qué es esto, Enrique, una encerrona?

—Tienes muchas cosas que explicar, Carlos. Queremos saber en qué estado están las cuentas del grupo familiar.

A partir de aquel momento, los Balmaseda callaron para dar la palabra a Miriam Segovia, que fue esparciendo palabras acompañadas de papeles y copias que iba entregando a Enrique y a Julia para que comprobasen la verdad de los datos que exponía. Después de casi una hora de exposición de cifras, expedientes de préstamos, valoraciones de fincas, tasaciones, la auditoría solicitada por el banco, así como fechas de vencimientos, deudas e intereses de demora y todos los justificantes de las reclamaciones y cartas de aviso remitidas a Carlos Balmaseda, Martínez sentenció el negro futuro del grupo.

—El problema es que Carlos avaló con la empresa saneada a la que está en dificultades. Y ahora la quiebra de una arrastra a la otra.

—Alguna manera habrá de arreglarlo. —La voz de doña Amalia fue como un grito de auxilio en medio del océano—. Mi marido ha sido cliente de este banco toda la vida.

—Lo siento, doña Amalia, pero le aseguro que no podemos hacer más de lo que hemos hecho. —Sus ojos se dirigieron a Carlos—. No queda otro remedio. El banco no tratará ni un asunto más si tú te mantienes al frente. La propuesta es que tu hermano sea nombrado administrador único con amplios poderes...

—Ya entiendo. —El mayor de los Balmaseda masculló las palabras con sarcasmo dirigiéndose a su hermano—. Esto es lo que siempre has querido, ¿no? Hundirme, aplastarme porque tengo todo aquello que tú deseas y que fuiste incapaz de conseguir. ¡Eres un miserable, hermanito!

Enrique hizo un gesto de hastío, pero no dijo nada.

La voz neutra de Juan Carlos Martínez se coló en aquel choque de sentimientos fraternos.

—La decisión está ahora en sus manos.

—Juan Carlos, será mejor que nos dejéis un momento a solas —dijo Enrique—. Este asunto debemos tratarlo en privado.

Cuando los dos empleados cerraron la puerta, cayó sobre el ambiente un silencio demoledor. Durante unos segundos nadie dijo ni una sola palabra, nadie movió un músculo, nadie miró a nadie, abismados todos como si un relámpago hubiera detenido sus vidas alrededor de aquella mesa funcional de oficina.

—¿Y ahora qué hacemos?

La voz de doña Amalia hizo reaccionar a Enrique, que abrió la cartera de piel que había traído y que había permanecido sobre la mesa durante toda la exposición. Extrajo unos papeles y los repartió entre los tres.

—Es un documento en el que se recoge el cese de Carlos como administrador único, ocuparé yo su cargo, Julia será apoderada.

Julia cogió el papel y estuvo a punto de preguntar lo que significaba ser apoderada, pero se calló a tiempo al darse cuenta de que con esa actitud remarcaba el cliché de ignorante que tanto odiaba; al fin y al cabo, Enrique tampoco sabía nada de la empresa y estaba dispuesto a tomar las riendas.

—Yo sé poco de todo esto, pero cuenta conmigo para lo que sea.

—No me lo puedo creer —replicó con sorna Carlos—. Ahora ésta quiere jugar a ser empresaria.

Antes de que Julia respondiera a la provocación, Enrique se dirigió hacia ella para reforzar su posición frente a la ironía de su hermano.

—Tú y yo trataremos todos los asuntos con el banco para intentar salvar este desastre.

—¿Y qué va a ser de tu hermano? —le preguntó la madre—. Algo le tienes que dar. No voy a permitir que le dejes sin nada.

—Carlos debe salir inmediatamente de Grupo Balmaseda. Pero no te preocupes, mamá, tu primogénito no se va a quedar en la calle, si es eso lo que te preocupa, ya le encontraremos algo en lo que entretener su tiempo.

—Vaya... —Carlos tenía el odio grabado en su rostro—, si nos ha salido un salvador de la patria.

—Lo menos que podrías hacer es callarte, o mejor habla para dar explicaciones de dónde ha ido a parar todo el capital que tenía el grupo en sus activos hace apenas un año.

—No entiendes nada...

—Lo único que se entiende aquí es que tú solito te has encargado de hacer añicos el emporio que papá ha construido a lo largo de toda su vida. —Los dos hermanos estaban encarados, tensos, las miradas coléricas, torvas, desafiantes. La voz de Enrique salió de su garganta ronca, firme y desabrida—. Sólo espero que papá no viva tanto como para ver en lo que lo has convertido.

10

Después de salir del banco, Enrique se había acercado al bufete para cerrar algunos asuntos que había dejado pendientes. Entró y saludó a la secretaria, pero ésta le detuvo.

—Don Enrique, tiene una visita.

—¿Una visita? No tenía ninguna prevista, ya sabes que no me gusta...

—Don Enrique —le interrumpió adelantándose a la consigna de que los viernes por la tarde no recibía a nadie—, dice que es su cuñada...

Enrique la miró desconcertado, como si le hubiera hablado en otro idioma y su cerebro estuviera procesando la información recibida. Quebró el rostro, contrariado.

—¿Mi cuñada?

—Está en su despacho. Lleva más de una hora esperando. No le he avisado porque como me dijo que no le llamase para nada y que en cuanto terminase se pasaría por aquí...

Enrique oía la voz de la secretaria pero no atendía a lo que decía, cavilando qué razón podía haber llevado a Maribel hasta allí. Supuso que se habría enterado de algo de lo que había pasado con Carlos.

Entró en el despacho y la vio sentada en el sillón que había junto a la librería de madera maciza cargada de un sinfín de volúmenes del Aranzadi y otros libros de leyes. Cuando ella le vio, sus ojos se posaron fijos sobre él, en silencio, la expresión hierática.

—Maribel, no sabía que estabas aquí... Siento mucho que hayas tenido que esperar.

—No tienes por qué disculparte.

Enrique se acercó y se sentó en un sillón quedando a su lado. Miró el abrigo doblado a un lado, con el bolso encima y luego se fijó en ella, el pelo suelto cayéndole sobre los hombros, los ojos algo maquillados aunque no demasiado; llevaba un jersey celeste y unos pantalones negros con botas altas por fuera. Pensó que seguía teniendo el magnetismo capaz de desestabilizar el latido de su corazón, una perturbadora atracción que anulaba su conciencia.

—Imagino que... si estás aquí es porque algo ocurre... Algo grave.

Maribel le miró un instante para desviar de inmediato la mirada y centrarla en sus manos. Suspiró, tragó saliva y volvió a posar sus ojos en él como si hubiera tenido que tomar fuerzas suficientes para hacerlo.

—Enrique, necesito pedirte un favor. Pero antes prométeme que no le dirás nada de esto a Carlos. Ni una sola palabra, ni siquiera que he venido a verte.

—No te preocupes —esbozó una sonrisa—, puedes confiar en mí. Mi hermano no sabrá nada de esta visita. Dime, ¿qué necesitas? Si está en mi mano, no dudes...

Maribel le interrumpió con brusquedad.

—Necesito dinero.

Enrique se quedó callado unos segundos, mirándola, navegando entre el desconcierto y la sorpresa. Al cabo, movió los hombros desentumeciendo la tensión de sus músculos.

—¿Puedo saber para qué?

—No preguntes. No puedo explicarte. Necesito dinero.

—¿Cuánto?

Ella miró al frente, alzó la cara, apretó los labios y habló como si temiera decir una barbaridad.

—Veinte mil euros. Para mañana.

Un silencio espeso se instaló entre ellos. Sus miradas esquivas buscaban acomodo sin encontrarlo. Ella permanecía sentada muy erguida, pegados los hombros al respaldo, los tobillos juntos, las manos caídas sobre el regazo, rígida y seria. Enrique se había sentado en el borde y tenía los codos sobre las rodillas, echado un poco el cuerpo hacia delante, hacia ella; con sólo extender las manos alcanzaría a tocarle las piernas.

—Es mucho dinero, Maribel, y además para mañana... No sé si sabes que Carlos...

Ella le miró con un gesto asustado.

—Me lo has prometido, Carlos no puede saber que he estado aquí.

—No voy a decirle nada a mi hermano —reiteró—. Quiero ayudarte, Maribel. Pero es evidente que algo importante ha tenido que pasar para que necesites tan precipitadamente esa cantidad de dinero.

—No puedo decirte nada —zanjó ella con severidad en su gesto—. Dime si me vas a dejar el dinero. Te lo devolveré... En cuanto pueda te devolveré hasta el último céntimo.

Enrique sabía que algo muy grave había ocurrido para que Maribel actuase de aquella manera.

—Maribel, te voy a dar el dinero, pero déjame ayudarte —insistió—, dime qué ocurre. Estaré a tu lado.

—No puedo... —Su voz se quebró y a punto estuvo de echarse a llorar, pero alzó los ojos al techo, respiró y pudo controlar su emoción. Luego bajó la barbilla al pecho, movió la cabeza y habló con voz seca—. Lo siento, Enrique, no puedo hacerlo.

—Está bien. Si es eso lo que quieres...

Al oír a su cuñado, Maribel tomó aire como si de repente sintiera que se ahogaba, desatada la emoción de ver la posibilidad de solucionar el problema; le dejaría el dinero. Por fin podría terminar con la pesadilla que desde el martes la mantenía en un estado de desasosiego. Aquellos días habían sido para ella un infierno, apenas dormía, no podía comer y no podía compartir con nadie aquella angustia que tanto la abrumaba. Había calibrado la posibilidad de ir a la policía, pero lo había descartado de inmediato; era mejor acabar con este asunto consiguiendo el dinero que verse salpicada por la cruda verdad de su doble vida; pensaba en las consecuencias de que se hicieran públicas aquellas imágenes y un escalofrío le recorría la espalda al pensar en sus hijos; no podría volver a mirarlos a la cara, y cómo reaccionaría el insidioso círculo social en el que se movía, el mismo círculo que aceptaba con naturalidad que su marido, y los de la mayoría, pagasen a una prostituta, esos mismos que a ella la denostarían miserablemente si supieran que había estado buscando consuelo a sus deseos sexuales en brazos de un hombre quince años menor, a quien pagaba por darle placer y que había desatado en ella una lascivia desaforada, imposible de controlar a pesar de que sabía que se estaba hundiendo en un fango envilecido.

Desde un principio había descartado la posibilidad de pedírselo a su marido alegando alguna excusa. Carlos era demasiado susceptible y no pararía hasta averiguar para qué quería el dinero en realidad. Así que, después de darle muchas vueltas, había decidido acudir a Enrique. Tenía el convencimiento de que no le pediría demasiadas explicaciones y le guardaría el secreto.

Enrique se levantó, se dirigió a la caja fuerte que estaba oculta por un cuadro, junto a una librería, la abrió y de su interior sacó varios fajos de billetes.

—Tiene que ser en billetes de cien —apuntó Maribel, que permanecía sentada a su espalda.

Enrique volvió a meter la mano en el interior de la caja y hurgó durante un rato, sacando e introduciendo billetes.

Al volverse, los ojos de Enrique se posaron en uno de los mejores cuadros de su colección privada, la *Autómata*, de Edward Hopper: aquella solitaria mujer con sombrero, taciturna, tan vulnerable, tan intemporal que podría ser el reflejo de la mujer de carne y hueso sentada en el sillón, tan presente y tan ausente a la vez, desdibujada su expresión en una indefinible tristeza, la musa que alumbró la inspiración del pintor.

Metió el dinero en un sobre. Se acercó de nuevo a ella con él en la mano. Se sentó y se lo tendió en silencio. Antes de cogerlo, Maribel le dedicó una mirada intensa, como si fuera un grito de auxilio, pero sus labios se mantuvieron tercamente sellados. Tomó el dinero y lo metió en su bolso con prisa.

—Tengo que marcharme —dijo levantándose.

Enrique se levantó también y la sujetó del brazo. Ella se dejó agarrar, quieta, intentando ocultarle su angustia.

Susurrante, Enrique le habló al oído, la mano aferrada a su brazo, tirando hacia él.

—Maribel, sabes que haría cualquier cosa por ti.

Ella le miró con una mezcla de ternura y lástima, negó con un movimiento tenue.

—Ya no me conoces, Enrique, no tienes ni idea de la clase de persona en la que me he convertido, si lo supieras..., me odiarías, tanto como me odio yo a mí misma.

—Te quiero, Maribel, te he amado siempre y tú lo sabes.

Ella esbozó una sonrisa, llevó la mano a su mejilla y le acarició con suavidad.

—Es demasiado tarde para mí. Demasiado tarde..., Enrique, mi querido Enrique, mi amor...

—Maribel...

Ella le hizo callar colocando la mano sobre la boca con delicadeza. Se miraron a los ojos durante unos segundos. Retiró los dedos y se acercó hasta rozar dulcemente los labios con los suyos. Fue tan sólo un instante, un momento en el que Enrique sintió que sus pies se desprendían del suelo. Cerrados los ojos para que todos sus sentidos captasen aquel contacto. Cuando sintió la separación de sus labios, abrió los ojos y se encontró con una mirada oscura y profunda.

—Enrique, deja que me marche, te lo suplico... Déjame...

TERCERA PARTE

1

> En la vida no hay nada que temer, sólo hay que comprender.
>
> MARIE CURIE

Aquella tarde de sábado, Julia estaba sola en casa. La criada se había tomado el día libre porque se casaba una hermana suya. Cristina (con la indecisión todavía de si mantener o no el embarazo) se había ido con Nicolás a pasar el sábado a la sierra. Cayetano, ajeno aún a los cambios sucedidos la tarde anterior en la empresa familiar, se había marchado de montería con un grupo de amigos a una finca de Badajoz; era habitual este tipo de escapadas de fin de semana aduciendo la urgencia de salir del agobio de Madrid y juntarse con su gente (eran ésas sus palabras) para hablar de forma distendida de negocios, de fútbol o de mujeres en un ambiente que le sacase del habitual encorsetamiento del traje y la corbata. Julia nunca entró en los planes de esos viajes, tampoco ella lo pidió. Sabía que se trataba de una huida del aburrimiento instalado entre ellos desde los primeros tiempos de su matrimonio. Había aprendido a amoldarse a una soledad impuesta, no elegida, asumida en el tiempo. La mayoría de los días comía sola, cenaba sola, y pasaba los sábados y domingos sola. Cuando Cristina era todavía una niña le dedicaba todo su tiempo, pero hacía mucho que la adolescencia le había robado la compañía de su hija.

A pesar de que el sol aún brillaba, el ambiente era gélido. Algunas nubes de apariencia estática se deshilachaban en el horizonte. Apoyada en la ventana, los ojos fijos en ellas y en su lento proceso de transformación, Julia llevaba un buen rato dándole vueltas a lo que había ocurrido la tarde anterior en la reunión del banco cuando, firma tras firma (primero la de Enrique, después la suya y, por último, la definitiva de su madre), su hermano mayor quedó desbancado del grupo de empresas Balmaseda. Nunca antes había visto a Carlos así de desquiciado, capaz de cometer cualquier locura; se había debatido entre el desafío como mecanismo de defensa y un furibundo desasosiego. Hasta el último momento se mantuvo aferrado a una esperanza depositada en las dudas y reticencias de su madre, pero, cuando doña Amalia estampó su rúbrica sobre el documento que lo despojaba del poder y la fortaleza en los que sostenía su impronta personal, la expresión de Carlos se ensombreció, sus ojos se oscurecieron y su cuerpo se contrajo como si el peso del mundo hubiera caído sobre sus hombros. Entendió aquello como una traición, una puñalada por la espalda por parte de sus hermanos y de su madre. Intentando mantener el tipo, se había marchado con una actitud patética de maltrecha arrogancia, amenazando de que se arrepentirían de aquello. Pero sus palabras fueron únicamente la sombra de lo que había sido durante años, su control se había quebrado y quedaba desnudo a los ojos de todos, y ese desamparo le asustaba mucho más de lo que estaba dispuesto a admitirse a sí mismo. Su ausencia había dejado un silencio cortante y había tronchado definitivamente el ánimo de su madre, que quedó tan afectada como si hubiera refrendado con su firma la sentencia de muerte de su propio hijo.

Desde aquel momento, las decisiones para intentar salvar algo de aquel barco que se hundía irremediablemente habían pasado a depender de Enrique y, en cierto modo, de ella misma. Aquello era algo tan inusual que a Julia le provocaba una extraña sensación de vértigo.

No podía compartir aquella especie de tragedia familiar con las conocidas a las que, por pura rutina, se refería como amigas y que tan sólo servían de comparsa en banales charlas de café, cortejos de tardes anodinas de compras o comensales en comidas en las que el plato principal era poner a caldo a las ausentes o criticar a los maridos por sus faltas, vicios y defectos o, sencillamente, por ser maridos. Sería regalar, a esas deslenguadas, soportes suficientes como para esparcir al mundo toda clase de murmuraciones insidiosas y malintencionadas sobre la insolvencia y caída (siempre deseada por el entorno) de los arrogantes Balmaseda. Sabía que todo eso podía suceder, que las noticias sobre la desgracia ajena corren como la pólvora y mucho más cuando la envidia (acrecentada por el envidiado con la exhibición gratuita de su fortuna y de su suerte) es la que prende la mecha. Había empezado a imaginarse lo nefasto que iba a ser para su forma de vida la mala cabeza de Carlos en la dirección de las empresas familiares de las que dependían todos, excepto Enrique.

Julia tenía una presión en el pecho que la ahogaba. Sentía la necesidad de hablar con alguien ajeno a todo aquello, alguien con quien poder atemperar la quiebra de la estabilidad en la que, hasta entonces, había navegado su existencia.

Pensó en llamar a Carlota. Ella era ajena, aunque no del todo.

La conversación entre las dos hermanas en la tarde de Nochebuena se había alargado hasta pasadas las diez de la noche, lo que supuso que, por primera vez en su vida de casada, Julia llegase a casa de su suegra cuando ya estaban con el segundo plato. El trajín de niños, adolescentes, jóvenes y no tanto era de tal magnitud (se llegaban a reunir más de treinta comensales) que propició que apenas nadie se apercibiera de la entrada de Julia. Cayetano había sido el único que le mostró su enfado con un gesto ceñudo, sin llegar a levantarse. Julia se había sentado intentando no llamar la atención y cuando estaba acomodada se había enfrentado a la fulminante mirada de reproche de doña Eugenia. Todos habían continuado con su conversación, las cuñadas que ya eran abuelas pendientes de sus hijos y nietos, los adolescentes y los más jóvenes puestos los ojos en sus pantallas de móvil, Cayetano prosiguió su conversación con uno de sus cuñados sentado a su derecha, y la matriarca, doña Eugenia del Castillo, viuda de Vegallana, presidiendo la gran mesa, ampliada gracias a dos tableros que ocupaban todo lo largo del enorme salón de la casa, atisbando cada detalle de lo que ocurría a su alrededor, atenta para que cada uno estuviera en su sitio, controlando su imperio con la dignidad de una anciana reina. Nadie había hecho comentario alguno sobre su tardanza, como un ser invisible a ojos de todos, nadie la había echado de menos, y por supuesto nadie celebró su presencia.

Desde entonces, Julia y Carlota se habían enviado mensajes interesándose por el estado del padre, pero no se habían vuelto a ver. Decidida, se volvió para llamar a su hermana justo en el momento en el que el móvil, que estaba encima de la mesa, empezó a sonar con la pantalla iluminada y el nombre de «Carlota hermana» impreso en ella.

Julia sonrió para sí mirando aquel nombre que ella había grabado la misma tarde que la conoció en el hospital, y pensó en el poder del pensamiento.

—¡Carlota! No te lo vas a creer, pero iba a llamarte ahora mismo.

Al otro lado del móvil, su hermana sonrió tranquila. Había tenido muchas dudas antes de pulsar definitivamente con su dedo el número de «Julia Balmaseda» (ella no había incluido aún la condición consanguínea que las unía), los ojos puestos un buen rato en la pantalla del móvil, sin llegar a decidirse. Sentía una necesidad imperiosa de continuar hablando con ella tras aquella larga conversación mantenida en Nochebuena, indagar en la vida de aquella hermana tan distante y tan parecida a ella, saber sin llegar a preguntar, conocer sin mostrar su curiosidad, oculto su sentimiento. Pero no era sólo la curiosidad lo que le impulsaba hacia aquella hermana apenas descubierta; no quería admitírselo a ella misma, pero ansiaba su compañía, su trato, su afecto.

—¿Cómo está nuestro vetusto padre? —preguntó la juez.

Julia percibió su voz cálida y afable, y eso la reconfortó.

—Aferrado aún a la vida. Sus piernas se hinchan cada vez más y está muy fatigado. Tengo la sensación de que cada día se mueve un poco más al lado de los muertos; está tan ausente... ¿Sabes?, en los últimos días le he pillado hablando solo..., como si estuviera manteniendo una conversación con alguien que está con él. No sé cómo explicarte, da la sensación de que estuviera viendo a su interlocutor... Y a veces llora, y lo hace con una emoción, con un sentimiento tan..., no sé explicarte..., pero me llega a enternecer. —Julia hablaba conteniendo la propia impresión al recordar el abatimiento paterno—. Si alguien me hubiera dicho hace unos meses que mi padre me iba a provocar un sentimiento así, no lo habría creído. Parece tan vulnerable...

—Dicen que los viejos se vuelven tan sensibles e indefensos como los niños.

—Ya, pero él es viejo desde hace ya mucho tiempo. Le han caído los noventa.

—Tengo la impresión de que Clemente Balmaseda se ha hecho viejo cuando a él le ha dado la gana.

—En eso tienes razón —añadió Julia sonriente. Calló antes de continuar, midiendo las palabras que iba a decirle como si las hubiera estado cavilando antes y durante mucho tiempo—. Carlota, yo sé que cuando fuiste al hospital te echaron con cajas destempladas, pero tenéis aún una conversación pendiente. Si tú quieres, yo podría...

—Déjalo, Julia. No voy a ir, y mucho menos a esa casa. No podría... No sería capaz. —El silencio hueco abrió un abismo en los oídos de ambas—. Pero agradezco tu intención.

Julia dio un largo suspiro. Lo había intentado, era todo lo que podía hacer, al menos por el momento.

—Está bien, respeto tu decisión. Tienes todo el derecho a pensar así. Pero si cambias de opinión, no dudes en decírmelo. Ya me las arreglaría para que pudieras estar a solas con él un rato.

—Lo haré, gracias... —Tras una pausa retomó el motivo real de su llamada—. Julia, estaba pensando... He comprado una lubina y, bueno, es un poco grande para mí... Y he pensado que podíamos retomar la conversación que dejamos el día de Nochebuena, no sé si te apetece...

—Estaré encantada de ir. Tu invitación es de lo más oportuna, has llamado en el momento justo. Pero esta vez me encargo yo del vino.

Estaban a punto de dar las diez de la noche cuando Julia entraba en el portal del paseo de Pintor Rosales. Su hermana le abrió. Le dio la bienvenida vestida con unos vaqueros y un jersey largo y ancho de color azul intenso. Llevaba el pelo recogido en una coleta. Julia se había vestido con unos pantalones marrones de Escada, un jersey de lana rosa y unos zapatos de poco tacón. No se veía bien con zapato plano, no era porque fuera baja de estatura, pero estaba convencida de que un poco de tacón servía para estilizar la figura afinando el estilo.

Julia le dio la botella de vino que traía.

—Espero haber acertado. Me he dejado aconsejar por el que me lo ha vendido.

—Es perfecto —añadió Carlota mirando la etiqueta—. Lo vamos a probar ahora mismo. En ese armario hay copas.

Julia sacó las dos copas y las dejó sobre la encimera de la cocina mientras su hermana abría la botella. Del horno salía un agradable olor a guiso.

—Qué bien huele —dijo Julia aspirando el aire por la nariz.

—Y mejor sabe. Justina tiene muy buena mano con el pescado, bueno, ella tiene buena mano con todo.

—Creía que lo habías cocinado tú.

—¿Yo? No sabría ni cómo poner en marcha el horno. No tengo ni idea de cocinar. Ni me gusta ni tengo tiempo.

—Entonces ya somos dos. Y a mí no es que me disguste, pero está claro que no tengo mano, o lo quemo o lo dejo crudo, o cosas peores. —Sonrió para sí cogiendo la copa que acabada de llenar su hermana—. Hace años tuvimos invitados a cenar en casa; había que esmerarse porque era gente muy importante, y en el afán de ayudar a la chica me puse el delantal; me dijo que le echase un poco de cayena precisamente a una lubina... Y le eché, claro que le eché bien de cayena, tanto que aquello no había forma de comerlo. Fue un desastre. —Las dos reían a carcajadas, relajadas, con las copas ya servidas sobre la mesa de la cocina—. No te imaginas la cara de la señora cuando se metió el primer trozo en la boca; como era muy fina no quería decir nada, se puso colorada como un tomate, y el marido... Dios mío, casi le tenemos que llevar a urgencias. Yo creo que Cayetano todavía no me lo ha perdonado.

Al oír aquel nombre, Carlota no pudo evitar su gesto demudado, lo que provocó que la risa de Julia quedase congelada en sus labios. En su último encuentro de Nochebuena, Julia había permanecido muy alerta de no hablar de él delante de ella.

Carlota quiso recomponer su rostro pero le resultaba complicado además de embarazoso. Reaccionó cogiendo su copa y alzándola hacia su hermana.

—Por las que no sabemos cocinar.

—Por ti y por mí —añadió Julia alzando asimismo su copa.

Hicieron chocar el cristal con delicadeza.

Carlota sacó la lubina del horno y la puso sobre la mesa.

—¡Qué barbaridad! Esto parece alta cocina —dijo Julia ante la evidencia de la fuente con sus verduras y la salsa perfectamente presentadas.

—Se lo diré a Justina de tu parte. Le alegrará saber que me la he comido en compañía. No sé qué haría yo sin ella. Me cuida como si fuera una hija que no sabe ni coser un botón, y en realidad es así. Es ya muy mayor. Su madre entró a servir en esta casa cuando mis abuelos se casaron y, cuando ella murió, Justina la sustituyó siendo una cría de doce o trece años, y se mantuvo fiel y leal al servicio de Zenobia hasta su muerte; eran como una especie de matrimonio de estos de años y años que se entienden sólo con mirarse...

—¿Tu abuela se quedó viuda pronto?

—Sí. Mi abuelo era treinta y tantos años mayor que ella. Murió antes de que yo naciera.

Julia escarbaba la conciencia de su hermana a sabiendas de que tenía ventaja sobre ella.

—¿Y nunca se volvió a enamorar? ¿No tuvo a nadie más en su vida?

Carlota se quedó pensativa. Negó con la cabeza y esbozó una sonrisa en los labios.

—Nunca le conocí un amor. Zenobia era muy solitaria pero a la vez muy..., no sé explicarlo..., ella era diferente, única.

—Es un nombre muy peculiar el de Zenobia, tiene personalidad.

—A mí me gusta mucho. Si hubiera tenido una hija, le hubiera puesto ese nombre, sin duda.

Mientras hablaban, se acomodaron en la mesa de una estancia contigua a la cocina, pequeña pero acogedora, desde cuyo ventanal se vislumbraba la noche iluminada por las farolas de Rosales, y un poco más allá, al otro lado de la calle, en el parque del Oeste, la vista se perdía en un oscuro horizonte de frondosidad.

—Qué diferente parece Zenobia de nuestra abuela común, doña Carmen, siempre tan tiesa y tan seria. Yo creo que nunca la vi sonreír. No era precisamente la típica abuela tierna y dulce. Al menos conmigo.

—Apenas tuve contacto con ella —añadió Carlota—; el único recuerdo que tengo es su olor a naftalina; cuando me iba a dar un beso aguantaba la respiración. Nada que ver con Zenobia. Ella siempre olía bien. —Calló un instante, serpeando su mente en el recuerdo—. Vivió en esta casa casi toda su vida y a veces me da la sensación de sentir su olor, como si permaneciera aquí... La echo de menos... No sé muy bien qué hubiera sido de mi vida si no hubiera sido por ella.

Julia la miró unos segundos, analizando los sentimientos reflejados ya en su semblante.

—Por lo que veo, la admirabas mucho.

—Decir que la admiraba es poco. Me unía a ella algo muy especial... —Carlota calló unos segundos, indecisa de mostrar sus sentimientos—. La he querido más que a mi madre. Eran como la noche y el día. No tenían nada que ver. Parece mentira que fueran madre e hija. Bueno, reconozco que entre mi madre y yo tampoco es que haya habido una relación fluida que digamos, nunca conseguí entenderla... Aunque, si he de ser sincera, me esforcé muy poco por intentarlo.

—Pues yo a la mía la entiendo muy bien —replicó Julia—. Si ha tenido una pizca de cariño ha sido toda para mis hermanos... —Chascó la lengua como queriendo desleír el amargor formado en su boca—. No te creas que me importa demasiado..., o eso quiero pensar, que me resbala su manera de portarse conmigo. Eso sí, he intentado siempre no caer en los mismos errores con mi hija, aunque no sé si lo consigo.

Carlota sonrió recordando la conversación con Rita sobre los problemas que le planteaba su madre, tan similares y tan complejos.

—Háblame de ella —dijo Julia de pronto—. ¿Cómo era Zenobia?

Su hermana cogió la copa y bebió un trago. Luego, con los ojos fijos en el vino, empezó a hablar con una sonrisa dibujada en los labios, como si con sólo pronunciar su nombre la invocara a su presencia.

—Zenobia era la exquisitez personificada, inteligente, culta; hasta el último momento de su vida mantuvo su curiosidad por descubrir nuevas cosas, por viajar, por conocer; era creativa, sonreía... —Alzó las cejas y miró a su hermana mientras continuaba hablando—. Un ejemplo a seguir para mí. —Suspiró y dejó de nuevo la mirada perdida—. Cuando estaba en casa siempre la veía con un libro en la mano, o haciendo dibujos para una futura joya. Dibujaba muy bien, con unos cuantos trazos era capaz de bosquejar auténticas maravillas. Era tan serena, tan sosegada para todo..., nunca se precipitaba, tenía siempre las cosas claras, tan segura de lo que hacía y de lo que quería. —Calló un instante antes de continuar—. Todo lo contrario que mi madre, yo creo que nunca ha tenido claro lo que quería ni lo que buscaba. Se pasó la vida metida en casa esperando a que la sacaran; sólo se arreglaba cuando él venía a verla, y a veces ni eso, si no salían a la calle le recibía de cualquier manera; no se preocupó nunca por crecer como persona, por cultivarse, por leer, por cuidarse mental y físicamente. —Hizo un mohín de desgana—. Una pena. Nunca entenderé las tragaderas que ha tenido con mi padre... Nunca, por mucho que quieras a una persona, hay límites que no se pueden cruzar; en el amor también tiene que haber dignidad, es imprescindible, dignidad unida al respeto del uno al otro.

Julia escuchaba sintiendo un extraño peso de culpa por saber lo que sabía y por callar como callaba. Tenía la sensación de que no estaba jugando limpio, de no estar siendo sincera con su medio hermana. Además, a medida que la conocía y se acercaba a ella, aumentaba su temor a volver a perderla por aquella maldita confesión paterna que, al fin y al cabo, las había unido.

—Entonces —Julia habló echando un vistazo a su alrededor—, ¿ésta es la casa en la que vivía tu abuela Zenobia?

—Me la dejó en su testamento, además de una cantidad de dinero suficiente como para hacer una reforma total. No tiene nada que ver con lo que era. —Ella también miró a su entorno, con una sonrisa dibujada en su expresión—. Me hizo prometerle que si decidía instalarme aquí tendría que hacer la casa mía; le horrorizaba la idea de que conviviera con todas sus cosas como antiguallas del pasado. Además de cambiar tabiques, suelos, ventanas, he tenido que vender muebles, cuadros, cristalerías; me dejó hasta el nombre del anticuario, un amigo suyo de toda la vida del que me podía fiar. Tan sólo me pidió que me quedase con un pequeño bargueño que perteneció a su madre. Fue lo único que quiso que conservara.

—Y veo que cumpliste tu promesa.

—No del todo —puntualizó Carlota, con un leve gesto de contrición—, al menos por ahora. Su habitación está tal y como la dejó el día que murió, además del bargueño he conservado su cama, su ropa, sus libros, su aroma... Mi madre decía que era una estupidez, porque es la mejor habitación, la más grande y la que mejores vistas tiene, y es cierto, pero es una forma un poco extraña de no desprenderme del todo de su presencia, de mantenerla a mi lado. Me da la sensación de que está ahí, de que si abro esa puerta la encontraré. —Calló de nuevo y se echó un poco hacia delante como si le fuera a contar una confidencia—. Aunque, si te digo la verdad, desde que me instalé no he encontrado el momento de entrar.

—¿No has entrado nunca?

—La puerta tiene una cerradura, y la llave está echada desde que me trasladé a vivir aquí.

—¿Tanto temes su ausencia?

Carlota arrugó la frente, reflexiva.

—Puede ser... La verdad es que no me he parado a pensarlo. He ido aplazando el momento con excusas o sin ellas, paso por delante de la puerta y no tengo la necesidad de entrar, al menos todavía. Su muerte me afectó, pero no tanto como hubiera creído, es como si no se hubiera ido del todo. Mi madre me llegó a echar en cara que parecía que me hubiera dado igual, tanto que la querías, me decía. —Sonrió para intentar justificar la crítica hacia su madre, por la que no podía evitar sentirse culpable—. Ella era muy de meter el dedo en la herida y hurgar, buscarme las vueltas. Es cierto que no lloré por la muerte de Zenobia, que continué con mi vida normal, mi trabajo, mi rutina, y eso mi madre no lo entendía, le ponía de los nervios que no siguiera su juego, que no me comportase como ella creía que debía hacerlo; y, en su opinión, mi reacción debería haber sido encerrarme en casa, con el ánimo roto, y así ella podría haberme consolado en mi pena en mutua compañía. Me quería a su imagen y semejanza. Ya le pasó cuando murió mi marido. Estuvimos varios meses sin hablarnos porque no me perdonó que no guardase luto, me llegó a decir que se avergonzaba de mí. Yo creo que, en el fondo, lo único que intentaba era buscar un asidero a su vida fallida, un reflejo en su hija de lo que ella había sido como forma de eximirse de sí misma.

—Cada uno asimila la pérdida de manera distinta.

—Sí, debe de ser eso. En varias ocasiones, Zenobia me pidió que no la llorase.

—Y desde que tu marido murió..., ¿no te has vuelto nunca a...?

Carlota encogió los hombros y enarcó las cejas a la espera del final de la pregunta, pero Julia no se atrevió a terminar.

—¿A enamorar —apremió ella—, quieres decir, si no me he vuelto a enamorar? —Ante el silencio de su hermana, pensó un instante y habló pausada—. Si te soy sincera, tan sólo he amado de verdad a un hombre.

—¿Tu marido?

Carlota la miró fijamente antes de contestar con una negación.

—No, a mi marido le quise..., le quise mucho, eso es todo. Era un buen hombre. Tuvo mala suerte al enamorarse de mí. Tal vez si no lo hubiera hecho ahora estaría feliz con otra mujer, rodeado de un montón de hijos, viviendo en algún pueblo perdido de Galicia. Ése era su sueño, vivir en una casa de piedra, en algún lugar cercano a la costa da Morte, rodeado de campo y de niebla, respirando el aire húmedo que el Atlántico le regalaba en cada bocanada..., eso decía...

Carlota se hundió en un mutismo venerado por su hermana, que la miraba en silencio, observando cada una de las emociones, de los gestos, de las palabras que salían de sus labios.

—¿Te puedo preguntar por qué no tuviste hijos?

—Porque decidí no tenerlos —contestó Carlota, algo envarada.

—¿De qué dependió tu decisión de no ser madre? —Hizo

la pregunta a bocajarro, a sabiendas de que se estaba metiendo en un terreno espinoso.

Carlota la miró con fijeza, seria, pensativa. No le gustaba mostrarse a sí misma, hablar de su pasado y de sus decisiones tomadas. Hacerlo era una forma de exponerse al peligro, una manera de bajar la guardia de ese muro de contención, firme e infranqueable, que se había construido a su alrededor para evitar ser juzgada por lo que hacía o dejaba de hacer, por lo que decía o callaba, por lo que era o dejaba de ser. Llevaba grabado a fuego en su conciencia de niña las veces que la habían sentenciado y condenado de manera inmisericorde aquellos que se creían mejores que ella.

Respondió con voz blanda, sin ganas.

—Fue un cúmulo de circunstancias. El hecho de la maternidad no lo concibo al margen de la paternidad. Hubiera necesitado un buen compañero para embarcarme en esa aventura.

—¿Tu marido no quería?

Carlota arrugó la frente y cogió su copa sin llegar a beber, tan sólo como si tomase un arma defensiva para controlar la situación.

—Julia, no me siento cómoda hablando de él...

—Perdona, no quería... —Se removió, a sabiendas de que había traspasado el límite permitido. Soltó una risa nerviosa—. Estoy cayendo en la típica pregunta que te habrán hecho siempre. Lo siento...

—Sí, es una pregunta muy recurrente. —Calló y dio un profundo suspiro—. Fue una decisión que adopté en un momento de mi vida cuando todavía podía elegir. No sé si mi vida sería mejor o peor si hubiera tenido hijos. Es una opción, asumir que no lo puedes tener todo en la vida. Ha habido gente, mujeres sobre todo, y entre ellas mi madre, que me han tildado de egoísta, de pensar sólo en mí y en mi comodidad; mucho más egoísta me parece a mí traer al mundo hijos como forma de llenar tu propia vida, de asegurarte un futuro acompañado, de completarte como persona. Me parece una utilización torticera de la vida de un hijo. Y eso, con el tiempo, puede llegar a convertirse en un peligroso chantaje emocional. Hay madres que pueden llegar a destrozar la vida de sus hijos, eso sí, muy generosas ellas..., y muy maternales.

—Han cambiado tanto las cosas en los últimos treinta años... Ahora todo se pospone, la maternidad, el compromiso. Yo tuve a Cristina a los veintisiete; tardé seis años en quedarme embarazada, y en ese tiempo me ocurrió lo mismo que a ti, la gente me preguntaba, incluso con descaro; parecía que me exigieran algo, que si es que no quería tener hijos, o peor aún, que si no podía.

—¿Y querías?

Julia se quedó pensativa unos segundos.

—Mi hija es lo mejor que me ha pasado en la vida, pero reconozco que no fui a por ella, ser madre no fue algo que buscase; llegó y lo acepté, así de sencillo.

Julia sabía por qué hablaba así. La idea de la maternidad se le desmoronó después de aquel fin de semana en Londres que siempre quedó en su memoria como una ciudad extrañamente mezquina y perversa. Tampoco ayudó mucho su matrimonio con Cayetano. Desde el principio, entre ellos hubo un abismo que apenas se cerraba para echar un polvo rápido, muy de vez en cuando, un calentón diluido en una tosca y arrebatada cópula.

Se decidió a contarle el dilema que acuciaba a su hija con su embarazo. No lo había hablado con nadie, pero necesitaba desahogarse, buscar apoyo, aunque sólo fuera para sostener su ánimo, porque no tenía ninguna capacidad de intervenir en la decisión que adoptase su hija, fuera cual fuera; y la inacción, el obligado ostracismo al que se había visto arrojada, le provocaba una impotencia difícil de explicar.

—Debe de ser una decisión complicada —añadió Carlota después de escucharla—, mucho más que decidir no tenerlos. Ahora no es ella sola.

—Me angustia no poder ayudarla. No sé cómo hacerlo.

—No soy madre, no puedo decirte qué haría yo en un caso similar; pero sí me pongo en la situación de tu hija, y creo que será suficiente con saber que estás ahí, que puede contar contigo.

—Sí, en ésas estamos. Esperando... Callada y esperando...

—Es su vida, Julia. No sólo tiene derecho a decidir, también lo tiene a equivocarse.

Julia la miró durante unos segundos, pensativa, valorando las palabras dichas, la espera a que su hija la había sometido. Al cabo, bebió un largo trago de vino, como si quisiera aplacar la amargura que le agriaba la garganta.

Dejó la copa sobre la mesa y respiró hondo.

—Carlota, ¿tú te sientes sola? Quiero decir..., viviendo así, sin marido, sin hijos... ¿No temes a la soledad?

Carlota la miró durante unos segundos, abstraída en aquella palabra, aquel concepto de vida, aquella forma de existencia, solitaria como la solían tildar en su entorno... Hacía mucho tiempo que había convertido la soledad en el estado ideal, elegido, desvinculada de cualquier compromiso que le permitía aislarse de todo y de todos cuando sentía la necesidad de hacerlo; sin embargo, se daba cuenta de que cada vez eran más las veces que requería ese retiro, cada vez más melancólico. Tenía su trabajo, su grupo de amistades, compañeros del juzgado, gente que transitaba por su vida para desaparecer en un instante, convertidos todos en una imagen en negro en la pantalla con sólo darle a un botón. Cuando cerraba la puerta de su casa, estaba y se sentía profundamente sola, una abrumadora soledad como, a lo largo de los años y desde que tenía uso de razón, había visto anidar en los ojos de su madre, en la aflicción de su gesto, temerosa de acabar tan derrotada como había acabado ella. Con aquella hermana había renacido una esperanza de salvarse. Algo en su interior le gritaba que desistiera del mecanismo defensivo tejido día a día desde que era niña, esa arrogancia que se calzaba cada mañana antes de abrir la puerta de su casa, ese crédito de superioridad que se había colgado para que nada ni nadie pudiera salpicarla y volver a hacerle daño.

—Temería más vivir con alguien y, sin embargo, sentirme sola, eso debe de ser una sensación terrible.

Julia permanecía en silencio, mirándola fijamente, atrapada en lo que decía su hermana. Era como si le estuviera poniendo un espejo para que observase el reflejo de su propia insatisfacción.

—Parece que estuvieras hablando de mí.

—No ha sido mi intención...

Julia la interrumpió alzando la mano.

—No te preocupes. Es sólo que al escucharte me haces pensar en cosas que antes ni me había planteado siquiera.

Julia reflexionaba sobre el efecto que estaba provocando en ella haber descubierto a Carlota, esa hermana que le estaba abriendo la mente de algunos recovecos en los que nunca había penetrado, obligándola a analizar cosas en su vida que daba por sentadas, revelando descarnadas verdades que estaban ahí ocultas tras un velo de rutina y hastío, incapacitada para mirar a su interior y poder reaccionar, cambiar las cosas, alentar su existencia. Se preguntaba si todavía estaba a tiempo de hacerlo.

—¿Sabes?... —Julia hablaba ceñuda, cavilante, como si no encontrase la palabra exacta con la que expresar lo que quería decir—, puede que viéndote a ti me esté dando cuenta de lo dependiente que soy de otros, y no me refiero a la dependencia económica, que también, sobre todo es la autonomía personal. No sé si sabría manejarme en la vida sin la gente que me rodea y de la que dependo. Tú tienes una profesión, un trabajo, ganas un sueldo, decides qué hacer con tu vida y no tienes que dar cuentas a nadie... Yo le tengo que rendir cuentas a todo el mundo y todo el mundo se cree con derecho a manejarme o a reprocharme o a controlarme dando por hecho que mi vida es un no hacer nada... Y es que es cierto... No hago nada... —Enmudeció y la miró con fijeza—. Vivo rodeada de gente y, sin embargo, como tú has dicho, me siento muy sola.

Carlota alzó las cejas consciente de que metía la mano en un avispero.

—Tienes a tu marido...

Su voz resonó en la conciencia de Julia. Ella sabía de los embustes y rumores, aventados por su madre y astutamente esparcidos por su suegra, de que ya desde niña estaba enamorada de Cayetano, y que aquel matrimonio había sido para ella la feliz culminación de un sueño. Una gran mentira urdida para espantar cualquier tentación que pusiera en duda el gran proyecto de su suegra (auspiciado con el tiempo por doña Amalia), con el que había soñado desde que conoció a los Balmaseda y tuvo noticia de la existencia de la pequeña Julia, perfecta para mi benjamín, había pensado nada más verla con un enorme lazo blanco sujetando su coleta cuando tenía ocho años y el adolescente Cayetano estuvo pendiente toda una tarde de la pequeña Julia en el Club de Campo, mientras que sus respectivos padres comían y pasaban una deliciosa jornada de primavera.

—Yo no estoy enamorada de Cayetano —declaró Julia imprimiendo gravedad a sus palabras—. Nunca lo he estado.

Carlota la miró mohína, replegándose a la defensiva, acribillada la mente por los aguijones, inoculado el doloroso veneno. Intentaba que el rencor contenido durante años no reventara en su conciencia, porque ella había sido una de las que había recogido aquellos rumores y los había creído como un asidero al que aferrarse, un chivo expiatorio sobre el que volcar parte de la culpa, llegando a considerarla una aprovechada, una oportunista a imagen y semejanza de su madre, convertida durante años aquella medio hermana en una especie de mezquina sombra que le arrebató no sólo el sentido del amor de un padre, sino también el del hombre al que amaba. Aún guardaba la página del periódico en la que aparecía la noticia en la sección de «Vida social»: «Boda Vegallana del Castillo-Balmaseda Escolar... En la iglesia de... han contraído matrimonio la señorita Julia Balmaseda con don Cayetano Vegallana...», como un conjuro al que acudir cuando sentía la debilidad de llamarlo, de reclamarlo, de invocarlo y arrojarse a sus brazos y arrancarle de los de aquella estúpida niñata consentida, la misma que ahora tenía delante y que en nada se parecía a la imagen configurada a base de años acumulando resentimiento y celos. Demasiado tarde comprendió que el error había sido suyo al empeñarse en esconder la verdad sobre la identidad de su padre, arrogándose como propia la deshonra de su origen, poniendo así en bandeja a doña Eugenia una poderosa razón para manipular y ofuscar la voluntad de su hijo, y dirigir a su antojo y con habilidad la deseada ruptura. Fueron tiempos en los que el odio hacia su desconocida hermana creció como la mala hierba agriándole la existencia. Con el paso del tiempo, sus sentimientos, los malos y los buenos, se habían ido aplacando, latentes aún pero cada vez menos conscientes, el odio hacia ella y el amor hacia él se fueron difuminando, desleídos en el transcurrir de los días, las semanas, los meses y, por fin, los años. Apenas se habían despertado ni el uno ni el otro en los primeros encuentros entre ellas; pero, irremediablemente, a medida que se acercaba más a Julia, se resquebrajaba la caja de Pandora en la que había encerrado sus pasiones contenidas, de nuevo desparramadas por su conciencia.

—Ése no es asunto mío —respondió poniéndose a la defensiva, como una forma de mantener la solidez del muro tras el que encerraba aquellos fantasmas del pasado a los que temía mirar de frente.

Pero Julia no se dio por aludida en ese intento defensivo, y continuó con su embate.

—Carlota, quiero que sepas que me enteré de lo tuyo con Cayetano mucho tiempo después de casarme con él. No tenía ni idea de lo que había ocurrido. Nadie me lo contó, tampoco Cayetano. Por casualidad encontré una caja que contenía cosas tuyas, recuerdos de cuando estuvisteis juntos, cartas, fotos, notas...

—Déjalo, Julia, no importa. Todo eso es pasado, ya no tiene sentido hablar de ello.

Pero Julia continuó. Era el salto al vacío, un salto necesario si quería mantener la mirada a esa medio hermana que había llegado a su vida, dispuesta a apostarlo todo para ganarla definitivamente, porque ella había sido tan víctima como la propia Carlota.

—Nunca planeé nada con Cayetano, nos conocíamos desde muy pequeños. Fueron otros los que programaron nuestra boda. Yo estaba pasando un mal momento. Me había enamorado del hombre equivocado, casado y con hijos, y además era un político conocido. Me vi arrebatada de mi propia existencia por un asunto que no viene al caso. Todo se precipitó no sé muy bien cómo. Mis recuerdos de aquellos años son muy confusos, como si no los hubiera vivido yo, como si hubiera estado ajena a todo lo que me pasaba. —Enmudeció un instante y bajó los ojos, agotada por la intensidad de los sentimientos volcados en cada palabra dicha y escuchada—. Cayetano me aburre, y yo le aburro a él. Nunca hemos tenido ningún interés por conocernos. Si algo me ha intrigado de él es saber si seguía enamorado de ti.

El gesto de Carlota era serio, la mirada profunda; le costaba respirar porque sentía una hoja de acero clavada en su vientre. Por un lado deseaba que continuase hablando, sin embargo, algo le gritaba en su interior que huyera, que no escuchase porque no saldría indemne de aquellas palabras.

—¿Por qué te casaste? Y no me digas que te obligaron, porque no me lo creo.

—No, nadie me obligó, pero cuando tienes veinte años eres como una pluma, si no tienes anclajes firmes que te aseguren, cualquier viento te arrastra y te lleva, y te dejas, y te abandonas a ese vuelo del que no formas parte. Hasta que de repente caes a plomo, y entonces ya no tienes fuerzas para levantar otro vuelo.

—Es posible, pero Cayetano... ¿Él también era una pluma? —La pregunta le salió con una amarga sorna.

—Lo de Cayetano fue peor, porque el amarre a ti era muy firme, pero lo que le arrastró no fue un viento, sino un huracán llamado Eugenia del Castillo. Mi suegra es devastadora cuando pone en marcha su maquinaria de influencia sobre los demás. No te imaginas lo que es capaz de hacer.

—Sí me lo imagino... Yo fui una de sus víctimas devastadas... —balbució apesadumbrada.

Las dos hermanas quedaron en silencio, miradas furtivas, esquivas, buscándose entre ellas con miedo a encontrarse.

—Hace tiempo le hice preguntas sobre ti... —añadió Julia con voz blanda—. Y obtuve respuestas. Me lo contó todo, cómo te conoció... y cómo te perdió... Conozco muy bien a mi suegra, son muchos años soportando sus manejos, yo también fui uno de ellos. Me puedo imaginar la presión que debió de ejercer sobre Cayetano para que te dejase; no entrabas en sus planes y eso era ya una razón más que suficiente para borrarte del mapa. Hay que reconocer que es lista e incisiva para lo que quiere, y si se le pone algo entre ceja y ceja, no se detiene ante nada hasta que lo consigue.

Calló durante unos segundos para observar que Carlota no la miraba, sus ojos puestos sobre el plato, ensombrecido el semblante. Julia tragó saliva y continuó hablando.

—También sé que te buscó después y que tú le rechazaste.

Carlota alzó los ojos arrebatada, la miró y soltó una risa sardónica.

—No quería acabar como mi madre. Lo que me faltaba, ser la querida...

—Estoy convencida de que, si tú hubieras querido, me habría pedido el divorcio.

—Pero no quise, porque no era yo la que tenía que querer, sino él...

Julia pensó en tantos deseos ahogados en un malentendido orgullo, paralizados por la cobardía, estancados en el miedo al riesgo, al rechazo. Habían pasado los años y ni Cayetano ni Carlota habían sido capaces de lanzarse el uno a por el otro, y por eso ninguno de los dos estaba donde debería haber estado... Tampoco lo estaba ella misma.

Al rato, Julia la miró y soltó una sonrisa como si la tensión se hubiera escapado por los labios.

—Si te digo la verdad, no me extraña que te enamorase, es muy fácil vivir con Cayetano...

—¡Déjalo, Julia, por favor! —Carlota por fin reventó y se dejó llevar por el miedo a saber y comprender.—. ¡No quiero saber nada de este asunto! —Se levantó y se acercó a la ventana dándole la espalda, tratando de ocultar su turbación. Quiso gritarle que le dolía oírla hablar de él, que le arañaba el alma oír su nombre, pero no dijo nada más.

Las palabras vertidas de aquella recién descubierta hermana, sus confesiones no exigidas pero descarnadamente expuestas, habían arrancado a tirón y con dolor la venda que le cubría los ojos para comprobar que Julia había sido otra víctima más de ardides ajenos.

El silencio que siguió a la vehemencia de sus palabras lo templó la voz grave y melodiosa de Frank Sinatra. Durante los segundos siguientes, la letra de *My Way* hizo recordar a las dos hermanas vivencias pasadas.

—Ésta es la canción preferida de papá —dijo Julia con una turbadora emoción. Las palabras temblaron en su garganta—. Carlota, lo siento... No debí... Lo siento.

La juez se volvió y la miró sin decir nada. Tenía los brazos pegados a su regazo y se frotaba con las manos como si de repente le hubiera entrado frío en el cuerpo. Apretó los labios y suspiró esbozando una sonrisa.

—Sí, siempre ha sido su canción, al fin y al cabo es el resumen de su vida, *he did it his way*.

—No, Carlota —añadió Julia con voz grave—, papá no ha conseguido vivir a su manera, aunque pueda parecer lo contrario. Ésta es su canción, pero no responde a su realidad.

—Pues yo creo que sí. Él empezó todo, dejó a mi madre y se casó con la tuya, y desgració a las dos, porque no han sido felices ninguna, ni tampoco lo hemos sido nosotros... Lo hizo a su manera, muy mal, pero fue a su manera. Dependía de él cambiar las cosas y nunca lo ha hecho.

Julia tomó aire y pensó que había llegado el momento de que su hermana supiera la verdad.

—Siéntate, Carlota, tengo algo que contarte.

En ese momento se oyó una melodía en el interior del bolso de Julia, que reconoció enseguida como la que tenía para la llamada de su madre. Con el corazón en un puño, se quedó mirando el bolso como si de él fuera a salir un endriago, asimilando que no era normal que la llamase a aquellas horas si no era para algo importante. Lo abrió y comprobó que en la pantalla aparecía la palabra «mamá».

—Es mi madre; perdona, voy a contestar.

Carlota miró el reloj. Estaban a punto de la medianoche. Efectivamente, no era normal la llamada. Con la respiración contenida, esperó para recibir malas noticias sobre su padre.

Julia escuchó lo que le decía doña Amalia abriendo los ojos cada vez más, la boca desencajada y la mandíbula temblona.

—Pero..., no es posible... ¿Adónde le han llevado? ¿Y Maribel? —Escuchó con entumecida atención—. Vale..., tranquila, mamá, no llores... Voy para allá ahora mismo.

Sobrecogida, colgó y miró a Carlota.

—¿Qué ocurre? —preguntó Carlota ante su silencio.

Julia apretó los labios intentando procesar lo que acababa de oír de boca de su madre.

—Carlos está detenido en la comisaría y a mi cuñada Maribel la han ingresado en el hospital. Está en coma.

2

—A ver, señora, procure calmarse. Me responde a unas preguntas y luego le prometo que la dejaremos tranquila. ¿De acuerdo?

Desde hacía un rato, el inspector Frutos intentaba sacar algo en claro de la declaración de la criada. Paula Martínez llevaba diez años como interna en la casa del matrimonio formado por Carlos Balmaseda y Maribel Aranda. Había cumplido los sesenta y tres años, viuda, bajita y de cuerpo menudo, tenía muy buena mano para la cocina y mucha disponibilidad de tiempo, lo que la había convertido casi en imprescindible para la familia Balmaseda. Tan sólo se tomaba libre las tardes del sábado y del domingo, unas pocas horas para ver a sus hijas y sobre todo a sus nietos pequeños.

Había sido ella la que descubrió a Maribel Aranda inconsciente y la que había avisado al 112. Se había mantenido alerta hasta que los sanitarios del SUMMA irrumpieron en la casa y se precipitaron sobre la víctima; en el momento en el que comprobó que su señora ya estaba atendida, su fortaleza quedó diluida y decayó en un estado de ansiedad por el que habían tenido que atenderla también a ella.

Con una tila en la mano, sentada en una silla de la cocina, cabizbaja, ojerosa y con el susto reflejado en su rostro, Paula se preparaba para responder a las preguntas del inspector, que había esperado un tiempo prudente, por prescripción médica, para interrogarla.

Le contó que ella, como todos los sábados, se había marchado sobre las cinco a casa de su hija para pasar la tarde con sus nietos. Que aquella tarde, antes de salir, tuvo que esperar un rato porque los señores estaban en medio de una fuerte discusión y le daba no sé qué llamar a la puerta de la habitación para avisar de que se iba. Que lo hizo en un momento en el que quedaron en silencio. Que la señora estaba llorando y que notó al señor muy alterado, resoplando como un toro a punto de embestir, pero que tampoco le vio la cara porque estaba de espaldas.

Paula hablaba con la mirada puesta en la taza, como concentrada en lo que tenía que recordar y decir.

—Ya son muchos años, ¿sabe usted?, y al final una intuye cuándo la cosa está muy mala, y hoy la cosa estaba que ardía, ya le digo yo que sí, para que estallara diría yo, porque madre mía de mi alma, qué gritos, y qué manera de hablar.

—¿Discutían los dos, o el que gritaba era sólo él?

—Hombre, grita más el señor, porque tiene un vozarrón que vaya... Pero no se crea que la señora se achanta, ella le contesta y le planta cara, aunque termina dejándolo por imposible, porque aquí el señor siempre tiene que llevar las de ganar, él siempre ha de tener la razón, la tenga o no, ¿sabe usted?, y, claro, llega un momento en que ella se calla y deja pasar el chaparrón, hasta que el otro se cansa y la deja por imposible; entonces se encierra en su despacho y ya no se le ve en todo el día. Y, durante un tiempo, ella a llorar por las esquinas, y él más serio que de costumbre. Y así se pasan la vida.

—Por lo que dice son habituales las discusiones entre el matrimonio.

—Habituales no sé yo, pero casi le diría que cuando se dirigen la palabra es para discutir, porque si no es que ni se miran, como si no se conocieran. Yo ya estoy más que acostumbrada, a los gritos y a los silencios. A todo se hace una. Es su vida, ellos sabrán.

—Entonces, esta tarde, cuando usted se marchó de la casa,

seguían en plena discusión —comentó el inspector mirando su libreta.

—Sí, señor, porque no había llegado a la puerta de la calle y ya estaba el señor gritando a pecho partido.

—¿Sabe el motivo de la discusión? ¿Pudo oír algo?

—De dinero, hoy discutían por el dichoso dinero.

—¿Suele ser un motivo habitual de discusión?

La mujer se quedó pensativa unos segundos y encogió los hombros.

—Pues sí; tiene guasa, pero el dinero es uno de los problemas de esta familia... ¡Y mire que tienen! No sé qué sería de ellos si no lo tuvieran. Madre del amor hermoso...

—Y, dígame, Paula, ¿a qué hora regresó usted?

—Entraba yo por el portal a las nueve, lo sé porque miré el reloj.

—¿Qué ocurrió cuando entró en la casa?

—Pues nada, entré, fui a mi habitación, me cambié de ropa para preparar la cena, y luego fui a ver a la señora para preguntarle qué quería que hiciera y para cuántos; llamé a la puerta y, como no me contestaba, abrí y... —Su semblante transido se quebró como si fuera a echarse a llorar de nuevo, pero consiguió controlarse tragando saliva y cogiendo aire para llenar los pulmones—. Bueno, ahí estaba, tirada en el suelo. Cuando la vi así... ¡Ay, Dios mío! Yo no sé lo que me dio. Empecé a llamar al señor a voces, pensando que se encontraba en su despacho... Y luego llamé al 112.

—¿Y sabe dónde puede estar ahora Carlos Balmaseda?

—Yo no sé por dónde andará el señor; pero, cuando me di cuenta de que estaban sus llaves y su móvil en la cómoda, me asusté más porque pensé que algo le había pasado a él también, y me fui corriendo a su despacho y a mirar por toda la casa, con el miedo en el cuerpo, porque yo pensaba que podría haber entrado alguien a robar y haberles hecho algo... Yo qué sé lo que se me pasó por la cabeza, no se imagina qué rato más malo pasé... —murmuró persignándose con un movimiento rápido de la mano—, qué rato, Señor, qué rato más malo... Tenía un miedo... Con una cosa que se me puso aquí en el estómago... —Calló unos segundos para beber un poco de la taza que sujetaba entre las manos—. Luego me fijé en que no estaban ni su abrigo ni su cartera. Así que pensé que no debía de haberse ido muy lejos, porque él sin coche no va ni a la vuelta de la esquina, ya le digo yo, ni a cruzar la calle. Y mucho menos sin móvil. ¡Buenoooo, el móvil! Eso es como si le dijesen de salir en pelota picada..., con perdón... Pero es que es así. Yo la verdad es que no sé qué le pasaría, pero lleva unos días insufrible, incluso ayer por la noche llegó un poquito achispado, tanto que tiró un jarrón de la entrada, que no sé yo lo que debía de valer el dichoso jarrón, que yo cada vez que tenía que limpiarlo es que me santiguaba, porque fue de lo primero que me dijo la señora cuando entré a esta casa, cuidadito con este jarrón, que tiene un valor incalculable, pues hala, el jarrón hecho añicos, y el señor como si nada, como si hubiera roto un vaso de Duralex; por eso le digo yo que no está bien el señor, que últimamente anda muy raro. Y no quiero decir que antes don Carlos fuese un colmo de simpatía, que no lo ha sido nunca, ya le digo yo que no, aunque como usted comprenderá a mí eso me da lo mismo mientras no se meta en lo mío (y la verdad es que no se mete), pues yo ver, oír y callar. Eso sí, hay algunos días que es mejor no cruzarse con él, y hoy era de esos días. —Sacudió la mano—. Menudo estaba. Hasta sus hijos salieron corriendo antes de comer para no oírle.

—¿Sabe dónde están los hijos, o a qué hora suelen regresar a casa? Les hemos llamado a los números de móviles que usted nos ha proporcionado y no están operativos.

—¿El señorito Nacho y la señorita Isabel? —preguntó con ironía—. De ésos no haga usted carrera que por aquí no paran nada más que para cambiarse y pedir, y menos en fin de semana. Lo mismo no aparecen hasta el lunes. Entran, comen, se cambian de ropa, piden dinero y, hala, a vivir la vida que son dos días. Éstos son de los que lo tienen todo y no aprovechan nada, porque, como todo les ha venido regalado, pues no saben lo que vale un peine. Anda que si mis hijos hubieran tenido la oportunidad de esos dos, pero mi pobre señora no hace carrera de ellos, ya le digo yo, un par de gandules, eso es lo que son, que Dios da pan al que no tiene dientes.

El inspector pensó que ya los localizaría luego para hablar con ellos. Su atención se centraba en Carlos Balmaseda, el marido de la víctima.

—Dígame una cosa, Paula, ¿usted diría que había una buena relación entre ellos? Entre el matrimonio, quiero decir, una relación de respeto.

—¿Los señores, que si tenían buena relación los señores? Puessss..., no sé yo qué decirle...

—¿Cree que era un matrimonio feliz?

—Uf, feliz, feliz, no diría yo que lo fuera... Pero claro, cada cual tiene su propio criterio de lo que es ser feliz, todo depende de las circunstancias que se te crucen en la vida. La felicidad es distinta para un pobre que para un rico. Si yo hubiera tenido la cuarta parte de lo que tienen en esta casa... Anda que no iba a estar yo contenta, y sin embargo la señora va siempre como un alma en pena, y don Carlos, ya le he dicho, uno no puede ser feliz yendo por la vida tan tieso, tan autoritario, con un desprecio a su señora que chocaba a veces, porque doña Maribel sabe estar, es lista y bien guapa que es, pues nada, siempre criticándola, que si no haces nada, que si no hay quien te lleve a ninguna parte, que si no sabes vestirte. Fíjese que a mí me gustan los hombres que están en su sitio, como mi Antonio (que Dios le tenga en su gloria), que si hubiera vivido no hubiera permitido nunca que yo estuviera sirviendo en casa ajena, que para trabajar y ganar dinero él solo se bastaba y se sobraba, y que yo donde tenía que estar era cuidando a los hijos y la familia, y así crie yo a mis cuatro hijos, y éramos más pobres que las ratas, pero siempre me trató como la reina de mi casa, mire usted, como una reina, el pobrecito, bien feliz que me hizo hasta que se me murió...

—Paula —le interrumpió el policía con gesto impaciente—, abrevie, se lo ruego.

Ella se quedó un poco pasmada, unos segundos de desconcierto antes de seguir con el mismo tono, como si no le hubiera oído.

—Pues eso, lo que le decía, que yo con la pensión de viudedad que me quedó no me llegaba, y como los dos pequeños todavía estaban en el colegio no tuve más remedio que ponerme a trabajar, me salió esto y aquí estoy desde entonces. Mis hijos ya tienen su vida, dos están en Alemania muy bien colocados, la pequeña se me casó el año pasado y la mayor también trabaja, ésa está casada con un albañil de Carabanchel y allí viven con mis tres nietos, y allí voy cuando libro aquí. —Se dio cuenta de la evidente irritación del inspector—. El caso es que yo no sé si se llevarían bien o mal, pero que el señor era un poco...

Se calló arrugando la boca con un mohín. Ante el silencio de la criada, el inspector se irguió.

—Un poco... ¿qué?

—Pues eso, un poco... brusco, no sé cómo decirle. A mí mi Antonio no me levantó nunca la mano; la voz sí, que cuando se enfadaba mejor era callarse, porque se le iba la fuerza por la boca, pero la mano encima nunca, mire usted...

—¿Está diciendo que el señor Balmaseda pegaba a su esposa?

—Uy, no, no, yo no he dicho eso... De ninguna manera, pero alguna vez pues no le digo yo que no se le fuera la mano —alzó la mano abriendo mucho los ojos—, que yo no le he visto, ¿eh?, Dios me libre de decir lo que no es, eso que quede claro, pero alguna vez la señora se me ha venido a la cocina y yo creo que... No sé... —Hizo una cruz con la mano sobre la boca y bajó los ojos, como si se estuviera arrepintiendo de lo que estaba diciendo—. Mejor me callo no vaya a ser que hable lo que no debo.

—Entonces, ¿le pegaba o no le pegaba?

Ella le miró ceñuda, enfadada, y le respondió con vehemencia negando con la cabeza.

—¡Que no, que no, que yo no he dicho eso!

—¿Qué ha querido decir usted, entonces?

—Pues eso, que discutían... Pero que yo no sé nada, que no lo he visto eso nunca, lo único que el señor tiene muy mal carácter y eso, que es muy suyo, y todo tiene que estar como él quiere y, a veces, la trae a maltraer a la señora... Que ella no es que se calle, pero no es lo mismo.

El subinspector López apareció en la puerta de la cocina. Su mirada se cruzó con la del inspector Frutos.

—Acaban de localizar al marido —dijo Jorge López.

José Frutos asintió y cerró su libreta de notas, la metió en el bolsillo de la chaqueta y se levantó. Paula se quedó sentada mirándole con gesto expectante.

—¿Ya? ¿Se van ya?

—Sí, no la molestamos más.

—Uy, si a mí no me molestan —interrumpió levantándose también—, ya ves tú, qué molestia ni qué nada. Yo aquí estoy para lo que ustedes me digan.

—Paula, es posible que la llamen para que acuda a comisaría.

Los ojos de la mujer se abrieron con asombro.

—¿Yo? ¿A comisaría yo? ¿Por qué? Pero si yo no he hecho nada.

—Si se da el caso, que lo mismo no se da, será un puro trámite. No se apure.

Salió de la cocina y, cuando se alejaban por el pasillo, Frutos se volvió hacia el subinspector.

—¿Dónde está ahora?

—Le han encontrado en el Retiro, sentado en un banco, solo.

—No hace noche para estar sentado en un banco. ¿A qué temperatura estamos, a tres o cuatro grados?

—Un grado bajo cero —puntualizó—. Pero parece ser que

con todo el alcohol que llevaba en el cuerpo no era el frío, precisamente, el que le estaba haciendo mella.

—¿Ha dicho algo?

—Por lo visto se ha sorprendido, pero me dicen que está como ido, no sé si por la borrachera o por lo que se le viene encima. Ahora mismo le traen para acá.

—Aquí ya hemos terminado, que lo lleven a la comisaría. A ver qué nos cuenta. ¿Se sabe algo del estado de la mujer?

—Nada nuevo —contestó el subinspector López—. Ha ingresado en coma a consecuencia de un fuerte golpe en la cabeza. El forense va a hacerle un reconocimiento por si encuentra algún indicio de resistencia o lucha. Habrá que esperar a que recupere la consciencia.

3

Carlos Balmaseda no alcanzaba a comprender lo que le estaba ocurriendo. Su mente confusa, debido al alcohol ingerido, enturbiaba una realidad que transitaba ajena, pero que le arrastraba irremediablemente a un abismo del que se sentía incapaz de escapar. Su presente y su futuro se tambaleaban desprovistos de las bases que hasta entonces había considerado sólidas, infalibles e incuestionables, una cimentación entendida sin fisura alguna y bajo su control. Durante años quiso creer que su poder en la empresa familiar era cierto, pero en el fondo siempre supo que era su padre quien manejaba los hilos, utilizándole como una marioneta, o más bien como un mal menor, un elemento prescindible en cualquier momento, una imposición obligada por ser quien era y no por su valía. Por eso, aprovechando la laxitud, profesional y personal, en la que había caído su padre en los últimos tiempos, reaccionó y asumió el poder real del que había estado privado. Era la oportunidad que había esperado, una especie de ajuste de cuentas, el momento de demostrar que sabía hacer las cosas. Sin embargo, todo había salido mal. En los últimos meses el imperio construido por su padre a lo largo de los años con una inteligente sagacidad se deshacía entre sus dedos, como si lo sólido se hiciera líquido y volátil, y se veía incapaz de reaccionar a la evidencia de la quiebra. Pero, más allá de los problemas económicos, lo que le obsesionaba era el hecho de que su hermano Enrique llegase a conocer el contenido y forma de algunas de las operaciones realizadas en los últimos meses, operaciones tratadas en el límite de la legalidad y con el peligro de que, en las manos de su hermano, inexpertas a su criterio en este tipo de negocios, derivasen en un monumental fraude de consecuencias insospechadas. Carlos sabía que la empresa familiar no era ni había sido nunca la prioridad de Enrique, nunca le había interesado, o al menos eso era lo que siempre había pensado. Era muy consciente de la inquina que había sembrado en el corazón de su hermano, un odio visceral inoculado desde niños, convertido en un callado resentimiento alimentado por los años. El hecho de que Enrique hubiera convencido a Julia, y sobre todo a su madre (algo incomprensible para él), le daba pruebas de que la perversa intención de su hermano no era otra que dejar el barco a la deriva o, peor aún, ordenar el hundimiento como forma de acabar definitivamente con él, aplastarlo como un gusano.

Ya no sabía de quién fiarse, no podía hacerlo de nadie, ni siquiera de su cuñado Cayetano, del que había esperado una llamada suya de aviso, algo que le hiciera sentir un poco de apoyo, pero con el paso de las horas sin noticias había llegado a la conclusión de que su cuñado era el urdidor de todo aquello. En el fondo le parecía algo lógico; había notado a menudo su hostilidad como un aliento frío en la nuca, y esto, pensó, suponía una forma de cobrarse los años de sutiles humillaciones y ofensas asumidas con una paciencia exquisita. Había llegado su momento y Cayetano había ejecutado la venganza.

Y para colmo de todos los males, había aparecido Maribel con la ocurrencia de una posible separación, «sería conveniente para los dos darnos un tiempo, alejarnos el uno del otro para pensar», había dicho con esa voz blanda que tanto le irritaba. Al oírla, había sentido un chirrido en su interior, algo extraño que nada tenía que ver con los negocios ni con la ruina económica. Lo primero que le vino a la cabeza fue aquel refrán de a perro flaco todo son pulgas, o el de las desgracias nunca vienen solas, y no era porque la idea de separarse de

Maribel le pareciera una desgracia, pero aquello no entraba en sus planes, no lo había decidido él y sí ella, y se sentía contrariado precisamente por ello. No se le pasaba por la cabeza que su esposa pudiera llegar a pedirle el divorcio. A lo largo de los años había conseguido subyugar su voluntad, dependiente económicamente de él; había trenzado una tela de araña a su alrededor, convertido en el único protector capaz de dar estabilidad y firmeza en una convivencia envilecida. Carlos tenía la idea de la familia como el lugar al que regresar para el descanso, además del reflejo social de solidez, su solidez, imprescindible en el mundo de tiburones en el que se había movido, un mundo amenazante y agresivo en el que siempre había que permanecer alerta. A nadie se le escapaba que no quería a Maribel, nunca lo había hecho y no había intentado demostrar lo contrario. Para él nada tenía que ver el amor con el matrimonio. Además, la consideraba una mujer anodina, aburrida, sin energía en el cuerpo; sus escasos conatos de resistencia o rebeldía siempre le habían resultado quebradizos y fáciles de reconducir a su propio terreno; veía muy poca diferencia entre su propia madre y Maribel, tan antiguas las dos, tan necia la una como la otra, tan vacua la vida de la una como la de la otra, jarrones chinos que sirven para decorar o rellenar huecos más o menos oscuros, con el tiempo cubiertos de una pátina de polvo que apaga su lustre. Tampoco alcanzaba a percibir la atracción que Maribel solía despertar entre sus conocidos y amigos, generalmente hombres, ni siquiera en sus años más jóvenes, y siempre lo atribuyó a una forma de resentida adulación interesada.

La inesperada e inoportuna propuesta de Maribel le había llegado como una bofetada, justo en el momento en el que más vulnerable se sentía, convencido de que se había enterado de la delicada situación en la que se había quedado y de que su única pretensión, aprovechando la coyuntura, era darle la estocada final, acabar con él y con su prestigio social y profesional. Por eso no lo iba a admitir. No le interesaba cambiar las cosas, al menos no por ahora, y no estaba dispuesto a abrir otro frente que lo debilitase más aún. Lo había presenciado en algunos de sus colegas de batallas varias y no le gustaba lo que había visto. Su carácter fanfarrón le había llevado a presumir de que a las esposas había que atarlas bien pero sabiendo aflojar, darles lo necesario para que no pudieran vivir sin ellos, pero con la cuerda extendida lo suficiente con el fin de que se movieran en una, siempre engañosa, sensación de libertad. No le interesaba ni la soledad del divorciado ni empezar una nueva vida con otra mujer. Todo ello suponía para él una complicación añadida e inútil que no estaba dispuesto a asumir.

Tras unos primeros momentos de desconcierto, Carlos había desatado en contra de Maribel el torrente de ira que le corría por las venas. La amenazó con que no vería ni un céntimo, que le hundiría la vida si se atrevía a dejarle; pero ella, lejos de amedrentarse, rebatía sus advertencias con verdades demasiado crudas.

«No comprendo para qué me quieres a tu lado si ni me quieres ni me has querido nunca.»

«Eres mi mujer, con eso me basta y debería bastarte a ti.»

«Me tratas como una de tus propiedades.»

Él la había mirado de arriba abajo, fruncida la frente con gesto altivo.

«Si fuera así, te habría vendido hace tiempo.»

«Entonces, deja que me vaya. Los chicos son mayores. No tiene sentido que sigamos juntos.»

«Te irás cuando yo lo decida.»

«Te crees que puedes disponer de la vida de los demás a tu antojo. No pienso conformarme con llevar una vida aparte de la tuya pero atada irremediablemente a ti.»

«No creo que tengas queja de la vida que te doy. Ya les gustaría a muchas estar como tú estás.»

«Ya no me conformo con tener una vida confortable.»

«No me irás a decir ahora que quieres buscar la felicidad...»

«¿Y si es así? ¿Y si quiero buscar una forma de vida que me llene más?»

«¿Que te llene más? Pues ya me dirás tú a mí con qué te vas a llenar la billetera y las cuentas del banco, porque conmigo no cuentes. Si quieres la felicidad, búscala, yo no te lo impido, pero aquí, en tu casa con tu marido y tus hijos, que es donde has de estar.»

«Estamos en el siglo XXI, Carlos. Tal vez no te hayas enterado, metido como estás siempre en tus cosas, en tu mundo del que yo estoy siempre al margen, pero en este país existe el divorcio desde hace mucho tiempo... Puedo elegir sin que tú me des ningún permiso. No eres el dueño de mi vida.»

«El divorcio existe si yo lo quiero. Y si te vas de esta casa porque tú lo eliges, lo harás con una mano delante y otra detrás, de eso que no te quepa duda.»

«Será mejor vivir sin nada que seguir aquí, quemándome la vida.»

Esas frases contestadas y alegadas en aquella maldita conversación percutían contra su mente una y otra vez sintiendo una furibunda impotencia, porque se daba cuenta de que aquella mujer a quien consideraba una parte más de sus activos estaba pensando en rebelarse contra lo establecido hasta aquel momento, quedar al margen de su control. Le encorajinaba el recuerdo de su gesto, de la firmeza en sus palabras y sobre todo la reflejada en su semblante. Como ofensiva, había cargado contra ella con todo el desprecio, arrogancia y sarcasmo de que fue capaz.

«Quemándose la vida, dice, no será por el palo que pegas al agua.»

La despreciaba tanto que le hubiera dado dinero para que desapareciera de su vida, pero no podía dejarla libre, y mucho menos en aquel momento en el que Maribel podría llegar a ser una moneda de cambio con su hermano Enrique.

«¿De qué piensas vivir? Dime. ¿De qué? Porque no pensarás que me vas a sacar una pensión como han hecho algunas de tus amigas a los desgraciados de sus maridos. Conmigo no tienes dónde rascar, eso ya te lo aseguro.»

Ella le había mirado con fijeza, actitud mucho más serena de lo que él podía llegar a soportar; en el fondo la prefería rabiosa, gritona, histérica y fuera de sí porque sabía que entonces era controlable.

«Cuando me casé contigo renuncié a todos mis proyectos porque tú querías que estuviera en casa, querías una figura materna como la que habías tenido tú. Dejé los estudios, lo dejé todo para que tú pudieras irte tranquilo a tus negocios. Todos estos años dedicados a ti, a tus hijos... Me merezco una compensación.»

«¿Una compensación? ¿De qué? ¿Ahora me vienes con reproches de que no has podido llegar a ser abogada? Te hubieras puesto a ello... Pero claro, la señora vivía muy bien con todo hecho.»

«Eres un egoísta, sólo piensas en ti mismo. No tienes ni idea de lo que siento...»

«Me importa una mierda lo que sientas, ¿te enteras? Si te quieres ir, vete, pero te vas con lo puesto. Será interesante saber cómo te las apañas sin mi dinero», había remarcado el tono irónico en el posesivo.

Ella entonces le había mirado con gesto suplicante y, por primera vez en aquella maldita conversación, sus palabras llegaron a calar en su interior, como si hubiera encontrado la fisura de humanidad que tan herméticamente cerraba para ella.

«Nos merecemos ser felices, Carlos. Tú también. Tal vez podríamos tener otra oportunidad.»

Sin embargo, Carlos se había apresurado a taponar cualquier atisbo de comprensión, de ternura, de lo que él entendía por debilidad. La había mirado un rato en silencio, quieto, mientras ella parecía esperar con la mano tendida para recoger una pizca de felicidad mendigada.

«¿Otra oportunidad? —le había espetado él al cabo—. ¿Es

que acaso tienes un amante? Pues no le arriendo las ganancias al tipo, eres una mina gastando y follar follas poco y mal, así que poco partido puede sacar de ti... —Recordó la risotada malévola que soltó en aquel momento—. Adónde vas a ir tú ya...»

Fue evidente que con aquellas palabras la había herido en su amor propio.

«No comprendes nada... Nunca has comprendido nada...»

Carlos había vuelto a crecerse ante la evidente rendición.

«¿Se trata de mi hermano acaso? —Se acercó a ella hasta enfrentar su mirada, buscándole los ojos, que ella esquivó—. ¿No me digas que pretendes camelarte otra vez al tonto de Enrique? Pues ya te advierto que como se te ocurra acercarte a él la argentina te arranca los pelos.»

Carlos recordó aquella mirada, aquellos segundos tensos, despojada ella de repente de todo temor, refulgiendo la rabia en sus ojos, sintiendo lo que le decía salir a borbotones del alma, como el vapor a presión que escapa por la espita de sus labios.

«Tu hermano vale mil veces más que tú, no le llegas ni a la suela del zapato...»

Aquello fue el rayo que desató el trueno y desplomó el cielo. La mano de Carlos se había alzado y se mantuvo en el aire, inmovilizada durante un rato como si una fuerza mayor retuviera su impulso hacia el rostro expuesto de Maribel.

«¿Me vas a pegar? ¡Hazlo! Es lo único que te falta...»

Carlos había sostenido la mano levantada, apretados los puños, mirándose ambos con la respiración suspendida, con el afán de aplastar al otro como un insecto miserable, incapaces de huir del odio mutuo, atrapados en su propio fango, chapoteando en su mezquina desdicha.

4

Rodeado por aquellas cuatro paredes que le oprimían la mente, encerrado en aquel agujero, aislado y confuso, Carlos intentaba recomponer la imagen de los hechos como fragmentos de cristales rotos que reflejaban sólo una parte de la realidad. La entrada a la comisaría le había llegado a encoger el alma, y sentía la angustiosa sensación de que no podía respirar, de que sus pulmones se habían cerrado y de que se habían hecho mucho más pesados sus músculos, sus brazos, sus hombros, todo en él estaba frío y duro como el mármol. Había declarado la verdad, al menos la suya, porque la verdad siempre es relativa, o al menos subjetiva, ya que nadie puede ser objetivo en la forma de contar lo vivido o aquello de lo que fue testigo, siempre hay puntos en la conciencia que distorsionan la claridad con la que otros viven o ven lo mismo; eso pensaba, envuelto en su soledad, en aquel silencio cerrado. Las circunstancias personales distintas, la carga moral y los oscuros secretos que guarda la memoria y que pueden llegar a condicionar, sin que uno sea consciente del todo, las vivencias y los hechos propios o ajenos. Tenía la seguridad de que había dejado a su esposa en perfecto estado cuando salió de casa; lo había hecho deprisa, sí, no negó que, furioso y desairado, se había ido por no aferrarse a su cuello y apretar hasta acabar con ella; eso pensaba, se le había pasado por la cabeza, había declarado ante la mirada inquisitoria de aquellos dos policías que le observaban como si fuera una bestia ahora sometida;

tuvo la tentación pero no lo hizo, y para no hacerlo huyó de sí mismo y de sus instintos más primitivos, precipitado a la escalera, olvidando el móvil y las llaves, las del coche y las de casa, de lo que no se había dado cuenta hasta que estaba ya en la calle, nervioso y alterado, y no quiso volver para no verla, porque no se fiaba de sí mismo. Y explicó a los dos policías que había echado a andar sin rumbo fijo, hasta que se metió en un bar llamado El Bosco; allí se tomó varios güisquis, ¿cuántos?, no lo sabía, tres o cuatro, tal vez más, uno detrás de otro, en un intento de calmar la rabia que le quemaba por dentro, herido en su amor propio y desterrado de todo lo que le era sólido. Y ante la insistencia de aquellos dos policías, repetía, una vez tras otra, que no había puesto la mano encima a su mujer, que nunca lo había hecho, que cuando se marchó estaba consciente, demasiado consciente porque le gritaba que le dejaría porque no le soportaba más, eso le decía cuando él cerró la puerta tras de sí, lo último que había oído de sus labios y que se le había quedado clavado en su cabeza como un punzón envenenado, hiriente. Y continuó diciendo que después de beber los güisquis se había metido en el Retiro. Que no sabía cuánto tiempo estuvo caminando errante, perdida la noción de todo, sin reloj ni móvil a los que mirar; que cuando se sintió cansado se sentó en un banco y allí estuvo otro rato largo, solo, hasta que uno de los guardas de seguridad le dijo que tenía que marcharse porque al cabo de media hora cerrarían el parque; eso lo recordaba a pesar de que tenía la mente pastosa por el alcohol, amortiguada contra el dolor, y que el guarda había insistido al comprobar su inmovilidad, y reconocía a los policías que le había llegado a increpar espetándole que le dejase en paz, que no se iba a mover de allí y que si quería cerrar que lo hiciera, que a él no le importaba. Estaba borracho, no era muy consciente de lo que hacía, repetía a los policías que le tomaban declaración intentando justificar sus desatinos derivados del estado de embriaguez. Y siguió contando que al poco rato aparecieron los dos agentes de policía a los que les dijo quién era, mostrando su carnet de identidad, y que cuando le conducían —entonces sí con cierta docilidad— le habían comunicado que su mujer estaba en el hospital, en coma, y que él tenía que acompañarlos a la comisaría. Y ésa era la verdad, su verdad, la verdad subjetiva, porque por más que indagaba en sus recuerdos más oscuros no atisbaba a ver el momento en el que pudiera haber inferido daño físico alguno a Maribel, no lo recordaba porque estaba convencido de que no existía..., o tal vez sí, porque en aquella estremecedora soledad le asaltaba una oscura y amenazante duda que le estallaba en el vacío de su cabeza.

A pesar de sus súplicas, de la insistencia en defender su inocencia, las pruebas se dirigían directamente contra él, y le habían encerrado en aquel calabozo como sospechoso de haber agredido a su esposa y haber huido después. Cómo había podido llegar a aquella situación; ésa era la pregunta que le roía el alma como una rata de alcantarilla, integrado de repente como miembro honorífico de una coluvie.

5

Aquello era como descender al infierno. En eso pensaba Enrique Balmaseda mientras bajaba la escalera, precedido de un policía uniformado, intentando asimilar lo que había ocurrido. Antes de acudir a la comisaría (tras la llamada de la policía para informarle sobre la situación legal de su hermano, conforme a lo indicado por el propio detenido en la diligencia de derechos), se había acercado al Gregorio Marañón acompañado por Graciela para interesarse en primer término por el estado de Maribel. Habían llegado a la vez que su hermana Julia. Maribel estaba en la UCI y no se la podía ver. No quedaba más remedio que esperar.

Con premura, algo confusos y alterados, decidieron que Graciela se quedase en el hospital esperando noticias de los médicos, mientras que Julia se acercaría hasta la residencia en la que permanecía, desde hacía cinco años, la madre de Maribel, afectada de un alzhéimer que la había desconectado de toda realidad conocida (incluido el rostro de su propia hija), con la pretensión de dar cuenta a los médicos y cuidadores que la atendían sobre el grave percance que había sufrido su hija, y para determinar cómo manejar la información de la manera más oportuna, teniendo en cuenta que su madre viuda y enferma era la única familia con la que contaba Maribel, sin padre ni hermanos a los que acudir, poniendo de manifiesto su soledad anclada desde adolescente.

El menor de los Balmaseda se dirigió a la comisaría en la

que se encontraba detenido Carlos. Julia le indicó que preguntase por el subinspector Jorge López, el nombre que Carlota le había dado a su hermana después de llamar a Rita (llamada sugerida por Carlota a Julia una vez conocida la noticia y que su hermana le suplicó que hiciera), con el fin de que Alberto, el marido de Rita, en su calidad de comisario, se enterase de la situación del detenido a través de sus contactos en la policía.

Cuando Enrique llegó, el subinspector López le estaba esperando y, tras una corta e incómoda charla sobre los acontecimientos, indicó a un policía que le condujera a ver al detenido.

A lo largo de su carrera como letrado había llevado muy pocos temas penales y, aunque nunca resultaba agradable penetrar en el mundo de los calabozos, siempre había tenido la capacidad de aislarse y sentirse ajeno al desasosiego y a la incertidumbre que se respiraba en ellos. Sin embargo, aquello era distinto. Al que iba a ver era a su hermano, y eso le provocaba una angustia que le costaba controlar. Al enfilar el largo y estrecho pasillo, el aire se tornó espeso, húmedo, un olor penetrante a moho y letrina. Mantuvo suspendida la respiración unos segundos. En el silencio hueco retumbaba el sonido de sus propios pasos.

El policía que le precedía se detuvo en una sala pequeña en la que había otro agente con aspecto aburrido, que manejaba el móvil entre sus manos. Los dos policías se saludaron. Enrique se mantuvo en el umbral de la puerta, a la espera.

—Es letrado —le dijo el policía que había guiado a Enrique mientras le entregaba al otro agente un papel que había portado en la mano—. Viene a ver al de la quince.

—¿Una visita... a estas horas?

—Orden interna del subinspector López —se puso los dedos en la boca—, y chitón...

El agente, que se había echado el móvil al bolsillo de los pantalones, cogió el papel y lo leyó. Se dirigió a Enrique:

—¿Viene a ver a Carlos Balmaseda Escolar?

Enrique, desde la puerta, afirmó.

—¿Es usted Enrique Balmaseda Escolar? —El abogado afirmó de nuevo—. ¿Familia del detenido?

—Es mi hermano.

El agente cogió un manojo de llaves y le dijo que le siguiera. El otro policía se marchó sin decir nada.

Carlos, cabizbajo, continuaba hundido en su abismo de tinieblas cuando oyó los pasos acercarse. Alzó la cara y posó la mirada en la puerta, aquel muro gris de hierro que bloqueaba su libertad. Se irguió al oír la llave en la cerradura, el giro del cerrojo y el chirriar de los goznes. El latido de su corazón recorrió sus venas como si le hubieran insuflado aire fresco en la sangre.

Al verle, Enrique se quedó paralizado en el pasillo, incapaz de mover un solo músculo, ante la presencia del policía, que se echó a un lado para dejarle libre el paso al interior de aquel cuarto estrecho y cerrado, de paredes desnudas cubiertas de pintura tosca y deslucida. Al fondo, un poyo de piedra en el que se hallaba sentado su hermano. Sintió que se le caía el alma a los pies. Nunca antes le había visto en un estado físico tan deplorable; desprovisto de corbata y cinturón, con la chaqueta sobre los hombros, despojados de cordones sus caros zapatos italianos Scarpe di Bianco; la incipiente barba le oscurecía el semblante aún más que la sombra de su mirada, despeinado, la piel de su rostro descolgada le daba un aspecto envejecido, vencido por las circunstancias, derrotado, mendigo de compasión.

Avanzó lento al interior y oyó la voz grave del policía diciéndole que avisara cuando terminase, que estaría pendiente; a continuación, el sonido metálico y hueco de la puerta al cerrarse a su espalda, el eco del estruendo propagado por aquel espacio vacío, el rechinar del cerrojo y los pasos alejarse por el angosto pasillo.

Carlos se había levantado y los dos hermanos permanecían de pie, uno frente al otro, callados, suplicante uno, circunspecto el otro, hasta que el mayor de los Balmaseda extendió hacia delante los brazos, sostenidos en el aire, como el náufrago que ve llegar a su salvador, y se abalanzó sobre su hermano para abrazarle. Enrique no se movió, impasible al abrazo, estremecido al contacto cual gélida envoltura. Carlos notó la fría rigidez de su hermano. Deshizo el abrazo dejando caer los brazos y buscó su mirada con un gesto suplicante.

—Enrique..., no creerás...

—Yo no creo nada —interrumpió arisco—. Pero esta vez te has metido en un buen lío.

—¡Yo no he hecho nada! ¡No le he tocado ni un pelo, ni ahora ni nunca! —Lo dijo alzando la voz con vehemencia—. Tienes que creerme, Enrique, no le he hecho nada. No sé por qué estoy aquí, no lo entiendo, no he hecho nada, lo juro.

A Enrique no le resultó extraña aquella reacción. A pesar del distanciamiento que habían tenido en los últimos años, conocía demasiado bien a su hermano mayor, siempre esquivando cualquier responsabilidad, cualquier culpa, en un afán de dirigirla hacia otro, daba igual quién fuera, tenía una extraordinaria capacidad para empatizar con aquellos a los que, de alguna manera, ofendía, denigraba, engañaba o traicionaba para dar como justificada su manera de actuar y derivar la carga de ésta a las propias víctimas o a cualquiera que pasara por allí.

—Estás detenido porque todo indica que fuiste tú el autor de la agresión a Maribel. Ella se está debatiendo entre la vida y la muerte en la UCI de un hospital.

—¡Yo no le he hecho nada! Precisamente me marché por eso, para evitar que la rabia me hiciera perder los nervios... Pero te aseguro que no le puse la mano encima. Nunca lo he hecho, ¿me oyes? Nunca. Ella te lo puede confirmar.

—En estos momentos, Maribel no está en condiciones de decir nada.

—Lo dirá. Corroborará lo que digo. Lo hará.

Enrique le miró con ironía.

—Qué paradoja, ahora sólo ella puede salvarte... Si es que consigue salir de ésta.

—Te estás equivocando. Os estáis equivocando todos. Yo no he hecho nada. Soy inocente.

Un silencio viciado y turbador los envolvió como un manto helado.

—Cuéntame tu versión —le instó Enrique, enarcadas las cejas en una mueca entre el escepticismo y lo trascendental del asunto—. Habla. Te escucho.

Carlos le miró unos segundos con intensidad, buscando en sus ojos algún atisbo de esperanza al que aferrarse. Estaba claro que su hermano le creía culpable. Dio un profundo suspiro al encontrarse con una mirada dura, impenetrable, incapaz de conmiseración.

—Me escuchas... —murmuró al cabo; la voz seca, la mirada turbia, acuosa—. ¿Me servirá de algo que lo hagas?

Enrique encogió los hombros y se movió como si equilibrase su peso, quieto, impávido en el centro de aquel lugar cerrado y agobiante.

—Tú mismo...

Carlos notó el zarpazo del rencor de su hermano. Sabía que le culpaba del sufrimiento de Maribel, no sólo del que ahora la mantenía conectada a una máquina para poder seguir respirando, sino de todo el que le había causado a lo largo de los años, a ella y en cierto modo también a él, un sufrimiento innecesario, sin otra justificación que refocilarse en la infelicidad ajena.

Su voz salió de la garganta rasgada, bronca.

—Mi querido hermano, antes de abrir esa puerta, antes que ninguno de esos policías, antes que cualquier juez, tú ya me has juzgado y me has condenado.

—Nunca has querido a Maribel.

Carlos abrió los brazos como para mostrar lo que era, sin tapujos, la cruda verdad de sí mismo.

—Es cierto, tienes razón, nunca la quise. —Sus ojos permanecían fijos en los de su hermano, impetrando clemencia—.

Pero el hecho de no haberla querido no me convierte en un maltratador.

Ante el silencio inculpatorio de su hermano, Carlos se dejó caer sobre la piedra, puso los codos en las rodillas y hundió la cabeza entre los hombros. Poco a poco le fue explicando lo mismo que había dicho arriba, ante el agente instructor que le había tomado declaración, antes de que le comunicasen que quedaba detenido por una presunta agresión grave contra su esposa. Cuando terminó, alzó la cara para que le viese los ojos y le suplicó que le creyese, que Maribel estaba perfectamente cuando él salió de casa.

Un mutismo espeso, mascado en un aire viciado y gris, se instaló entre ellos.

Enrique permanecía hierático, las manos en los bolsillos de los pantalones, el abrigo puesto aunque desabrochado, la bufanda colgada del cuello le caía a un lado y a otro del pecho. Observaba la arruinada figura de su hermano, sentado delante de él, apenas a un metro, oculta la cara entre las manos. No podía obviar el resentimiento que tenía hacia él, pero por mucho odio que sintiera nunca imaginó ver a su hermano en un lugar así con la palabra *preso* grabada en los ojos, convertido en un ser vulnerable, indefenso, despojado de su arrogancia envuelta en un malsano orgullo. Sintió entonces una sutil punzada de ternura y se le vino a la mente el recuerdo de cuando, de niños, Carlos le había defendido de un par de chicos que se estaban metiendo con él, y consideró (desde entonces y hasta mucho tiempo después) a su hermano mayor como su héroe protector y justiciero.

Dio un largo suspiro en un intento de soltar algo de la inquina que le abrasaba las entrañas. Puso su mano sobre el hombro de Carlos como único gesto de acercamiento, no para darle ánimos, sino para descargar su conciencia, esfumada de su mente la presunción, prejuzgada ya la evidencia.

—A lo largo de la mañana te trasladarán al juzgado de guardia. Este asunto es competencia de los Juzgados de Violencia sobre la Mujer. Intentaré que te dejen ir a casa hasta que Maribel recupere la conciencia y pueda declarar. Es lo único que se puede hacer por ahora. Aunque te advierto que es posible que dicten una orden de alejamiento; en ese caso, no podrás estar en tu casa.

Carlos bajó las manos y las dejó colgando entre sus muslos, sin levantar la cara.

—¿Qué hora es?

Enrique miró el reloj.

—Las seis y cuarto.

—Apenas llevo aquí siete horas y me parecen siete años.

—Ahora tengo que irme. Estaré pendiente de todo.

Carlos se levantó cuando Enrique dio un golpe en la puerta de hierro para avisar al policía.

—Enrique..., Maribel..., ¿la has visto?

Su hermano negó con un gesto primero, para luego decir un no rotundo y seco.

De nuevo un silencio en el que se oyeron los pasos acercarse por el pasillo.

—Pero ¿qué le ha pasado? ¿Qué le han hecho? Dímelo, por favor.

—Resulta extraño que ahora te preocupes de ella, ¿no crees? Es demasiado tarde para eso.

—Eres un miserable —murmuró Carlos con el reflejo en su rostro de una profunda amargura.

La llave en el cerrojo y el chirriar metálico de la apertura los mantuvo en vilo.

—Te veré luego. Intenta descansar un poco. Vas a necesitar tener la mente muy despejada.

Salió de aquel lugar que parecía la antesala de una tumba.

Carlos volvió a quedar solo, mirando cómo la puerta se cerraba de nuevo. El aislamiento y la oquedad de aquel lugar le asfixiaban. Se sentó otra vez, los codos sobre las rodillas, la cabeza sujeta entre las manos y los ojos cerrados para evitar el llanto que pugnaba por regar sus párpados ardientes.

CUARTA PARTE

1

> La vida sólo puede ser comprendida hacia atrás,
> pero únicamente puede ser vivida hacia delante.
>
> SOREN KIERKEGAARD

—¿Da usted su permiso, señoría?

—Adelante, sargento. Pasen.

Los dos guardias civiles entraron y se sentaron después de saludar a la magistrada.

Félix Salgado era un hombre de unos cincuenta años, alto, enjuto y respetuoso. La solemnidad de su carácter encajaba perfectamente con el símbolo de la institución a la que pertenecía por vocación y por herencia, ya que su abuelo, su padre y su suegro habían pertenecido a la Guardia Civil, y, hacía sólo unos meses, su propia hija había conseguido pasar las pruebas de acceso.

El cabo Reviejo era más joven y algo más bajo de estatura que el sargento; de aspecto informal, tenía un toque gallardo y algo seductor. Callado, observador, poseía una intuición felina. Meticuloso, suspicaz, paciente, apasionado de su trabajo, del proceso de la investigación, de ir atando cabos para llegar a la resolución de cada caso. Hasta no estar completamente seguro con pruebas no daba nada por supuesto, con el fin de evitar errar en acusaciones o exculpaciones injustas e improcedentes.

—Le traemos las últimas diligencias sobre el caso de Alicia Dorado —dijo el sargento mientras le tendía una carpeta a la juez.

Carlota se mantuvo en silencio mientras examinaba las nuevas aportaciones sobre el caso. Había pasado más de un mes y no tenían ningún sospechoso. Las dudas iniciales sobre el marido de la fallecida, Arturo de la Llave, habían quedado descartadas al comprobarse cierta su coartada en el salón de masajes, no sólo porque su nombre constaba registrado en la agenda y por el testimonio de la mujer que le había prestado el servicio, sino porque su imagen aparecía grabada en una cámara de seguridad de una sucursal bancaria contigua, en el momento de entrar, así como cuando abandonaba el local. Lo único que tenían más o menos claro era que la mañana de autos un hombre acompañó a Alicia Dorado en su Mercedes, con el que mantuvo relaciones sexuales —aparentemente consentidas— en el asiento del copiloto un rato antes de que le partieran el cuello. El informe de la forense había confirmado la muerte violenta por desnucamiento; un solo movimiento, brusco y rápido, que le partió las vértebras del cuello. Se suponía que fue ese acompañante el que arrojó el cuerpo a la orilla del río, junto al abrigo, el bolso y los zapatos de tacón altísimo que, unidos a la lencería erótica que vestía la víctima, tenía toda la traza de un fetichismo sexual, según la opinión del sargento Salgado. Después, el presunto asesino condujo el coche propiedad de la víctima hasta el lugar donde fue hallado. Una cámara de seguridad había captado el momento en el que un individuo vestido de oscuro (la imagen era en blanco y negro) llega conduciendo el Mercedes deportivo, lo aparca, sale del coche y se aleja del lugar caminando. Nada se había podido determinar sobre el sujeto en cuestión al ser la imagen de pésima calidad, con una toma lejana y borrosa.

—Cuéntenme, ¿tenemos algún sospechoso?

—Tal vez sea pronto —contestó el sargento Salgado—, pero creo que vamos por buen camino. El rastreo del coche de la víctima nos indica que, el día de autos, la señora Dorado sale de su casa situada en la urbanización El Bosque de Villaviciosa de Odón pasadas las nueve y media, conduce hasta el centro de Madrid, aparca en una finca de la calle Jorge Juan, muy cerca de Serrano. Permanece en el edificio unos cuarenta y cinco minutos, y luego sale otra vez para dirigirse de nuevo hacia su casa; en algún momento, debió de subir al coche el individuo que, entendemos, le causa la muerte después de mantener relaciones sexuales con la víctima en el mismo vehículo. Hemos investigado en el edificio. El portero no sabe nada; y, si lo sabe, se calla. Admite haber visto alguna vez a la víctima subir al segundo A.

—¿Sabemos de quién es ese piso?

—Está a nombre de una sociedad cuyo administrador único es Marco Mancini. Trabaja como encargado en una tienda de moda muy cercana: LaSilhouette. Pero no es su domicilio habitual.

—Ya... ¿Cree que se trata de un nido de amor?

—Es lo que aparenta. La víctima tenía relación con él, pero era evidente que lo quería ocultar; en su móvil hemos encontrado una larga relación de llamadas y mensajes borrados que corresponden a un número cuyo titular es, precisamente, Marco Mancini. Eso explicaría lo fetiche de la lencería y los zapatos que llevaba el día de autos... Tiene lógica si se iba a encontrar con su amante.

—Por cierto —añadió el cabo Reviejo—, tanto la lencería como el calzado se venden, precisamente, en la tienda en la que trabaja el tal Mancini. La fallecida era una muy buena clienta porque se gastaba en LaSilhouette importantes cantidades, pagadas con tarjeta de crédito. Le aseguro que el armario de la señora es para verlo. —Movió la cabeza, expresando su asombro—. Debía de tener todo el catálogo de la tienda.

—Esos gastos avalan el motivo de la discusión previa a la muerte que alegó el marido —continuó el sargento—. La verdad es que no me extraña que discutieran, lo que consumía esta mujer en sujetadores y corsés no se lo gasta la mía ni arrasando las tiendas de Serrano. A veces, la gente con dinero llega a ser desmedida, no hay quien los entienda. Qué vida tan vacía.

—Vidas vacías las hay entre los ricos y entre los pobres, sargento —apuntó la juez con cierta ironía.

—Ya, pero el vacío se lleva mejor con el estómago lleno y con la cuenta corriente bien cargada.

—Eso no se lo voy a negar. Pero usted y yo sabemos que el dinero y la abundancia no son garantía de felicidad.

Carlota calló, atenta a los papeles. No tenía interés alguno en hablar con el sargento sobre las causas de la infelicidad; tampoco él dio visos de continuar con sus cavilaciones personales sobre lo que su profesión le permitía comprobar y analizar. Su interés se centraba en intentar atar cabos con los datos que tenían.

—También hemos comprobado que, en las últimas tres semanas de vida, la fallecida sacó del cajero seiscientos euros cada día.

—Demasiado dinero en efectivo... —murmuró la juez con gesto valorativo—. ¿Qué se sabe de Marco Mancini? ¿Coincide físicamente con el tipo que aparca el coche de la víctima?

El sargento y el cabo se miraron un instante como para reafirmarse el uno en el otro.

—Yo diría que no mucho —contestó el sargento—. Sobre todo por la altura; el dandi de la tienda es muy alto y bien parecido. El individuo que aparca el Mercedes de Alicia Dorado aparenta ser más grueso y menos alto, aunque no podemos asegurarlo porque las imágenes aportan muy poca información.

—Habrá que averiguar dónde estuvo ese dandi, como usted lo llama, durante la mañana de autos.

—Si no tiene coartada y el semen de la víctima coincide con el suyo... —El sargento Salgado calló un instante como para afirmar la posibilidad—. Tendremos sospechoso.

Carlota tenía una expresión cavilante, el ceño fruncido, la mirada fija en un punto indefinido.

—Hay algo que no me cuadra... Me resulta raro que, teniendo un lugar donde encontrarse, tuvieran sexo en el coche, a plena luz del día. Parece una actitud un poco adolescente, ¿no?

El cabo Reviejo habló frunciendo los labios, como si sacase la conclusión en ese mismo momento.

—Puede que buscasen la excitación del riesgo a ser descubiertos, la adrenalina del peligro de que alguien los viera, el deseo de ser observados. Tal vez fuera un calentón, un aquí te pillo aquí te mato.

—Está bien... Tomen declaración al encargado de la tienda, a ver si sacamos algo en claro.

—Así lo haremos, señoría. También sería conveniente una orden de entrada y registro en el apartamento de Jorge Juan.

—La tendrán. —La juez tomó nota de lo acordado para proceder a expedir la orden. Cuando terminó, hizo un mohín y miró alternativamente al sargento y al cabo—. ¿No se ha podido sacar nada de las dos amigas de la señora Dorado?

De manera habitual, los días de diario, Alicia Dorado hacía una vida muy rutinaria. Solía desplazarse en su coche hasta el centro de Madrid (el matrimonio tenía en propiedad sendas plazas de garaje en un aparcamiento de la calle Serrano), donde pasaba casi toda la jornada. A primera hora acudía a un gimnasio situado en la calle Ayala; a continuación, peluquería, manicura cuando era necesario, tratamientos de belleza una vez a la semana, compras; acostumbraba a quedar muy a menudo con dos amigas que vivían en el barrio de Salamanca, a quienes se había interrogado sin que ninguna de ellas pudiera aclarar nada de lo ocurrido.

—Poca cosa... —contestó lánguido el cabo Reviejo—. Una, que la echó de menos en el gimnasio, pero que tampoco se alarmó demasiado por su ausencia; la otra, que había quedado con ella para comer.

—¿Y no saben nada de un posible amante?

—Las dos niegan cualquier infidelidad por parte de la señora Dorado —añadió el sargento—. Si lo saben, se lo callan. Me temo que las mujeres de este nivel social no suelen airear este tipo de cosas, ni siquiera a las amigas.

La magistrada levantó el rostro para mirarle y soltó una especie de risa sorprendida.

—No se trata de nivel social, sargento. Tradicionalmente las mujeres solemos airear menos nuestras aventuras amorosas. Puede que estas dos amigas sepan algo y se tapen unas a otras. Eso suele pasar; tú no hablas de lo mío y yo no hablo de lo tuyo.

—Es posible —añadió Salgado conforme.

El móvil de Carlota se movió sobre la mesa sin emitir otro sonido que el zumbido hueco provocado por el roce contra la madera. Era Rita.

La magistrada tocó el móvil y quedó apagado.

—¿Ordena alguna cosa más, señoría?

—Nada más, sargento, muchas gracias. Pueden retirarse. Cualquier novedad que haya me la comunican de inmediato.

Los dos guardias se levantaron y con una amable sonrisa se dispusieron a marcharse.

—No lo dude, señoría. Que pase buen día.

Cuando se quedó sola, Carlota cogió el teléfono y marcó el número de la fiscal.

—Hola, Rita. ¿Has terminado? —Escuchó lo que le decía su amiga—. Tengo que acercarme al ayuntamiento, me espera Paloma para tratar lo de la sala de mediación. ¿Me acompañas y luego comemos algo? No me ha dado tiempo ni a desayunar y estoy desfallecida.

2

Las dos amigas avanzaban por la avenida de la Constitución, camino del Pradillo. Iban a paso lento, agarradas del brazo, hablando del turbio asunto del medio hermano de la juez, Carlos Balmaseda.

—¡Vaya marrón! —exclamó Rita—. Como esa mujer no despierte del coma, tu medio hermanito lo tiene complicado.

—Creo que está hecho polvo. Le pusieron en libertad sin fianza pero con una orden de alejamiento y otra de prohibición de comunicación con su mujer. De repente se ha convertido en un apestado. Mi hermana Julia me contó que le acompañó cuando tuvo que ir a su casa con dos policías para sacar sus cosas. La escena debió de ser desoladora.

—Desoladora es la escena de su mujer en un hospital debatiéndose entre la vida y la muerte, eso sí que es desolador.

Carlota no dijo nada. Pensaba en una conversación que había mantenido con su hermana Julia en la que se quejaba amargamente de que ya se le había condenado cuando la policía ni siquiera había terminado de analizar pruebas y detalles del caso. Por su profesión y sobre todo por su experiencia, nadie mejor que ella sabía cuánto daño se podía llegar a producir a alguien sospechoso de algo, y mucho más de haber cometido un delito que provoca mucha susceptibilidad y especial rechazo (no siempre había sido así: hasta hacía no demasiado la agresión o el maltrato a una mujer por parte de su pareja se entendía y se aceptaba como un hecho «invisible» en el que no se debía intervenir por considerarse «cosas suyas»), en el caso de que se llegase a demostrar que nada había tenido que ver con el hecho. El perjuicio era irreparable, no sólo para la persona sobre la que había recaído la sombra de la duda, sino también para su entorno. Si no lo hubiera llegado a conocer en el hospital el día que fue a ver a su padre, mostrando hacia ella una actitud tan ofensiva, no hubiera dudado en enarbolar la presunción de inocencia sobre su medio hermano; pero le había visto, se había enfrentado a él, y no podía evitar que aquel desagradable encuentro condicionara ahora su opinión hacia él respecto del suceso acaecido a su mujer, arrasada su conciencia por un torrente de prejuicios armados en su memoria, dando por firme la condena previa y por definida su culpabilidad; y eso, a ella, la hacía mucho más débil, más vulnerable, convertida en una persona injusta y arbitraria, actitudes siempre denostadas por ella, víctima como había sido de sus nefastas consecuencias desde que tenía uso de razón.

—¿Dónde está ahora? —preguntó Rita, al cabo.

—Le ha recogido su madre. Al final es la única que pugna por su inocencia, y Julia, que al menos le concede el beneficio de la duda. Por lo visto hasta los hijos han dejado de hablarle. Todo el mundo le ha condenado ya. Se ha publicado en toda la prensa.

—Lo vi. Con el *presunto* por delante, pero dando por hecho que fue él el agresor.

—¿Y si luego no es culpable? ¿Y si se están equivocando? Por lo visto, es lo único que dice una y otra vez, que es inocente.

—De todas formas, por lo que me contó Alberto cuando habló con el subinspector López, tiene todo el perfil de un maltratador sin conciencia de serlo, de esos que consideran normal tratar como una mierda a su mujer. Ya sabes, Carlota, lo niegan convencidos de que su forma de actuar es la normal, hasta que la cosa se les va de las manos y entonces pasa lo que pasa, y se derrumban.

—Es evidente que es un borde, pero me dan pavor estos juicios paralelos que condenan antes que nada.

—¿Tú qué crees? ¿Piensas que ha sido él?

Carlota chascó la lengua arrugando la frente, reflexiva.

—Pues no lo sé, Rita. Reconozco que conmigo, en el hospital, fue un desconsiderado y un maleducado, y eso me provoca un rechazo previo, sin conocer el fondo del asunto... Malditos prejuicios; son inevitables, pero cuánto daño pueden hacer...

—En principio todo apunta hacia su persona —intervino Rita intentando aplacar la evidente desazón de su amiga—. No había nadie en la casa salvo él; se marchó precipitadamente; además del testimonio de la criada, un vecino se lo cruzó en el portal, dice que iba desencajado, fuera de sí, que casi lo arrolla y que ni siquiera le saludó.

—Habrá que esperar a ver si despierta del coma la mujer. Si es así, se aclarará todo, si no... —Torció el gesto—. Veremos.

—¿Cómo está ella? ¿Sabes algo?

—Sigue en coma. No saben qué puede pasar, ni el tiempo que puede estar así.

Antes de llegar a la fuente de los Peces, Carlota se fijó en una tienda nueva de lencería. Tiró de su amiga y se acercó al escaparate, centrados los ojos en un expositor, algo más escondido, en el que había varios modelos de lencería erótica, sujetadores, *bustiers*, corsés y otras prendas de una sugerente voluptuosidad.

Rita la miró de reojo ante la evidencia de su interés.

—No me digas que usas tú ese tipo de braga que no son bragas y ese sujetador que sólo sujeta y todo lo muestra.

—Pues no, pero no lo descarto, nunca se sabe. Son prendas muy... —torció la cabeza hacia el hombro como si estuviera buscando la expresión exacta sin dejar de mirar el fondo del escaparate—... excitantes.

—Con eso le pones a cualquier tío de cero a cien en menos de un segundo... Como si acelerases un Ferrari.

Las dos rieron y emprendieron el camino hacia la plaza del Ayuntamiento.

—Han estado en mi despacho Salgado y Reviejo con el asunto de Alicia Dorado. Si supieras lo que se gastaba en ropa interior de ese tipo... —inclinó la cabeza hacia su amiga como para decirle una confidencia—, el sargento dice que se trata de ropa fetichista, no me preguntes por qué. La fallecida era clienta habitual de una tienda que hay en Jorge Juan..., la Silueta o algo así... Debe de ser la leche, la tienda...

—¿LaSilhouette? —Rita, expectante, se detuvo un momento para buscar los ojos de su amiga—. No me digas que no has entrado nunca en LaSilhouette...

—No —contestó la juez con firmeza—, y, si te digo la verdad, ni siquiera sabía que en pleno barrio de Salamanca se vendiera este tipo de lencería. Seré muy antigua, pero siempre he pensado que eso era para las pelis porno o para ocasiones muy especiales.

Rita la miró con gesto irónico, entre sorprendido y preocupado.

—Uy, sí que estás desfasada, sí... —La miró al bies, con gesto entre irónico e incrédulo—. Hace mucho tiempo que tú no te das una alegría para el cuerpo. ¿Me equivoco?

Carlota sonrió y tiró de ella para continuar caminando.

—A ti te voy a contar mi vida sexual.

—Pues tienes que ir a esa tienda, aunque sólo sea para mirar. Va la *crème de la crème* de Madrid. Cualquier mujer que se considere mínimamente chic conoce sus modelos. Y no sólo tiene ropa interior. Hay de todo, calzado, ropa, todo exclusivo, *megafashion* de la muerte y escandalosamente caro. Pero sobre todo es el trato que dan, Carlota, desde que entras te hacen sentir como una diosa. Yo he estado un par de veces y te aseguro que merece la pena la experiencia; te sientes como Julia Roberts en *Pretty Woman*, y hay uno de los dependientes que te hace olvidar que no tienes a tu lado a un Richard Gere diciéndoles que te hagan la pelota, porque el chico está para hacerle un favor. Un italiano guapísimo. ¡Un monumento! Te lo digo yo.

Carlota escuchaba atenta lo que decía su amiga Rita hilando sus palabras con lo que le había reportado el sargento Salgado. Parecía evidente que el encargado de esa tienda era un fuera de serie.

—Ya veo que merece la pena —añadió Carlota. Enarcó las cejas y añadió—: Habrá que hacer una visita. Aunque no sé si estará a la altura de mi economía.

—Eso sí que es cierto. Allí, a poquito que te compres, ya te has dejado medio sueldo. Me da a mí que esa tienda debe de ser el motivo de la mayoría de las discusiones matrimoniales de las mujeres que entran en ella.

—¿Discutiste con Alberto cuando estuviste tú?

Rita la miró sorprendida.

—Que ni se le ocurra protestar. Faltaría más. Soy una mujer independiente y gano mi dinero. Lo último que me faltaba era tener que dar explicaciones a un hombre de lo que me gasto y cómo me lo gasto, por muy marido que sea.

—Entonces, tú utilizas ese tipo de lencería erótica..., o fetichista, como diría el sargento.

—A veces. En ocasiones especiales. No son para ir al juzgado, claro..., a no ser que tengas un planazo con un tío de estos que quitan el sentido.

—Rita... —la miró con sonrisa pícara—, yo creía que eras fiel a Alberto.

—En la misma medida que él lo es conmigo. Pero te voy a confesar que con el tema de la ropa interior arrastro un trauma infantil. A mi madre le dio por hacer ganchillo y me tejió no sé cuántas bragas y camisetas de tirantes, en varios colores, rosa, celeste y blanco, y con sus lacitos y todo.

Carlota soltó una carcajada por lo que su amiga decía. Rita la miró y le dio un codazo aparentemente ofendida.

—No te rías. Tú no sabes la vergüenza que pasaba cuando había gimnasia y nos teníamos que cambiar, y yo con ese pedazo de braga que me llegaba hasta el sobaco y con su camiseta a juego. Era muy humillante. —Sonreía complacida al ver el jolgorio que le provocaba a su amiga—. Sí, tú ríete... Los nudos del perlé se me clavaban en los carrillos del culo... Lo recuerdo con horror. Esos traumas infantiles marcan mucho.

—Y, entonces, ¿ahora qué llevas, la erótica o la braga sobaquera?

Las dos rieron con ganas.

—El descubrimiento del tanga salvó mi vida. Desde entonces sólo utilizo la braga faja cuando estoy con la regla.

—Yo ya he acabado con ese problema. Cuarenta y dos años de cotización mensual a la causa de la maternidad. Ahora empiezo a vivir de las rentas. Para mí está siendo una liberación.

—Suerte que tienes, porque esto es el coñazo mensual. Este sábado tengo una cena: vestido ceñido, por supuesto braga tanga, taconazo... Pues ya me está rondando la muy jodida. Me duelen los ovarios, tengo el pecho que parece de piedra. No me toca hasta el lunes o el martes, pues seguro que el sábado por la mañana me baja, así que el vestido ya no me quedará igual porque estaré hinchada como un globo, tendré ojeras de muerta, y toda la velada con el miedo metido en el cuerpo para que no se produzca una catástrofe.

—Estoy segura de que lo superarás, eres una chica con recursos.

—Para lo que me vale...

Caminaron un rato envueltas en un pesado mutismo. Rita miró de reojo a su amiga.

—Tienes en la cabeza un enjambre de abejas que se oye por toda la calle. —La agarró del brazo y la atrajo hacia sí, sin dejar de caminar—. ¿Me vas a decir qué te preocupa?

—Nada, cosas mías —añadió la juez con la mirada fija al frente, dejándose llevar cansina.

—¿No me irás a decir que es por el menda de tu hermano?

Carlota la miró un instante.

—¿Por Carlos? —quebró el rostro con un mohín—. No es

por él. Me indigna que sigan ocurriendo estas cosas, y que una mujer se encuentre ahora mismo debatiéndose entre la vida y la muerte por lo que parece más que evidente. Pero, en realidad, no es ése el zumbido de mis abejas. —Calló y miró a su amiga buscando su apoyo—. El sábado, cuando te llamé por este tema, estaba con Julia, en mi casa.

—Ya... Y me da a mí que a lo largo de la conversación salió el tema de Cayetano, ¿me equivoco?

Carlota le había contado a Rita su relación con el que ahora era su cuñado, cómo se habían conocido, lo que se habían amado y cómo le había perdido.

—La odié tanto y durante tanto tiempo, Rita, sin conocerla, sin saber su versión... Y ahora... Me pesa tanto odio vertido injustamente sobre ella.

—Carlota, no te olvides que, en todo esto, tú has sido la parte más damnificada.

—Pero no la única —añadió Carlota, con un mohín reflexivo—. ¿Te das cuenta? Ninguno está donde debería estar y con quien debería haber vivido, y lo peor de todo es que ninguno es feliz.

—¿También te incluyes tú en ese panorama? —Rita buscó los ojos de su amiga.

—Cómo no me voy a incluir... Muy a mi pesar formo parte de este enredo. Todos estamos marcados por la frustración y la desdicha, no sólo yo, mis medio hermanos, mi padre, mi madre, la mujer de mi padre..., incluso las parejas de mis hermanos... Es como una maldición.

—La frustración es un estado común a todos, Carlota. Es parte de la vida. No podemos tener todo lo que queremos ni alcanzar todo aquello con lo que soñamos o por lo que luchamos, y eso irremediablemente frustra. Pero la desdicha... —buscó la mirada de su amiga—, ¿es así como te sientes?

Carlota no respondió de inmediato. Durante unos segundos se mantuvo ensimismada, hasta que alzó las cejas en un gesto valorativo.

—Yo diría que la desdicha es mi estado natural. Llevo toda la vida queriendo ser una persona distinta, y eso sólo puede provocar desdicha.

—¿Una persona distinta? A mí me gusta como eres.

Carlota ni siquiera la miró; sus ojos abismados en un vacío reflexivo.

—Ese deseo me ha obligado a llevar siempre una máscara que empecé a fabricar a orillas del mar, cuando tenía doce años.

Sintió la presión del brazo de su amiga, que la atraía hacia ella con gesto circunspecto.

—Siento no haberme dado cuenta antes, Carlota, eres mi amiga, joder... Lo siento.

La juez la miró y le brindó una sonrisa abierta.

—Eso quiere decir que la máscara funciona.

3

Cayetano se anudaba la corbata delante del espejo. Sin que él lo supiera, Julia le miraba embozada desde la cama. Le gustaba observarle, ensimismado en su propia imagen reflejada en aquel concienzudo proceso repetido cada mañana desde hacía años y que no dejaba de sorprenderla. Anudaba y deshacía la lazada una y otra vez con una insólita agilidad hasta conseguir un acabado impecable: el nudo en su sitio, ajustado al cuello con la forma y el grosor requeridos, más ancho o más estrecho según el día y la ocasión; la pala ancha justo a la altura de la hebilla del cinturón. Tras varios intentos, la corbata, de colores fuertes e intensos que contrastaba con el blanco de la camisa, debió de quedar perfecta, de acuerdo a su gesto de conformidad; examinó su aspecto a conciencia, cogió la chaqueta, se la puso y volvió a mirarse, estirándose las solapas y atusándose el pelo.

Mientras le acechaba, Julia pensó en lo bien que se mantenía, siempre tan enérgico, tan seguro de sí mismo, tan valiente para afrontar cualquier cosa que se le pusiera por delante. Seguía siendo un hombre muy apuesto; la edad había convertido el atractivo juvenil en una gallarda apariencia de madurez intelectual que le hacía aún más interesante. Todo lo contrario de lo que pensaba sobre sí misma, convencida de que para ella se había puesto en marcha esa etapa de inexorable decrepitud descubierta cada vez que se asomaba al espejo, donde contemplaba cómo un implacable y sutil deterioro se iba apoderando de su cuerpo y de sus formas, a lo que se añadía un evidente anquilosamiento de la mente, en la que se anidaba la angustiosa sensación de atrofia y de que ya nada era posible.

Cayetano fue cogiendo de la cómoda sus llaves, la cartera y el móvil, introduciendo cada cosa en su sitio, como si estuviera haciendo el recuento. Eran movimientos rutinarios y perfectamente ordenados. El móvil al bolsillo derecho de los pantalones, la cartera al interior de la chaqueta y el manojo de llaves en la mano. Una vez armado para la lucha diaria, se echó el último vistazo al espejo, se pasó la palma de las manos por encima de las orejas y se volvió hacia la cama. Al descubrirla con los ojos abiertos, mirándole, le sonrió.

—Te he despertado. Lo siento.

—Llevo despierta mucho rato. —Se incorporó y quedó sentada sobre el colchón, la espalda apoyada en el mullido cabecero de piel blanca que presidía la cama—. Últimamente apenas duermo.

—¿Qué te preocupa?

Ella frunció levemente el ceño, extrañada por la pregunta.

—¿Tendría que preocuparme por algo en especial?

Cayetano se quedó pensativo unos segundos, cavilando qué decir o qué hacer. Volvió a mirarla y se acercó para sentarse al borde de la cama, junto a ella.

—Ya te dije que lo de la empresa está controlado. Los fondos que tu padre tenía ocultos al control de Carlos nos salvarán del desastre total. Por suerte para todos, tu padre siempre ha sabido adelantarse a los acontecimientos, y de Carlos no se ha fiado nunca.

—Pues no lo entiendo, si nunca se ha fiado de él, por qué le ha colmado de poder durante tantos años; a qué viene tanta apariencia, es todo tan falso...

—Tú lo has dicho, todo apariencia. Tu padre tenía un problema, no podía darme a mí lo que, en teoría, le correspondía a tu hermano, así que montó esta especie de pantomima. Carlos se creía el jefe, y lo era, pero sólo en la tarjeta y en algunas gestiones. Lo malo ha sido cuando tu padre se ha desentendido de todo, porque yo, sin su firma, no podía manejar la situación.

—¿Y Enrique? ¿Cómo está llevando todo esto? Le veo muy serio.

—Enrique es mucho más cabal de lo que podría haber esperado de él. Debo reconocer que me está sorprendiendo gratamente.

—Eso mismo me ha dicho él de ti. Resulta curioso, es como si os acabarais de conocer.

—Tienes razón —contestó Cayetano con gesto lánguido—. A veces no sabemos valorar lo que tenemos cerca. Estamos trabajando muy bien juntos, no tienes de qué preocuparte. Habrá algunos cambios, y seguramente nos tendremos que ajustar bastante durante algún tiempo, pero puedes estar tranquila, salvaremos el barco del naufragio.

—Ya... —Julia le miró fijamente. Cayetano tenía los ojos negros, de mirada profunda, intensa. Pero su mayor encanto era una cautivadora sonrisa, siempre dibujada en sus labios, que encandilaba a cualquiera—. Y como siempre ha pasado en esta familia, yo me quedo fuera. Al margen de todo. Esperando a que otros me resuelvan el problema.

Cayetano abrió las manos, sorprendido.

—¿Y tú qué se supone que puedes hacer? Si lo dices por lo de cederme a mí tu representación, creí que había quedado claro y que estabas de acuerdo en que fuera yo el que firmase por ti. De estos asuntos tú no tienes ni idea, Julia. Yo llevo en la empresa toda la vida, nos estamos jugando mucho en esto.

—Tú lo has dicho, soy una auténtica ignorante. Nunca me he querido enterar de nada. Lo que se espera de mí es que permanezca mano sobre mano mientras todo se soluciona, calladita y sin molestar demasiado.

La voz de Julia era serena, sosegada en exceso, lo que desconcertaba aún más a Cayetano. No había ni enfado ni recelo; en esos casos, Cayetano sabía cómo debía actuar para evitar quedar atrapado en una telaraña de quejas y discusiones inútiles que no llevaban a nada salvo a perder los nervios, la energía y sobre todo el tiempo, mucho tiempo, demasiado para él, que odiaba las polémicas triviales. Con los años, había aprendido a lidiar con sus enfados, la mayor parte de las veces (siempre a su entender) malentendidos carentes de toda lógica, que con una explicación serena y tranquila se hubieran llegado a desenredar sin mayor trascendencia. Pero a Julia eso nunca le parecía suficiente y porfiaba en rascar donde no había nada que sacar; y entonces, cuando se desataba el torrente de reproches, lo mejor era dejarla hablar, que desahogase la rabia sin apenas pestañear, a pesar de estar convencido de que sus argumentos carecieran de razón; hasta que agotada o desilusionada o desgastada o todo a la vez decidía retirarse de una pelea unilateral para encerrarse en su propia comezón durante un par de días, a la espera del restablecimiento de la normalidad rutinaria y acomodada que existía entre ellos.

Cayetano intentó modular la voz, atemperar la posibilidad de algún roce que pudiera hacer saltar la chispa del inicio de una batalla que no estaba dispuesto a bregar.

—Julia, tú lo que tienes que hacer es lo que has hecho siempre, cuidar de mí y de Cris.

Ella le miró con fijeza, herida en su orgullo. Soltó una sonrisa como si se le hubiera escapado de los labios.

—¿Sabes, Cayetano?, hay vida más allá de ti y de Cristina. Los dos tenéis la vuestra propia, sin embargo, me negáis la mía para anclarla a la vuestra, convencidos de que únicamente puedo respirar entre estas cuatro paredes y a vuestra costa.

Cayetano la observó contrariado durante un rato, intentando averiguar qué le estaba pasando por la cabeza.

—No sé a qué viene esto.

—Viene a que yo también tengo derecho a tener mi vida, a ser feliz por mí misma y no atada a vosotros.

—¿Y te has dado cuenta de todo eso ahora? Así..., de repente...

Julia sintió una punzada en el estómago. Era como estar gritando en un desierto, su voz se perdía en el espacio inmensamente vacío y solitario.

—Déjalo. No importa. Son cosas mías. No me hagas caso. Anda, vete; si no te das prisa, llegarás tarde.

Cayetano se levantó, sacó el móvil del bolsillo, miró unos segundos la pantalla y luego lo volvió a guardar.

—¿Irás hoy al hospital a ver a Maribel? —preguntó Cayetano, con el sincero afán de conciliar el ánimo de Julia.

—Tal vez luego, no lo sé... —contestó Julia sin mirarle.

—¿Se sabe algo de Carlos? ¿Cuándo es el juicio?

—No tengo ni idea, siguen a la espera de que Maribel despierte. —Julia le miró cuando ya se iba hacia la puerta—. Cayetano, dime una cosa, tú que conoces bien a Carlos, ¿crees que fue capaz de hacerle daño?

Su marido se volvió, se la quedó mirando, pensativo; suspiró, apretó los labios y movió la cabeza de un lado a otro.

—Lo siento, Julia, pero, si te soy sincero, en este asunto no pondría la mano en el fuego por tu hermano.

Abrió la puerta para salir pero se quedó en el umbral, de espaldas, indeciso. Al fin se volvió de nuevo hacia ella.

—Julia, ¿te ves...? —tragó saliva, incómodo—, ¿has vuelto a ver a tu hermana?

—¿A Carlota? —No esperó la obviedad de la respuesta, tomó aire y suspiró cansada—. Sí. Nos hemos visto varias veces y nos mantenemos en contacto permanente por el estado de mi padre. Y también está muy pendiente de lo de Carlos y Maribel.

—Parece que habéis hecho buenas migas...

—Creo que sí... Quizá hemos dejado pasar demasiado tiempo, pero nunca es tarde para ciertas cosas.

—Bueno, y... ella..., ¿cómo está? Quiero decir..., ¿está bien?

Julia le miró un rato en silencio. Al cabo, esbozó una sonrisa irónica.

—Si lo que quieres saber es si está con alguien, la respuesta es no. Vive sola en Rosales, en un piso precioso que heredó de su abuela. No tiene hijos, es juez y me parece una mujer fascinante, en todos los sentidos.

Cayetano no pudo sostener su mirada y desvió los ojos a un lado y a otro, inquieto. Bien sabía él dónde vivía, que no tenía hijos y de esa fascinación que parecía haber cautivado a Julia y que él anhelaba cada día desde hacía más de treinta años.

Al cabo, le habló con voz balbuciente, abandonado de toda su seguridad como si se hubiera diluido su firmeza en sus entrañas.

—Julia, verás..., hace años tu padre suscribió unos fondos a nombre de tu hermana que ahora mismo ascienden a una cantidad importante, de los que podrá disponer cuando él muera. La voluntad de tu padre ha sido que no se le diga nada hasta que él no esté.

Julia le observó, desconcertada.

—¿Lo sabe mi madre?

Él negó con la cabeza.

—Tan sólo lo sé yo; bueno, y el notario. Los pormenores están recogidos en su testamento.

—Es sorprendente —murmuró moviendo la cabeza de un lado a otro con una sonrisa estúpida dibujada en sus labios—. Mi padre nunca deja de asombrarme.

—Julia, llevo muchos años trabajando a su lado; creo que le conozco más que todos vosotros. Es un hombre con una increíble capacidad de trabajo, con una extraordinaria sagacidad para los negocios que he visto en muy pocos; pero, si te digo la verdad, existen sombras en su manera de actuar y de manejarse en la vida que nunca he alcanzado a entender.

Julia lo miró consciente del sentido de aquellas sombras que habían acuciado a su padre a lo largo de tantos años.

—¿Y qué se supone que debo hacer con lo que me has dicho?

—Quería que lo supieras, y, ya que tu padre está como está, si tú lo consideras conveniente, se lo digas a ella.

—Vale —Julia contestó mirándole con una intensidad encendida que Cayetano no pudo resistir.

Salió de la habitación con el corazón acelerado y la respiración sostenida. Cuando entró en la cocina se encontró con Cristina, que estaba terminando un bol de cereales, ya vestida para salir.

—Hola, papá, ¿te importa llevarme a La Paz? He quedado allí con Nico y no quiero llevar el coche, que por esa zona es imposible aparcar.

—Pero nos vamos ya.

4

El paseo de la Castellana era un absoluto atasco; el coche avanzaba lentamente, más despacio incluso que los peatones, que caminaban con libertad por las aceras. La música de fondo envolvía el silencio implantado entre el padre (las manos aferradas al volante, algo intranquilo por el retraso que iba a suponerle aquel trayecto inesperado) y la hija, los ojos clavados en el móvil que llevaba aferrado a sus dedos, largos y ágiles, poniendo y recibiendo mensajes constantemente.

—Papá —la voz de Cris le sobresaltó—, me voy a ir a vivir con Nico.

Cayetano miró a su hija.

—¿Lo sabe mamá?

—No. Quería decírtelo antes a ti.

—¿Lo tienes decidido?

—Sí.

—¿Y de qué vas a vivir?

—Nicolás trabaja —contestó algo molesta—. Con lo que gana podemos mantenernos los dos hasta que yo encuentre algo.

—Si crees que es lo más conveniente para ti... Ya eres mayorcita para decidir qué hacer con tu vida.

De nuevo un silencio los mantuvo aislados el uno del otro. El padre conducía de un carril a otro en un intento de avanzar, mientras que la hija se concentraba en la pantalla del móvil.

—Papá, ¿qué significó para ti ser padre?

En ese momento el coche estaba detenido. Cayetano giró la cabeza hacia ella y la miró con fijeza. Así estuvieron unos segundos, en silencio, hasta que el pitido insistente del coche que iba tras ellos los arrancó de su ensimismamiento y tuvo que meter la marcha y acelerar.

Cayetano estuvo callado mientras manejaba el volante, aparentemente atento a encontrar los huecos que ya se iban abriendo a medida que subían por la gran avenida. En ese extraño mutismo llegaron hasta el entorno del hospital La Paz. Aparcó, apagó el motor y se volvió hacia su hija.

—¿De verdad quieres saber qué ha significado para mí ser padre?

Ella le miró sin decir nada, a la espera de sus palabras. Cayetano acarició su pelo largo, rozó su mejilla y le sonrió, obteniendo de ella el mismo gesto. Escudriñó en los recuerdos acumulados a lo largo del tiempo, nunca analizados hasta aquel instante.

—Si te digo la verdad, llegaste sin avisar. No teníamos previsto tener hijos. Nunca lo habíamos hablado, pero yo sé que tu madre no quería un embarazo, y a mí, la paternidad, en principio, no era algo que me entusiasmase. Por eso, cuando me dijo que estaba embarazada, mi primera reacción fue de rechazo... Sencillamente, no entrabas en mis planes. —Calló un instante y la miró al bies, con una sonrisa mansa en su rostro—. Eso fue al principio, cuando nada, salvo una prueba de orina, hacía evidente que ya estabas ahí, creciendo a una velocidad tan increíble como imperceptible. Lo que sentí la primera vez que te tuve en los brazos fue... No sé explicarlo con palabras... Antes, a los padres no nos dejaban pasar a los paritorios como ahora; teníamos que quedarnos fuera, esperando. Así que cuando te vi ya llevabas en el mundo unas cuantas horas. —Bajó los ojos hacia sus manos extendidas como si tuviera a un bebé en sus brazos—. No sabía cómo agarrarte. La enfermera me tuvo que ayudar porque tenía miedo de romperte, de hacerte daño, miedo a que te escurrieras de mis manos. Eras tan pequeña, tan frágil, tan delicada... Nunca antes había sentido nada parecido a lo que sentí entonces. —Alzó la barbilla y dio un largo suspiro—. Luego llegaron las interminables noches de llantos, teta, biberones, pañales... Reconozco que me pareciste insoportable y me alejé de vuestro lado, huyendo de tu llanto como de la peste. En mi defensa te digo que a los hombres no se nos permitía acercarnos demasiado a los hijos; hasta hace nada, eso era cosa de mujeres; las mismas mujeres nos consideraban un estorbo, y así nos sentíamos en realidad. Tu madre, y no digamos ya tus abuelas, que para esto han sido las dos tal para cual, me trataban como si fuera el monstruo de las galletas que podía asustarte, y me echaban de tu lado tildándome de inútil; y la verdad es que lo era. Nunca te he dado un biberón, ni una papilla. No te he cambiado un pañal en toda tu vida... No sabría por dónde empezar...

—Tengo entendido que para hacerlo no hace falta estudiar física cuántica —añadió Cristina, divertida.

—Me imagino —continuó él sonriendo—. Aquella manera de ver la paternidad me resultó muy cómoda. Aunque seguramente me habré perdido una de las mejores etapas de tu vida; eso dicen ahora. Lo cierto es que hasta que empezaste a caminar, a chapurrear tus primeras palabras, apenas me sentí cercano a ti, no sé cómo explicarte..., no sentía que eras mi niña; apenas te veía, cuando llegaba a casa ya estabas acostada y por la mañana cuando me iba todavía dormías. Hasta que de pronto, sin apenas darme cuenta, te fuiste subiendo a mis rodillas a contarme de un tirón, con voz chillona y esa lengua de trapo que tenías, todo lo que habías hecho a lo largo del día, y me acariciabas la cara con tus manitas, y fue cuando empecé a sentirte como algo mío. Contigo he aprendido el significado de ternura, de un concepto de amor sin concesiones, sin esperar nada salvo que estés bien, verte reír, saberte sana y feliz; quería protegerte de todo; me hubiera gustado meterte en una urna para que nada ni nadie te hubiera hecho daño. Pero a medida que has ido cumpliendo años, no me ha quedado más remedio que ir aflojando en esa protección desmedida para obligarme a asumir tus cambios, tu evolución; he tenido que aceptarte tal y como eres y no como yo querría que fueras; porque los padres solemos cometer el terrible error de pensar que los hijos son de nuestra propiedad, y que por eso tenemos derecho a modelarlos con nuestras manos como si fueran de barro, forjarlos a nuestra imagen y semejanza, grabando en sus formas lo que no hemos podido ser nosotros, intentando inculcar en su corta existencia nuestros propios sueños o anhelos; y para hacerlo, llegamos a creernos dioses. Te aseguro que me ha costado mucho aceptar que tú tienes tu propia personalidad, tus propios gustos, tu propia vida que sólo has de vivir tú. Ahora dices que te vas a vivir con un hombre al que conozco muy poco. Tienes derecho a hacerlo, faltaría más. Y para mí el único derecho que me queda es preocuparme de que seas feliz, porque, sólo entonces, lo seré yo. Y sé que no podré hacer nada si te equivocas, salvo estar ahí, esperando a que me pidas ayuda si quieres hacerlo, sin poder intervenir para salvarte de tu propia vida. —Enmudeció y le cogió la mano para acariciarla—. Los años, además de canas y arrugas, nos dan algo muy valioso: la experiencia; gracias a ella podemos encajar mejor y con mayor serenidad los batacazos que siempre trae la vida. Y el gran drama que tiene un padre es que no puede transmitir a sus hijos esa experiencia que ha ido adquiriendo a base de tortas, de caídas, de equivocaciones, de palos —dio un largo suspiro antes de continuar—, de caminar por la vida... No me queda más remedio que aceptar que tú eres la única protagonista de la tuya, con lo bueno y con lo malo, y que yo no seré en ella ni siquiera un actor secundario.

—Para mí eres muy importante, papá.

—Claro —añadió con ironía—. No lo dudo, pero Nicolás me ha ganado la partida. Al fin y al cabo, te vas a vivir con él.

—Papá, ¿tú crees que yo podría ser una buena madre?

—La mejor, estoy seguro.

—Pues yo no creo que esté preparada para serlo —añadió ella cabizbaja.

—Nadie está preparado para eso. Cris, tener un hijo te cambia la vida, y si te sirve de algo mi opinión, el cambio es mayor para una mujer que para un hombre. Por mucho que nos empeñemos en ver las cosas de otra manera, se es mucho más madre que un padre, al menos en los primeros meses. Es cierto que hay cosas que han cambiado mucho en los últimos tiempos; ahora los padres acompañan a sus parejas embarazadas a los cursos de preparación, están con ellas durante el parto, cambian pañales, se alternan para levantarse por las noches cuando el niño llora, porque la madre tiene que madrugar para ir a trabajar igual que él; los llevan a la guardería, los recogen, los bañan, los visten, les dan de comer... Ya nada es como antes. Tu madre ha dedicado su vida a cuidar de ti, mientras que yo he sido el macho protector de mi pequeño rebaño; que no te faltase de nada, ése ha sido mi objetivo vital. Ahora, las mujeres queréis ser dueñas de vuestro futuro, tener vuestra propia proyección personal y profesional, no ser las mantenidas de un hombre, por muy marido o pareja que sea. Y reconozco que eso está muy bien, en eso soy egoísta respecto a ti y no me gustaría que dependieras de ningún Nicolás para vivir la vida que tú elijas. No te niego que ha habido avances en ese sentido, hay leyes que ayudan a conseguir eso de lo que tanto se habla: paridad, conciliación, igualdad, paternidad comprometida y todas esas cosas que a muchos se les caen de la boca. —Chascó la lengua como dando a entender la quiebra de sus argumentos—. Pero yo, Cristina, veo que las cosas no son como nos quieren hacer creer, y sobre todo a vosotras. Aunque las mujeres habéis conseguido grandes avances, en esto de la maternidad hay terrenos en los que seguís siendo únicas y en los que, por una cosa o por otra, el hombre sigue sin entrar. Te lo digo con conocimiento de causa; eso sí, causa ajena. —Calló un instante y puso la mano sobre el volante, con la mirada al frente—. En la empresa trabajan cinco mujeres que han sido madres en los últimos dos años. También hay varios hombres que han sido padres, y te aseguro que son ellas las que han asumido el cambio, al menos en el ámbito profesional. Desde la baja por maternidad, que siempre se toman ellas, pasando por la reducción de jornada, las ausencias por visitas al pediatra, o faltas por enfermedades varias de los críos; en la mayoría de los casos son ellas las que lo solicitan... A menudo se las oye hablar de los problemas que les surgen en la vida cotidiana referentes a los hijos, se intercambian información, papillas, jarabes, tiendas de ropa..., cosa que nunca he oído a los hombres con los que trabajo y que tienen niños pequeños; es como si colgasen su faceta de padre en el momento en el que dejan el abrigo en el perchero, para volver a recoger esa condición cuando salen hacia su casa. —Dio un largo suspiro y la miró con un gesto mesurado—. Las mujeres llevan la maternidad grabada en la cara, en las ojeras, en la fatiga por falta de sueño, pero sobre todo hay algo que no percibo en los hombres: esa sensación de culpabilidad que muchas veces las ahoga en sentimientos contradictorios. Cuando llega la hora, las mujeres madres salen pitando, y si hay algún asunto que retrase la salida ves cómo se les desencaja la cara o, sencillamente, te dicen que no pueden quedarse porque tienen que ir a recoger a sus hijos. Esto en un hombre pasa muy excepcionalmente. Las mujeres seguís teniendo que elegir entre ser madres o desarrollar vuestra vida profesional al cien por cien como lo haría cualquier hombre, al que sigue sin afectar demasiado el hecho de la paternidad. La que decide ser madre y quiere continuar con su ritmo de vida normal, tarde o temprano se siente miembro integrante de ese Club de Malasmadres del que tanto se habla en las redes sociales. Todo esto que te digo me lo comentaba hace unos días Luisa Traisac, la directora de Inmuebles; una mujer preparada, inteligente, un valor en alza con una proyección en la empresa extraordinaria. Luisa acaba de incorporarse de una baja maternal. Es su segundo hijo. Su marido es el jefe de Relaciones

Laborales, asimismo un hombre competente y con un futuro profesional muy solvente. Es un padre involucrado en su paternidad, se tomó los quince días de baja; me consta que asume su parte en el cuidado de los hijos. He oído decir de él a varios compañeros, y sobre todo a compañeras, que es todo un padrazo, cosa que nunca he oído decir de Luisa, nadie habla de ella como una madraza cuando yo sé que echa mucho más que su marido en esto; al fin y al cabo, los dos trabajan a mi lado, y eso se ve.

—Me lo estás poniendo difícil.

—Es difícil, no te voy a engañar. La maternidad sigue siendo un hándicap en la trayectoria profesional. En nuestra empresa, como en muchas otras, una mujer que haya cumplido los cuarenta años, sin hijos y con la clara idea de no tenerlos, se convierte en un valor a tener en cuenta; eso no lo digo yo, lo dice el marido de Luisa Traisac. El porqué es muy sencillo, al menos para él: a la hora de contratar, la mujer en esas circunstancias, sin obligaciones familiares, suele ser más agresiva, más productiva, no tiene nada que la despiste; resulta duro decirlo, pero es la realidad: las mujeres así son un filón para una empresa. Y no creo que sea cuestión de género o de si sois más o menos listas; hay mujeres muy competentes pero también las hay muy torpes, y da lo mismo que sean madres o no, solteras, casadas o divorciadas. En esto pasa igual que con los hombres. Tal vez sea un antiguo, pero es lo que veo a mi alrededor; creo que la cuestión de la natalidad continúa siendo un problema para vosotras. —La miró en silencio un rato—. No sé si he contestado a tu pregunta.

—Por lo que me has dicho, se diría que no te apetece nada que te haga abuelo.

—Eso no está en mi mano, Cris. Es tu decisión, porque es tu vida. No la mía. Me limito a advertirte de cómo están las cosas ahí fuera.

—Papá —Cristina arrugó la frente como si estuviera pensando cómo plantear lo que le estaba rondando en la cabeza—, si cuando te enteraste de que mamá estaba embarazada de mí, ella te hubiera dicho que iba a abortar, ¿qué habrías hecho?

—No tengo ni idea de lo que hubiera hecho, Cris; lo que sí te aseguro es que tú has sido lo mejor que ha habido entre tu madre y yo.

—Pero y si ella hubiera decidido abortar en contra de tu voluntad... —insistió algo angustiada, buscando la respuesta a sus propias preguntas, a sus dudas, a sus más descarnadas incertidumbres—. ¿Se lo habrías perdonado? ¿La seguirías queriendo igual?

Cayetano la miró con tristeza, porque sabía lo que escondía aquel interés de su hija.

—Mirándote ahora como lo estoy haciendo, intentaría primero salvarte a ti, y luego la salvaría a ella.

Cristina volvió la cara hacia la ventanilla. No quería que su padre la viera llorando, pero él se dio cuenta de que no podía controlar las lágrimas.

—Hija, ¿cuándo piensas contarme claramente lo que realmente te preocupa? Sé que estás embarazada y me consta que no sabes qué hacer. ¿Es que no confías en mí?

Ella se volvió enfadada y con el llanto rebosando en sus ojos.

—¡Ya te lo ha contado mamá!

—Tu madre no me ha dicho nada. Os oí en casa el día que se lo dijiste. Aunque, si te digo la verdad, esperaba que me lo contases tú.

—¿Lo oíste todo?

Encogió los hombros, asintiendo.

—Casi todo.

Cristina le miró de reojo unos segundos para saber si el alcance de ese *casi todo* incluía también el maldito viaje de su madre a Londres. Pensó, o quiso hacerlo, que no había llegado a oírlo.

—Tengo miedo, papá, miedo a tomar una decisión y a equivocarme. Al principio lo tenía clarísimo, y ahora no sé qué hacer. A medida que pasa el tiempo me entran más dudas.

—Quiero imaginarme que esas dudas son lógicas, pero yo no puedo ayudarte. Únicamente depende de ti, y de Nicolás, me imagino.

—Nico está entusiasmado con la idea de ser padre, pero me ha dicho que aceptará mi decisión, que me quiere por encima de todo y que lo entenderá. Yo no quería ser madre, no ahora... Me niego a renunciar a todo a lo que una madre renuncia, a mi tiempo, a mis proyectos, a mi libertad. Soy una egoísta, lo sé, pero es lo que siento. —Hablaba con vehemencia, como si estuviera enfadada consigo misma, rabiosa por los sentimientos que no podía controlar y que, en cierto modo, la llegaban a avergonzar—. Cualquier cosa que haga tendrá unas consecuencias que me aterran.

—¿Por qué te vas a vivir con Nicolás cuando tienes tantas dudas?

—Porque de lo único que estoy completamente segura, papá, es de que quiero estar con Nico el resto de mi vida. A su lado me siento distinta, feliz, importante, única. —Calló un instante y le miró—. Me moriría sin él.

—Nadie se muere por nadie.

Cristina le atisbó un instante de soslayo.

—Papá, ¿tú eres feliz con mamá?

Cayetano la miró con fijeza y lanzó un largo suspiro, como queriendo expulsar de su cuerpo algo incómodo y pesado.

—Que si soy feliz con tu madre... —murmuró para sí, rumiando la confusión de sus pensamientos. Luego soltó una risa y continuó hablando—. No creo que sea yo el más adecuado para hablarte de felicidad, Cris, pero a medida que cumplo años me doy cuenta de que esa especie de sublime estado que con tanto ahínco perseguimos es tan volátil como el aire que respiramos, unas veces te llega fresco y sano, y al momento te intoxica las entrañas por espeso y emponzoñado. A tu madre la quiero y la respeto, y en cierto modo me siento culpable de su infelicidad. De lo que puedes estar segura es de que todo el aire sano y fresco que hemos respirado nos ha venido de tu existencia. —La miró y le dedicó una amplia sonrisa, apretándole la mano—. Espero que tú lo tengas más claro con Nicolás.

—El amor que siento por Nico es lo único que tengo por cierto cada día. Todo lo demás en mi vida es ahora mismo una enorme duda.

Cayetano suspiró y movió la cabeza.

—Si tanto le quieres, lucha por él y por ese amor que le profesas. Siempre y cuando te merezca la pena, lucha contra viento y marea, no permitas que nada ni nadie te venza. Cris, en la vida nada es seguro, salvo que nos vamos a morir un día; todo lo demás depende de cada uno. Toma el mando de tu destino, decídelo tú, asume el riesgo y lánzate al vacío. Enamorada como estás de ese hombre, la sensación del vuelo tiene que ser extraordinaria.

5

Carlota aceleró la carrera para hacer el último kilómetro de los diez que se había propuesto. Luego bajó el ritmo a un trote tranquilo, hasta que se detuvo para iniciar los estiramientos. Se sentía bien, fuerte, con energía suficiente para comerse el mundo. Su cuerpo seguía respondiendo después de más de veinte años de aquella afición por correr que Bruno le había metido en las venas, con ese melancólico entusiasmo que le hacía tan apacible y tan sano. Le había conocido en la academia en la que ambos se preparaban para jueces. Bruno se entrenaba todos los días para ser capaz de afrontar las horas muertas sentado ante la mesa recitando el temario. El rodar le hacía sentirse bien, optimista, pletórico a pesar de la monotonía que conllevaba la rutina del opositor, y esa actitud positiva fue lo que animó a Carlota a iniciarse en aquello de correr, empezando con unos minutos a un trote cansino y miedoso, casi agarrotada por la falta de costumbre, para ir aumentando progresivamente hasta llegar, con el tiempo, a participar en distintos maratones por todo el mundo, lo que la había llevado a vivir experiencias increíbles, inolvidables, además de comprender el significado de la palabra *superación*, de aprender a controlar el esfuerzo físico y mental, de saber cómo sobreponerse al dolor, al cansancio, y disponer de los mecanismos necesarios para vencer la oscura intención de abandonarlo todo cuando quedan tan sólo unos pasos para llegar a la meta porque no puedes más; aunque admitía que, habiendo tenido la oportunidad de aplicarlos a su propia experiencia vital, en más de una ocasión llegó a prescindir de todo lo aprendido, rindiéndose a la desesperanza del cansancio, cediendo al desaliento y dejándose caer derrotada.

Cada vez que se calzaba las zapatillas para salir a correr recordaba los ojos de Bruno, su sonrisa siempre franca, abierta, tan noble y feliz; gracias a ese recuerdo había llegado a sentirse reconfortada en la sensación de culpa que, durante mucho tiempo, se instaló en su conciencia tras su muerte, una muerte absurda y a destiempo, una muerte injusta porque se apoderó de un hombre bueno con el anhelo de comerse la vida a bocados.

Para Bruno Carou llegar a ser juez no había sido una opción sino una imposición de su padre, magistrado del Tribunal Supremo, que desde siempre dirigió a su hijo hacia una carrera, a sabiendas de que la detestaba, y hacia una oposición de la que se retiró tras cinco años de enorme esfuerzo y tres intentos fallidos. La decisión de abandonar (había llegado al muro de aquel maratón y le faltó la voluntad de seguir hasta la meta), la primera que adoptó Bruno en contra de la voluntad de su padre, supuso un drama familiar, que vivió con mucha angustia y sobre todo con una gran incomprensión.

En aquella época, Carlota sorteaba los últimos obstáculos antes de conseguir llegar a ser juez; hacía poco tiempo que había obtenido el apellido Balmaseda gracias a una sentencia judicial. En aquel lacerante proceso, aderezado por la pérdida definitiva de Cayetano, casado ya con Julia Balmaseda, Carlota fue consciente de que había llegado hasta la meta, exhausta, rota y atrapada en un doloroso desamparo; nadie la esperaba, nadie la animó por su empeño, nadie la felicitó por haber conseguido lo que en justicia le correspondía. Fue en aquellos momentos, envuelta en una angustiosa soledad que no podía compartir con nadie, cuando había aparecido Bruno con sus zapatillas de deporte, su sonrisa y su extraña manera de ver la vida siempre desde el lado bueno.

Estoy haciendo que la tierra gire con cada zancada, le decía cuando la acompañaba en sus inicios, corriendo a su lado, adaptado a su ritmo para darle ánimos, todavía descompuesto el cuerpo por la falta de costumbre, el latido del corazón disparado y forzada en exceso la voluntad de principiante. Aquella frase la llevaba Carlota grabada en su memoria, y se la repetía siempre cuando rodaba sola, sin música, escuchando a cada paso el batir de su cuerpo igual que las alas de un pájaro dispuestas a levantar el vuelo, avanzando, superando barreras y recomponiendo los deteriorados pedacitos de su existencia.

Además del veneno de la carrera, Bruno le mostró que había maneras distintas de encarar la vida, que se podía asumir el pasado y disfrutar del presente con el fin de preparar el futuro. Más allá de la toga y del Derecho como medio de ganarse la vida, Bruno tenía sueños, atesoraba proyectos, ilusiones que perseguir y por las que luchar. Su ambición era hacerse con la casa de su abuela materna, una edificación robusta y vigorosa construida en piedra situada a las afueras de Carnota, con unas vistas extraordinarias al inmenso océano. Quería tocar la tierra con los pies, levantarse cada mañana y poder contemplar el amanecer, o sentarse en una roca y sentir el inmenso placer de presenciar el espectáculo del atardecer, observar cómo el sol, inexorablemente, era engullido por el mar. Deseaba una vida a cámara lenta, saboreando cada minuto y cada momento, respirar el aire fresco y húmedo que expandía sus pulmones y su dicha disfrutando de un calmado paseo por el campo, de una grata compañía o de la placentera soledad, a un ritmo lento, sereno, ajeno a las disparatadas prisas de la ciudad.

A Carlota le resultó muy complicado no atender a los requiebros de Bruno, llenos de detalles pequeños pero tan delicados que consiguieron horadar la dura costra que había forjado alrededor de su corazón herido, amasada a base de miedo y recelo hasta formar una gruesa capa de apariencia infranqueable en un intento de evitar que nadie nunca más (otra vez nunca más) pudiera volver a hacerle daño. Bruno era un poeta y un romántico, y Carlota no se pudo resistir a tanto amor desbordado el día en el que se presentó en su casa con una rosa blanca en la mano para recitarle, con el arte de un antiguo rapsoda, el soneto 126 de Lope de Vega.

A los pocos meses estaban viviendo juntos, más por necesidades económicas de ambos que porque Carlota estuviera segura de querer compartir su vida con nadie. Nunca se enamoró de él, y nunca le engañó en esto, pero él le decía que, si le permitía quedarse a su lado, encontraría la manera de hacerla feliz. Con el tiempo, a medida que pasaban los años y el dolor de la muerte de Bruno iba paliándose, Carlota llegó al convencimiento de que, si no se hubiera estrellado con aquel coche, habrían conseguido ser un matrimonio feliz.

Sin embargo, el amor de aquel hombre no tuvo tiempo para evacuar el amor del otro, un amor amarrado y atormentado que ella seguía sintiendo por Cayetano Vegallana. Desde el momento en el que aceptó casarse con Bruno, Carlota supo que se estaba equivocando, no tanto por ella como por él, porque no era ella la mujer que aquel hombre se merecía. Cuando Cayetano la abandonó y tras la actitud de su padre ante la legalización de la paternidad, Carlota tomó la firme decisión de no tener hijos, renunció a ser madre porque no quería comprender a su propia madre, y mucho menos a su padre; fue como un castigo a sí misma y a sus progenitores, por aquello de que únicamente cuando se es madre se puede entender el sacrificio, la entrega y el amor desinteresado de la maternidad, algo que a ella se le había negado; ni sacrificio, ni entrega, ni amor filial, quedando como una pieza clave entre sus padres, una manera de mantenerse unidos sin estar juntos.

Nada dijo a Bruno sobre esta decisión. Pero él quería hijos, deseaba muchos hijos, y Carlota estaba segura de que hubiera sido un padre ejemplar, él sí hubiera dado amor a los hijos que nunca tuvo, y se habría entregado y sacrificado en su beneficio, desinteresadamente, por el hecho de tenerlos y verlos crecer.

Carlota le mintió cuando le confirmó que había dejado de tomar la píldora. Y cada mes, durante los doce meses que estuvieron juntos, Bruno anhelaba la noticia de que hubiera un retraso, de que la maldita regla no bajara para destruir otro mes más el proyecto más importante de su vida.

El día antes de su muerte, Bruno encontró la caja de anticonceptivos ya mediada. Le preguntó y ella no fue capaz de ocultarlo por más tiempo, le confesó su decisión de renunciar a la maternidad, porque no quería sufrir ni ver sufrir a sus posibles hijos. Aquélla fue la única vez que le había visto furioso, no con ella, sino con él mismo ante su incapacidad de poder demostrarle a Carlota la dicha que presentía. Decidió marcharse aquel fin de semana a la casa de Carnota. Cuando salió por la puerta, se volvió hacia ella y le dijo cuánto la quería y que debería darse la oportunidad de volver a amar... Y le recitó, con esa voz que ya no recordaba, los últimos versos del poema «Negra Sombra», de Rosalía de Castro (una mujer como ella, hija del pecado como lo era ella), imprimiendo a cada palabra ese delicado y suave acento gallego.

A las pocas horas le lloraba en el depósito de un hospital de León, estremecida y sola. A pesar del brutal impacto, en su rostro había quedado grabado un último gesto de extraña serenidad, como si hubiera querido marcharse con una despedida grata, reconfortante. Carlota llegó a pensar que en el fondo sabía que apenas le quedaba tiempo y por eso se desesperaba por volar, por disfrutar y deleitarse en las cosas hermosas que la vida brinda y que tan a la ligera se desprecian en el convencimiento de que siempre habrá más tiempo, más años, más momentos para detenerse en el instante y sonreír, inconscientes de que en un solo segundo todo puede quebrarse, sin que exista la posibilidad de rectificar, de desandar el camino andado, de dar marcha atrás en el tiempo y recuperar lo perdido, de regresar a aquel pasado donde recrearse en lo hermoso y sencillo que perdimos.

6

Enrique Balmaseda se ajustó los auriculares al oído y hundió la cara entre los hombros para evitar que nadie percibiera su emoción. Con el iPhone entre sus manos, escuchaba una y otra vez aquella canción... «Eres mi aliento y mi agonía...» Esa melodía le proporcionaba consuelo mientras esperaba, como cada día, la hora de entrar a verla, a contemplar sus ojos cerrados, su rostro sosegado, su respiración pausada, ahora ya sin tubos horadando su cuerpo inerte. La había escuchado cientos de veces, convertida en el nexo de unión a ella, lo único que todavía le mantenía amarrado a su recuerdo. Había pasado mucho tiempo desde que ella se la dedicó. Fue en uno de los viajes que hizo desde Buenos Aires, todavía soltero y sin la compañía de Graciela, con el fin de pasar unos días en Madrid y celebrar su cumpleaños. Maribel le regaló aquel disco de Luz Casal; es para ti, le había dicho. ¿Cuál es tu favorita?, le había preguntado él, y ella, mirándole a los ojos con una intensidad que le atravesó el corazón, le había susurrado el título de aquella canción, *Lo eres todo*... Ésa es mi favorita y te la dedico a ti...

En aquel momento, Enrique había vuelto a suplicarle que lo dejara todo y que se fuera con él a Buenos Aires, a empezar una nueva vida juntos, palabras susurradas en un rincón del salón familiar de los Balmaseda lleno de gente, amigos y familia reunidos con el fin de agasajar al hijo pródigo recuperado sólo por unos días; un cigarrillo pinzado entre los dedos de ella, la mano alzada a la altura de la cara como si pretendiera ocultarse, camuflar su inquietud, la irreprimible e incauta sonrisa que a raudales se le escapaba de los labios al tenerlo tan cercano; sosteniendo él un vaso de güisqui en una apariencia de mantener las distancias, alerta ambos al sentirse vigilados por Carlos, receloso de la proximidad, envidioso de sus miradas, de su evidente complicidad. Sin embargo, y a pesar de que todo su ser decía lo contrario, Maribel se negó a seguirle, una y otra vez lo rechazó suplicando sus ojos que no se lo pidiera, porque le costaba tanto negarse que le provocaba dolor, que ella ya no era sólo ella, que estaban sus hijos (aún muy niños en aquellos tiempos), y no se sentía capaz de elegir entre privarlos de la presencia de su padre o de la suya, marcharse lejos y dejarlos en Madrid; cómo iba a vivir sin verlos crecer, sin intervenir en ese crecimiento, ausente de todo. No se lo perdonarían ellos y no se lo perdonaría ella; esos mismos hijos que el paso del tiempo había convertido en unos desagradecidos hacia su madre, sin comprender su sacrificio, la renuncia en pos de ellos de la felicidad propia, de favorecer su bienestar infantil a costa de perseguir su sueño, alimentándolos sin darse cuenta, cada día y cada noche, con el germen del desamor que se profesaban sus padres, mamando a diario el mutuo desprecio manifestado entre ellos, asumiendo la infelicidad y la apatía como el estado natural del matrimonio, distorsionado para siempre el sentido real que para ellos debiera tener el amor y la generosidad que aquél conlleva.

Al día siguiente de aquella conversación, Enrique regresó a Buenos Aires, y algún tiempo después se casó con Graciela, lacrando definitivamente cualquier posible esperanza albergada en el corazón de ella, roto en mil pedazos.

Respiró hondo e intentó recomponerse de los recuerdos que le torturaban la mente. Sentado en aquella sala de espera iluminada por luces blancas y frías conformando un ambiente poco acogedor, desprotegido, incómodo. Otros como él esperaban en silencio; miradas esquivas, cabizbajos, el rostro sombrío y el gesto desolado.

Pero Enrique no miraba a su alrededor. Se sentía tan abatido por lo que estaba ocurriendo... Desde que Maribel estaba allí, encerrada dentro de su propio cuerpo, sin conciencia de estar viva, había vuelto a reprocharse su cobardía, su incapacidad para luchar por ella. Se sentía tan culpable por ello...; por no haber sabido amarla a pesar de que su amor por ella, lejos de haberse apagado, crecía con el tiempo, cada vez más enamorado, cada vez más perdido por sus labios y su compañía. Y ahora ella se encontraba postrada en la cama de un hospital, ausente, callada, al borde de ese abismo entre la vida y la muerte. Tenía el convencimiento de que, si no era capaz de mantener el latido de su corazón, él se iría con ella, no podría soportar su marcha, no así, no de aquella manera.

Estaba tan abstraído en su propia agonía que se asustó cuando la enfermera le tocó el hombro. La miró turbado por las lágrimas que se habían desbordado de sus ojos.

—Perdona —se disculpó ella—, ¿te encuentras bien?

—Ah..., Eva... —balbució, tirando del cable de los auriculares incrustados en sus oídos—. Sí..., es que estaba... —Se levantó intentando recuperar un equilibrio perdido en aquella melodía que parecía susurrarle al oído la propia Maribel—. Estaba escuchando música y no me he dado cuenta de que habías salido.

—Ya puedes pasar.

—¿Cómo está hoy?

—Igual —contestó la enfermera con afable paciencia—. Pero no desfallezcas, Enrique, que oiga tu voz, cuéntale lo que sea, recuerdos felices, lo que sientes y cómo te sientes. No sabemos lo que ocurre en su cabeza, pero es posible que sea la única forma de que consiga regresar.

Enrique se puso la bata, el gorro y las calzas obligatorios para acceder a la zona de la UCI. No era necesario que nadie le guiara, sabía el camino y el lugar adonde ir. Lo primero que hizo fue mirarla, siempre lo hacía, durante un rato tan sólo la miraba, incapaz de decir nada. Luego, le tomó la mano y se la besó con ternura, sintiendo el tacto cálido de su piel en los labios. Acarició su mejilla y por fin se sentó en la silla, muy pegado a la cama, con los brazos sobre el colchón sin dejar de observarla como si no quisiera perderse ni uno solo de los movimientos que provocaba su respiración.

—Hola, mi amor. —Su tono de voz era suave, acercándose todo lo que la postura le permitía—. ¿Cómo te encuentras hoy? Estoy aquí, Maribel, a tu lado. Esperando a que regreses. Nada existe en el mundo más importante para mí que esperarte, amor mío. Estás aquí por mi culpa, Maribel, porque no supe cuidarte, y te pido perdón, mil veces te suplicaré que me perdones. No luché por ti, fui un cobarde y te abandoné a tu suerte. Pero ahora estoy aquí, y no voy a dejar que pases esto sola. No voy a dejarte nunca, ¿me oyes, Maribel? —El silencio y la inmovilidad eran la única respuesta que recibía—. Te traigo tu canción, la que me dedicaste... ¿Sabes?, me la sé de memoria. —Sacó su móvil y lo conectó. Con suma delicadeza, colocó uno de los auriculares en el oído de su durmiente cuñada y el otro se lo ajustó al suyo—. Maribel, mi amor, lo eres todo..., todo para mí... «Eres mi muerte y mi resurrección...»

Se le hacía un nudo en la garganta como si aquellas palabras se le atragantasen, hinchadas por una profunda emoción mecida por la melodía y la voz desgarrada de Luz Casal.

Le costaba respirar y sabía que la única forma de dejar correr el aire hacia los pulmones era permitir que el llanto brotase a sus párpados, ardientes, abrasados por la calidez de las lágrimas. Ya no le importaba que le vieran quebrado por la emoción, había perdido el reparo de los primeros días.

Dejó caer el rostro sobre la sábana blanca, su frente pegada a la mano inerte, y lloró, lloró sin reparo, conmovido su cuerpo por sacudidas incontroladas, sintiendo correr su pena desde su corazón herido hasta su garganta para bullir a sus ojos enrojecidos.

Al principio pensó que había sido él mismo el que había movido su mano. Alzó un poco la cara y la miró con los ojos arrasados. Le pareció que sus labios se abrían levemente y se irguió algo más. Fue entonces cuando lo notó; sus dedos, entrelazados entre sus manos, se movieron de manera casi imperceptible, apenas un temblor. Mantuvo la respiración con la mirada en la mano inmóvil sobre la blancura de la colcha. El dedo índice osciló un solo instante. Enrique se levantó nervioso, se dio cuenta de que sus labios temblaban como si quisieran decir algo y no tuvieran la energía suficiente para romper aquel mutismo en el que estaba encerrada.

—¡Enfermera! —gritó sin pensar en el lugar en el que se encontraba, sin dejar de mirarla ni un solo segundo; el corazón acelerado, palpitando alocado en su pecho, desbocado—. ¡Enfermera!

Eva García llegó enseguida convencida de que los gritos tenían una razón. Se acercó a Maribel sin decir nada.

—Se ha movido... —balbució él entre la sorpresa y la conmoción—. Eva... Se está moviendo...

La mano de Maribel intentaba levantarse de su postración, con esfuerzo. Sus labios se movían ya de manera evidente, aunque sus ojos permanecían cerrados. Enrique estaba aturdido, pareciera que estuviera viendo resucitar a un muerto. La enfermera se dio cuenta y, mientras daba el aviso, le habló con calma.

—Enrique, escúchame. Está despertando. Maribel está regresando. Ahora deja que nos ocupemos nosotros. Apártate y estate tranquilo. ¿De acuerdo?

Enrique dio unos pasos hacia atrás, sin quitar los ojos de Maribel, que ya se movía de manera evidente, quejosa, como si le doliera con intensidad, mientras veía cómo otros sanitarios llegaban al box y la rodeaban, pendientes de aquel milagroso despertar.

7

El sargento Salgado y el cabo Reviejo accedieron al despacho de la juez y tomaron asiento.

—Espero que me traigan alguna noticia, sargento —dijo Carlota con gesto afable; sabía que la presencia de los dos guardias civiles suponía algún avance—. Este asunto se está alargando demasiado.

—Algo hemos avanzado, señoría —contestó Salgado—. Creo que vamos cerrando el cerco al sospechoso. —Abrió una carpeta y le fue entregando documentación que la juez iba recogiendo mientras le escuchaba—. Hemos tomado declaración a Marco Mancini. Treinta y cinco años, nacionalidad española, aunque nació en Italia, concretamente en Nápoles. Su madre era española y murió hace más de veinte años en un accidente de tráfico en las afueras de Nápoles; el padre es italiano, un actor de segunda arruinado con algún que otro contacto con la mafia. Marco nunca se llevó bien con su padre y, desde que falleció la madre, apenas han tenido relación. Es soltero, pero el tipo tiene tres hijos en Nápoles de dos mujeres diferentes a las que, según él, no les pasa ni un euro porque las dos están bien casadas y viven mejor que él. —Calló un instante pero, al comprobar que la juez no decía nada, continuó con su informe—: Reside en España desde hace diez años; primero vivió en Barcelona, y hace cuatro años se trasladó a Madrid para hacerse cargo de LaSilhouette. En la empresa le tienen en una alta consideración. Es educado, atento y un vendedor nato. Según el dueño, es infalible, clienta que entra al local se va con algo, no se le escapa ni una. —El sargento y el cabo se miraron un momento alzando las cejas—. Lleva una vida bastante ordenada, aunque últimamente se ha visto envuelto en líos algo turbios de juego y apuestas. En los últimos seis meses el sujeto reconoce haber contraído deudas importantes, deudas con gente muy complicada, ya me entiende. Ha admitido que mantenía relaciones sexuales con Alicia Dorado desde hacía dos años, por las que ella le pagaba, y muy bien, por cierto; incluso admite que la mañana de su muerte tuvieron sexo..., algo rápido, en su opinión; por lo visto es un hombre muy meticuloso en estos asuntos y le gusta tomarse su tiempo, y ese día, precisamente, no disponía de mucho porque tenía que abrir la tienda; según ha declarado, la señora Dorado era una mujer insaciable respecto al sexo.

La juez lo miraba con atención, la mano en la barbilla, atenta a las explicaciones del sargento.

—¿Es posible que fuera él quien la mató? —preguntó, extendiendo la mano.

El sargento movió la cabeza con gesto circunspecto.

—Me temo que no. Como mucho se le podría acusar de extorsión, en caso de que hubiera pruebas de ello, claro está. Marco Mancini ha declarado que le pidió dinero para cubrir una parte de sus deudas, y que Alicia Dorado le hizo entrega de cantidades importantes en varias ocasiones, de forma voluntaria y sin presión alguna por su parte; eso es lo que él afirma. Los últimos seis mil euros se los dio la misma mañana de la muerte en el piso de la calle Jorge Juan. Se citaron allí para ello, la señora Dorado le pidió sexo, lo hicieron, y Mancini se marchó a su trabajo. Este hecho es cierto. El sujeto entró a las diez en la tienda y no salió hasta la una y media. Además, los restos de semen encontrados en el asiento del coche de la fallecida no coinciden con el de Marco Mancini, y la forense ya dijo que esos restos eran consecuencia de un coito que la señora Dorado practicó en su coche un rato antes de su muerte y posterior al que mantuvo con Mancini; y en ninguno de los dos casos hubo violencia, al menos física. No podemos determinar si la mujer fue forzada a través de coacción o amenazas de alguna clase.

—Al menos murió contenta —murmuró Reviejo con sarcasmo.

El sargento echó una mirada de reproche al cabo, aunque más por el respeto hacia la juez que por otra cosa.

La juez no se inmutó. Ceñuda, miraba los papeles que tenía delante, dispuestos sobre la mesa.

—Entonces —dijo ella cavilante—, estamos como al principio. Seguimos sin sospechoso.

—No exactamente —puntualizó el sargento—. Hemos comprobado que, efectivamente, el apartamento de Mancini, en la calle Jorge Juan, era el lugar donde tenían los encuentros de carácter sexual, un par de horas, como mucho, una o dos veces a la semana. Pero Alicia Dorado no era la única. Marco Mancini tenía un buen negocio con esto del sexo; que sepamos, contaba con al menos cinco clientas más a las que brindaba sus servicios. Según su propia declaración, las captaba en la tienda. Pero el tipo se cubría las espaldas grabando todos los encuentros con una cámara oculta en un mueble. —Le tendió un papel que sacó de una carpeta—. Éstas son tres de las mujeres a las que hemos podido identificar por las imágenes, además de la fallecida. Dos de ellas están casadas con importantes hombres de negocios de Madrid, igual que la señora Dorado; Nuria Peña es una divorciada de Barcelona que regenta otra tienda de lencería en el paseo de Gràcia. Cuando venía a Madrid se veía con Mancini. A las otras dos no las hemos podido identificar aún, por lo visto le dieron nombres falsos. Todas llevaban ropa interior de la que se vende en una sección de la tienda, prendas eróticas que él mismo les proporcionaba según las formas y volúmenes de la clienta, eso ha declarado. Las vestía a su antojo para conseguir una mayor excitación. Hay que reconocer que el tipo es un figura.

La juez se removió y se irguió poniendo los codos sobre la mesa.

—No es una forma muy habitual de ganarse la vida, pero estamos de acuerdo en que tener sexo con señoras no le convierte en asesino.

—No, por supuesto. Las sospechas recaen en otro personaje que ha resultado un tanto avieso. Comprobando el sistema de vídeo que tenía montado Marco Mancini en su apartamento, hemos descubierto que había una derivación de las grabaciones a otro lugar del edificio.

Los tres se quedaron en silencio.

La juez hizo un gesto instándole a que hablase.

—Lo que se grababa en ese piso se podía ver también en la casa que ocupa el portero de la finca.

—¿El portero? —Carlota alzó las cejas sin ocultar la sorpresa—. ¿Es posible que el portero tenga algo que ver con la muerte de Alicia Dorado?

—Creemos que sí. Él alega que sólo miraba. Era el que abría y cerraba a la mujer que iba a hacer la limpieza después de cada encuentro. Por lo visto, el tal Mancini pagaba muy bien su discreción. Con una prueba de semen podremos determinar si fue quien acompañó a Alicia Dorado en su último viaje.

—Sí, por supuesto, cursaré auto para ello.

En ese momento, la juez bajó los ojos a la lista de nombres que tenía entre las manos. Cuando leyó el nombre de María Isabel Aranda se quedó pasmada.

—María Isabel Aranda... —murmuró, ceñuda, haciendo memoria—. ¿No es ésta la esposa de Carlos Balmaseda?

—Así es, señoría.

La juez alzó los ojos y miró a uno y a otro.

—¿Y esta mujer es una de las amantes de Marco Mancini?

El cabo Reviejo sonrió irónico.

—Bueno, más que amante, las mujeres pagaban por tener sexo con él. Un gigoló de toda la vida.

El rostro de la juez se ensombreció sin dejar de mirar aquel nombre escrito sobre el papel.

—Es curioso... —Habló frunciendo la frente, queriendo encontrar algo que explicase aquella extraña coincidencia—. Desde hace más de dos semanas, María Isabel Aranda permanece ingresada en estado de coma en la UCI del Marañón. —Calló un instante y alzó los ojos hacia los guardias—. En principio, todas las sospechas recaen sobre el marido; está acusado por un delito de violencia de género. Lleva el caso un juzgado de Madrid. Él lo niega todo. Estaban solos y no hay testigos, salvo la criada, que afirma que antes de irse ella de casa mantenían una fuerte discusión.

—¿Cree que puede tener alguna relación con el caso? —preguntó el sargento.

—Habrá que averiguarlo. Hagan las gestiones del portero cuanto antes. Mantengan una vigilancia prudente de sus movimientos hasta que tengamos los resultados del semen.

Cuando se marcharon los dos hombres, Carlota cogió el teléfono y marcó el número de Julia.

8

Llevaba más de tres horas en la sala de espera, inquieto y expectante. La enfermera le había invitado a salir de la UCI para poder atender a Maribel en aquellos momentos cruciales en los que requería de la máxima atención.

Vio llegar a Julia. La había llamado a ella para avisar de la noticia.

—¿Se sabe algo?

—Nada todavía. —Enrique contestó lánguido—. Tan sólo que ha despertado. Le están haciendo pruebas. ¿Se lo has dicho a mamá?

—Sí. He pasado por casa para contárselo antes de venir. También he llamado a la residencia de la madre de Maribel; para informarles.

—Menos mal que su madre no se entera de nada —añadió Enrique cabizbajo—, su hija es lo único que le queda, aunque ya ni siquiera la reconoce... Pobre mujer...

Después de un silencio, Julia habló con desgana.

—Cuando Carlos lo ha sabido... —le miró un instante—, que Maribel se ha despertado, se ha echado a llorar como un crío. Está destrozado... Da pena verle.

Enrique tragó saliva para no decir lo que pensaba realmente de su hermano mayor. Lo importante ahora era ella, Maribel, su recuperación y su bienestar.

En ese momento, el móvil de Julia sonó en el interior de su bolso, lo sacó y vio que era su hermana.

—Hola, Carlota, iba a llamarte. Estoy en el hospital, por lo visto mi cuñada acaba de despertar del coma...

Julia Balmaseda escuchó atenta lo que le decía la juez.

—¿Un amante? ¿Maribel un amante? Me extraña... No le pega nada... —Se mantuvo callada escuchando a su hermana—. Bien... Sí... De acuerdo, no te preocupes, te mantendré informada.

Colgó y se quedó ensimismada, con el teléfono en la mano, como si no diera crédito a lo que había oído.

—¿Qué ocurre? —preguntó su hermano al verla en ese estado de cavilación.

—Enrique, ¿tú sabías que Maribel tenía un amante?

—¿Maribel? —La reacción de extrañeza fue igual que la de su hermana, pero, además, Enrique notó una punzada en su estómago, como si con aquella pregunta le hubiera clavado un fino cuchillo—. No lo creo. Maribel es incapaz de una cosa así —añadió descartando la idea.

—Eso mismo pienso yo... Pero lo que sí te digo es que con Carlos tenía problemas, porque el martes, antes de que pasara todo esto, la encontré en casa de papá y estaba mal, muy mal, preocupada, triste; yo creo que estaba considerando la posibilidad de separarse de Carlos.

Enrique se sentía bracear en una confusión espesa y sórdida. Envuelto en las palabras de Julia, que continuaba haciéndose preguntas en torno a la llamada de Carlota, recordó la visita de Maribel a su despacho para pedirle dinero, justo la tarde antes de que todo aquello sucediera, y también recordó la mañana que la vio en la calle Jorge Juan, saliendo de un portal, inquieta y nerviosa.

—¿Cuándo dices que la encontraste en casa de papá?

Enrique miraba la pantalla de su móvil mientras escuchaba a su hermana, buscando la prueba que le confirmase lo que estaba pensando. Comprobó que, efectivamente, era el mismo día que perdió la posibilidad de una cita con Francisco Villalta, como consecuencia de haber cortado la llamada de aquella manera un tanto abrupta para la arrogancia del todopoderoso Villalta.

—Julia —Enrique miró a su hermana con gesto valorativo—, ¿tú sabes si Maribel tenía algún problema de dinero?

Julia alzó los hombros con un gesto indeciso.

—Hasta donde yo sé, sus problemas no eran precisamente de dinero.

9

Las razones por las que una mujer, que en apariencia lo tiene todo, se arroja a los brazos de un amante, pagando para tener sexo, pueden resultar, como mínimo, sorprendentes, si no incompresibles e insondables, y, en cualquier caso, esas razones serán siempre complicadas. La insatisfacción, la monotonía, el aburrimiento, el simple capricho... Tal vez, en el fondo, únicamente sea la vanidad o la necesidad de sentirse deseada, sobre todo llegando a cierta edad en la que parece condenada a una paulatina pérdida de atractivo, obligada a apartarse de la voluptuosidad que todavía siente, con la pretensión de reafirmar su propia sensualidad.

Carlota no dejaba de cavilar sobre el caso de Maribel Aranda, aquella medio cuñada de la que lo desconocía absolutamente todo. Por la situación que ella misma había vivido en la relación entre sus padres, su concepto de infidelidad lo tenía muy distorsionado; la actitud todavía hoy aceptada y normalizada entre los hombres como algo natural, lógico, previsible, incluso perdonable en la mayoría de los casos, en contraste con el componente de culpabilidad que aún parecía recaer sobre una mujer infiel. A pesar de todos los avances desde la despenalización del adulterio, a pesar de ser ya varias las generaciones que sólo han conocido la democracia y sus libertades, comprobaba cada día a través de los casos que pasaban por el juzgado que aún existía, pegado al imaginario de la conciencia social, aquella rémora del pasado en el que una mujer podía ser condenada por adulterio a penas de cárcel. Cierto era que la mujer se ha llegado a librar de los barrotes físicos de una prisión, pero aún quedaban muchas mazmorras en la moral que pesaban sobre la mente de una adúltera, distintas de aquellas en las que seguía moviéndose el hombre con una envidiable libertad.

Sin haber tenido la posibilidad de ejercerlo ni de padecerlo, el adulterio había marcado la vida de Carlota. Esa palabra que ya apenas nadie utilizaba, pero que seguía estando presente en una sociedad en la que nada obliga a nadie a estar con quien no quiera estar. No había que justificar una separación o un divorcio, nadie tenía que pasar obligatoriamente por el altar para poder acostarse con una mujer o con un hombre, se podía convivir sin estar unidos legalmente, amancebados, como se decía en tiempos pasados; todo se podía romper y volver a unirse, la felicidad se podía perseguir con todas las facultades posibles de acción, porque las leyes amparaban la libertad individual para actuar por voluntad; y, sin embargo, había quien continuaba atado a una pareja a la que odiaba, o con la que, sencillamente, no era feliz.

10

Salió del juzgado con tiempo suficiente para llegar a la cita concertada. Julia había llamado a media mañana con premura; su nerviosismo era evidente. Carlota ya intuía la razón de aquella inquietud.

Habían pasado unos días desde que el sargento Salgado la llamó para informarle de los resultados de las investigaciones sobre Dionisio Ferrando, el portero del edificio en el que tenía el apartamento Marco Mancini. Las pruebas de semen habían dado positivo, por lo tanto quedaba probado que fue el portero el que mantuvo relaciones sexuales con Alicia Dorado en el coche. Carlota ordenó su detención inmediata, y, cuando se vio en el calabozo, se derrumbó y confesó.

De acuerdo con su declaración y a falta de contrastar otros datos, Dionisio Ferrando subió al coche de Alicia Dorado porque ella se lo pidió; no era la primera vez que lo hacía, porque, según él, esa mujer era muy puta y le gustaba acostarse con cualquiera, y que con él lo había hecho en unas cuantas ocasiones, tres, cuatro, no recordaba bien; añadió que a la fallecida le gustaba hacerlo en el interior de su Mercedes, en descampados y a plena luz del día, porque la posibilidad de ser observados la ponía muy cachonda, ésas fueron sus palabras. Según contó el sospechoso, en el día de autos se encontraba en la rampa del garaje cuando ella salió con el coche; ahí mismo la señora Dorado le instó a que subiera, y por supuesto él ni se lo pensó, porque no era tan estúpido como para rechazar una oportunidad como aquélla, había puntualizado con firmeza. Dionisio manifestó en la comparecencia que no hablaron nada durante todo el trayecto, que nunca lo hacían, no le quería ella para mantener conversación alguna; y, como en otras ocasiones, él se dejó llevar hasta aquellos parajes que ella conocía muy bien; y que, sin mediar palabra, tuvieron sexo; pero aquel día a ella no le debió de gustar porque se mostró arisca, grosera y muy desagradable; admitió el portero que no había estado muy acertado, pero porque ella fue demasiado avasalladora, y él no controló; y le humilló y le insultó; según él, era una mujer muy arrogante que pensaba que por el hecho de tener dinero podía tratar a la gente a su antojo y capricho. Dionisio reconoció que, al sentirse menospreciado, había perdido los nervios y que la agarró con fuerza del cuello, que forcejearon, y que no sabe por qué, de repente, ella se quedó quieta, inmóvil, como si se hubiera desconectado todo en su cuerpo. Dionisio dijo que se asustó y que había decidido dejarla allí tirada y huir con el coche.

Una vez hecha la declaración del sospechoso, Carlota dictó auto de prisión sin fianza y levantó el secreto de sumario.

La posibilidad de que hubiera alguna conexión del caso de Alicia Dorado con la agresión de Maribel Aranda (ambas formaban parte del elenco de clientas especiales de Marco Mancini) había seguido en suspenso, al no haber podido tomarle declaración por consejo de los médicos; la paciente estaba demasiado débil y en estado de profunda confusión. Apenas había articulado monosílabos y palabras sueltas.

11

Enrique esperaba impaciente la llegada de su hermano Carlos. Había quedado con él a las diez y eran cerca de las diez y media. Oyó el timbre de la puerta y salió a su encuentro.

Carlos entró y saludó secamente a la secretaria, que ya había levantado el teléfono para informar a su jefe, pero volvió a colgar cuando lo vio avanzar hacia ellos por el pasillo.

Los dos hermanos se saludaron con frialdad. No le había vuelto a ver desde que salió del calabozo, y a Enrique no le pasó desapercibido la transformación sufrida desde entonces en su semblante, como si en aquellas escasas dos semanas le hubiera aplastado el peso del abatimiento, caído sobre su conciencia de golpe, como un mazazo implacable que le había dejado la piel entumecida igual que la de un viejo enfermo. Era evidente que había perdido peso. El rostro enjuto, ojos hundidos, ceñudo y tenso. Apenas quedaba nada de su talante prepotente, de aquella apariencia de tener el control de todo, de soportarlo todo y de poder con todo como último reducto de dignidad, consumido y derrotado sin remedio por la adversidad que había sido incapaz de gestionar.

Emprendieron la marcha por el largo pasillo, Enrique delante, algo más avanzado, abriendo camino, un paso por detrás le seguía el mayor de los hermanos, envueltos ambos en un incómodo silencio constreñido.

—¿Qué es lo que pasa? —preguntó Carlos nada más entrar al despacho, sin despojarse de su abrigo, los guantes en la mano y mirando cómo su hermano cerraba la puerta y se dirigía a la mesa de reuniones que había junto a uno de los ventanales—. ¿A qué viene tanto misterio?

—No hay ningún misterio. Toma asiento, Carlos. Te he llamado porque hay noticias importantes que tienes que saber.

—¿Qué noticias? —preguntó intentando disimular el pánico que apenas le dejaba respirar.

—Ya han podido tomar declaración a Maribel.

Carlos le miró alarmado, intentando ver en los ojos de su hermano el mensaje antes de llegar a oírlo, como si todo su cuerpo y su mente se estuvieran preparando para recibir el golpe definitivo a toda aquella locura que estaba viviendo.

Se quitó el abrigo despacio y, en silencio, se sentó frente a su hermano.

En ese momento se oyó un toque en la puerta y se abrió sin esperar respuesta. Una mujer de unos cuarenta años, morena, alta, melena abundante, vestida con un traje de chaqueta granate y con zapatos negros de medio tacón, se asomó y pidió permiso para entrar.

—¿Se puede?

—Adelante, Carmen —dijo Enrique sin apenas inmutarse—. Te estamos esperando.

Carlos miró reticente a uno y a otro, sin comprender la presencia de aquella mujer.

—Ella es Carmen Torres, tu abogada. Es ella la que ayer estuvo presente en la declaración que se le tomó a tu mujer.

Carlos abrió la boca y volvió a cerrarla. Frunció el ceño y adelantó un poco el cuerpo hacia donde estaba su hermano.

—¿Está llevando mi defensa una mujer? Te dije que no quería que ninguna mujer tocase este asunto... ¡Te lo dije! —Levantó la voz y el dedo índice, vehemente e indignado—. ¡Sabía que no podía confiar en ti!

—Carmen es una gran abogada y sabe mucho de estos temas.

—¡Es una mujer! —subió el tono de voz para mostrar su indignación.

—Cálmate, ¿quieres? —le instó Enrique—. Ya poco importa quién haya ido a la declaración.

Un silencio inquietante se instaló entre ellos.

Carlos le observaba alertado, con la angustia reflejada en sus ojos. Durante los días de encierro en casa de su madre, intentando aislarse del drama que le había caído sobre los hombros, le había dado muchas vueltas a todo lo que le estaba pasando, y se daba cuenta de que su futuro, su condena o su absolución, el ir o no a la cárcel, estaba en manos de Maribel; y llegó a considerar la posibilidad de que quisiera vengarse de toda la infelicidad que le había provocado a lo largo de tantos años. Por eso, temía tanto su despertar como su definitivo silencio.

Carmen Torres, ajena aún a la conversación entre los dos hermanos, se había sentado y abrió la carpeta que portaba. Luego, esperó a que le dieran la palabra.

Por su parte, Carlos, retomando la expectación, la miró para luego volver sus ojos de nuevo a su hermano.

—¿No habrá dicho que yo...? —balbució, inseguro.

—Escucha lo que tiene que decirte Carmen.

Carmen se irguió y alzó la barbilla dispuesta a contar de palabra lo que traía recogido en los papeles que exhibía delante de ella.

—Efectivamente, ayer por la tarde Maribel Aranda declaró ante la Comisión Judicial y de su declaración se deduce que usted nada tuvo que ver con la agresión que la ha llevado a la situación en la que se encuentra.

Carlos cerró los ojos con una sensación de grato vértigo, como si un viento fresco le hubiera atravesado todo el cuerpo aireando las miserias acumuladas durante aquellos días. Al cabo, volvió de nuevo a la realidad del momento.

—Ya os lo dije, os dije que era inocente y no me creísteis, os lo dije... —expulsaba con rabia las palabras farfulladas en los labios—. Yo nunca le he puesto la mano encima a Maribel. Os lo dije —repetía una y otra vez.

—La declaración de su esposa es clara y contundente, señor Balmaseda —añadió la letrada, como si quisiera corroborar la inocencia reivindicada.

—¿Y quién fue?, ¿qué ocurrió? ¿Quién nos ha hecho esto? —preguntó Carlos impaciente.

Enrique, con la mano en la barbilla y una sombra en el semblante, observaba atento la reacción de su hermano. Era Maribel la que había estado a punto de perder la vida, pero Carlos se empeñaba en presentarse como una víctima de los acontecimientos.

—Señor Balmaseda —continuó la letrada—, su esposa ha contado que aquel sábado, a los pocos minutos de que usted saliera de la casa, sonó el timbre del portero automático; que al ver sus llaves y su móvil en la cómoda dio por supuesto que era usted y abrió el portal sin preguntar, y por esa misma razón dejó la puerta de la casa entreabierta y regresó a su habitación; lo último que quería era verle, según ha declarado, a consecuencia de la fuerte discusión que habían mantenido. Que de repente vio aparecer a un hombre al que dice conocer poco... Pero que ha podido identificar con toda claridad. Se trata del mismo que está relacionado con la muerte de otra mujer, Alicia Dorado.

—¿Alicia Dorado?

—La mujer de Arturo de la Llave —intervino Enrique.

—No entiendo nada.

—Pues está bien claro —añadió Enrique con brusquedad—, el hombre que mató a la mujer de Arturo de la Llave es el que intentó matar a Maribel.

Carlos no daba crédito a lo que estaba oyendo.

—¿Y se puede saber qué cojones tiene que ver ese tipo con mi mujer?

—Ese tipo es el portero de un edificio de la calle Jorge Juan —contestó tajante la abogada.

Carlos llevaba la mirada de uno a otro como si estuviera presenciando un partido de tenis. De repente soltó una risa nerviosa, como si liberase la tensión, abrió las manos y cerró los ojos moviendo la cabeza de un lado a otro.

—A ver... Creo que me he perdido.

Carmen Torres, en silencio, miró a Enrique como si le estuviera cediendo su turno de palabra. El pequeño de los Balmaseda tragó saliva y habló con voz seca.

—Carlos, tu mujer... —Enmudeció un instante buscando las palabras adecuadas—. Maribel se veía con un hombre en un piso de ese edificio.

—¿Que Maribel qué? —balbució ceñudo y estupefacto.

—Me has entendido perfectamente.

—¿Insinúas que mi mujer me ha estado poniendo los cuernos? ¿Que tenía un amante?

—¿Tanto te sorprende? —Enrique no pudo contener un tono de ácida ironía—. No me irás a decir que tú siempre has sido un marido fiel.

—Eso a ti no te importa —le contestó con acritud—. ¿A qué viene eso?

Enrique inspiró con fuerza para respirar y no ahogarse en su propia angustia.

—Tienes razón. No me importa —mentía, y aquella mentira verbalizada quemaba la sangre que corría por sus venas como dolorosas flamas—. Al fin y al cabo es tu problema, no el mío. Tal vez te tranquilice saber que no era exactamente un amante. Al igual que Alicia Dorado, tu mujer pagaba por mantener encuentros con el propietario de un piso en ese edificio del que el sospechoso es el portero. Por lo visto, estaba obsesionado con algunas de las mujeres que eran clientas del gigoló.

—¿Me estás queriendo decir que mi mujer se acuesta con un puto?

—Imagino que será igual tu indignación respecto de los hombres que pagan a prostitutas.

—¿Es que tú no has pagado nunca a ninguna, hermanito?

Enrique ya no pudo contenerse y quebró el rostro con una mueca de sarcasmo colocándose el dedo en la sien.

—Me das pena, Carlos —sus ojos reflejaban el desprecio que sentía en aquel momento por su hermano—, das pena.

Desde que Carmen Torres le había informado del resultado de la declaración de Maribel, Enrique sentía crecer en su interior un dolor intenso y abrasador que le devastaba por dentro. No podía ser verdad, se decía una y otra vez, Maribel no podía haber hecho eso. Qué grado de desesperación la había llevado a los brazos de otro teniendo los suyos dispuestos a recogerla, abrazarla, quererla, amarla con tanta intensidad como para arrancarla definitivamente de su dolor. Le costaba entenderlo, y mucho más imaginarlo.

Ante el silencio implantado entre los hermanos, la abogada continuó con el relato de los hechos.

—Por lo que se ha averiguado y a falta de otras pesquisas, el portero del edificio donde se producían los encuentros seguía desde hace tiempo todos los pasos de la señora Aranda. Sabía dónde vivía y con quién. Ella ha declarado que la intentó forzar, que se resistió y que le tapó la boca para que no gritase; sólo recuerda que se sintió sin aire, que se asfixiaba y nada más. Se desvaneció y cayó.

—Así que ese tipo intentó matarla. —Carlos hablaba lento, como si le costase vocalizar.

—Habrá que escuchar su declaración. Lo cierto es que, en una de las cámaras que ya se visualizó en su día por parte del Juzgado de Violencia sobre la Mujer que ha llevado el caso hasta ahora, se le ve rondar por la zona unos minutos antes de que usted saliera de la casa.

—¿Y dónde está ahora? —preguntó Carlos con aprensión.

—Lleva unos días en prisión como principal sospechoso de acabar con la vida de Alicia Dorado.

Carlos se levantó con un golpe en la mesa, algo alterado, como desatado de una repentina osadía recobrada.

—Pues ya lo sabemos. Es perfecto... Perfecto. —Hablaba para sí, desbordado poco a poco de entusiasmo—. Estoy libre de toda sospecha. Así que yo me marcho. Tengo que retomar mi vida.

—Todavía no hemos terminado —dijo Enrique con la intención de reprimir aquella euforia repentina.

—Claro que hemos terminado. —Se dirigió a su hermano con un visaje displicente—. Dedica tus esfuerzos a que ese cretino no salga de la cárcel hasta que se pudra, que es tu obligación. Me importa un huevo cómo lo hagas. —Abrió las manos con un gesto radiante en su cara—. Podré regresar a mi casa y visitar a mi mujer en el hospital, me imagino...

La letrada se removió en su silla antes de hablar.

—Lo más probable es que le llegue de inmediato el levantamiento de la orden de alejamiento. Sin embargo, considero que no debe ir al hospital, al menos por ahora. Podría ser contraproducente para sus intereses, señor Balmaseda.

—No entiendo... ¿Es que me van a impedir ver a mi mujer? ¡Estamos locos o qué!

—Te convendría calmarte y escuchar —intervino Enrique, harto de las interrupciones de Carlos—. Ya te he dicho que no había terminado.

—No estoy dispuesto a escuchar nada más. Resuelve esto de una puta vez.

Antes de que Carlos hubiera cogido el abrigo para ponérselo y marcharse, la voz firme de Carmen le detuvo.

—El fiscal y la forense sostienen que hay sospechas más que suficientes de que haya podido someter a su esposa a un maltrato psicológico mantenido durante años.

Todo quedó detenido, como si por unos segundos un rayo hubiera paralizado cualquier movimiento. El silencio era tan espeso que el aire parecía haberse adensado. A Carlos las palabras le oprimían en la garganta, incapaz de articular un solo sonido. Tragó saliva como el que engulle un líquido amargo, podrido. Miró a su hermano en busca de un apoyo que no encontró.

—¿En qué se basa para semejante acusación? —farfulló entre dientes.

—No es una acusación, al menos por ahora —respondió la abogada—. Se trata de indicios derivados de la declaración de su esposa, de su estado mental y emocional, además de testimonios de vecinos, el de la criada y los de sus hijos.

—¿Que mis hijos han declarado que yo he maltratado a su madre?

—No exactamente. En la mayoría de los casos, este tipo de maltratos están tan normalizados en la familia y en la propia víctima que se llegan a considerar normales y habituales actitudes y conductas que en realidad no tienen nada de natural y, por supuesto, nada que ver ni con el amor ni con la convivencia. Lo que vamos a tener que demostrar es que no es éste su caso, sino que ustedes no se llevan bien, que son un matrimonio mal avenido como tantos otros, sin más añadidos.

Enrique tomó aire para calmar la rabia que sentía. Él sabía que su hermano había actuado desde siempre como un maltratador respecto de Maribel; humillaciones, manipulación, sometimiento, y todo en una clara posición de superioridad sobre ella, domesticada a la perfección, marcando la línea por la que ella debía transitar en su vida; estaba convencido de que si nunca le había puesto la mano encima había sido porque Maribel se había ajustado a sus mandatos, obediente, sin cruzar los límites que hubieran llevado a consecuencias más graves para ella. Sabía que Maribel no le denunciaría nunca, y mucho menos declararía en su contra. Y todo había sucedido delante de sus ojos, consciente de lo que ocurría, dejando impune cada afrenta, cada ataque, sin hacer nada para impedir tanta ofensa, tanto agravio inferido sobre ella. Y de nuevo sintió el intenso peso de la culpa por no haberla arrancado de sus garras para protegerla.

—No me lo puedo creer... —Carlos negaba con la cabeza, una sonrisa sardónica en los labios, las manos en la cintura, abierta la chaqueta, descompuesto y sorprendido—. No puedo creer lo que me están haciendo... No puedo creerlo.

—Habrá que esperar a ver por dónde se lleva el asunto —dijo la mujer.

—Pero ¡si es mentira!... —clamó Carlos—. ¡Una burda y miserable mentira! ¿Quién puede acusarme?

—Ya le he dicho que es la conclusión a la que llegaron ayer el fiscal y la forense. A instancias del Ministerio Fiscal, cuando su esposa esté en mejores condiciones, se le hará un examen psicológico con más detenimiento para saber a qué atenerse.

—¿Maribel ha dicho que yo la maltrato? —preguntó Carlos, cada vez más aturdido, despojado de nuevo de su anterior exaltación.

—Yo no he dicho eso —respondió la abogada—. Si no hubiera denuncia por su parte, la fiscalía puede hacerlo siempre y cuando cuente con pruebas suficientes; si fuera así, será este organismo el que determine si cursa acusación contra usted o no, y en qué grado si lo hiciera.

—Es lo que hay, Carlos —intervino Enrique—. Intenta mantener la calma y no hacer ninguna tontería. Aún te la sigues jugando.

Carlos miró a su hermano con intensidad.

—Estás disfrutando con todo esto, ¿verdad?

Aquellas palabras envenenadas quebraron la serenidad de Enrique. Se abalanzó sobre su hermano y le agarró por la pechera. Carlos apenas se inmutó, en su rostro se reflejaba un malvado sarcasmo.

—¡Te mereces todo lo que te está pasando porque eres un miserable, Carlos, un canalla miserable! ¡Mereces pudrirte en la cárcel por todo el daño que has hecho!

Miradas de hito en hito, silencio, instantes de tensión durante los que Carlos se mantuvo en apariencia impertérrito ante el ataque. Enrique le soltó y se marchó del despacho, dejándolos solos. Carlos tardó unos segundos en moverse. Se recompuso la chaqueta y la corbata descolocada por el agarre. Se pasó la mano por el pelo y se levantó para coger su abrigo.

—Señora Torres..., o es señorita...

—Señora —añadió ella en tono tranquilo mientras recogía su carpeta.

—Espero que sepa cómo resolver esta injusticia que se está haciendo conmigo.

—No dude que haré todo lo que está en mi mano para demostrar su inocencia.

Carlos la miró unos segundos en silencio.

—¿Usted cree en mi inocencia?

Carmen Torres dejó de recoger papeles y se levantó ajustándose la chaqueta del traje.

—Le creo, señor Balmaseda —respondió con voz firme y potente—, pero necesitamos que lo hagan también los demás, y en eso consiste mi trabajo, en convencerlos de que es usted inocente como dice. Le mentiría si le dijera que va a ser una tarea fácil; requiero de su absoluta colaboración. Si usted falla, si usted hace o declara algo en su contra, mi trabajo no servirá de nada.

Cerró su carpeta y se acercó hasta él con la mano tendida, sostenida en el aire unos segundos mientras Carlos la miraba a los ojos, hasta que subió la suya y ambas se estrecharon.

—Estaremos en contacto, señor Balmaseda. Le sugiero que no intente acercarse a su esposa, al menos hasta que yo le avise.

Sus manos se separaron.

—¿Qué me va a pasar?

—Espero que nada. Pero le pido paciencia y, sobre todo, le pido que confíe en mí. De lo contrario ambos perderemos, yo el tiempo y puede que usted su libertad.

12

Carlota escuchaba a Julia relatar los acontecimientos que había contado Carlos al llegar a casa de su madre (en la que seguía viviendo, desahuciado de la suya, como él clamaba) tras despedirse de Carmen Torres.

—No queda otra que esperar —dijo la juez cuando Julia terminó.

—Da la sensación de que alguien ha abierto la veda para la caza de Carlos Balmaseda. Si no es por un lado es por otro.

—Son sólo indicios, Julia.

—Sí, indicios, pero el caso es que continúa en el punto de mira.

—Tú que conoces la relación de ese matrimonio, ¿crees que son infundadas las sospechas?

—Claro que lo creo. ¿Tú no?

—No lo sé, Julia, no tengo suficiente información, pero, si el fiscal y la forense están de acuerdo en que hay indicios, es posible...

—Pues se están equivocando, Carlota —la interrumpió con vehemencia—. Mi hermano es un amargado, carece de bondad, incluso se puede decir que es una mala persona, un capullo como tú lo llamaste, pero lo es con todo el mundo, no sólo con Maribel, lo es conmigo, con sus hijos, con mis padres, con Cayetano, con sus colaboradores, con los que dicen ser sus amigos que tan sólo se le acercan por interés para sacarle algo; desde que yo recuerdo ha sido siempre desagradable y desabrido, incluso lo ha sido contigo. Tan sólo despliega su encanto para cortejar, como los pavos reales; cuando consigue lo que quiere vuelve a su estado natural. Es una mala persona, y eso ya de por sí es una tragedia, para él y para los que convivimos con él, pero que yo sepa no es un delito.

—¿No me digas que lo estás justificando? —preguntó Carlota sin ocultar su estupefacción.

—No lo estoy justificando, te estoy diciendo que Carlos tiene un problema.

—Pues si tiene un problema, que se lo trate, Julia. Pero eso no le puede dar carta blanca para machacar la vida de su mujer.

—Carlos no es un maltratador.

—Eso lo tendrá que decidir un juez; si es que llega a ser juzgado, que todavía está por ver.

—¿Es que no lees los periódicos? —Julia estaba molesta por todo lo que estaba pasando a su alrededor—. Todo el mundo le ha condenado ya.

—Eso es algo que no se puede controlar; y, si te sirve de algo, me parece muy injusto.

Julia la miró en silencio, agradecida por ese punto de apoyo moral que le brindaba. Bajó la mirada y relajó un poco el gesto.

—¿Qué le puede pasar?

—Es pronto para saberlo —respondió Carlota—. Habrá que esperar.

—¿Podría ir a la cárcel?

Carlota movió la cabeza chascando la lengua.

—Lo cierto es que, si Maribel se niega a denunciar, hay poco que hacer.

—No cuentes con Maribel, ella sabe perfectamente el problema que tiene Carlos.

—Maribel es la víctima de todo esto, Julia, no lo olvides.

—Una víctima que pagaba a un hombre para tener sexo.

—Eso no le incumbe a nadie salvo a ella.

—Claro... —añadió con ironía—. No alcanzo a entender cómo se le pudo ocurrir semejante barbaridad, cómo se puede caer tan bajo...

—Ahora eres tú la que estás juzgando a Maribel —interrumpió Carlota, molesta por la actitud de su hermana.

Julia la miró con gesto hastiado. Dio un profundo suspiro y bebió un sorbo de la cerveza que le habían servido.

—Tienes razón... Lo siento, pero es que todo lo que está pasando me parece tan increíble... Es todo tan mezquino, tan espantoso...

—Julia, sé que es una situación muy difícil. Comprendo tu reacción y tus miedos, pero no tires contra quien es sólo una víctima de todo este turbio tema. Yo sé que en estos casos la cárcel no es la mejor solución. Si consiguieras que Carlos reconociera que tiene un problema, tal vez... No sé.

—Sí, es evidente que tiene un problema, pero no creo que lo llegase a reconocer nunca. Mucho tendría que cambiar.

—Es posible si hay voluntad.

13

Carlos Balmaseda estaba abrumado por la nueva situación posible, una amenaza intangible y etérea, mucho más subjetiva, más relativa, que le obligaría a justificar que no era él la causa de la desdicha de su esposa, o sí, porque era cierto que no había sabido hacerla feliz; nunca lo había pretendido, pero tampoco lo había hecho ella, nunca había hecho nada por intentar llenar su vida, por enriquecerla, ningún esfuerzo por vivirla sin la displicencia en la que siempre la había conocido, invariablemente ceñida a sus pretensiones vacuas, sin ilusiones o proyectos, limitada a vivir sin más, sin lucha, sin esfuerzo, sin pasión ni otra ambición que observar la sucesión de los días, con cada una de sus noches.

Enrique había salido de su despacho precipitándose a la calle para intentar respirar el aire que parecía no llegarle a los pulmones. Boqueaba como un pez en tierra cuando salió del portal, el abrigo abierto, el hálito blanquecino de su aliento expulsado con ansiedad. Le importaba más bien poco la suerte que pudiera correr Carlos; incluso, escuchando a la abogada, se le había pasado por la cabeza la posibilidad de ser él el que denunciase a su hermano por maltrato a su esposa, su testimonio podría aportar pruebas, sostener esa acusación que le llevase a la cárcel; sentía tanto odio que le ardía la sangre. Pero su obsesión era verla. No dejaba de pensar en aquella imagen que tenía de ella unos días antes de que aconteciera la tragedia, saliendo de aquel maldito portal de la calle Jorge Juan, su inquieta turbación al sentirse descubierta, sus ojos ocultos tras las gafas de sol en un día nublado como su desdicha, el estremecimiento de su cuerpo que llevaría aún en su piel la esencia de otro, de un servicio pagado para hacerla tocar el cielo desde el mismísimo infierno.

Continuaba acudiendo al hospital cada mañana y cada tarde; hacía lo que fuera para escapar de sus obligaciones del despacho, zafándose de las tediosas reuniones mantenidas casi a diario con su cuñado Cayetano, en cuyas manos dejaba, en la mayoría de los casos, el peso de las gestiones, incluso de la mayor parte de las decisiones, más capaz, más avispado y más experto en aquellos terrenos en los que él se movía muy envarado, ignorante de la técnica y de las formas de la empresa.

Maribel continuaba ingresada en la UCI por precaución. A pesar de haber despertado del coma y de haber recobrado la consciencia, parecía mantenerse encerrada en un mutismo inquietante. La única diferencia eran sus ojos, abiertos a veces, otras cerrados, miradas que parecían no mirar, aparentemente ausente a pesar de las palabras de Enrique, frases repetidas, interminables declaraciones en las que le exponía intenciones, proyectos, sueños de un posible futuro juntos. Pero ella no respondía, sus labios se empeñaban en permanecer cerrados, esbozada una sonrisa triste acompañada, a veces, del brillo de sus ojos aguados por lo que él entendía una emoción manifiesta.

Le hablaba de amor aferrado a su mano, la misma mano que, con su temblor, le avisó de su regreso, de que volvía de nuevo a la vida desde aquel encierro mental en el que había quedado atrapada.

Cuando llegó al hospital, vio salir a la supervisora de la UCI. Después de saludarse, Eva le indicó que no podía pasar a verla.

—Le están haciendo unas pruebas. Van a tardar un rato. —La enfermera observó su desconcierto. Le sonrió y le habló buscando sus ojos—. Iba a tomarme un café. ¿Te apetece uno?

La acompañó hasta la cafetería, pidieron en la barra y se sentaron a una mesa. Eva no paraba de saludar a unos y a otros.

Resultaba evidente que llevaba mucho tiempo trabajando en el hospital.

—Diecinueve años —dijo respondiendo a la pregunta de Enrique—. Entré con veintidós años. Y no me cambio por nada. Si volviera a nacer, volvería a ser lo que soy, sin dudarlo.

—No entiendo cómo te puede gustar estar siempre rodeada de enfermedad y muerte.

—Si fuera sólo eso de lo que nos rodeamos, nadie lo soportaría. La enfermedad y la muerte son inherentes a la vida. Todos nacemos, todos enfermamos alguna vez o enferma alguno de nuestros seres queridos, algo que suele provocar más sufrimiento que la enfermedad propia, y todos tenemos que morir. Yo estoy rodeada de seres humanos que nacen, enferman, curan y mueren. Además de lo estrictamente sanitario, en esta profesión, y mucho más en donde yo estoy, intentamos que todo sea un poco más llevadero, no sólo para los ingresados, sino también para los familiares.

—Debe de ser muy duro tener que dar la noticia a alguien de la muerte de su ser querido. A diario ves tanto sufrimiento...

—Sí que lo es, no te lo voy a negar. Es muy duro no encontrar explicaciones a situaciones terribles por las que tienen que pasar los enfermos y sus familias. Los que nos dedicamos a esta profesión tendemos a valorar más las cosas que verdaderamente importan, precisamente porque somos testigos a diario de tragedias y de que esas tragedias le pueden ocurrir a cualquiera, en cualquier momento, tengas lo que tengas, teniéndolo todo o sin tener nada. Aquí, en la UCI sobre todo, se aprende a priorizar en la vida, a entender que el bienestar puede ser muy efímero; y no sólo lo aprendemos el personal sanitario, la obligación de pasar por esta zona crítica ha servido a mucha gente para cambiar su manera de ver la vida, para darse cuenta de lo valioso que es estar bien, sano, el prodigio de estar vivo.

Enrique la miraba abstraído. Su voz dulce pero firme penetraba a través de sus sentidos como un caudal de agua fresca que encendía su entendimiento.

Al cabo, tragó saliva y habló.

—Eva, ayer estuvieron con Maribel los de la Comisión Judicial...

—Sí. Justo cuando te fuiste tú llegaron ellos. Estuvieron un buen rato. Entiendo que era necesario, pero la dejaron agotada.

—Eva, tú sabes que yo no soy... Quiero decir...

—A mí no me tienes que dar ninguna explicación, Enrique. Tu presencia le hace bien a Maribel, eso es lo único que importa.

Conocía la razón de la ausencia del marido de Maribel Aranda, y sabía del parentesco que les unía a ella y a Enrique. Al principio le había resultado un poco extraño, no tanto sus visitas, constantes y puntuales (no había faltado ni un solo día desde su ingreso), sino más bien esa actitud compungida hacia la que era su cuñada; ni siquiera los hijos se mostraban así, más pendientes de su móvil que de su madre postrada, como si una vez vista hubieran cumplido y desearan salir para no perderse o retrasar alguno de los mensajes que iluminaban una y otra vez la pantalla de su iPhone, a pesar de las advertencias previas de apagar los móviles. Con el paso de los días, Eva empezó a intuir algo de las posibles razones de aquella conducta que Enrique mostraba.

—Ella... —balbució Enrique—. No me ha dicho nada desde que despertó, ni una palabra... Ese silencio... —murmuró con la mirada ausente, como si estuviera recreando en su mente el inmenso vacío que le provocaba aquel obstinado mutismo, como un castigo, como una terrible y dolorosa penitencia. Luego, clavó sus ojos en aquella enfermera que le escuchaba atenta—. Me está volviendo loco...

Enrique escondió su rostro con las manos, mientras que Eva continuó callada, ofreciéndole la oportunidad de expulsar su desesperación, acostumbrada a presenciar derrumbes emocionales.

Al cabo, la enfermera extendió su brazo a lo largo de la mesa y agarró su muñeca, como si le tendiera un amarre para evitar que se hundiera definitivamente bajo las turbias aguas de sus pensamientos.

—Enrique, dale tiempo, ella lo necesita..., y tú también.

EL FINAL DE LA HISTORIA

—

1

> Es de ver cómo inculpan los hombres sin tregua a los dioses achacándonos todos sus males.
> Y son ellos mismos los que traen por sus propias locuras su exceso de penas.
>
> HOMERO, *Odisea*

El timbre del portero irrumpió en el espacio para romper la serenidad y el silencio. Carlota, sorprendida, levantó la mirada del libro como si aquel sonido, agudo y estridente, la hubiera obligado a regresar de su sosegada abstracción. Sin moverse, miró el reloj y cerró el libro que tenía en su regazo, introduciendo antes el marcapáginas. A los pocos segundos, aquel ruido ondulante volvió a resonar, invadiendo cada rincón de la casa. Se levantó y fue al telefonillo de la entrada. No sabía quién podía ser. No esperaba a nadie. Al descolgar, la pantalla se iluminó y descubrió aquel perfil en blanco y negro; tuvo que mirar con detenimiento para estar segura de que era quien pensaba que era. Ahí estaba, en actitud de espera, mirando hacia el portal, con la mano posada sobre el cristal. Carlota no dijo nada. Abrió casi inconscientemente, preguntándose por qué lo había hecho cuando ya estaba apretando el botón de apertura y vio cómo empujaba la puerta y desaparecía de su vista. Desconcertada, colgó el dispositivo y se quedó abismada unos segundos en la pantalla, que volvía a ser negra. De repente se dio cuenta de que iba descalza. Se ajustó la coleta, corrió a calzarse, dobló la manta que la había estado cobijando durante la lectura. El ding dong del timbre paralizó su corazón, agitado hasta aquel momento. Miró a su alrededor, sin saber muy bien por qué ni para qué, y volvió a la entrada. Tomó aire como si fuera a arrojarse al vacío y, por fin, abrió.

Las dos mujeres se quedaron mirándose durante unos segundos eternos, como si estuvieran reconociéndose, mudas, inmóviles, tiesas.

—Hola, Carlota, ¿puedo pasar?

—¿A qué ha venido?

Amalia Escolar permanecía erguida como un palo, los labios prietos, el gesto atormentado, la mirada desafiante, como si hubiera tenido que acumular mucho valor para llegar hasta allí. Una de sus manos agarraba con fuerza el asa del bolso negro, la misma fuerza con la que Carlota se mantenía aferrada al picaporte de la puerta recién abierta.

—Déjame entrar, Carlota. Necesito que me escuches.

En esta última frase pareció deshacerse algo de la altivez que portaba siempre, al igual que cualquiera de sus carísimos trajes, tan elegantes como antiguos.

Carlota no dijo nada, se echó un paso atrás dando a entender que le dejaba libre el acceso.

Amalia tardó unos segundos en reaccionar, insegura de haber sido realmente invitada, temerosa de que, al moverse e intentar avanzar, se lo impidiera y la echara con viento fresco, humillada y derrotada antes incluso de entrar en batalla.

Carlota estaba segura de que aquella mujer venía a hablarle de la dichosa herencia, a defender los derechos de los hijos legítimos, arrojándola el consabido reproche de bastarda sin derecho a nada. Sintió que el estómago se le encogía. Rechazaba una confrontación en la que siempre se había sentido sola; nadie, ni siquiera su madre, había estado a su lado en aquel asunto, como casi en nada.

Amalia entró y se detuvo en el centro del recibidor mientras oía la puerta cerrarse a su espalda. No pudo evitar mirar a todo su entorno con un gesto entre la curiosidad y la extrañeza.

—Ha cambiado mucho esto desde la última vez que estuve aquí. No parece el mismo piso.

—No sabía que hubiera estado usted en esta casa —replicó displicente Carlota.

—Conocí cada rincón de esta casa. —Se volvió hacia ella y la miró con fijeza—. Mucho antes de que tú nacieras.

—Amalia, ¿qué es lo que quiere?

Amalia la miró unos instantes en silencio. Bajó los ojos y tragó saliva, en el vano intento de engullir el orgullo que permanecía atascado en la garganta.

—Vengo a ofrecerte algo a cambio de tu ayuda.

—No se me ocurre nada que pudiera interesarme de usted, y, por supuesto, no tengo ni idea de en qué podría yo ayudarla.

—Se trata de Carlos. Ya conoces el calvario por el que está pasando, tremendamente injusto por otra parte. —Calló un instante, prevenida por el gesto irónico de su interlocutora—. Es mi hijo, Carlota, pero también es tu hermano.

—No me lo puedo creer —dijo soltando una risa ladina, imprimiendo a su tono todo el sarcasmo de que fue capaz—. Ahora resulta que tengo un hermano, y me lo viene a decir usted, Amalia Escolar, la que ha hecho todo lo posible por apartarnos a mí y a mi madre de la vida de mi padre y de los hijos de mi padre.

—Comprendo tus reproches, y los esperaba, no creas. Pero tuve mis razones para actuar como lo hice. He tratado de proteger a los míos, eso es lo que hace una madre, aunque se equivoque en su forma de actuar.

—Esto es el colmo —espetó con vehemencia, removiéndose nerviosa, contenida la rabia que le corría por las venas como si la sangre se hubiera tornado una masa ígnea, un magma abrasador—. Si ha venido hasta aquí para esto, ya puede usted salir por esa puerta, porque le aseguro que no respondo de que pueda mantener mi buena educación hacia usted. Aproveche y márchese, no vaya a ser que luego se arrepienta.

Carlota volvió a abrir la puerta de la calle, mientras que Amalia se volvió lentamente, manteniendo una aparente calma, para quedar de nuevo frente a frente. Las dos mujeres eran de la misma altura. Amalia tenía los brazos caídos a lo largo del cuerpo; Carlota sujetaba de nuevo el picaporte con una mano, la otra posada sobre la cadera, en actitud retadora.

—Reconozco que me ha costado mucho venir hasta aquí a pedirte ayuda.

—A ver si lo entiende, Amalia, me da exactamente igual lo que le pase a su hijo.

—Tal vez tú no lo entiendas porque no eres madre...

—Señora, resulta evidente que ser madre no la convierte a una en mejor persona.

—Tú puedes ayudarle —porfió Amalia, quebrando un poco su actitud rígida—. Carlos no le ha hecho nada a Maribel. Los dos se han labrado su propia desdicha, el uno junto al otro y cada uno por su cuenta; no considero que la actitud de Carlos hacia su mujer haya sido un ejemplo para nadie, pero ninguno podría reprocharle nada al otro. Ésa es la verdad. Y esto no lo digo yo, lo ha dicho mi nuera Maribel.

—No compare, señora, su hijo es un maltratador y hay indicios más que evidentes para sospechar que su nuera es una mujer maltratada.

—Tú qué sabrás de lo que ocurre en un matrimonio de puertas adentro. No tienes ni idea de lo que es convivir con un hombre.

Carlota no podía creer lo que estaba escuchando. Estaba confusa y a la vez rabiosa. Se contuvo para no responder lo que le pedía a gritos el cuerpo, echar a empujones de su casa a esa mujer.

—Salga de mi casa —dijo tajante.

—No me iré sin que escuches lo que he venido a decirte.

—Lo siento, Amalia, pero se ha equivocado de persona. Ni puedo, ni debo, ni quiero hacer nada por usted, ni mucho menos por su hijo. —Tras un silencio tenso y pesado, Carlota sentenció—: Será mejor que se marche. No ha sido buena idea venir hasta aquí.

—Todavía no sabes lo que he venido a ofrecerte.

—Ya le he dicho que no me interesa nada suyo. Váyase de una vez.

Amalia Escolar la miró alzando la barbilla; luego bajó los ojos y volvió a levantar el rostro.

—Está bien, me marcharé si no quieres saber la razón por la que tu padre se casó conmigo.

Tras unos instantes de consternación, de un silencio cortante y pesado, Carlota cerró la puerta para apoyar la espalda sobre ella, sintiendo un vértigo por tener ante sí la posibilidad de conocer aquello que tanto había anhelado desde que tenía doce años.

2

Amalia Escolar Gómez había nacido en un pueblo perdido de Las Hurdes, en el seno de una familia con muy pocos recursos. Era la cuarta de cinco hermanos. La necesidad obligó a sus padres a cargar en un carro lo poco que tenían para emprender un viaje hacia la esperanza de una vida mejor instalada en los arrabales de Madrid. Pero la miseria y la muerte los persiguieron y, al poco de llegar, los encontraron; la más pequeña de las hermanas murió de unas fiebres repentinas; los tres varones mayores fueron muriendo poco a poco; uno bajo los escombros del tabique que se derrumbó cuando trabajaba en la construcción de una vivienda; a otro le atropelló un tranvía en la calle de Alcalá, y a otro le mató una bala perdida al comienzo de la guerra, cuando estaba asomado a una ventana en los primeros días de aquel caluroso verano en que se inició todo. Su padre desapareció en la batalla del Ebro, le dieron por muerto pero nunca supieron cómo ni dónde se hallaba sepultado.

Madre e hija sobrevivieron a duras penas sin la protección y el amparo de un hombre. Primero malvivieron en la buhardilla de una corrala cerca de la Plaza de Cascorro. La señora Inés trabajaba de sol a sol en un puesto de pescado en el mercado de Puerta de Toledo mientras Amalia pasaba demasiado tiempo sola. Una tarde, al regresar del mercado, se encontró a su hija atrapada bajo el cuerpo de un vecino. Montó un escándalo descomunal, pero el vecino estaba casado con una mujer muy brava que terminó por acusar a la señora Inés de no cuidar a la hija, y a la hija de dejarse manosear a cambio de un trozo de pan con chocolate. El resultado fue que las echaron de la buhardilla, la señora Inés perdió el trabajo en la pescadería y se vieron en la calle en pleno enero sin lugar donde cobijarse ni bocado que llevarse a la boca. Las acogió el cura de la parroquia y, a los pocos días, gracias a sus contactos, les encontró un lugar donde poder vivir y trabajar sirviendo. Se trataba de la casa de los Balmaseda, don Clemente y doña Carmen, una familia acomodada con dos hijos, Clemente y Carmencita. Doña Carmen admitió que la hija de la señora Inés viviera en la casa con la condición de que la joven Amalia no saliera de la zona de la cocina, la despensa y el cuarto en el que dormían madre e hija, y de que la chica colaborara en los menesteres de la cocina a cambio de la cama y la comida. La razón era obvia: doña Carmen había sido debidamente avisada de lo ocurrido en la corrala de donde habían sido expulsadas y pretendía evitar despertar cualquier tentación que pudiera provocar la visión de una joven de muy buen ver pululando por la casa ante los ojos masculinos.

Al principio, el miedo de verse de nuevo en la calle, sin lugar adonde ir, además de las insistentes súplicas de su madre, hicieron que Amalia ni siquiera se asomase a la puerta, quedando encerrada en los dominios limitados de la zona de servicio. Oía las voces de los señores, sus risas y sus charlas. Además de doña Carmen, que se llegaba a la cocina para comprobar lo adquirido en el mercado y supervisar las comidas y cenas, también entraba, muy de vez en cuando, Carmencita (algo mayor que Amalia). Tanto una como otra se dirigían a la señora Inés obviando la presencia de Amalia, siempre callada, apartada, absolutamente ignorada.

Amalia se dedicaba a los trabajos que su madre le encomendaba: lavar ropa, tender, planchar, fregar cacharros, limpiar verdura o pescado y coser. No conocía a nadie en Madrid, por eso los domingos por la tarde solía salir sola a pasear por las calles del centro; como no tenía ni un céntimo en el bolsillo, si no hacía demasiado frío, cuando se cansaba de andar, se sentaba en un banco a observar a la gente, su manera de vestir, de caminar, de hablar, de reír, y pensaba en lo injusta que había sido para ella la vida, en lo mucho que algunos tenían mientras que ella sólo había conocido el amargo sabor de la miseria.

Tuvieron que transcurrir varios meses para que la curiosidad por saber qué había más allá de la puerta de la cocina pudiera más que la prudencia. La oportunidad la vio clara una tarde en que todos habían salido, incluida su madre. Amalia no se lo pensó demasiado, se armó de valor y se decidió a explorar aquellos dominios desconocidos y por ello tan deseados.

—No sé si te acordarás tú de aquel piso de O'Donnell. —Doña Amalia hablaba con voz blanda, sin apenas levantar la mirada, sentada en una butaca con la espalda muy recta y las rodillas muy juntas, en una postura muy estudiada—. Me consta que en alguna ocasión, siendo niña, tu padre te llevó a ver a tu abuela Carmen. Yo lo recuerdo como si hubiera hecho ese camino ayer mismo, aquel pasillo largo y estrecho, el crujir de la madera bajo mis pies, con el miedo a ser descubierta metido en el cuerpo. Todas las puertas estaban cerradas menos la del fondo que daba entrada al salón, y hacia allí me encaminé. Era un atardecer de otoño y, a medida que avanzaba, la penumbra parecía querer oscurecer cada rincón descubierto, pero no me atreví a encender la luz, por si acaso.

Carlota se había sentado en el sillón, justo enfrente de ella. El codo en el reposabrazos, la barbilla apoyada en la mano, los ojos fijos en aquella mujer, atenta a cada una de sus palabras, ávida de escuchar y a la vez escéptica, desconfiada y temerosa de oír algo que hollara definitivamente la frágil imagen de su padre, o la memoria fracturada de su madre muerta. Había decidido atender hasta el final, permitirle exponer para luego analizarlo todo sin prisas, con serenidad, suspendida en una expectativa que podía tornarse nociva.

—Entré en aquel salón como si lo hiciera en un terreno minado; me resultaba tremendamente emocionante penetrar en un mundo hasta entonces vedado. Te parecerá increíble, pero aquella fue la primera vez en mi vida que estaba en un sitio así: un salón con muebles, cortinas, alfombras, adornos, cuadros, una opulencia a la que no estaba nada acostumbrada y que me dejó fascinada.

»Nada más entrar me fijé en el aparador, donde estaban desplegadas varias fotos familiares en aquellos horribles marcos de alpaca repujada tan del gusto de tu abuela. Me detuve en aquellas imágenes capturadas en el tiempo; la cara agria de doña Carmen; el rostro de don Clemente reflejando lo antipático y autoritario que fue siempre. Había además varios retratos de Carmencita de pequeña y de más mocita, con esa cara de pan que tenía y esa sonrisa falsa de niña boba y malcriada. Pero donde se quedaron mis ojos prendados fue en la imagen de tu padre. Aunque me había prometido a mí misma no tocar absolutamente nada, no pude resistirme a coger la foto, con el fin de apreciar mejor los rasgos de aquel rostro, y como la noche parecía querer privarme de aquella visión, me acerqué, con ella en la mano, hasta la ventana buscando los últimos resquicios de claridad. Tan ensimismada estaba en aquellos ojos que no advertí que, a mi espalda, alguien me observaba. Cuando la madera rechinó bajo los pies de aquel intruso en su propia casa, me volví y ahí estaba: aquel galán de profunda mirada y sonrisa cautivadora había cobrado vida; ante mí se erguía en carne y hueso Clemente Balmaseda.

»El susto que me llevé fue de tal calibre que el marco se me escurrió de las manos y cayó al suelo, con tan mala suerte que el cristal se hizo añicos. Me agaché para recoger aquel desastre, agobiada y hecha un manojo de nervios, y él se agachó conmigo para ayudarme. "El cristal roto significa siete años de infortunio, aunque espero que no sean ni siete segundos." Aquéllas fueron las primeras palabras que le oí decir. Le pedí disculpas cien veces a punto de las lágrimas. Me preguntó que quién era yo, y con mucha torpeza y voz balbuciente traté de explicarle quién era y lo que hacía allí. Volví a pedir perdón por el cristal y le supliqué que no le dijera nada a su madre, que yo compraría otro y lo restituiría. Él miró la foto que había quedado fuera del marco, hizo un gesto y me dijo que no me preocupase, que le había hecho un favor porque no le gustaba cómo le habían sacado en aquella imagen. Recuerdo que le dije que se equivocaba, que le habían sacado tal cual yo le veía, y él me sonrió y me dijo que no sabía muy bien si tomarlo como un halago, lo que disparó de nuevo mi sonrojo y le pedí encarecidamente que me la dejase para comprar el cristal y restituirlo a su marco. «Te la doy», me dijo, y me la dio. No podía creérmelo. Estuvimos hablando un rato más sobre cómo era posible que nunca antes me hubiera visto si vivíamos bajo el mismo techo. Fue una conversación tan grata y placentera que cuando regresé a mi territorio me parecía estar pisando un suelo mullido. Además tenía su foto. Aquello era un sueño.

»Durante los días siguientes estuve distraída, atolondrada, con la cabeza ocupada siempre por su imagen, por su voz, sus gestos... Estaba tan enamorada que me pareció que el mundo tenía otro color, otra sintonía, era como si respirase un aire más puro y fresco. Una mañana en que mi madre estaba en la compra él se presentó en la cocina. Me preguntó si me apetecía ir a dar un paseo el domingo por la tarde. Me costó responder, porque las palabras se quedaban atascadas en la garganta, incapaz de expresarme con claridad. Le dije que no tenía ropa adecuada para ir a su lado. Él me miró de arriba abajo calibrando mi figura, y me dijo que esperase un momento. Apareció con un vestido de Carmencita y unos zapatos de tacón. Lógicamente yo lo rechacé, pero me insistió y me aseguró que él mismo se encargaría de volver a ponerlos en su sitio cuando regresáramos. Me dijo que me esperaría a las cinco en la entrada del Retiro que está en la Puerta de Alcalá y se marchó. No te imaginas lo que significaba para una chica como yo que alguien tuviera semejantes deferencias. Por eso, y a sabiendas de lo que me estaba jugando, el domingo me coloqué el vestido de Carmencita, envolví los zapatos en papel, me puse mi tazado abrigo y me deslicé a la escalera sin que nadie me viera. Antes de llegar al portal, me cambié los zapatos y escondí mis viejas alpargatas en un rincón. Salí a la calle y volé hacia el lugar de la cita. Cuando le vi creí que me iba a desmayar. Clemente Balmaseda estaba allí, fumando un cigarrillo, esperándome a mí. Creo que aquélla fue una de las tardes más felices y más extrañas de toda mi vida. Me llevó a tomar chocolate y luego paseamos por el Jardín Botánico. Recuerdo que los pies me dolían como si tuviera piedras en los zapatos, pero no me importaba. Hablamos de muchas cosas, y, cuando tuve que regresar, me sentí como una cenicienta despojada del vestido y los zapatos, que volvieron al armario de Carmencita.

»Nadie se enteró de aquella primera salida. Lo que yo no podía imaginarme fue lo que sucedió unos días más tarde. Estaba sola en la cocina friendo unos chicharrones y él apareció con unas cajas en las manos. Me dijo que eran para mí y que me esperaba el domingo a la misma hora y en el mismo sitio. Me sentí avergonzada de que me viera con aquellas trazas, oliendo a grasa, sudando y hecha un adefesio. Se dio cuenta de mi azoramiento, se me acercó y me cogió por los hombros y, después de decirme que era preciosa, me plantó un beso en los labios y se marchó, dejándome tan pasmada que se quemaron los chicharrones y tuve que tirarlos a la basura. Cuando abrí los paquetes no me lo podía creer, me había comprado un vestido de flores precioso, aún lo guardo cual reliquia —puntualizó—, unas medias, unos zapatos y hasta ropa interior con puntillas. Nunca antes había tenido un vestido nuevo, ni unos zapatos míos, ni había visto en mi vida unas medias tan finas, y mucho menos una ropa interior con encaje. Pensé que el corazón se me iba a salir del pecho, quería gritar, dar saltos de alegría, era tanta la emoción que casi me pilla mi madre con todos aquellos regalos. Yo sabía que ella no hubiera permitido que los aceptara, porque siempre decía que los regalos y lisonjas del señorito hechos a una criada eran siempre a cambio de algo, y se terminaba de la misma manera: en la calle, sola y con una tripa. Pero yo tenía diecisiete años, era ingenua y estaba en la flor de la vida, y de repente todo a mi alrededor se había transformado; el mundo ya no me parecía tan malo, y me quise convencer de que los milagros existían y de que la chispa del amor podía prender en cualquier sitio, sin importar la clase o la posición... Y creí que Clemente Balmaseda era distinto a los demás, que él sentía por mí algo parecido a lo que yo sentía por él, y que no me quería tan sólo para eso, ya sabes... Y me confié... Y, por supuesto, me equivoqué. Clemente era como todos. Pero tardé en darme cuenta de ello, y volvió a haber otros domingos y más paseos, y se hicieron asiduas las visitas furtivas a la zona de servicio, siempre cuando sabía que estaba sola; la primera vez que me cogió de la cintura creí derretirme por dentro; era tan irresistible, tan seductor... Me abrazaba y me decía cuánto le gustaba y lo guapa que estaba, y yo me dejaba hacer con una sensación contradictoria entre la placidez que me provocaban sus palabras y sus caricias y el terror de que alguien apareciera y nos pillase en aquel complicado trance. —Dio un largo suspiro. Movió la cabeza como si le doliera el cuello y habló con voz blanda—. Hasta que una noche se metió en mi cama... En el momento en el que me entregué a él le dije que le amaría siempre. Había caído en su trampa. —Dio un largo suspiro antes de seguir, la mirada baja, el rostro ensombrecido—. Mientras sentía sus manos recorriendo mi cuerpo, yo iba construyendo mi futuro a su lado: sería su esposa, la madre de sus hijos, la señora de la casa. Aquello me hacía olvidar por completo la verdadera razón de sus caricias. Estaba tan convencida de la sinceridad de sus sentimientos que tenía la certeza de que más pronto que tarde me pediría matrimonio, y por eso se lo conté a mi madre. Ella veía más allá de mi ofuscación y, a sabiendas de cómo acabaría la cosa, intentó sacarme de la casa, alejarme del peligro antes de que fuera demasiado tarde. Le llegó la solución a sus desvelos cuando Carmencita se tuvo que casar corriendo y deprisa y me ofreció servir en su casa. Suponía ganar un sueldo y no lo pensé. Sin embargo, la pobre no pudo superar el parto y se murió. El viudo encontró enseguida acomodo a su soledad, y la nueva esposa se presentó con sus maletas y criada propia. Mi madre no quería que volviera a la casa (quien evita el peligro evita la ocasión, decía siempre) y me ayudó a pagar el alquiler de un piso; era muy pequeño, pero limpio y barato. —Calló un instante y se irguió intentando reafirmar su pundonor mermado por lo contado—. Clemente nunca intentó buscarme, se olvidó de mí como de una pluma que cae a su lado y se pierde. Sin embargo, yo no conseguía quitármelo de la cabeza por más que el tiempo pasara. Le recordaba a cada momento, era una obsesión que me llevó incluso a plantarme frente a su portal durante horas para verle, aunque sólo fuera salir o entrar, con eso me conformaba, o creía hacerlo. Una vez hice por cruzarme con él... —calló un instante antes de continuar—, ni siquiera me miró, me ignoró, pasó a mi lado como si no me conociera, peor, como si no existiera, un fantasma invisible del pasado que no mereció ni un segundo de su tiempo; fue tan humillante, me sentí tan mal que allí mismo, plantada en medio de la calle viendo cómo se alejaba de mí, le maldije, le maldije con todas mis fuerzas y todo mi corazón.

Amalia apretó los dedos entrelazados de sus manos, tensa, la mirada baja.

—Un día le vi por el Retiro paseando junto a una chica, más joven que yo, casi una adolescente. —Enmudeció unos segundos para continuar con voz grave—. Aquélla fue la primera vez que supe de la existencia de tu madre. Desde ese mismo momento, sentí hacia ella una inquina que se ha mantenido en el tiempo, convencida de que aquella mocosa me estaba robando a mi hombre, mis sueños, mi futuro y mi felicidad, sin apenas darme tiempo a conquistarlo; pero sobre todo pensaba en lo injusto de aquel combate: ella lo tenía todo para ganarme la batalla, le habían dado todas las armas mientras que yo no había tenido ni una sola oportunidad.

»Para colmo de males, mi madre sufrió una caída mientras limpiaba una lámpara y se rompió la cadera. —Calló un instante con un mohín de tristeza—. Aquello fue la gota que colmó el vaso de su resistencia. No podía más, estaba agotada, desde hacía años padecía intensos dolores en todo el cuerpo y, aunque nunca se quejaba, el sufrimiento lo llevaba grabado en el rostro. Murió a los pocos días, rendida, derrotada... —Su voz se volvió casi un susurro—. «No puedo más»..., ésas fueron sus últimas palabras... «No puedo más». —Aquél fue el único momento de humanidad que Carlota atisbó en sus ojos—. La pude enterrar gracias a la caridad del párroco; todo fue tan triste, tan patético, tan deplorable... Lo único que mi madre hizo a lo largo de toda su vida fue trabajar como una mula, sufrir como una bestia y callar, callar siempre, asumiendo su condición sin posibilidad alguna de cambiar su suerte. Delante de su tumba prometí que yo no pasaría por lo mismo que ella, que mi vida sería distinta, que saldría de aquel agujero inmundo en el que me había tocado nacer y en el que no quería seguir.

»Busqué un trabajo dispuesta a hacer lo que fuera por ganar dinero suficiente para vivir con la dignidad que se le negó a mi madre. Lo primero que me salió estaba muy bien pagado, pero desde el principio sabía que sólo duraría unos meses, hasta que la interna se recuperase de una rotura de pierna que había sufrido y que la incapacitaba para trabajar durante un tiempo. Yo tenía que ocuparme de las tareas domésticas y de atender y cuidar a la chica interna. Así conocí a Justina y llegué a esta casa, la casa de tus abuelos y de tu madre.

Carlota no pudo aguantarse y rompió su silencio.

—Mi madre me dijo que no la conocía cuando se enteró de su boda con mi padre.

—Tu madre me negó siempre... —La forma de hablar de Amalia era de suficiencia, casi despectiva—. Era su forma de actuar; cuando no quería afrontar la realidad la negaba, la obviaba, hacía como que no existía a pesar de tenerla delante de sus propias narices. —Dio un largo suspiro como si tomara fuerzas para continuar—. Cuando empecé a trabajar para Zenobia, comprobé que Manuela y Clemente no eran lo que yo pensaba. No había noviazgo ni nada parecido; Clemente era un conocido de Zenobia, un buen cliente de la joyería, nada más.

—Estaban a punto de casarse —murmuró Carlota entre el temor de escuchar y las ansias de saber.

Amalia le dedicó un gesto lastimero que llegó a encoger el ánimo de Carlota.

—No me puedo creer que hayas heredado la ingenuidad de tu madre. Por si no lo sabías, aquella relación era más una fantasía de adolescente atrapada por un donjuán. Daba hasta lástima verla contándole a Justina lo enamorada que estaba y fantasear con un futuro juntos, con una boda por todo lo alto, hablaba del vestido que llevaría, de las flores, del viaje de novios que harían... Ella solita se lo guisaba y ella se lo comía; Justina la dejaba hablar y hablar como quien escucha a un tonto, y ella misma me decía que todo eran imaginaciones suyas, que no había nada de nada entre ellos, y que por supuesto a tu padre ni se le había pasado por la cabeza compartir su vida con ella. La verdad es que nadie le hacía caso, y tu abuela mucho menos, ella siempre estaba fuera de casa, más pendiente de sus asuntos, sin importarle demasiado lo que hacía o deshacía su atolondrada hija; lo prioritario era su trabajo, su joyería, ella y sólo ella, siempre ella, ella y ella... —Su gesto se tornó rígido, arrogante, envarado su cuerpo, mostrando su reprobación—. Zenobia era una de esas mujeres como las de ahora, a las que la casa se os cae encima —dijo mirando a Carlota sólo un instante—. Así era ella.

Lejos de ofenderse, Carlota sonrió.

—En eso le doy la razón —añadió orgullosa, sin poder reprimirse—. Zenobia era distinta.

—Ya lo creo que lo era.

Amalia habló con un orgulloso desdén que Carlota interpretó como la crítica típica de las mujeres de antes, chapadas a la antigua como lo era Amalia, o la madre de Cayetano, incluso la suya propia, tan sólo madres y esposas, olvidada cualquier otra cualidad que pudieran tener y a la que debían renunciar en beneficio del orden familiar.

—Justina estaba cada vez mejor y en poco tiempo podría incorporarse al trabajo con normalidad. Así que sabía que pronto me quedaría de nuevo sin sustento. Cada día que pasaba y veía caminar más ligera a Justina me invadía la sensación de abandono y soledad de un perro callejero. Pero podría decirse que por una vez la fortuna estuvo de mi lado; en mis manos tuve el poder de cambiar mi destino y alcanzar mi sueño... Y lo hice.

Sus ojos volvieron a sus manos posadas sobre sus rodillas, los dedos retorcidos entre sí.

—Era una noche de invierno, poco después de las Navidades. Tu abuelo Florencio llevaba varios días en cama con fiebre muy alta, siempre estuvo muy delicado de los pulmones, porque era un fumador empedernido, de más de dos paquetes diarios. Después de la cena, recogí la cocina y cuando terminé me despedí de Justina y me marché a mi casa. Había sido un día largo y agotador, estaba cansada y deseando meterme en la cama. Pero cuando llegué a mi portal me di cuenta de que me había dejado las llaves; no me quedó más remedio que darme la vuelta y desandar lo andado. Yo tenía las llaves de esta casa, así que entré muy despacio para no despertar a Justina ni sobresaltar a Zenobia, con la pretensión de coger mis llaves y marcharme. Antes de abrir ya me pareció aspirar un aroma desconocido, una fuerte fragancia varonil. Abrí muy despacio y vi un sombrero y un abrigo colgados en la entrada que no eran de don Florencio. Me asomé para ver el reloj que había en el salón y comprobé que estaban a punto de dar las once de la noche. Lo primero que pensé fue que algo grave le había sucedido a tu abuelo y que habrían tenido que avisar a un médico. Retuve la respiración alertada y oí el murmullo de unas voces provenientes de la alcoba de tus abuelos, que estaba en aquel lado.

Señaló hacia el lugar donde se encontraba la puerta cerrada de Zenobia. Carlota se había instalado en la habitación que había ocupado su madre cuando vivía en aquella casa, justo al otro extremo del pasillo, junto a la que en su momento ocupó Justina, convertida ahora en cuarto de plancha.

—No había ningún otro ruido. Todo estaba demasiado tranquilo para ser una emergencia. Así que me acerqué despacio hasta la puerta entreabierta en la que atisbé a tu abuelo acostado en su cama, profundamente dormido. Entonces los vi; Zenobia se encontraba con el último hombre que me hubiera podido imaginar en toda mi vida... Clemente Balmaseda la abrazaba cual novios amartelados, mirándola como si en sus ojos fluyera la fuente de la felicidad. Aturdida y desconcertada, me pegué a la pared, oculta por la oscuridad del pasillo, de tal forma que podía verlos sin ser vista y escuchar lo que hablaban con tanta claridad como si me lo estuvieran susurrando al oído: Tengo tanto miedo... No pasará nada, confía en mí... Deberíamos esperar, tal vez... No puedo esperar más, te necesito a mi lado, amor mío, me muero por ti... ¿Y si sale mal?... No va a salir mal, no puede salir mal, confía en mí, confía en mí... Amor mío, te quiero tanto...

Antes de continuar, Amalia calló unos segundos, dejando aquellas frases pendientes en el aire para que fueran recogidas por Carlota, igual que lo había hecho ella años atrás.

—La besó con tanta pasión que... —Amalia la miró con crudeza— sentí náuseas. Luego tu padre se acercó a la cama donde dormía tu abuelo, agarró un cojín y se lo colocó al viejo sobre la cara sin que ella hiciera nada por impedirlo. —Calló un instante, con un gesto frío, distante, en apariencia impertérrita a lo que estaba contando—. Las piernas empezaron a moverse bajo la colcha con esa sorprendente energía que sólo surge en quien, sabiéndose atacado, se resiste a rendirse a la evidencia de la muerte; se retorcía sobre sí mismo aferrado a las muñecas de Clemente mientras él apretaba con fuerza aquel cojín que le cubría la cabeza. Fue tanta la resistencia y tanto tuvo que ser el temor de Zenobia de que fuera capaz de desasirse del amarre, que ella misma, con sus propias manos, sujetó aquel conato de rebeldía de su marido. —Amalia tomó aire y lo soltó pausada, ceñuda—. No estoy segura de cuánto tiempo duró aquello, me imagino que unos segundos, pero podría haber sido una eternidad. No te puedo decir lo que pensaba, ni siquiera sé si pensé algo, dejé que mis ojos observasen aquella macabra escena como si fuera algo ajeno, la imagen en una pantalla de cine, sin mover ni un músculo; ni siquiera me atrevía a pestañear, anonadada por lo que en aquel momento no era capaz de afrontar.

Carlota la miraba absorta, apenas respiraba lo necesario para no sentir la asfixia de la falta de aire en sus pulmones. Incapaz de sublevarse a tanta infamia, entumecida su mente, sostenida en aquella voz que continuaba contando.

—De repente todos quedaron quietos: rendido tu abuelo, las manos de tu padre tensas sobre aquel cojín que seguía tapando su cabeza ya inerte, Zenobia aferrada a aquellos tobillos que ya ni se movían ni se resistían. Así estuvieron un rato, temerosos de que si se relajaban ofrecieran la oportunidad al viejo de dar el último grito de vida y descubrirlos en su crimen. Hasta que, lentamente, Clemente levantó el maldito cojín, y fue entonces cuando vi aquel rostro sin vida, reflejado en sus ojos abiertos el estupor, mirándome y clamando venganza.

—Esto es una locura... —Las palabras musitadas apenas se le escaparon a Carlota de sus labios—. Una maldad abyecta..., burda...

Amalia obvió el comentario y siguió contando:

—Un ruido al otro lado del pasillo me alertó, asustada me volví y, como un fantasma surgido en la tiniebla, vislumbré a Justina con su camisón largo y blanco que se acercaba muy lentamente, sigilosa, aferrada a su bastón, mirándome con gesto suplicante, gritando en silencio que me alejara de allí, que no viera, que no fuera testigo, que no me involucrara en aquella perversión. Fue entonces cuando reaccioné, me acerqué a la puerta, la empujé y la abrí del todo. En ese momento, Zenobia caía sentada sobre la cama, exhausta, el rostro desencajado, sudando a pesar de que el aire de la habitación era frío. Ella fue la primera que me vio. Su gesto alertó a Clemente, que se volvió para saber qué provocaba aquella mirada de terror que no era la de la muerte reciente, sino la de haber sido descubiertos en lo que ya no tenía remedio. Durante unos segundos nos mantuvimos los tres mirándonos, estupefactos, en un silencio culpable, acusatorio... Sois unos asesinos miserables... —Amalia hablaba ensimismada, como si estuviera de nuevo en aquella escena delante de Clemente y Zenobia—. Tu padre se abalanzó sobre mí, me agarró del brazo y me sacó al pasillo pidiéndome explicaciones... —Soltó una risa sarcástica—. Tiene gracia, era él quien pedía explicaciones... Zenobia salió detrás para intentar calmarle. Yo creo que llegó a temer que pudiera hacer una locura conmigo, tan desencajado estaba por mi imprevista presencia, tan inoportuna. Recuerdo perfectamente su voz temblona: Clemente, suéltala, por favor, te lo suplico, déjala, Manuela podría oírnos. Deja que se vaya. No podemos dejarla marchar, decía él zarandeándome con una furia espantosa, podría denunciarnos. Zenobia me miró por primera vez con gesto suplicante, tanto que me sentí poderosa, por primera vez en mi vida me sentí con poder para decidir. —Amalia calló un instante, tomó aire y lo soltó, ensimismada—. A mí no se me hubiera pasado por la cabeza denunciarlos, hacerlo hubiera servido de muy poco; mi testimonio en aquel tiempo hubiera sido inútil frente a la defensa que sabía ejercería Justina en favor de su señora, incluso las cosas podrían haberse vuelto contra mí. Estaba casi tan asustada como ellos, temía que aquello pudiera salpicarme y acabar yo en la cárcel... Eso es lo que les suele pasar a los pobres, y yo lo era. A mí la vida del viejo me importaba poco; además, estaba enfermo, resultaba muy fácil diagnosticar una muerte repentina y natural. Así que les dije que no tenía intención de denunciarlo, al menos no a la policía, no quería verme involucrada en un asunto tan turbio... —Amalia enmudeció un instante con la mirada volcada en sus recuerdos, y su boca se abrió en una sonrisa satisfecha—. Cuando empezaban a relajarse les asesté el golpe de mano definitivo. El mayor temor de Zenobia era que su hija supiera no sólo que su madre tenía un amante, sino que además, juntos, de una manera infame y cobarde, con premeditación y a sangre fría, habían acabado con la vida de su padre.

—¿Y lo hizo? —preguntó Carlota sobrecogida, como si estuviera escuchando una historia de terror de seres ajenos a ella, imposible asimilar aquello como suyo—. ¿Se lo dijo a mi madre?

—No hizo falta. Yo les planteé una condición y ellos la aceptaron.

—¿Y cuál fue esa condición?

Amalia la miró y esbozó una sonrisa, como si la respuesta fuera evidente.

—Me casé con tu padre. —La voz de Amalia resonó con rotundidad—. Fue mi apuesta. Mi silencio tenía un precio, y no era otro que él. Nadie sabría nada si se casaba conmigo. Reaccionó igual que si le hubiera pedido su cabeza en bandeja de plata. Estaba convencida de que no iba a acceder, que intentaría comprarme con dinero, con amenazas o con argucias varias, pero yo no tenía nada que perder y, sin embargo, ellos sí.

—Y se casó así, sin más... Nadie sospechó una boda precipitada con una..., una...

—Con una simple criada sin oficio ni beneficio —sentenció Amalia las palabras atascadas en el exceso de prudencia de Carlota—. Ya conoces a tu padre, sabe ser muy persuasivo cuando quiere. Le dijo a su madre que me había dejado embarazada y que quería casarse; doña Carmen lo creyó a pies juntillas y me abrió las puertas de la casa de par en par, no porque fuera un dechado de virtudes con una pobre chica seducida, sino porque ella se casó en unas circunstancias muy similares; llegó a pensar que le había caído una maldición por su pecado: primero su pobre hija Carmencita, y de nuevo la sombra de la vergüenza volvía a rondar a su hijo querido. Para no tener que pasar otra vez por el calvario que sufrió con el desliz de su hija ya fallecida, doña Carmen hizo dos cosas que me beneficiaron: además de acelerar la boda, con el fin de dificultar las cuentas que se harían los maledicentes, también me construyó un pasado. Nadie sabía de mi existencia en el ambiente de los Balmaseda, y resulté ser la heredera de un comerciante de Valladolid que había recalado en Madrid, y que me habían acogido en la casa por amistad con mis padres. El amor entre Clemente y yo había surgido casi de manera instantánea y se decidió una boda rápida para evitar habladurías por vivir bajo el mismo techo. Por supuesto, no pudo evitar las reticencias iniciales de familiares y amigos del entorno de tus abuelos, a la espera de saber si había embarazo, por eso cuando doña Carmen se enteró de que lo del embarazo había sido sólo una argucia, que atribuyó a mi intención de «cazar» a su hijo, no sólo no le molestó, sino que le produjo tal alborozo que me tuvo en un altar hasta su muerte, convencida de que le había salvado de un incómodo aprieto, ya que todos dieron por cierta su inverosímil historia sobre la historia de amor entre Clemente Balmaseda y la rica heredera.

—¿Y usted se la creyó? —La pregunta iba cargada de sarcasmo.

—Eso ya poco importa. La historia siguió adelante, hasta ahora.

—Y todos estos años ha estado chantajeando a mi padre con contarle a mi madre...

—Tu madre ha vivido siempre en la inopia. A su manera tuvo lo que quería. No era la esposa, pero tu padre siempre le hizo más caso a ella que a mí.

—Por eso no podía separarse de usted...

—No te equivoques, Carlota —la interrumpió con brusquedad, mirándola con suficiencia, con cierta condescendencia—, fue tu padre el que no quiso hacerlo. Mis amenazas de contárselo se fueron diluyendo, porque con el paso del tiempo también yo me la jugaba, hubiera acabado de un plumazo con la forma de vida que tanto me había costado conseguir... Y él lo sabía. —Encogió los hombros—. Al final, si realmente tu padre se hubiera querido divorciar de mí, lo hubiera hecho, pero no lo hizo porque no podía unirse a la mujer a la que quería.

—¿A mi madre? —Su voz balbuciente fue apenas un susurro.

—A tu madre no la amó nunca. El único amor de tu padre, su verdadero amor, fue siempre Zenobia... Sólo ella...

Carlota abrió la boca pero la volvió a cerrar, incapaz de expresar la explosión de sentimientos de su mente confusa.

—Me consta que Zenobia y él se vieron varias veces después de la boda, pero, por lo que sé, cuando empezó a frecuentar a tu madre, las cosas cambiaron y dejó de verla definitivamente; me imagino que para una mujer como Zenobia hubiera sido demasiado compartir a su hombre con su propia hija. En esto de compartir, siempre es mejor entre desconocidas —la miró con ironía—, ¿no crees?

No respondió, tan atónita estaba. No tenía palabras, no hallaba recursos en su mente para defenderse ni atacar.

—De muy poco le sirvió el sacrificio; al final se quedó viuda y sola —remarcó la palabra *sola* mirando a Carlota a los ojos; hizo un mohín y continuó hablando—: Yo imaginé que la estúpida de Manuela encontraría otro novio y se olvidaría de Clemente, pero es evidente que no lo hizo, y eso complicó mucho las cosas.

Carlota sintió que el aire se espesaba y todo en su entorno dejaba de ser tangible, nublado a sus ojos, paralizada, como si una repentina acinesia le impidiera moverse. Lo que seguía llegando claro y nítido a su mente era el sonido de las palabras que salían de los labios de aquella mujer, una voz fría y densa que se colaba por los sentidos, invadiéndolo todo como una sustancia viscosa.

—Desde el principio tu padre me dejó las cosas bien claras; se casaría conmigo, pero nunca me querría, jamás, me advirtió. —Calló un instante, pensativa—. Y así ha sido; a pesar de que hice todo lo posible por enamorarlo, a pesar de que me desviví para complacerle, nunca me ha querido más allá de la simple consideración que se tiene por la mera convivencia, por ser la madre de sus hijos; nunca me ha besado en los labios, nunca me ha dedicado el más mínimo gesto de amor, jamás me ha dicho un te quiero, ni siquiera por un descuido... Hemos tenido tres hijos porque dormíamos en la misma cama y tu padre es un hombre..., tú ya me entiendes. Nos casamos como unos desconocidos y tras más de medio siglo seguimos como tales.

—Es usted mucho más repugnante de lo que nunca hubiera pensado. —Carlota tragó saliva como si tuviera en su garganta un clavo ardiendo, con un gesto de dolor intenso—. Ha estado viviendo toda la vida con un asesino... y en lo único en que piensa es en si la quiso o no...

—Tienes razón... He convivido con un hombre que mató por amor...

—¡Un asesino!

—También es tu padre...

—No me meta en esto, Amalia... Ni siquiera lo intente. Yo no elegí a mi padre... Usted sí eligió con quién vivir toda su vida... Es repugnante.

Carlota se calló porque el latido de sus sienes era tan intenso que pensó que la cabeza le iba a estallar.

Amalia aprovechó para rematar la conversación que ya le pesaba.

—No te voy a decir que estoy satisfecha de lo que hice. —Alzó las cejas, pensativa—. A lo largo de los años me he preguntado qué habría pasado si no hubiera dado ese paso; tú eres juez y me imagino que sabrás que podrían haber acabado los dos en la cárcel o, peor aún, condenados al garrote; en esas circunstancias, no me quiero imaginar qué hubiera sido de tu madre, pero me temo que nada bueno. Y yo, con toda seguridad, me habría casado con un hombre rudo y sin medios, y me habría pasado la vida deslomada trabajando de sol a sol, cargada de hijos, pobre y miserable, igual que lo fue mi madre. Ése era mi destino y yo lo cambié. De llamarme simplemente Amalia me convertí en la señora de Balmaseda; de servir pasé a que me sirvieran; de la noche a la mañana pasé de llevar alpargatas a finos zapatos de piel, de tener un solo vestido a tener un ropero entero para mí. No te imaginas lo que sentí cuando en la noche de bodas me metí entre aquellas sábanas tan limpias, tan blancas, tan suaves, fue como entrar en un paraíso. Por eso me prometí a mí misma que nunca dejaría que nadie me arrancara aquello que había conseguido: salir de la miseria, de no tener nada a tenerlo todo. A cambio de mi silencio, les permití vivir con dignidad, a todos, a tu padre, a Zenobia, incluso a tu madre.

Carlota sintió una intensa presión en el pecho.

Amalia la miró fijamente, analizando su reacción. Chascó la lengua y se removió para continuar hablando.

—Yo me conformo. Los hay que además de tener una vida acomodada pretenden ser amados, estimados, reconocidos. Yo sé muy bien lo que se siente cuando todas tus pertenencias caben en un hato de trapo; he conocido lo que es el frío y el hambre, el no tener un lugar donde caerse muerta, no tener ni siquiera nombre.

Amalia calló unos segundos ensimismada y ceñuda. Al cabo, dio un profundo suspiro. Levantó los ojos sin llegar a mirar a Carlota.

—Ya está. Ya lo sabes todo, al menos mi modo de actuar y mis razones. No te pido que las entiendas, ni mucho menos busco tu perdón. No me arrepiento de nada. Escapé de una vida miserable y, a pesar del desprecio que he recibido de tu padre, no me quejo de la vida que he tenido.

—Hay algo que no comprendo... —le dijo Carlota con una angustia que la ahogaba—. ¿Por qué me cuenta todo esto? ¿Por qué ahora?

Amalia cerró los ojos y tomó aire. Recordó el momento en el que su hija Julia le espetó que lo sabía todo, que se lo había contado su padre. El dolor reflejado en el rostro de su hija se había fundido en su conciencia, devastando la fortaleza que había pretendido construir alrededor de su marido y sus hijos. Se dio cuenta entonces de que todo se desmoronaba pieza a pieza, como una hilera de fichas de dominó que caen imparables una tras otra. «Si no se lo dices tú, lo haré yo —le había dicho su hija—, es la única manera digna que te queda para poder redimirte, al menos ante mí. Y si no lo haces, consideraré que mi madre ha muerto.»

—Se lo debía a mi hija...

—¿Ella lo sabía?

—Tu padre se lo contó en el hospital, la misma noche que te llamó.

Carlota se sumergió en el recuerdo de aquella llamada al fijo, la primera vez que oyó la voz de Julia, sus encuentros.

—Julia lo sabía y no me dijo nada... —murmuró abstraída.

—Ni ella ni tú deberíais haber conocido nunca la verdad. Otra de las ocurrencias de tu padre. A estas alturas, despertar fantasmas del pasado no arregla nada y provoca demasiado daño.

—Demasiado daño, dice... —Era tanta la rabia que le surgía por dentro que tenía que contenerse para no saltar sobre ella como un animal salvaje—. ¿Y ahora qué? ¿Cómo piensa que voy a seguir viviendo con esto?

—Me importa muy poco lo que pienses o sientas. Pero te voy a decir una cosa: en esta vida nada es blanco o negro. Durante años he vivido con la sombra de gente como tú, o tu abuela o tu madre, que os habéis creído siempre mejores que yo. Zenobia fue una egoísta que tan sólo pensó en sí misma. Tu madre se dejó preñar para atar a tu padre a su lado... Y tú... Me pregunto qué habrías hecho tú si hubieras estado en mi lugar... Se nota que estás acostumbrada a enjuiciar a los demás, elevada en tu pedestal de juez. Pero, si quieres oír a esta vieja que ya está de vuelta de casi todo, te aconsejo, Carlota, que en este caso antes de condenar a nadie procures ponerte en la piel del otro, aunque sólo sea por un instante.

—¿Me está pidiendo que mire para otro lado después de todo lo que ha dicho?

—No te pido nada. Nunca lo haría. Haz lo que estimes oportuno.

Sin esperar respuesta, Amalia se levantó, cogió su bolso y su abrigo, y con su habitual gesto de amargura grabado en el rostro se dio media vuelta y se marchó como había llegado, manteniendo su altivez y una estremecedora frialdad.

Ante su marcha, a Carlota le resultó imposible articular una sola palabra, ni un reproche, ni una queja. El silencio fue su única despedida, un silencio sobrecogedor. Cuando oyó cerrarse la puerta de la calle, sintió un escalofrío, como si una brisa gélida hubiera penetrado en la casa y hubiera congelado el aire. Estuvo así durante mucho tiempo, aturdida, el alma suspendida y el pensamiento chocando en su mente, igual que las bolas en una partida de billar americano, siendo las palabras de aquella mujer el taco que con un solo toque, directo y certero, había desbaratado el orden construido en su conciencia desde aquel día en la playa, cuando fue su madre quien asestó el golpe de gracia que por primera vez hizo colisionar con estruendo las bolas de su vida.

Perdió la noción del tiempo y de su propia existencia. Cuando se levantó estaba tan entumecida que las piernas no le respondían. Le costó caminar, pero logró superar la sensación de hormigueo en los músculos agarrotados para llegar, con paso trémulo, hasta la puerta cerrada. Delante de ella se pasó otro rato, la mejilla pegada a la madera, la frialdad lapidaria, los ojos cerrados, el latir de la sangre zumbando en los oídos, el anhelo de percibir algo que le diera razón de lo que le quemaba en la mente.

Con el corazón contraído, giró por fin la llave y la puerta se abrió. Sintió fuego en su garganta al aspirar el aroma mantenido en su memoria, reminiscencias del perfume habitual utilizado por Zenobia.

Accedió a la habitación con la rabia contenida, arrastrando sentimientos tan contradictorios que le resultaba complicado respirar, igual que si chapoteara en un lodazal, en una sentina que la empapaba irremediablemente de una amarga desesperación. Sus ojos recorrieron cada rincón, cada mueble; los recuerdos, hasta entonces retenidos en aquella alcoba cerrada, cobraban vida de repente y se hacían tan evidentes que sintió el vértigo de una caída al vacío. Se tuvo que sentar en la cama y allí permaneció con las palabras cayendo de sus labios, igual que la gota constante de un grifo mal cerrado: «Por qué..., por qué..., por qué...». Cansada, agotada, abrumada por las sombras que se cernían sobre su memoria otra vez rota, con la sensación de que ya no tendría ni tiempo ni fuerzas para restablecerse, se había dejado caer sobre el colchón hecha un ovillo, sintiendo un frío interior que la hacía tiritar. Cerró los ojos y siguió preguntándose por qué..., por qué... Hasta que por fin el sueño apaciguó el sufrimiento.

3

A Justina le extrañó que no estuviera echada la llave. Accedió a la casa mientras arrastraba el carrito de la compra rebosante de frutas y verduras. Se asomó al salón y vio la luz encendida a pesar de que hacía rato que había amanecido; al ir a apagarla vio el móvil de Carlota sobre la mesa. Lo cogió y comprobó que no tenía batería. Volvió a dejarlo, apagó las luces y se dirigió con el carrito hacia la cocina. Al pasar por la habitación de Carlota vio que la cama estaba perfectamente hecha. Eso quería decir que no había pasado la noche allí. Pensó que habría tenido una guardia larga en el juzgado sin posibilidad de regresar a casa. Vendrá buena, pobrecita mía, pensó mientras sacaba las cosas del carro y las colocaba en la nevera, le voy a preparar algo ligero que le alimente... Cuando terminó volvió al salón con la intención de abrir y ventilar la casa; Justina era muy de ventilar. Tenía la obsesión de que las ventanas debían estar abiertas un buen rato para renovar el aire. Era mejor sentir el frío que no ese ambiente recargado y estuoso que embotaba la cabeza y obligaba en pleno invierno a ir por la casa en manga corta. Una barbaridad, decía, insano y un derroche innecesario. Ella vivía en un pequeño piso muy cerquita de Rosales. Se lo había dejado Zenobia en su testamento a sabiendas de que, cuando ella faltara, hiciera lo que hiciera Carlota, Justina no podría seguir viviendo en aquella casa en la que había permanecido toda su vida. Se apañaba bien con su pensión y unos ahorros que guardaba en el banco; no le faltaba de nada. El cuidado de Carlota era una forma de seguir siendo útil; había cuidado de Zenobia toda la vida, ahora cuidaba con igual esmero de la nieta de su añorada señora.

Al salir del salón ya iluminado por la luz del día que entraba a raudales por las ventanas abiertas, Justina se dio cuenta de que la puerta de la habitación de su señora, cerrada a cal y canto desde que murió, estaba entornada. La empujó con suavidad y encontró a Carlota tumbada sobre la cama, encogida sobre sí misma, en posición fetal.

Se acercó hasta ella y le tocó el hombro, suavemente, para no asustarla.

—Carlota, hija, ¿estás bien?

Los ojos de Carlota se abrieron, pero volvió a cerrarlos, como si no quisiera regresar del sueño.

—Es muy tarde —añadió Justina manteniendo un tono de voz bajo—. ¿Es que hoy no tienes que ir al juzgado?

Con voz ronca, Carlota preguntó qué hora era. Cuando Justina se lo dijo, se sobresaltó y se sentó en la cama, mirando a su alrededor, adormecida y aturdida. Miró a Justina, que la observaba con un gesto de preocupación.

—¿Te encuentras bien? —volvió a preguntar.

—He estado mejor, gracias, Justina... —Se tocó las sienes con un gesto dolorido—. Me duele la cabeza...

—¿Quieres que te prepare un café?

—Sí, por favor, te lo agradezco.

—*Ristretto* largo y sin azúcar.

Carlota asintió con gesto agradecido sin moverse de la cama. Cuando se quedó sola miró a su alrededor, acarició con su mano la colcha que tantas veces cubrió el cuerpo de Zenobia, y al evocar su nombre volvió a sentir esa presión en el pecho que dificultaba su respiración. Posó los codos sobre las rodillas y se tapó la cara con las manos, porque sentía dolor hasta de mirar.

Oyó el trastear de Justina en la cocina, el ruido de la máquina de café y, a continuación, sus pasos acercarse.

Alzó el rostro cuando advirtió que entraba en la habitación.

—No tienes buena cara —le dijo la mujer tendiéndole el café.

Carlota la miró abatida y cogió la taza sin decir nada, bebió un trago y se quedó con la cabeza gacha.

—¿Quieres que ventile la habitación?

—No —contestó Carlota alzando la cara, sobresaltada, como si temiera la luz, o que el aire renovado se llevase algo atrapado en aquella alcoba—. Déjalo así, por favor, déjalo...

—Como tú quieras, pero no le vendría mal una limpieza.

—Justina... —le habló buscando sus ojos, temerosa de seguir escuchando, pero incapaz de detenerse en el camino de saber más—, anoche estuvo aquí Amalia Escolar.

La mujer la miró arrugando la frente. Sus labios finos se contrajeron y movió la cabeza un poco como si no hubiera terminado de encajar el sentido de aquella visita.

—¿Y qué vino a hacer aquí esa mujer?

El gesto de Carlota fue como un grito suplicando ayuda, de estar perdida en un laberinto de confusión en el que, cada vez que intentaba moverse, se estrellaba contra un muro invisible pero áspero y duro como el mármol que la rompía por dentro.

Habló rápido, sin dejar de mirarla.

—Me contó todo lo que pasó en esta habitación la noche que murió mi abuelo Florencio.

Justina era una mujer menuda, de aspecto frágil, pero con una energía desbordante. A pesar de los años se movía con agilidad y parecía ser incansable. Vestía con distinguido recato, con prendas sencillas pero esmeradas. Su pelo siempre estaba recogido en un primoroso moño con el que Carlota la había conocido siempre, con el único cambio del progresivo encanecimiento del cabello. No la imaginaba con otro peinado.

Las dos mujeres se miraron de hito en hito durante un rato, inmóviles, reflexivas, valorando lo que decir o si debían hablar. Justina fue la primera que esquivó los ojos. Se sentó en una butaca y dio un suspiro.

—No sé qué te habrá contado esa víbora, pero ya te aseguro yo que todo no te lo contó, porque ella sólo conocía una parte, la suya propia.

—Cuéntame tu versión, Justina, tú estabas aquí, tú lo viste todo.

La mujer cerró los ojos y meneó la cabeza como si una intensa pesadumbre la invadiera por dentro.

—Vi demasiado durante demasiado tiempo, Carlota, y te aseguro que lo que vi era una tragedia donde la principal protagonista era tu querida Zenobia.

—Pero ella... Zenobia y mi padre estaban juntos y ellos... —Su voz balbuciente parecía quebrarse en cada palabra—. Ellos mataron a mi abuelo aquí mismo... Mientras él dormía.

—No seré yo quien justifique algo así, pero te puedo asegurar que, si supieras todos los elementos de la historia, te quedarías sin argumentos para condenar, porque hay veces que las cosas no dependen de uno.

—Lo que ocurrió aquí fue un acto voluntario —replicó indignada—, plenamente consciente y sin mediar ninguna provocación por parte de la víctima.

—¿A quién consideras víctima?

La pregunta fue tan directa y tan firme que desconcertó a Carlota y tardó unos segundos en reaccionar.

—A mi abuelo, por supuesto, ¿a quién si no? Fue a él al que mataron.

Justina la miró con un mohín condescendiente.

—No sabes nada.

—Pues quiero saber... Justina, llevo toda mi vida intentando saber quién soy, qué soy y por qué soy. Tengo cincuenta y tres años y todavía no entiendo nada de lo que ha ocurrido a mi alrededor. Todos me han mentido, todo es una enorme mentira que cae sobre mí a cada paso que intento dar. Tengo derecho a saber la verdad de una vez, Justina... ¡Tengo derecho!

Lo dijo de un tirón, vehemente, con rabia, soltando las palabras como quien grita a la inmensidad, aunque sólo sea para escuchar su propio eco, con la inquietud de que le sea devuelto de nuevo el silencio.

Justina la observó un rato, impertérrita en apariencia. Había mimetizado aquel gesto de Zenobia, tantos años a su lado.

—En eso tienes razón —dijo al cabo—. Tienes derecho a conocer toda la verdad, aunque esa verdad sea siniestra, incluso fea.

Entrelazó los dedos largos y callosos de sus dos manos posándolas sobre los muslos, encogió los hombros y, dispuesta a saltar al precipicio de sus recuerdos, empezó a hablar con voz blanda, inexpresiva, los ojos fijos sin mirar nada, escarbando en su memoria.

—Quiero que sepas que tu abuela Zenobia ha sido para mí como una hermana, y en ocasiones fue más que eso, una madre, una amiga... Permanecí a su lado hasta el último aliento y mi lealtad a ella y a su memoria es y ha sido siempre inquebrantable, porque te aseguro que Zenobia era la mujer más íntegra y buena que he conocido en toda mi vida.

Aquellas palabras fueron para Carlota un bálsamo para su dolor, pero se dio cuenta de que le había preparado la piel para recibir la punzada más lacerante.

—Tu abuelo Florencio tenía dos caras muy diferentes —continuó Justina—, contrapuestas, diría yo. La que mostró siempre a la galería, fuera de estas cuatro paredes, era su perfil más sosegado: equilibrado, culto, educado y elegante como el que más, un caballero admirado y respetado por todos. Pero no era ése el verdadero Florencio Molina. Mi madre entró a servir con la primera mujer que tuvo, y siempre me decía que la había visto consumirse hasta la muerte, amargada, temerosa de todo; me contaba que su señora se había muerto de pura tristeza. Por eso, cuando vio a Zenobia por primera vez de recién casada, tan joven y tan vivaz, sintió por ella mucha lástima, porque sabía la clase de monstruo al que acababa de atarse. Sólo nosotras, mi madre, tu abuela, tu madre y yo misma conocíamos el verdadero rostro del prestigioso y renombrado psiquiatra doctor Molina. Nadie se imaginaba que detrás de aquella máscara de hombre perfecto se escondía un energúmeno que convirtió la vida de Zenobia en un infierno desde la misma noche de bodas. —Hablaba con los ojos fijos en una rabia interior que parecía bullir en su conciencia a medida que recordaba la figura de aquel hombre—. Manipulador, autoritario, vengativo, egoísta y agresivo. Tu querida Zenobia sufrió toda clase de humillaciones durante el tiempo que estuvo casada. Insultos, groserías de la peor calaña, palizas hábilmente propinadas, evitando golpes en la cara con el fin de no dejar ninguna evidencia que pudiera despertar recelos; buscando dejarla embarazada, la forzaba cuando le venía en gana, con una violencia estremecedora... —La aversión que sentía al recordar aquello quedó reflejada en su rostro—. Era como un animal..., parecía un salvaje...

—¿Y por qué no lo denunció?

La pregunta de Carlota se convirtió en absurda en cuanto salió de sus labios, porque ella sabía la respuesta jurídica.

—Eran otros tiempos —añadió Justina—. El matrimonio obligaba a la esposa a cumplir con su marido, lo quisiera o no; era una obligación de ellas. No era ningún delito que el hombre exigiera a su mujer mantener relaciones cuando él quisiera y de la forma en la que él quisiera. La voluntad de ella no contaba.

—Pero Zenobia era independiente, fuerte, tenía su trabajo, su sueldo, podía haberle plantado cara... —Carlota replicó intentando encontrar una rápida salida a la puerta que se iba sellando en su conciencia.

—Era una mujer, Carlota, y además casada; en los años cincuenta no existía ese concepto de independencia que tenéis ahora. Las mujeres casadas no podían hacer prácticamente nada sin la autorización de su marido.

—No me encaja. —Carlota negaba con la cabeza, incrédula—. Si mi abuelo era como dices, ¿cómo es que dejaba que trabajase fuera de casa?

—Ah —hizo un gesto alzando la mano—, a él no le importaba que trabajase en la joyería, al contrario, le gustaba que su mujer saliera, que se arreglase cada día, que ganase un buen sueldo que, por supuesto, controlaba él. Además, era una actividad distinguida que le otorgaba un aire de marido afortunado que podía llevar a su esposa del brazo, siempre dispuesta a ser presentada en cualquier foro. Ten en cuenta que a ella acudía lo más granado de Madrid, hombres buscando joyas para sus esposas, o para sus amantes, según la ocasión, y mujeres que elegían de acuerdo al consejo de Zenobia. Era muy buena vendiendo. Tenía un don para saber qué pieza le iba a cada persona y en cada ocasión. Tu abuelo no era de ese tipo de hombre que quería una mujer florero metida en casa sin salir, adocenada, como él decía, ajada con el paso de los años y la soledad. No, su visión era otra. De ahí el engaño a todos.

—¿Por qué no dijo nada? ¿Por qué calló durante tanto tiempo? Si tanta influencia tenía, podría haber desenmascarado al monstruo que vivía con ella.

Justina chascó la lengua con cierto disgusto.

—Qué empeño tenéis de opinar desde la barrera de cómo lidian los demás en la plaza. —Se tocó la frente con la punta de los dedos—. Piensa un poco, Carlota. ¡Nadie la hubiera creído! Tu abuelo era un hombre muy poderoso, con muchas influencias. Por su profesión conocía las miserias humanas y los vicios ocultos de mucha gente importante. Con mover un solo dedo la hubiera fulminado. Juzga la situación de aquel momento o, mejor dicho, deja de juzgar e intenta ponerte en su lugar, en las leyes y en las costumbres de entonces. Ahora, que un hombre pegue, viole o insulte a su mujer es un delito, pero no te olvides de que no siempre ha sido así.

Carlota tragó saliva para intentar asimilar las palabras certeras y claras que le había espetado Justina. Movió la cabeza, confusa.

—¿Y cómo pudo soportarlo durante tanto tiempo?

—Pues como otras muchas —dijo con un mohín—. ¿No

aguantan ahora y tienen todo a su favor? Cuando a una mujer le suceden estas cosas es muy complicado reconocer que estás en el infierno, no te puedes creer que eso te esté sucediendo a ti, y mucho menos decirlo al mundo. Eso decía ella, pobrecita mía... Sentía tanta vergüenza de lo que le estaba pasando... —Tomó aire y lo soltó en un lánguido suspiro—. Zenobia era muy desgraciada entre estas cuatro paredes, pero cada mañana se levantaba, se arreglaba vestida con sus mejores galas y salía al mundo con la cara alta; como el ave Fénix, cada día resurgía dispuesta a conseguir ese trocito de existencia por el que respiraba.

—No tenía ni idea... Ni idea...

—No te culpes —dijo condescendiente—, nadie lo sabía, nadie supo nunca lo que sucedía aquí. —Sus dedos se retorcían entre sí, estirados y vueltos a enlazar una y otra vez. Miró a su alrededor antes de continuar hablando—. En esta casa se ha vertido mucho llanto.

Carlota comprendió el empeño de su abuela de que renovase todo. Quería liberar con ello tanta amargura acumulada, tanta pena retenida en aquellas cuatro paredes.

—Cuando nació tu madre y tu abuelo se enteró de que era una niña se puso tan furioso que yo pensé que iba a estampar a la criaturita contra el suelo. A la pobre Manuela la despreció siempre. No es de extrañar que se convirtiera en un ser tan innoble como veleidoso, con tanto resquemor acumulado.

A Carlota no le pasaron desapercibidos los calificativos atribuidos por Justina a su madre, innoble, veleidosa... Pero no interrumpió el estremecedor relato que aquella mujer seguía contando.

—Zenobia tenía terror de volver a quedarse embarazada; y estoy segura de que la brutalidad que se gastaba con ella evitó que se quedase en estado. —Puso un mohín lastimero—. Ella nunca se sintió madre... No pudo evitar identificar en esa hija la causa de todos sus males: la razón de su matrimonio con un hombre que le prometió el cielo y lo que hizo fue arrojarla al infierno. Y para colmo de males tu madre se parecía tanto a tu abuelo...; eran como dos gotas de agua, no sólo físicamente, la forma de hablar, los gestos, las maneras... Y eso no ayudaba. No la soportaba, y con los años terminaron por no soportarse entre sí, aunque con una diferencia abismal: tu abuela nunca deseó nada malo a su hija, sin embargo, Manuela terminó odiando profundamente a su madre, tanto que para privarla de alcanzar la felicidad llegó a renunciar a la suya propia.

—¿Qué quieres decir?

Carlota reflexionaba sobre aquellas palabras. Siempre fue consciente de la mala relación entre su madre y Zenobia, tal vez porque ella misma tampoco podía soportar a su propia madre, tan distinta de su abuela Zenobia.

—Ésa es la segunda parte de esta truculenta historia. La llegada de tu padre a la vida de Zenobia fue como un aire fresco que renovó todas sus energías. Por primera vez desde hacía años, se sentía feliz. Dentro de la enorme tragedia que vivía, tenía una esperanza, algo a lo que asirse y lo hizo con todas sus fuerzas. Cuando se conocieron en la joyería, Zenobia acababa de cumplir treinta y tres años, y Clemente era un jovenzuelo de veintitantos, nada que ver con don Florencio. Se enamoraron en cuanto se miraron. Suspiraban el uno por el otro. Te puedo asegurar que no he conocido a nadie que se amase tanto como ellos. Todo fue muy discreto. Clemente alquiló un piso por Chamberí y allí quedaban; yo solía acompañarla para cubrir las apariencias. —Chascó la lengua con gesto lacónico—. Era un compromiso enorme, imagínate, pero pensaba para mí que aquello no podía ser malo, lo malo tenía que ser lo otro, no eso. La veía tan feliz y dichosa después de estar con él... Me decía que con sólo recordar su mirada era capaz de soportarlo todo a manos de su marido. Pero pasó lo que tenía que pasar, y a tu abuelo le llegaron rumores de que un joven andaba rondando a su esposa. Todavía se me pone el vello de punta cuando recuerdo sus ojos, qué ojos, Dios mío, cuánto odio acumulado hacia un ser tan... —calló y tragó saliva, como si las palabras se ahogasen en su garganta—, tan desamparado... —Tomó aire y levantó la barbilla, alzando los ojos al techo, los cerró apretando los párpados queriendo borrar la imagen evocada—. Aquella noche se le fue la mano, le dio tal paliza que no pudo ir a la joyería durante unos días. Yo misma llamé a doña Antonia para decirle que estaba enferma. Creo que ha sido la única ocasión que ha faltado a su trabajo por motivos de salud. Por supuesto, Clemente no sabía nada de la tragedia que ella vivía de puertas adentro, pero no se creyó que estaba enferma y empezó a sospechar que algo extraño ocurría. Llamó por teléfono aquí, cuando lo tenía prohibido; yo estaba con el alma en vilo, porque tu abuelo llevaba unos días barruntando la fiebre y regresaba a casa muy temprano, de improviso. Era muy peligroso porque Clemente no sabía que él estaba en casa y llamaba, e insistía en que quería verla, comprobar por sí mismo que realmente era una simple gripe lo que le impedía ir a la joyería... Tuve que bajar a la calle para encontrarme con él. Yo estaba dispuesta a contárselo todo, no podía soportar más aquella situación... Pero Zenobia me exigió, me suplicó que no lo hiciera, no quería que supiera de su sufrimiento, no quería que él también padeciera aquel tormento, porque nada podría hacer al respecto, nada, decía... Pero no pude hacerlo..., no pude mentirle; te puedo decir que fue la única vez que he desobedecido las órdenes de Zenobia, la única vez que no atendí una súplica suya. Cuando me vi con Clemente, cuando le miré a los ojos, no tuve más remedio que decirle la verdad, contarle que, además de los golpes y las patadas que le había propinado por todo el cuerpo, hizo algo mucho más grave... Aquella noche le dijo que iba a matarla, eso le dijo... —Los ojos de Justina estaban vacíos de mirada, escarbando en su memoria un pasado doloroso y olvidado—. Le dijo que lo haría de forma muy sutil para que pareciera una muerte natural..., eso le dijo... —Repitió casi en un susurro, cerrando los ojos como si de repente sintiera pesados los párpados—. Yo lo oí. Mientras descargaba toda su ira sobre ella le dijo, con esa voz ronca de perro rabioso que tenía, que iba a matarla; que no lo hacía esa noche, que no remataba la faena para que no le salpicase su muerte. Y ella sabía que lo haría, que podía hacerlo, y durante días mi pobre Zenobia estuvo aterrorizada. Temía quedarse a solas con él. Apenas dormía por miedo a no despertar, casi no comía por si la envenenaba. Don Florencio contaba con mecanismos suficientes para hacerlo en cualquier momento. Fueron días muy duros. Él lo sabía y disfrutaba del terror que le provocaba. Era un hombre frío, despiadado, cruel.

—¿Por eso mi padre acabó con él?

Justina alzó la cara y la miró unos segundos con fijeza.

—Ambos sabían que era cuestión de tiempo..., yo también lo sabía... Tan sólo cuestión de tiempo. No había más que mirarlo a los ojos para saberlo... Era capaz de hacerlo...

—Nadie puede afirmar eso, Justina. Probablemente fuera una amenaza, otra forma más de atenazarla para tenerla bajo su control. Es muy habitual en este tipo de hombres.

Ella le dedicó un gesto condescendiente, encogió los hombros y habló con una mueca en sus labios.

—Puede que tengas razón, o puede que no. Lo cierto es que en aquel momento era ella o él... O así lo vio de claro tu padre, tenía que salvarla de aquel corredor de la muerte, y en cuanto lo supo dijo que no lo permitiría, que no le iba a volver a poner la mano encima, que antes acabaría con él, y lo hizo, y con sus mismas armas. —El aire viciado parecía masticarse. Miró a un lado y a otro con gesto inquieto—. Hace tanto calor aquí..., no se puede respirar.

Carlota no hizo caso a la angustia de Justina, estaba demasiado concentrada en comprender, en conocer razones que valieran para justificar lo que ella sabía injustificable, o no tanto.

—Y entonces Amalia lo vio todo, y todo se desbarató... —añadió como si le estuviera mostrando el camino para seguir.

—Amalia pretendió el amor basado en el chantaje, y se equivocó —puntualizó Justina.

—Hay algo que no comprendo... Si mi padre quería tanto a Zenobia, si tanto amor sentía por ella como para matar, ¿por qué se quedó con mi madre? ¿Qué pinta ella en toda esta historia?

—Manuela fue una mala hija, una mala persona.

—¿Por qué hablas así de ella?

Justina la miró fijamente durante unos segundos, valorando si debía hablar.

—Era tan manipuladora como tu abuelo, sabía manejar la información, guardarla y utilizarla en el momento más oportuno para su beneficio. Cuando Zenobia empezó a verse con tu padre, solíamos salir las tres a pasear por el Retiro; entonces Clemente se hacía el encontradizo y se unía a nosotras. A pesar de ser una cría de apenas quince años, supo desde el principio lo que había entre tu padre y Zenobia; espiaba a tu abuela, sus entradas y salidas, también sus encuentros en el piso; se ponía negra de celos ante cualquier atisbo de felicidad de su madre, y por eso porfiaba en enredar a Clemente, y provocaba encuentros con él con la falsa apariencia de que Zenobia aparecería de un momento a otro, y tu padre se lo creía, y pasaba tardes enteras con ella, a la espera de que llegase la que le interesaba, mientras Manuela construía su propia quimera, un noviazgo que nunca existió salvo en su imaginación. Se pavoneaba delante de todo el mundo menos de los interesados. A mí me contaba lo enamorada que estaba, y yo la escuchaba como el que oye llover... Qué le iba a decir, nada, era tan ñoña... Tampoco podía decirle que Clemente bebía los vientos por su madre y no por ella, que si salía de paseo con ella era sólo porque pensaba que podría aparecer Zenobia.

—Pero ¿qué hizo?

—¿Que qué hizo? —dio un largo suspiro antes de continuar—. Meterse por medio. De una manera egoísta y torticera, los privó de vivir su amor.

—Eso lo hizo Amalia con su chantaje de matrimonio.

—El matrimonio con Amalia fue una manera de ganar

tiempo. Tu padre pensaba abandonarla para marcharse con Zenobia. La oportunidad surgió al poco de la muerte de tu abuelo. La joyería Aldao tenía previsto abrir una tienda en París. Al quedar viuda Zenobia y con la posibilidad de decidir su destino, no dudaron en ofrecerle hacerse cargo de ella. Podrían vivir juntos lejos de amenazas y de miradas recriminatorias. Cuando tu abuela Zenobia le dijo a tu madre que nos trasladaríamos a París, Manuela se lo imaginó. Y acabó con todo.

—No te entiendo... ¿Qué quieres decir?

—Tu madre heredó de tu abuelo no sólo el parecido físico, sino también esa maldad consciente, reflexiva, implacable. —Enmudeció mirando fijamente a Carlota, consciente de que sus palabras iban a provocarle un dolor intenso y desagradable—. Obligó a Zenobia a renunciar a todo: a su amor por tu padre, a su proyecto de irse a París, a su felicidad.

—¿Mi madre?... ¿Mi madre hizo eso? Pero si ella ha sido una desgraciada toda su vida.

—Fue su particular venganza hacia lo que Zenobia era y tenía; todo lo que ella no podía ser ni tener... «Si yo no puedo tenerlo, tampoco será para ti», eso le dijo, con esas mismas palabras, las recuerdo como si las acabase de escuchar ahora mismo.

—¿Cómo pudo obligarla a hacer semejante cosa?

El recuerdo ensombreció el rostro de Justina.

—Tenía en sus manos las pruebas que los inculpaban a los dos. Clemente le enviaba cartas a Zenobia introducidas en sobres dirigidos a mi nombre, para evitar que cayeran en manos de don Florencio. Tu abuela las guardaba celosamente en un cajón secreto del bargueño, pero esa mala hija las encontró y se hizo con la prueba escrita del crimen. En la última carta antes de que todo sucediera, Clemente le decía que no iba a tolerar ni un día más aquella situación, que era una cuestión de la vida de Florencio o la de ella; aquella maldita carta fue la confesión de lo que luego hizo; que era el momento de acabar con ese miserable, así lo calificaba, que tenían que aprovechar la medicación que se le estaba suministrando para controlarle la fiebre y la tos, indicándole que, si le daba un somnífero con la cena, podrían hacerlo sin resistencia. Con esas cartas se hacía evidente no sólo su condición de amantes, que en aquel tiempo eso ya era en sí mismo un delito, sobre todo para tu abuela, que hubiera ido a la cárcel sólo por eso, sino la intención de acabar con don Florencio... Durante años Manuela mantuvo en su poder esas cartas, como único lazo con el que atar a tu padre, que por otra parte ha estado ignorante de todo, considerando a Manuela como un salvavidas en medio del océano en el que quedó varado tras la negativa de Zenobia a volver a verlo. —Miró de nuevo al bargueño y alzó las cejas—. Ahí están las dichosas cartas. Las devolvió a su destinataria hace unos años, cuando ya estaba todo perdido para todos, también para ella.

El bargueño, pensó Carlota, aquel único mueble del que no debía deshacerse, el lugar en el que guardaba su historia de amor y su tragedia, el único reducto de felicidad que le quedaba en aquella casa.

—Sigo sin comprender por qué mi padre se unió a mi madre, por qué se quedó con ella.

—Ya te he dicho que él nunca supo de las maquinaciones de tu madre. No fue consciente de la maldad que urdió para apartar a Zenobia de su vida para siempre. El pobre Clemente —enmudeció un instante esbozando una sonrisa lastimera— cayó en su trampa como un mirlo. La amenazó con que si le daba explicaciones de que era Manuela, su propia hija, la que la obligaba a romper con él, cumpliría su amenaza y llevaría esas cartas a la policía, y ella misma los denunciaría, a los dos, y eso, en aquellos tiempos, hubiera supuesto el garrote vil para el hombre al que Zenobia amó hasta el final de sus días. Tu abuela se apartó de tu padre para salvarle, y él ha vivido sin entender por qué dejó de hablarle, de contestar a sus cartas y a sus llamadas; en esta ocasión sí que atendí a las súplicas de tu abuela; me hizo jurar por lo más sagrado que nunca se lo diría... Y nunca le dije nada... —Enmudeció y movió la cabeza ligeramente—. También están guardadas las cartas que recibió Zenobia pidiéndole, suplicándole una explicación a su silencio, cada una de ellas era como una puñalada en el corazón. —De nuevo quedó pensativa, sus párpados caídos en una honda tristeza rememorada—. Zenobia cumplió la promesa hecha a su hija, y Clemente jamás obtuvo respuesta. Y Manuela aprovechó la desolación de tu padre para prestarle un apoyo envenenado, presentándose ante él comprensiva y afable; se aprovechó de su desesperación. Clemente creyó que estando con Manuela se encontraba cerca del muro que había construido Zenobia a su alrededor; nunca mostró hacia tu madre otra cosa que no fuera el aprecio de ser la hija de quien era, eso me consta, pero tu madre tenía las cosas muy claras... —Encogió los hombros y la miró—. No sé cómo diantre lo consiguió, pero se coló en la cama de tu padre... Y naciste tú.

Carlota esbozó una sonrisa sardónica con una mueca de incomprensión y desengaño. Entonces empezó a comprender gestos, a hilar conversaciones, a entender por qué no había ninguna foto de sus padres juntos, por qué no había regalos en el día de los enamorados, por qué nunca les había oído dedicarse palabras de amor, ningún abrazo, se dio cuenta de que no recordaba que hubieran compartido cama; había sido concebida de manera consciente por su madre, pero fue un fallo de su padre, precipitado a una trampa hábilmente urdida... Porque no compartían nada, nada había entre ellos salvo ella misma, la hija que los unió para siempre sin estar unidos.

Sin apenas poder respirar, se levantó y se precipitó a la ventana, abriéndola de par en par, aspirando el aire fresco de la mañana, un aire húmedo de primavera recién estrenada, de sol amanecido, aire que llenaba sus pulmones viciados por tanto pasado, estancado y ahora removido. Habló sin volverse, los ojos puestos en el horizonte.

—Soy fruto de un cúmulo de engaños y maldades...

—Te puedo asegurar que tu padre te ha querido con locura, Carlota, mucho más que a los hijos que tuvo con esa mujer.

—Eso no me basta, Justina. No me basta...

—Pues debería... —dijo fríamente—. En cierto modo, para él eras un poco de Zenobia, llevabas su sangre, aunque fuera a través de Manuela. Y qué te voy a decir a ti de lo que Zenobia sentía por ti. Tu llegada al mundo fue para ella como una especie de redención, un bálsamo a la cruel penitencia de no haber sabido ser una buena madre, de haber creado con su dejadez un monstruo capaz de provocar tanto sufrimiento.

—Ahora empiezo a entender tantas cosas... —Se quedó pensativa un rato, sus ojos puestos en el vacío—. Siempre tan contenida cuando mi padre estaba delante...

—No le quedó más remedio que mantener las distancias, encastillada en lo alto de su almena, encerrada sin poder bajar a demostrarte lo que sentía, siempre agarrotado el corazón. Sufrió mucho, Carlota, y yo he sido durante años su paño de lágrimas. Ni siquiera lo sabía su amiga Antonia Aldao. Nunca dijo a nadie que se moría de amor por el hombre que le había arrebatado su propia hija. Era todo tan doloroso, Carlota...

4

> Ya no puedes oírme, pero juro que nunca había dejado de quererte.
>
> ÁNGEL GONZÁLEZ

Enrique se despertó sobresaltado y con un brusco movimiento quedó sentado en la cama, mirando a su alrededor, aturdido, sin saber muy bien dónde estaba y qué le había pasado.

Graciela, alarmada, se espabiló. Encendió la lámpara, se incorporó y le tocó el hombro con gesto preocupado.

—¿Qué *tenés*?

—Nada... —respondió bronco, con la respiración aún entrecortada—. Estaba soñando...

—Ha debido de ser una pesadilla; estás empapado en sudor.

Enrique no la miró. Sentía su mano acariciando su espalda pretendiendo tranquilizarle. Arisco, se levantó y se encerró en el baño. Abrió el grifo y se refrescó la cara con agua fría. Luego, con las manos apoyadas sobre el lavabo, se miró en el espejo. Sus labios temblaron al murmurar el nombre de Maribel. Lo repitió varias veces como un conjuro para retener en su memoria la última imagen de aquel extraño sueño, tan desasosegante como real. Si no fuera porque parecía algo increíble podría jurar ante cualquiera que acababa de estar hablando con ella. Recordó que no podía dormirse y que había pasado mucho rato en un laxo estado de indolencia, tumbado de lado, cara a la ventana y de espaldas a su mujer, observando el paso del tiempo en el tenue claror de la luna filtrado por las rendijas de la persiana. No fue consciente de haber caído en el sueño, pero abrió los ojos y ella estaba allí, sonriente, sosegado el semblante, la cabeza algo ladeada, la barbilla apoyada sobre las manos, que a su vez se posaban en la cama, muy cerca de su rostro, tan cerca que casi sentía su aliento cálido.

Más que sorpresa, había experimentado un extraño agradecimiento de tenerla ahí, junto a él; por eso había continuado quieto, ávido de captar cada detalle de aquel rostro, la mejilla pegada a la almohada, mirándola, mirándose el uno al otro con una intensidad desbordada y a la vez plácida, en un estridente silencio.

En ningún momento se había planteado cómo había entrado ni por qué estaba allí, absorto en su imagen. Al cabo, ella movió sus labios y su voz dulce y clara le envolvió.

—Tenía que verte antes de marcharme. —Las palabras le llegaban como si una brisa fresca despejase su mente cargada—. Enrique, te mereces ser feliz y yo ya nada puedo ofrecerte. Nuestro tiempo se acabó. Para mí ha llegado el momento de descansar, pero antes tienes que saber que desde aquella noche que pasamos juntos ni uno solo de los días de toda mi vida he dejado de pensar en ti... Ni uno solo... Y que el recuerdo de aquellos besos ha sido mi único amarre para poder sobrevivir... Pero ya no puedo más... No me quedan fuerzas...

Enrique estaba deslumbrado, embebecido por aquellos ojos que brillaban en la penumbra y que parecían iluminar su cara. Era como si el espacio alrededor se hubiera diluido y no existiera nada que no fueran ellos dos.

—Aún estás a tiempo de ser feliz. Deja de aferrarte a un pasado que ya no te pertenece. Has de seguir viviendo. Abre los ojos, mi amor. Ha llegado la hora de olvidar y de seguir adelante. No estás solo, Enrique... —hablaba en tono blando, dulce, apacible—, ella te ama mucho más de lo que te imaginas.

Al decir esto, Enrique había notado que los ojos de Maribel se desviaban por encima de su hombro, a su espalda. Se había dado la vuelta para encontrarse con el rostro de Graciela, profundamente dormida. Volvió a mirar a Maribel para decirle algo, pero sus labios parecían sellados y su voz apagada mientras ella había continuado hablando.

—Tan ofuscado has estado en lo que no tenías que no has sabido apreciar lo que tienes a tu lado. Enrique, nuestra historia, la tuya y la mía, se acabó para siempre aquella noche... Ahora te toca vivir el presente y afrontar el futuro... Tu futuro en el que yo no estaré. No sigas dejando que el tiempo pase, emplea el que te queda en ser feliz. Necesito saber que vas a hacerlo...

Enrique intentaba hablar, pero sus palabras parecían perderse en su mente.

—Si la mirases a los ojos una sola vez, te darías cuenta de cuánto amor te estás perdiendo.

Ella había acariciado su mejilla. Se le erizó la piel al recordar el dulce tacto de sus dedos. Aquello fue real, pensaba mientras se miraba en el espejo, tan real como la imagen que le devolvía el espejo.

—Hay algo que quiero que hagas, por mí..., pero sobre todo por ti. —El rostro de Maribel le había mostrado una mueca de súplica—. Se trata de Carlos... Yo le he perdonado. Sobre sus hombros lleva la carga de la penitencia, pero todos merecemos otra oportunidad... No se la niegues, Enrique, tú no.

Después había vuelto a sonreír. Se había acercado y sintió el contacto de sus labios en los suyos, la calidez de su boca, el aroma de su aliento.

—Ahora debo marcharme —le había susurrado.

Enrique quería gritar que la seguiría al fin del mundo, pero no era capaz de despegarse de la almohada, recostado con una extraña placidez.

—A donde voy no puedes acompañarme. Aún te queda mucho que hacer aquí. No lo olvides... Aprende a vivir... Aprende a perdonar... No te rindas... Te estaré esperando... porque lo eres todo..., todo para mí...

A medida que hablaba, su imagen se había ido evaporando desvanecida en el aire hasta desaparecer. Fue entonces cuando oyó su propia voz llamándola desesperadamente y cuando, de repente, se vio perdido transitando por largos pasillos, sombríos y vacíos, oyendo el retumbar de su voz, gritando su nombre, y corría sin rumbo hasta llegar al borde de un precipicio y, sin tiempo de detenerse, se precipitó al vacío. En ese momento se había despertado.

Sus ojos orlados por unas profundas ojeras le miraban desde el otro lado del espejo. Era un sueño, sí, pero tan real que le asustaba pensarlo.

De pronto cayó en la cuenta. Salió del baño y empezó a vestirse.

—¿Adónde vas? —preguntó Graciela ya sentada en la cama al verle con tanta prisa.

—Al hospital.

—¿Pasó algo?

—Es Maribel.

—¿Han llamado? No oí el teléfono.

Enrique no contestó. Su mente confusa intentaba discernir lo real de lo soñado.

—¿Te acompaño?

—No. —La respuesta de Enrique fue brusca—. Yo te llamaré.

Cuando iba a salir por la puerta algo le detuvo. Se volvió y la miró. La melena negra le caía por los hombros y le pareció que aquellos ojos negros y profundos le atrapaban anudando un ligero lazo a su cuello. Durante unos segundos ninguno de los dos se movió, los ojos del uno puestos en los del otro, como si estuvieran reconociéndose o adentrándose más allá de la mirada, hasta llegar al corazón mismo. Enrique tragó saliva y sintió un extraño vértigo. Se dio la vuelta y se marchó con prisa.

5

Tuvo que insistir para que le permitieran el acceso al hospital a unas horas tan intempestivas. Al final, el hombre que le impedía el acceso, tras hablar con la UCI para informar de aquel visitante con tanta urgencia, le autorizó la entrada.

Eva García salió a su encuentro con un gesto entre la preocupación y la sorpresa de verle allí.

—Os iba a avisar ahora —dijo ella—. ¿Cómo lo has sabido?

—¿Qué es lo que debería saber? —preguntó aturdido.

—Maribel... Hace apenas una hora empezó con un fuerte dolor de cabeza... —La enfermera calló un instante—. Ha sufrido un resangrado de su hematoma cerebral.

—Y eso..., ¿qué quiere decir?

—Lo siento, no son buenas noticias.

Enrique parpadeó varias veces, porque se le emborronaba la visión de aquella enfermera que parecía sujetarle con la serenidad de su presencia.

—Eva, acabo de soñar con ella... —Hablaba con ansiedad, balbuciente—. Ella ha estado... He soñado que estaba al lado de mi cama y me hablaba... Ha sido todo tan real...

La enfermera le dedicó una sonrisa complaciente.

—Es algo normal.

Un pesado silencio se instaló entre ellos, sin dejar de mirarse, de interrogarse con preguntas sin respuestas, con la incomprensión de la injusticia mantenida en el aire que respiraban a bocanadas.

—Si ella... Si a Maribel le ocurriera algo... —Su cuerpo se tensó como si hubiera recibido una descarga eléctrica. Apretó los labios, tragó saliva y se removió alzando los ojos al techo con gesto desesperado—. No podré soportarlo... No podré...

—Enrique, ahora lo único que importa es ella. Tienes que ayudarla a marcharse en paz.

La firmeza del suelo pareció desvanecerse bajo los pies de Enrique, igual que cuando se encontraba en el borde del mar y la fuerza de la ola desestabilizaba su equilibrio. Mansamente, se dejó llevar hasta la cama, donde de nuevo la descubrió rodeada de aparatos, monitorizada, intubada, arrullada por el sonido acompasado del soporte ventilatorio y el latido cadencioso del corazón, amarrada a la vida por los finos cables de una máquina.

—Está sedada; te lo digo porque puede que no sea muy consciente de tu presencia.

Enrique no dijo nada. Toda su atención estaba en la dolorosa contemplación de aquel rostro agredido, la barbilla alzada para facilitar el paso del tubo que atravesaba su boca y que se perdía en su garganta, la nariz obturada por un respirador transparente. La había visto antes así en los primeros días de su ingreso, pero necesitó unos segundos para asimilar de nuevo la visión.

—Os dejo solos. Enrique, si necesitas algo, estaré ahí mismo. ¿De acuerdo?

No esperó respuesta. Salió del box con la impotencia de no poder hacer otra cosa que facilitar el tránsito por aquel amargo trance. Antes de alejarse se volvió para mirar hacia aquel hombre inclinado ante la cama donde pulsaba sus últimos latidos aquel amor frustrado. Y otra vez, como tantas otras, con tantos amores perdidos y encontrados en el decisivo instante, aquella enfermera forjada en otras tantas batallas de vida y de muerte sintió la terrible impotencia de no poder hacer nada.

6

La sensación de despedida definitiva entre dos amantes puede llegar a sentirse como una dolorosa amputación. Todo queda detenido, no hay horarios, no hay hambre, ni sueño, no hay risas, ni siquiera hay llantos; no importa si hace frío o calor, si es lunes o fin de semana, si llueve o nieva o si la espesa niebla impide la visión del horizonte hacia el que ya resulta inútil avanzar. Cualquier acontecimiento, pequeño o grande, nimio o trascendental, pierde toda significación e importancia. No existe nada que no sea el contacto físico y visual, prender con el tacto la piel amada, empeñarse en trascender más allá de los ojos aún abiertos, auscultando el pensamiento, las ideas, los recuerdos, empaparse del aroma antes de su evaporación definitiva envuelto en la llama mortal de la muerte; girando todo en torno a esa maldita sombra, la tierra clamando el cuerpo suyo, la vida saldando sus cuentas; la misma muerte que acosa las horas perseguidas, el agobio del tiempo sin tiempo, de todo lo pendiente por decir y por hacer, de tanto que no se dijo ni se hizo, de voces amagadas y silencios sostenidos.

Al contacto de la mano de Enrique, los ojos de Maribel se abrieron un instante en un agotador esfuerzo para volver a quedar ocultos tras sus párpados. Los labios, antes carnosos y rojos, ahora tan resecos y tan pálidos que apenas se perfilaban en el rostro, permanecían abiertos para enmarcar la dureza de la cánula. A pesar de la dificultad, Maribel se esforzó por regalarle una sonrisa con la que hendió las puertas del alma de Enrique, arrastrado a sabiendas de que aquél era el final, sin otra posibilidad de mirarla y sentirla en los últimos instantes de vida.

—Amor mío... —susurró acercándose a ella.

Sorteando los artilugios que cruzaban su cara, la besó en la frente y acarició su mejilla.

Enrique se obligó a no llorar; no permitió que las lágrimas pudieran privarle ni un segundo de aquella imagen; cada gesto, cada parpadeo, cada respiración suponía que aún estaba viva, que aún había tiempo.

En un grato silencio, se devolvían ambos la intensidad de un mismo sentimiento.

La mano de ella se movió con la intención de liberarse de la cálida envoltura de las de él; pesadamente, alzó sus dedos, largos y finos, para alcanzar su mejilla, pero apenas quedó en tentativa, dejando caer su mano al cobijo de las de Enrique, que la recogió como el que guarda el más preciado de los tesoros. Sorteando la voz el tubo ingrato, quiso decir algo sin conseguir otra cosa que desfallecer en el empeño y alterar su ánimo. Enrique trató de calmarla, hablándole en tono suave, lento, afectuoso, derramando ternura en cada palabra y en cada gesto hasta que consiguió serenarla. Una vez más, Maribel abrió los párpados y los ojos de uno quedaron colgados en los del otro, prendidos en sus miradas antes del final. Al cabo, con un lánguido suspiro, Maribel los cerró y se dejó marchar.

Invadido por una abúlica serenidad, Enrique posó la cabeza sobre la quietud del regazo de Maribel y se abandonó a una reconfortante relajación, sin pensar en nada que no fuera sentir su pecho ya sin latido, su mente ocupada tan sólo por su nombre; su voz y su aliento guardados para siempre en su memoria.

No fue consciente del tiempo transcurrido cuando sintió que le separaban de aquel cuerpo. Le hablaban pero no entendía, emborronadas las voces en su cerebro. Se dejó arrastrar y cuando alzó los ojos descubrió a Graciela, que, de pie, en medio del pasillo, le esperaba con la pesadumbre marcada en su semblante. Durante unos segundos la estuvo observando, incapaz de hacer nada ni decir nada. Su mujer se acercó hasta ponerse frente a él. La ternura que le ofrecía su gesto relajó la rigidez interior de Enrique y se dejó abrazar primero, para luego abrazarse a ella derrotado por la pena, aferrado a la vida a pesar del deseo de que el arbitrio de la muerte también le señalase. Sólo entonces, sostenido por Graciela, se venció y lloró, lloró amargamente abandonado a la calidez de aquellos brazos olvidados desde hacía demasiado tiempo. Creyó desfallecer por el dolor que le aplastaba el alma. Graciela permaneció callada, permitiéndole el inicio del destierro de la agónica nostalgia.

Después de un tiempo, se fueron aclarando las voces en la mente herida de Enrique. Oyó la llegada de los hijos de Maribel; percibió la dulzura rota en la voz de Eva al comunicarles la amarga noticia, el grito desgarrado de incomprensión de su sobrina Isabel, la rabia algo más contenida de Nacho.

Fue entonces cuando Enrique abrió los ojos y se encontró con una imagen que le obligó a erguirse, desprendido del grato abrazo. Su hermano Carlos le miraba desde un rincón apartado de aquel pasillo convertido en lugar de tránsito y espera, de noticias y silencios, de susurros y llanto. Era la viva imagen de la derrota. A duras penas se mantenía en pie, desarmado por un dolor interno reflejado en su rostro. Graciela se dio cuenta y se echó a un lado. Los dos hermanos quedaron frente a frente. Durante un rato, el pesado silencio se quebraba por la fragilidad del duelo de los hijos. Enrique recordó entonces la imagen de Maribel junto a su cama, aquella realidad soñada que se le había hecho tan presente. Avanzó como si estuviera movido por una fuerza interior, un viento favorable que le empujaba a un nuevo comienzo. Cuando llegó frente a su hermano, se sostuvieron por un rato la mirada. Fue Enrique quien acogió a Carlos en su abrazo, que, incrédulo, se mantuvo inmóvil hasta que se dio cuenta de que el perdón era real, que era sincero, que su hermano le abría el corazón. Carlos tenía otra oportunidad. Y Enrique volvió a sentirse tranquilo, concentrado en el sollozo temblón de su hermano, cumplida la penitencia, deleitado uno por el perdón otorgado, complacido el otro por el perdón conseguido.

7

Te llaman porvenir porque no vienes nunca.

Ángel González

El día había amanecido desapacible y brumoso; llovía a ratos, lo que aumentaba aún más la sensación de tristeza en la comitiva fúnebre que, pausadamente, se fue arremolinando en torno al féretro que habían acarreado sobre sus hombros cuatro porteadores y que ya depositaban junto a la tumba abierta. La lluvia resbalaba por la madera pulida de la caja como alegoría de las lágrimas derramadas, o de tantas otras que, estancadas en el tiempo, quedaron retenidas en el alma.

Carlota notaba el repiqueteo de las gotas estrellándose sobre la impermeabilidad de su gorro. Alzó los ojos y se fijó en las nubes, pesadas y grises, desplomando su carga sobre aquel territorio de muertos. Aspiró con el fin de llenarse los pulmones del aire fresco y húmedo, del olor a tierra mojada. Pensó que días como aquél parecían otorgar un plus melancólico al ritual del entierro, invitando a los dolientes a concentrarse aún más en el adiós definitivo.

Había dudado hasta el último momento de la conveniencia de acudir al cementerio. Decidió al final hacerlo, aunque en todo momento se había mantenido alejada del núcleo familiar. Desde su posición, algo apartada, seguía con atención el rito mortuorio presidido por el sacerdote perorando los responsos.

Le resultó chocante la pena que arrastraba Enrique; su actitud contrastaba con lo reflejado por Carlos, que, más que el viudo doliente, parecía una caricatura desmañada de sí mismo; rodeado de una perturbadora soledad, aislado del amparo de sus hijos; el gesto huraño, como un testigo ajeno y obligado, mostraba la apariencia de una fatal displicencia hacia la tragedia que estaba presenciando.

Enrique había permanecido todo el tiempo apoyado en el brazo de su esposa Graciela, que mostraba un aspecto distinguido, absolutamente metida en el papel que correspondía: enlutada de pies a cabeza, con medias y zapatos de tacón alto a pesar de la dificultad del terreno, el pelo recogido y tocado con un enorme sombrero negro que le daba un sofisticado aire de actriz de cine. Llevaba asido a su mano un paraguas, negro y amplio, con el que intentaba cubrir de la lluvia la apatía de su marido.

Julia vestía asimismo de negro; sin embargo, su aspecto era más corriente: pantalones, bota plana y cómoda, chaquetón y gorro impermeable. Fue la que estuvo pendiente de doña Amalia.

Desde donde estaba a todos veía, pero no todos alcanzaban a verla. Carlota no había podido evitar buscarlo con la mirada, con una ansiedad que ella misma se negaba debido a su insólita ausencia; Cayetano apareció cuando ya todos estaban junto a la sepultura. Le vio acercarse lentamente por el paseo flanqueado por un vasto campo de lápidas y cruces alzadas en un infinito horizonte, con su caminar ligero, ataviado con abrigo oscuro, las solapas alzadas, algo encorvado, protegido de la llovizna con un paraguas abierto sobre él. El corazón de Carlota se aceleró al descubrirlo y no pudo evitar sentir el mismo vértigo que una adolescente enamorada.

Cayetano se unió al grupo sin reparar en ella. Fue Julia la que, encendida la intuición con su presencia, recorrió con la mirada el entorno hasta que se encontró con los ojos de su hermana, que observaba en la distancia. Cayetano alzó la frente y presintió algo en el rostro de su esposa. Tan sólo tuvo que seguir la dirección de su mirada para descubrirla. Carlota, entonces, abandonó los ojos de Julia para entregarse a los de

Cayetano y sintió que el tiempo se detenía; aspiró aire porque notaba que le faltaba oxígeno, paralizada su respiración por aquellos ojos. La magia se rompió con el quejido amargo de Isabel, la hija de Maribel, que llamó a su madre con un lamento seco, igual que un grito en el desierto.

Los cuatro operarios, adustos y grises, trajinaban alrededor del féretro; entre ellos apenas murmuraban alguna palabra suelta, habituados a la extraña tarea de sepultar para siempre cuerpos muertos, acechados por miradas inquisitivas descompuestas por el duelo, obligados a parapetarse del dolor ajeno.

Antes de proceder, miraron al viudo, incapaz siquiera de inmutarse; tuvo que ser el capellán el que otorgara el gesto protocolario de conformidad para que empezaran a soltar la cuerda y así descender el ataúd, con habilidad y medida lentitud, hasta depositarlo en el fondo de la tumba. Después, recogidas las maromas, se echaron un paso atrás para permitir el ceremonial de arrojar un puñado de tierra o una flor como último gesto de los vivos hacia la muerta; hasta que, por fin, cercados por un sobrecogedor silencio, los sepultureros cumplieron su cometido final: arrastraron la lápida de mármol sobre el que ya se había grabado el nombre de Maribel, la fecha de su nacimiento y la de su muerte, hasta dejar definitivamente sellado el foso. Cubrieron la superficie gris y fría con el colorido de las coronas y los ramos de flores, y se alejaron calladamente. También lo hizo el sacerdote tras otorgar pésames y condolencias a los allegados de la difunta.

Aunque había dejado de llover, el aire seguía cargado de humedad y la vaharada del aliento envolvía los rostros atribulados. El reducido grupo de dolientes se mantuvo durante un rato más junto a la sepultura cerrada, todos mudos, quietos todos, como si ninguno se atreviera a ser el primero en despegarse de aquel lugar de muerte. Al cabo, igual que si se descompusiera una imagen detenida, empezaron a dispersarse.

Durante un rato, Carlota observó aquella diáspora pausada. Vio a Julia, que se llevaba a su madre del brazo; Cayetano las siguió, y los tres se alejaron hacia donde estaban los coches dejando atrás la tumba recién estrenada.

Carlota lanzó un largo suspiro y miró a su alrededor. Dio unos pasos en la misma dirección que el grupo, pero se detuvo y se volvió. Las tumbas de su madre y de su abuela no quedaban demasiado lejos, pero no estaba segura de querer acercarse, temía hacerlo, enfrentarse definitivamente al recuerdo destruido.

Llegó al pie de la lápida con el alma encogida. Desde que Amalia le había espetado su versión sobre la causa del precipitado matrimonio con su padre, versión rematada al completo por Justina, Carlota sentía que había perdido las riendas de su vida.

No había faltado a su trabajo salvo el día en el que había amanecido en la habitación de Zenobia, pero su estado de ánimo dejaba mucho que desear y se presentaba distraída y despistada. Rita, preocupada, le había aconsejado que pidiera la baja, pero ella no quería ni pensar en quedarse todo el día en casa. Intentaba imaginar cómo Zenobia había podido afrontar su jornada cada día, con aquel horrible peso arrastrado siempre consigo, atrapado el drama de una existencia oculta da tras el maquillaje y aquella sonrisa afable que a todos regalaba, prendida su vida al amor imposible de un hombre inalcanzable.

Dejó sus ojos fijos sobre el nombre de Zenobia. No podía remediarlo, pero el recuerdo de aquella mujer, a la que tanto había admirado, caía en su memoria como un castillo de naipes arrastrado por el viento gélido de la verdad contada, y esa sensación de desmoronamiento del mito le parecía muy injusta. ¿Qué hubiera hecho ella? ¿Cómo habría actuado en una situación así? Justina había puesto el dedo en la llaga: fácil es juzgar y opinar, incluso criticar y hasta condenar el actuar del otro desde la cómoda barrera de tu propia existencia. Y en ésas se debatía, entre destruir o dejar como estaba el recuerdo. Se preguntaba qué le había aportado conocer todo aquello, qué le quitaba o qué le daba a su presente y sobre todo a su futuro, en qué cambiaba su vida saber lo que ahora sabía de Zenobia, de su madre, de su padre, de su desconocido abuelo... Una verdad dicha a destiempo, fuera del ámbito en el que se han desarrollado las causas, puede llegar a ser una explosión que únicamente destruya.

Una profunda decepción entumecía la profusión de pensamientos convertidos en una cascada volcada sobre sus recuerdos, arrastrados por un peligroso y turbio torrente. Desde que Amalia se había marchado de su casa, Carlota alternaba momentos de aturdida conmoción con un llanto que a duras penas podía controlar. Menor daño le había producido saber cómo era su madre, seguramente porque apenas la llegó a decepcionar su actitud, ya casi asumida, entre lo caprichoso y lo absurdo, entre lo malvado y lo egoísta.

El nombre de Zenobia Lozano grabado en la piedra empezaba a quedar emborronado a la vista cuando oyó un ruido a su espalda. Se dio la vuelta sobresaltada.

—¡Julia!... Qué susto me has dado. No te he oído llegar.

Con las manos metidas en los bolsillos, Julia continuó caminando hasta situarse al otro lado de la lápida y quedar frente a su hermana.

—Lo siento. No era mi intención asustarte.

Desde la visita de su madre a casa de Carlota, Julia no había podido hablar con su hermana, a pesar de que lo había intentado. No tenía ni idea de cómo afrontarla, si tratar el tema o dejarlo pasar, si con su silencio reclamaba tiempo para pensar, para asumir, hacer frente a lo sabido; ignoraba cuál sería su reacción y, en cierto modo, la temía por injusta o desmedida, o por demasiado tibia... Todo era confuso. Por un lado, se avergonzaba de lo conocido y le encolerizaba saberlo por otro.

—Pensaba que te habías ido con tu madre —dijo Carlota sin mirarla.

—Le he pedido a Cayetano que la llevase a casa. Hace días que quería verte. No contestas a mis llamadas.

Carlota bajó los ojos de nuevo hacia la lápida y encogió los hombros como si le hubiera sacudido un escalofrío en su interior.

—He tenido mucho trabajo... —Echó un rápido vistazo a su hermana para esquivar de nuevo la mirada—. Bueno... Digamos que no estoy pasando por un buen momento.

—Carlota... Lo siento... Intenté contártelo varias veces, pero reconozco que me ha faltado valor para hacerlo.

—Pues deberías haberlo hecho. Tenía derecho a saberlo.

—Lo sé, y repito que lo siento. Es lo único que puedo decirte.

—¡Lo único que puedes decirme! —Movió los brazos de forma vehemente, intentando soltar la rabia acumulada y contenida, como un pájaro agitando las alas en un vuelo imposible—. No sé si alcanzas a comprender lo grave de todo esto. No sé cómo afrontarlo. No tengo fuerzas... —Su voz se quebró y le dio la espalda, alzando el rostro como si quisiera alcanzar el aire que le faltaba para respirar.

—También es mi padre, Carlota. —Julia tomó aire; con las manos metidas en los bolsillos, incómoda, miró a un lado y a otro—. Ignoro qué les impulsó para hacer lo que hicieron aquella noche, nunca lo justificaría, pero lo cierto es que han pasado más de sesenta años, y ahora no podemos cambiar absolutamente nada, ni el pasado ni siquiera el presente. Nos guste o no, sigue siendo nuestro padre.

Carlota tenía la mirada fija en la tumba de su abuela Zenobia, repicando una y otra vez en su mente preguntas que nunca tendrían respuesta.

—No entiendo cómo no me dijiste nada —dijo al cabo, dirigiéndose a su hermana con un tono de reproche—. Tantas horas juntas, sabiendo lo que sabías... Me siento como una estúpida...

—Quería contártelo él —añadió balbuciente. La miró un instante y soltó un largo suspiro—. Al final pensé que debía ser mi madre la que lo hiciera... Era la única manera que podía llegar a redimirse ante mí.

Carlota le dedicó una sonrisa afectada.

—¿Redimirse? Tu madre no tiene ni idea del significado de esa palabra. —Tragó saliva y sacudió la cabeza para mostrar la indignación que le quemaba por dentro—. ¿Tú te has parado a pensar lo desagradable que fue para mí que fuera ella, precisamente ella, la que me contase toda esa maldita historia?

—No lo pensé... —murmuró Julia con semblante compungido.

—¡Pues deberías haberlo hecho! ¡Tenías que haberme contado tú la verdad!

—Nada hubiera cambiado. Seguiría siendo la misma verdad, igual de abyecta y repugnante.

—¡Te equivocas! —Se removió de un lado a otro nerviosa—. El desprecio de tu madre a todo lo que yo significo multiplicó el dolor que sentí con la realidad que me arrojó a la cara. —Se calló y la miró enfadada—. Sigues sin tener ni idea de lo que ha sido mi vida, ni la más remota idea.

—Ahora la que te estás equivocando eres tú —replicó Julia crispada—. Pero no pienso pelearme contigo, Carlota. Siento haberte hecho daño, ahora y en el pasado, por lo que callé y tuve que haber dicho, por lo que he sido, por mi vida, por mi padre y por lo que consideras que te he robado. Pero no olvides que no eres la única que ha sufrido carencias a lo largo de la vida. Yo también he tenido que soportar la frustración del desengaño. —Calló y adelantó un poco el cuerpo con la intención de afirmarse en sus palabras—. Por una vez, por una sola vez, Carlota, bájate de ese pedestal que te has construido con el único fin de mirarnos a todos por encima del hombro sin pringarte de nada ni de nadie. No eres tú la única que sale tocada en este asunto. ¡El que cometió aquel crimen también es mi padre! Y ha sido mi madre —se tocó varias veces el pecho con la mano, como gesto vehemente de posesión, emulando el que antes había hecho su hermana— la culpable de que yo esté viviendo cuando ni siquiera tenía que haber existido. ¿Lo entiendes? Eso también duele... Duele y mucho...

La voz de Julia se quebró y tuvo que callarse, porque sus palabras quedaron ahogadas en un amargo llanto. Esta vez fue ella la que le dio la espalda a Carlota, que la miraba absorta, avergonzada por la lección de dignidad que acababa de recibir de su hermana. Comprendió que era la causante de aquel llanto incontenido y, tras unos momentos de indecisión, Carlota rodeó la sepultura en la que reposaba Zenobia para llegar junto a Julia. Le pasó la mano por el hombro y le susurró un lo siento. Aquel gesto dio lugar a que se fundieran en un abrazo que duró mucho tiempo. Además de lágrimas, ambas vertieron, en un sollozante silencio, penas y culpas liberando la opresión que les encogía el alma.

—Lo siento, Julia —repitió cuando calmaron su llanto, esquivando su mirada, pesarosa por su proceder—, siento haber arrojado contra ti toda la rabia que llevo dentro. —Miró hacia el cielo gris, que parecía caer a plomo sobre sus cabezas—. No te mereces esto... ¡Dios santo! —exclamó con un gesto de contenida desesperación—. Estoy tan confusa... Tan perdida...

Julia la miró unos segundos en silencio, esbozó una sonrisa, se enjugó las lágrimas y habló con voz blanda.

—Será mejor que nos marchemos de este territorio al que aún no pertenecemos.

Enfilaron el paseo cogidas del brazo, sujeta la una en la otra, con un caminar pausado, ya tranquilas, agradeciendo el frescor de la brisa que calmaba el escozor de los ojos y el ardor en las mejillas. Durante un buen rato, un grato mutismo acompañó su paso. El silencio lo rompió Julia cuando atisbaron los grandes arcos de la puerta de salida de aquel monumental cementerio de La Almudena.

—Carlota, me voy a separar de Cayetano.

Durante unos segundos, un silencio espeso atravesó el aire húmedo que las envolvía.

—Si es ésa tu decisión, me parece perfecto.

Julia habló ensimismada, con la risa deshecha en sus labios.

—Si hace tan sólo unas semanas me hubieras preguntado

si quería separarme de mi marido, habría pensado que te habías vuelto loca..., o puede que algo peor. Sin embargo, ahora... Creo que nunca he estado tan segura de dar un paso así —se detuvo un instante, miró a su hermana y sonrió—, y en cierto modo esta seguridad que siento te la debo a ti...

En ese momento, Carlota se sintió amenazada y alzó la mano en un claro gesto defensivo, en guardia ante el inminente ataque.

—Julia, Cayetano está fuera de mi vida desde hace mucho tiempo...

—No, Carlota —la interrumpió con un mohín cariñoso—, no pienses que te echo la culpa de nada, al contrario, conocerte me ha abierto los ojos; mirándome en ti he sido capaz de analizar lo que soy y lo que he hecho con mi vida, y pensar seriamente sobre lo que quiero hacer con ella a partir de ahora. Creo que, a veces, la vida nos pone señales para que reaccionemos y hagamos algo por salvarnos de nuestras miserias. Todo lo que le ha pasado a Maribel, este final tan triste, tan drástico para ella, tan dramático...; la fatalidad nos obliga a replantearnos cosas. Maribel ha perdido definitivamente la oportunidad de rectificar el rumbo de su vida, pero yo puedo, y estoy dispuesta a hacerlo. Estamos convencidos de que el tiempo es infinito y lo derrochamos sin medida; olvidamos el pasado, descuidamos el presente y tememos mirar y afrontar el futuro, y así se pasa la vida, y de repente un día te das cuenta de que no tienes nada, ni tiempo, ni futuro, ni siquiera presente, tan sólo un pasado que ya no puedes cambiar. —Calló un instante y esbozó una sonrisa—. Carlota, me queda todo por hacer. Salvo mi hija, no tengo nada mío, no he hecho nada de lo que soñé, ninguno de los proyectos que tenía, todo lo abandoné acomodada en una existencia sin riesgos pero también sin emociones; y sin darme cuenta se me escapa la vida entre los dedos.

—Saldrás adelante. Eres una mujer fuerte.

—Una mujer fuerte —repitió entre dientes, como si quisiera grabarlo en su mente—. Tengo la sensación de que voy a recuperar mi libertad cuando ya no sé qué hacer con ella.

—La única libertad está en poder elegir lo que quieres hacer, asumiendo siempre las consecuencias.

—Puede que me equivoque, pero quiero intentarlo.

—Piensa que si te equivocas será tu propio error. No hay nada peor que vivir una vida equivocada por la decisión de otro. Tú y yo sabemos demasiado de eso.

Julia sonrió y se detuvo para mirar a su hermana de frente. Su risa se deshizo en los labios.

—Sí... Tienes razón, nosotras somos un claro ejemplo de vidas equivocadas. Tengo la imperiosa necesidad de reaccionar, de hacer algo... —Julia hablaba pausada—. Espero que no sea demasiado tarde para mí, con mi edad, no sé muy bien adónde voy a ir.

—Por la edad no te preocupes, estamos en la mejor... Yo me aplico el dicho de que los cuarenta son la edad madura de la juventud y los cincuenta, la juventud de la madurez. Dicen que lo dijo Victor Hugo, seguramente pensando en los hombres, pero, aplicado al mundo en el que tú y yo vivimos, nos viene como anillo al dedo. Así que, si lo pensamos, estamos en la juventud de nuestra madurez; ¿por qué no aprovecharla?

—A punto estoy de entrar en esa juventud, ando aún en plena madurez de los cuarenta...

Continuaron la marcha hacia la salida.

—¿Sabes ya dónde vas a vivir?

—Cayetano se traslada a un apartamento que tiene libre muy cerca de la oficina. El problema lo vamos a tener con mi suegra, no lo va a entender, sigue siendo muy intolerante para estos temas y, a Cayetano, el hecho de contrariar a su madre le afecta mucho, le profesa un respeto que raya el sometimiento, no sabe negarle nada y no veas cómo se ha aprovechado de eso, no sólo de él, sino también de mí; siempre hemos vivido con esa premisa de evitarle cualquier disgusto, es tan mayor, la pobre, que no se entere de esto o que no sepa nada de lo otro. No conozco una mujer más obcecada en su propia verdad, todo lo de ella está bien y lo de los demás siempre es mejorable. Pero esta vez se lo va a tener que tragar, quiera o no quiera, porque, aunque la iniciativa del divorcio la he tomado yo, me doy cuenta de que Cayetano está aún más convencido de dar el paso. Me ha dicho que no me va a poner ninguna pega en nada, que quiere hacer las cosas bien, sin traumas para nadie. Es un consuelo, la verdad, viendo lo que hay por ahí, y sobre todo pensando en Cristina. Ella es ahora el centro de mi vida, ella y mi nieto.

—Entonces, ha decidido seguir con el embarazo.

—Eso parece. Cuando le hicieron la primera ecografía salió diciendo que quería seguir adelante. Nicolás está pletórico. Se los ve tan felices y tan enamorados... —Julia quedó un instante pensativa, reflexionando—. Voy a intentar que mi hija no cometa los mismos errores que cometí yo. Siempre he visto infeliz a mi madre, he sido consciente de ello desde que tengo uso de razón y, sin embargo, a lo largo de toda mi vida, he puesto todo mi empeño en ser tan infeliz como ella.

Cuando salieron del recinto del cementerio, Carlota le preguntó si la llevaba a algún sitio, que tenía el coche aparcado cerca.

—No, gracias —respondió Julia al ofrecimiento—, cogeré un taxi.

Se despidieron con un par de besos, uno en cada mejilla. Carlota fue la primera que se dio la vuelta y empezó a caminar hacia su coche, pero se detuvo al oír que su hermana la llamaba. Se volvió y esperó a que se acercase.

—Carlota..., sé que todo esto ha sido muy duro... Pero creo que deberías ir a ver a tu padre. No deja de preguntar por ti. Insiste en que necesita verte.

—No estoy segura de que pudiera soportar mirarle a los ojos.

—Necesita pedirte perdón, Carlota.

Ella la miró con extrañeza, como si aquella palabra no se le hubiera pasado por la cabeza.

—¿Pedirme perdón? —Su semblante se ensombreció, y dejó los ojos en un vacío de amargura—. No tendría por dónde empezar.

—No sé si te servirá de algo, pero yo le he perdonado, a él y también a mi madre.

—Pues yo no puedo...

—Inténtalo. Puede que te sientas mejor de lo que estás ahora.

8

> Mi recuerdo es más fuerte que tu olvido.
>
> CARLOS AUGUSTO SALAVERRY

Carlota había salido de casa con la intención de tomar un taxi, pero era una de esas tardes del final del invierno, tibias y cálidas, que invitaba a caminar sin prisa; en realidad, ella no tenía ninguna en llegar a su destino, lo deseaba, no podía negárselo a sí misma, pero era tanto el deseo como el temor que le provocaba aquel ingrato reto tan necesario en conciencia. Aquel sentimiento contradictorio le roía la mente. Cada paso era un latido añadido al temido encuentro. No quiso pensar, o no pudo, o no supo cómo hacer, qué debía o no debía preguntar, qué decir, qué callar, cómo actuar, si perdonar o culpar.

Recorrió el bullicio de la Gran Vía con paso tan lento como exasperante para el resto de los que se cruzaban o la adelantaban o la sorteaban o la empujaban sin apenas mirarla, ni disculparse o disculparla por estorbarles en su camino entorpeciendo la velocidad de la marcha. Al llegar a Callao, tras la cuesta arriba desde plaza de España, el terreno se equilibraba hasta la Red de San Luis; aceras abarrotadas de gente, ruido, coches, tiendas, voces, para iniciar el descenso y alcanzar la Cibeles. Por fin se adentró en la calle Alfonso XI, tan céntrica y tan silenciosa cual isla desierta en medio de aquel vesánico océano urbano.

Al llegar al portal se detuvo. Miró a un lado y a otro como si buscase algún apoyo para emprender el tramo final; pero no había nadie, estaba sola, como siempre había sucedido a lo largo de su vida, de nuevo se enfrentaba sola a los temidos fantasmas del pasado.

Empujó la pesada puerta y se adentró en el interior angosto y frío. Atisbó la garita del portero, vacía en aquel momento. Subió cuatro escalones de estrechos peldaños para llegar a la puerta del antiguo ascensor, en concordancia con el edificio, de esos que parecen horadar hacia el cielo el hueco de la escalera. Abrió la férrea cancela, empujó hacia dentro las dos portezuelas de madera y cristal, se metió en el interior y se volvió para cerrar cada una de las puertas. Nada más pulsar el botón sintió la sacudida de la plataforma en el arranque de elevación; según iba ascendiendo los latidos del corazón se le desbocaban. Aspiró aire, levantó el rostro y cerró los ojos intentando recopilar todo el valor que le hacía falta para llegar hasta el final, tal y como se había propuesto después de haberle dado muchas vueltas, o no tantas; quizá no había pensado demasiado y lo único que buscaba era mirarle a la cara por última vez y saber qué pensaba, qué creía que ella pensaba después de conocerlo todo, de saberlo todo, escuchar de su boca qué clase de disparatada historia resultó ser su vida a costa de enfrentarse a una realidad que ya le dolía demasiado.

Era consciente de que apenas le quedaba tiempo, que su padre se apagaba; desde hacía unos días ya no se levantaba de la cama; en el último wasap, Julia le advertía que los médicos habían augurado apenas unas horas de vida, el definitivo de los insistentes mensajes que su hermana le había enviado; mensajes que siempre quedaban en silencio, sin contestación, en tensa espera. Y en medio de aquel silencio había llegado hasta allí y por fin se encontraba en el rellano, detenida frente a la puerta, y una parte poderosa de su conciencia le seguía gritando que todavía estaba a tiempo de salir corriendo y no saber, no conocer, no entender, borrar de su memoria una insaciable historia de amor ensombrecida por la muerte de aquel que estorbaba, enturbiado todo para siempre, enmarañado todo a base de mentiras y amenazas de unos y otros, o de unos contra otros, incluso en contra de sí mismos.

Sus dedos temblaban cuando pulsó el timbre. Se estremeció al oír el ronco resonar en el interior de la casa. Se metió la mano en el bolsillo y esperó, los labios apretados con la respiración contenida.

La puerta se abrió y apareció una mujer de cabeza gruesa y cuerpo tenue que debía de haber pasado de largo los sesenta, ataviada con pulcra ropa de servicio.

—Buenas tardes —saludó Carlota—. Vengo a ver a don Clemente.

La mujer arrugó la frente, evidenciando su extrañeza.

—Lo siento, pero el señor no está en condiciones de recibir visitas.

—No soy una visita, soy su hija.

—Felisa, deja que pase.

Doña Amalia se acercaba por el largo pasillo. Iba vestida con vetusta elegancia, guardando riguroso luto por su nuera; el pelo blanco y cardado realzaba la palidez rugosa de la cara.

Obediente, Felisa le franqueó el paso y cerró la puerta; luego desapareció dejando a la señora frente a la recién llegada.

Carlota había entrado al gran recibidor con paso lento como si fuera buscando la firmeza del terreno sobre el que apoyar el pie. Una vez dentro, se enfrentó al desafío de Amalia.

—Déjeme hablar con él, Amalia, necesito verle.

El semblante ensombrecido de Amalia Escolar apenas se inmutó.

—De poco serviría ya impedírtelo; pero te advierto que está muy débil, apenas le quedan fuerzas.

Dicho esto, le pidió que la acompañase, y, mientras seguía a aquella figura delgada y oscura, Carlota no pudo evitar pensar que aquella casa había estado destinada a ella, entre aquellas paredes tenía que haber transcurrido su infancia, o no, pensó estremecida, porque lo que creyó cierto se diluía en una delirante quimera que sólo existió en la mente de su madre.

Se adentraron en un largo pasillo de techos altos. Todo tenía una apariencia rancia, detenida en el tiempo. Muebles caros, cuadros, adornos distribuidos por los rincones que parecían llevar allí décadas, tiznados de años de polvo y vida ya vivida, antiguos y pasados de moda.

Amalia se detuvo delante de una puerta entornada, la abrió y se quedó a un lado invitándola a pasar.

—Me gustaría estar a solas con él —dijo Carlota antes de entrar—. Esta vez me lo debe.

—Yo a ti no te debo nada.

Impertérrita, Amalia no se movió. Sus ojos acuosos la escrutaban fijos, imperturbables.

Carlota entró y notó la puerta cerrarse a su espalda. Se volvió y se vio sola, ella y su padre solos frente a frente después de tantos años, tantos silencios, tanto olvido, tanto hastío acumulado.

Tendido en la cama de matrimonio cubierto con una colcha clara, le estremeció la visión por la intimidad del lugar. Siempre había tenido mucho reparo en penetrar en los espacios ajenos más privados de un hogar. No entendía el afán de algunos de enseñar a cualquiera todos los rincones de su casa, también la habitación y la cama donde se ama y goza y llora y pena y en la que además se duerme y sueña, o se padece la duermevela insomne.

En el aire flotaba un extraño olor a medicina, a vejez, a muerte presentida.

Contempló durante unos segundos el frágil cuerpo de su padre recostado sobre un rimero de cojines blancos; parecía dormitar, los ojos cerrados, la respiración ronca, pesada, tan costosa que percibirla llegó a agobiarla. Carlota se acercó recelosa aún, encogido el corazón, convencida de que cada inspiración podía ser la última, el instante justo del inminente final, acabada ya toda posibilidad de hablar y aclarar y explicar y disipar dudas, si es que se pueden disipar, y pedir y exigir y reclamar a voluntad aunque nada se consiga o nada convenza al no poder creer lo que parece increíble, inexplicable a los ojos ajenos.

Se fijó en el rostro anguloso y frágil, más cetrino que la última vez que le vio hacía apenas unos meses. Los labios secos, blanquecinos, algo separados. Presentaba un aspecto de una pulcritud exquisita, aseado, afeitado, el pelo ralo y canoso peinado hacia atrás como rastrillado por el peine. Con suavidad, rozó su mano y luego su frente, temía sobresaltarlo con su presencia no anunciada. Clemente abrió pesadamente los párpados. La miró perplejo y sonrió únicamente cuando la información de aquella imagen llegó a su cerebro y confirmó que era cierto lo que estaba viendo.

—Hola, papá —susurró ella.

—Lucero... Mi Lucero... —Sus palabras temblaron en sus labios por la emoción—. Has venido... Al fin has venido...

—¿Cómo estás?

Él encogió los hombros con una conmovedora expresión.

—Muriéndome...

—Estás muy guapo para estar muriéndote —dijo intentando derribar el muro que los separaba.

Entonces, Clemente esbozó una sonrisa y volvió la cara hacia la ventana; se quedó mirando un punto fijo.

—Ella lo sabía... Me dijo que vendrías.

—¿Te refieres a Julia?

Negó con la cabeza y volvió a mirar a su hija.

—Lleva días esperándome... —murmuró pesaroso—. Tú no la ves, pero ella está ahí mismo, sonriente, feliz de verte...

Carlota le acarició la mano, con ternura.

—Estamos solos, papá. Esta vez Amalia nos ha permitido estar solos, tú y yo.

El padre la miró indulgente, sonrió, agarró la mano de su hija y habló en un tono pausado.

—Lucero mío, me queda tan poco tiempo y tengo tanto que contarte...

—Ya no hace falta, papá —añadió sin poder evitar cierto

tono de reprobación—. Lo sé todo. Amalia me lo ha contado. Después de tantos años lo he tenido que saber por boca de esa mujer.

—Conoces sólo su versión. Y eso no vale nada. Para ti y para mí, no vale nada.

—También me ha contado Justina.

Clemente miró perplejo.

—¿La vieja Justina? —sonrió plácidamente—. ¿Todavía vive esa bendita?

—Sí. —Carlota sonrió afectuosa recordando cuánto bien le hacía aquella mujer en su vida más cotidiana y doméstica—. Me cuida como si fuera una hija. Está convencida de que soy incapaz de manejarme sola en la casa sin su imprescindible ayuda... Y tiene razón, así que entra y sale como si fuera mi madre.

—Justina, la vieja Justina... —Sus cejas enarcaron una mirada inquisitiva—. ¿Te lo ha contado todo?

Ella afirmó.

—Carlota, tu abuela vivió un infierno al lado de ese hombre. Era el mismísimo Satanás.

—Eso no justifica lo que hiciste, papá. No todo vale.

Se hizo un silencio tenso, entre miradas esquivas y culpables. Los ojos de Clemente buscando los de su hija, reclamando benevolencia en su juicio.

—No voy a pedir que se me exculpe por algo que hice de manera consciente; prefiero vivir con ese crimen a mis espaldas que haber permitido que le pasara algo a ella. Eso sí que no me lo hubiera perdonado jamás.

—¿Y yo? ¿Cómo crees que me siento yo, papá? ¿Cómo puede sentirse alguien que sabe que su padre ha matado a un hombre?

—Tu abuelo no era un hombre, era un monstruo.

Carlota miró hacia el techo resoplando, nerviosa, buscando en su mente algo sólido a lo que aferrarse en aquel torrente de sentimientos contradictorios. No dejaba de preguntarse qué había cambiado en ella con todo aquello que ahora sabía y que siempre se le había ocultado; qué había cambiado respecto de su padre, qué le había aportado o quitado a ella o a él, qué esperaba cambiar, o arreglar, subsanar, enmendar, qué hacer con lo que tan sólo era un mal recuerdo casi olvidado clavado en la conciencia de algunos después de tanto tiempo.

—Papá... —balbució insegura—. Si te digo la verdad, no tengo ni idea de cómo afrontar todo esto.

Clemente la miró un rato; luego, sonrió y apretó el agarre de su mano.

—Si de algo me arrepiento es del sufrimiento que te he provocado a ti...

—Déjalo, papá, es ya demasiado tarde para ese discurso.

—Lo siento, Carlota, siento tanto toda mi vida... Sólo he sembrado infortunio a mi alrededor, a ti y sobre todo a tu madre, mi pobre Manuela, me ofreció su vida y a cambio sólo obtuvo soledad y desdicha; nunca la amé, Carlota, no podía hacerlo porque nunca dejé de amar a Zenobia. No sé qué hubiera sido de mí si ella no hubiera estado a mi lado cuando la perdí definitivamente. —Su mirada extraviada en sus más dolorosos recuerdos—. Me creí morir... Estaba tan desconcertado, tan perdido... —Alzó los ojos hacia su hija y abrió sus labios en una sonrisa—. Ella me salvó, tu madre me salvó...

Carlota no pudo evitar la presión de una intensa emoción en el pecho. Le cogió la mano y le habló con ternura.

—No, papá, no te atormentes más, al menos por mi madre. —Acariciaba su mano mientras hablaba como si intentara aliviar el dolor que le iban a provocar sus palabras, considerando que era mejor aquella incisión que morirse creyéndose culpable de una vida errada—. Ella no te salvó... —Sus ojos se llenaron de lágrimas, y la visión del rostro de su padre se le nubló. Continuó con voz balbuciente—. Ella lo sabía todo desde el principio. Zenobia pasó de ser víctima de su marido a ser prisionera de su propia hija.

Clemente le miró con los ojos brillantes, enternecido por las lágrimas de su hija.

—También eso te lo ha contado la vieja Justina... —murmuró apesadumbrado—. Pobre hija mía, ni siquiera te han dejado el recuerdo de tu madre.

—¿Tú lo sabías? —preguntó sorprendida—. ¿Sabías que mamá había urdido todo eso como una maniobra artera en contra de Zenobia? ¿Sabías que fue su particular ajuste de cuentas lo que nos perjudicó a todos?

Clemente levantó la mano y señaló hacia la mesilla.

—Abre ese cajón, ¿quieres?

Ella lo hizo y al abrir se encontró un sobre con las señas de Clemente escritas en una letra conocida. Lo cogió y lo giró instintivamente para ver el remite, pero estaba en blanco.

—Tu madre escribió esa carta hace unos meses, pero no la echó al correo hasta el día de su muerte. Seguramente fue un mandado que le hizo a la mujer que la cuidaba, que la echase al correo cuando ella muriera.

Con aquella carta en la mano, Carlota se acordó de la tarde que descubrió a su padre en el cementerio unos días después del entierro de su madre y del sobre que apretaba entre sus manos. Creyó entender, con su actitud compungida a los pies de la tumba, que por fin le estaba rindiendo honores en desagravio a tanta afrenta acumulada, tanto perjuicio causado, tanta soledad inferida. Tal vez fuera posible que aquella percepción intuida no fuera tal y que fuera él el que le estuviera pidiendo cuentas a pesar de estar muerta.

—Me lo confiesa todo; pobrecita, ha sido tan desgraciada..., mucho más de lo que me podía imaginar porque lo que a ella le movió no fue el amor, a la pobre Manuela la guio siempre el odio y una profunda inquina hacia su propia madre. Odiaba tanto a Zenobia que fue capaz de sacrificar su vida, incluso la tuya, con tal de no verla feliz a ella. Es terrible. Debió de sufrir tanto...

Mientras hablaba, Carlota sacó la cuartilla doblada en cuatro, escrita por las dos caras con letra picuda de trazo inseguro. Leyó en silencio.

—Te pide perdón —dijo a su padre.

Clemente soltó una risa y alzó las cejas, como si se sorprendiera.

—Me pide perdón con todo lo que tiene ella que perdonarme a mí... Sin duda, debe de ser el efecto de tener de frente a la muerte, que provoca esta necesidad de pedir perdón, de agradecer —calló un instante y la miró esbozando una sonrisa—, de perdonar...

—¿Lo has hecho..., la has perdonado?

—Qué gano con no hacerlo. No puedo odiarla. Cómo podría... Ella ha sido una de las más perjudicadas en este juego de engaños y mentiras. Apostó por el odio a su madre y perdió, lo perdió todo.

—En este juego todos somos perdedores.

—Tu madre era muy joven, demasiado joven. Si no la hubiera atado a mí para salvarme yo, si la hubiera dejado libre desde el principio, Manuela hubiera tenido la oportunidad de vivir su vida, la que en realidad le correspondía, no al lado de un hombre que no podía amarla, siendo siempre la otra.

—La querida.

Clemente miró a su hija y vio el reflejo de su dolor.

—Así es, la querida..., pero sólo en apariencia... Porque lo único que nos unía a tu madre y a mí eras tú... Lo único, te lo puedo asegurar. —Le costaba hablar, lo hacía con dificultad, deteniéndose de vez en cuando para tomar aire y con el tono de voz muy bajo, a veces casi un susurro—. Siento haber sido la causa de su vida malograda, Carlota, lo siento de veras. Ella se merecía otra cosa.

—Si hubiera sido así, yo no estaría aquí.

Clemente sonrió afable.

—Las carambolas de la vida a veces nos traen lo mejor. Sé que no he sido el mejor padre... —Sus ojos se llenaron de lágrimas y su voz se volvió frágil y ahogada—. Lo siento... No supe hacerlo mejor...

Carlota le miró durante un rato reflexionando sobre lo que significaba su padre para ella en aquel momento. Esbozó una leve sonrisa.

—¿Tanto la amabas?

—Más que a mi propia vida. —Su voz quebrada se ahogaba con la emoción.

Carlota puso sus ojos en aquellas líneas escritas. Notó un temblor en la mano que sujetaba la cuartilla.

—En esa carta —continuó Clemente—, tu madre me hace un último regalo, un generoso regalo, el más hermoso que me pudiera hacer nadie. Zenobia me amó siempre.

Carlota leía esa misma frase prendida en la memoria de su padre y repetida: «No sé si a estas alturas te servirá de algo saber que Zenobia te amó siempre. Su amor hacia ti no se debilitó jamás, no se quebró nunca, fortalecido cada día a lo largo del tiempo».

—Su amor hacia mí no se debilitó jamás... —La voz desfallecida de su padre estremeció el ánimo de su hija—. Toda la vida amándonos, tan cerca y tan alejados... —Su rostro se ensombreció y bajó los ojos a sus manos entrelazadas—. Durante un tiempo luché por ella, le escribía, la llamaba, la esperaba en la calle. Su rechazo, su silencio, su distancia fueron tan tajantes que me aparté de ella convencido de que algo imperdonable había quebrado su amor, algo que no entendía y que nos alejaba definitivamente. Me conformé sabiéndola tranquila. Si yo hubiera sabido, si lo hubiera intuido siquiera... —le sobrevino un amago de rabia, de demorada impotencia que exteriorizó apretando los puños y tensando la mandíbula—, yo mismo hubiera llevado esas malditas cartas a la policía para que me encerrasen, incluso para que me condenasen a muerte, a cambio de poder mirarla una sola vez a los ojos y decirle cuánto la he amado.

Sus lágrimas corrieron por sus mejillas. De los labios se le escapó el nombre de Zenobia, apenas susurrado.

Al cabo, miró a su hija. Su rostro parecía más sereno que

antes, sus ojos sonreían con sus labios, era como si acabase de ver una grata visión.

—Me encuentro tan cansado... Carlota, hija..., ha llegado el momento de marchar.

—Papá...

—Escúchame —la interrumpió aferrándose a la muñeca como si estuviera a punto de hundirse y desaparecer definitivamente—. Escúchame, Lucero, me queda poco tiempo. Cometí un crimen y lo he pagado con creces durante toda mi vida. Querría que las cosas hubieran sido de otra manera, Carlota, pero ahora ya es tarde para cambiar nada, tan sólo nos queda perdonar... —Sus ojos suplicantes se clavaron como cuchillos en la conciencia de Carlota—. Necesito tu perdón para poder marcharme en paz.

Ella frunció el ceño con gesto dolorido, como si hubiera recibido un puñetazo en el estómago. Cerró los ojos y movió la cara, aturdida. Sentía el latir en sus sienes golpeando con dolorosa saña. Cómo perdonar algo así, y por qué no hacerlo si es que debía perdonar algo. Quién era ella para juzgar y mucho menos condenar semejante hecho, en circunstancias tales, y hacía tanto tiempo. Sin embargo, una sombra se erigía en su interior y se imponía con dureza en su conciencia; su voz grave le pareció ajena.

—No puedo. —Se puso una mano en el corazón y volvió a repetir con la voz quebrada—: No sé cómo hacerlo...

El aire pareció hacerse más denso, viscoso y seco. Clemente tragó saliva y su nuez subió y bajó varias veces antes de hablar, cada vez más débil, cada vez más laxo.

—Lo siento. —Cerró los ojos como si de repente se sintiera muy cansado—. Lo siento tanto...

Carlota no era capaz de hablar. Se volvió hacia la puerta, tenía una extraña sensación de mareo, como si bajo sus pies el piso se meciera igual que la plataforma de un tiovivo. Antes de llegar a tocar el pomo oyó una voz dulce, blanda y quebrada, una voz conocida, ya casi olvidada.

—El perdón es lo único que puede salvarte.

Sobresaltada se volvió. Su padre yacía inerte sobre la blancura de sus almohadas, la cabeza un poco ladeada hacia la ventana, los ojos cerrados, la boca entreabierta, los labios descolgados; se fijó en la nuez, inmóvil en el centro de la garganta, detenido el mecanismo de la vida. Se puso la mano en el corazón para calmar su alocado latido; miró a su alrededor buscando a la dueña de aquella voz a sabiendas de que no la vería, ella no podía hacerlo, ya se lo había dicho su padre, estaba allí aunque no pudiera verla.

Despacio, como si el tiempo se hubiera detenido y el mundo hubiera dejado de girar por unos instantes, se acercó a la cama, le cogió la mano a su padre y en su tacto percibió la flacidez de la muerte.

—Papá... —Le llamó con apenas un susurro—. Papá... —Suave el tono, temerosa de sobresaltarle—. Papá... —Notó una lágrima resbalar por su mejilla y, entonces, sólo entonces, sintió que en su interior se quebraba el dique de incomprensión cerrado durante años. Envuelta entre las suyas, se llevó la mano muerta a los labios y la apretó contra su boca—. Adiós, papá... Te quiero...

9

Lo que ardió no volverá a ser pólvora mañana, mañana... que ya es ceniza, polvo y nada.

LUIS EDUARDO AUTE

A través del balcón, abierto de par en par, penetró una cálida brisa nocturna que rozó su cara. Carlota pensó que tenía razón Justina, aquélla era la mejor habitación de la casa, una pena, tan cerrada a cal y canto, como si sobre ella flotara una maldición extraña. A lo lejos atisbó el primer claror de un incipiente amanecer. Se había pasado toda la noche sentada en aquella butaca en la que tantas veces había visto a su abuela Zenobia entregada a la placidez de la lectura, o escribiendo en unas pequeñas libretas en las que anotaba cosas que pensaba y no quería olvidar nunca, eso le decía cuando de niña le preguntaba qué escribía (en varias ocasiones lo hizo a lo largo de la vida, en diferentes edades y con curiosidad distinta) sin llegar a obtener respuesta clara del contenido de lo escrito; escribo lo que siento, escribiendo ordeno el caos que hay en mi cabeza, hago visibles mis pensamientos, los comprendo, identifico mis carencias y las afronto o en su caso las asumo... Eso le dijo la última vez que se lo había preguntado. Siempre tan pensativa, tan seria, tan hierática y serena, los ojos puestos en ese mismo horizonte que ahora se extendía ante ella, perdida la vista sobre aquel mar verde que formaban las copas de los árboles del parque del Oeste, oscuro el confín un instante antes, clareado ahora poco a poco, dejando la mente mansa y quieta, escudriñando en aquella nocturna lejanía la consecuencia de tanto que ahora sabía, contemplando sorprendida el descomunal caleidoscopio de paradojas y contradicciones en que se había convertido su vida.

Sostenía en su mano las cartas que su padre había dirigido a Zenobia, extraídas por Justina del cajón secreto de aquel bargueño, cartas de dos enamorados, cautivos de un tiempo que no era el suyo, víctimas y verdugos de sus pasiones. Las había leído una y otra vez. Aquella letra firme y redonda, plagada de frases arrebatadas de voluptuosidad; sublimadas de amor incluso en la maldita carta acusatoria, una sola cuartilla, apenas escritas unas líneas, la firmeza de no tolerar, de no permitir, de no soportar más, la consciente resolución de acabar con la causa de aquel sufrimiento que a ella la oprimía y le enloquecía a él, la firmeza en considerar aquél el momento propicio para evitar aquello que nunca podría haberse perdonado, «si algo te pasa, amor mío, no podría seguir viviendo; estoy dispuesto a cargar con su muerte a cambio de tu tranquilidad, más valiosa para mí que la vida de ese malnacido que te asfixia sin piedad. Deja que yo lo haga, confía en mí, querida mía, sólo tu felicidad me importa, renuncio a todo por verte feliz y liberada del yugo que ahora te ata».

Arrojó la cuartilla al suelo y cayó junto a las otras ya leídas, secretos de amor y muerte desperdigados por el suelo, desvanecida la intimidad epistolar por la intromisión ajena y sin reparo. Y las preguntas golpeando en su conciencia, martillando sus sentidos, dudas sin respuestas repetidas una y otra vez, qué hacer o qué decir, cómo afrontar, cómo asimilar todo aquello.

Se suele ser más justiciero cuando los fallos son ajenos, reclamando con los propios clemencia y consentimiento. Carlota se preguntaba si podía hacerlo, si debía perdonar para salvarse ella. La anunciada muerte de su padre resultó ser repentina, incómoda, impremeditada en su fuero interno, como si no aceptase la idea de que ya no habría posibilidad de nada, ni siquiera de tender la mano que le había negado con la brusquedad de quien cree que el tiempo es inagotable y que de él podrá disponer si decide corregir; pero ya no lo tenía, hacía meses consumido respecto de su madre, extinguido ya respecto de su padre; sin embargo, nunca pensó que le hubiera faltado ni un segundo con su idolatrada Zenobia, idealizada hasta el extremo, tan ensombrecido ahora su recuerdo. Pero quién era ella para juzgar y condenar el sentir de dos adultos por muy hija o nieta que sea, con qué derecho se pronuncia uno sobre la vida ajena, sobre el pasado que siempre vuelve pero que nunca se deja atrapar porque ya es etéreo como la misma muerte, presentido el que se ha ido pero sin poder regresarlo, incapaz de verlo, sin que nada se pueda cambiar; el pasado sigue intacto, lo que se dijo, lo que calló, aquello que se ocultó, todo se diluye en el vacío de la ausencia.

Sin embargo, no es lo mismo perdonar que ser indulgente o que justificar o que tener misericordia o disculpar. Tampoco es posible perdonar si no hay un previo arrepentimiento por parte del perdonado. Pero qué sentido tiene perdonar o no hacerlo, dejar la afrenta aplanarse con el tiempo, desaparecer y olvidar cuando la muerte lo iguala todo, lo acalla todo, lo aplaca todo sin vuelta atrás, sin posibilidad ya de silenciar aquello que se dijo, de hablar lo que se silenció con la esperanza de encontrar un momento mejor, imposible ya justificar lo que se pretendía explicar, o rectificar lo erróneo, lo malo, lo deficiente.

Perdonar para salvarse. Ésa era su única salida.

10

> No se ve bien sino con el corazón. Lo esencial es invisible a los ojos. Pero los ojos son ciegos. Es necesario buscar con el corazón.
>
> ANTOINE DE SAINT-EXUPÉRY, *El Principito*

Uno nunca es tan libre ni tan independiente ni tan objetivo ni tan frío como se tiende a creer, siempre hay algo que limita y que influye, que termina por afectar de una u otra manera. Por más que se intente, incluso por más que uno trate de engañarse, no se puede escapar a los efectos derivados de decisiones ajenas que desvían o tuercen o alteran el rumbo del propio destino, incluso se convierten en el destino en sí mismo, porque sin aquella decisión no se hubiera llegado ni a existir. Se puede volar en soledad, pero el vuelo se verá afectado por la veleidad del viento o por su ausencia, por el planear de otro o el vacío o el silencio dejado por su estela.

Carlota caminaba pausadamente por el paseo de Coches del Retiro atisbando la hilera continua de las casetas de libros, enlazadas una junto a otra como una procesión fija e inmóvil que había que recorrer si se quería descubrir y admirar. Aspiró el olor a tierra mojada que había en el aire tras la repentina tormenta caída hacía tan sólo media hora y que había despejado las multitudes, que habían huido en busca de refugio en cuanto cayeron las primeras gotas.

Se acercó a una de las casetas y durante un rato se dedicó a hojear algunos de los libros expuestos. Descubrió una preciosa edición conmemorativa de *El Principito*, de Antoine de Saint-Exupéry, pero, justo cuando estiraba el brazo para alcanzar el único ejemplar expuesto, se le adelantó una mano más rápida y se lo arrebató; enseguida encogió su brazo igual que si le hubiera dado un calambre; volvió la cabeza para mirar al dueño de aquella mano que ya tenía el libro en su poder, y abrió una sonrisa por lo simultáneo del hecho. Pero su risa se congeló en aquellos ojos conocidos. Durante unos segundos, ninguno de los dos reaccionó, mirándose sólo, en silencio, con la risa sostenida en los labios, reconociéndose uno al otro, a pesar de que en los últimos meses se habían visto en dos ocasiones luctuosas (primero en el entierro de Maribel y después en el multitudinario de Clemente Balmaseda); en las dos se mantuvieron alejados entre sí, rodeados de dolientes, de un respetuoso silencio que los separaba irremediablemente. Pero de repente estaban juntos, aparentemente solos, sin nadie conocido alrededor, tan cerca el uno del otro que si alzaban la mano podrían tocarse la cara, incluso podrían llegar a besarse, aunque fueran esos dos besos de rigor que siempre se dan en cada mejilla. Pero no hicieron nada, mantenidos en la sorpresa, en el asombro; ella no pudo evitar cierto sonrojo.

Al cabo, Cayetano le tendió el libro que había cogido.

—Toma, yo ya lo tengo.

—Yo también —contestó Carlota—. Me lo regalaste tú..., y en una circunstancia bastante similar...

Hacía más de treinta años, Cayetano, después de haberla buscado con denuedo durante días por los alrededores del local en el que la había conocido, descubrió a Carlota cuando entraba al Retiro por la Puerta de Madrid para recorrer la Feria del Libro. Al igual que aquella mañana, siguió sus pasos durante un rato hasta que se detuvo en una de las casetas; la estuvo observando sin que, en ningún momento, se percatase de su presencia, enfrascada como estaba en los libros. Tres décadas atrás, Carlota cogió un ejemplar de *El Principito* y, después de trashojarlo un rato, lo volvió a dejar dispuesta a marcharse. Cayetano aprovechó entonces para comprar el libro y, cuando ya iniciaba la marcha, la detuvo y le dijo que se lo regalaba.

—Qué casualidad, ¿no? —añadió él con el libro aún en su mano.

—¿Crees en las casualidades?

Cayetano encogió los hombros.

—Qué más da si uno cree o no en ellas, el caso es que se dan, y ésta es una de ellas: después de treinta años, nos volvemos a encontrar frente a una caseta de libros, tú te has vuelto a fijar en el mismo título, y yo estaba de nuevo a tu lado, fijándome en lo que tú te habías fijado. Una combinación de circunstancias imprevisibles, porque ni tú ni yo hemos previsto este encuentro, pero ha sucedido.

Carlota sonrió, miró el libro y lo cogió.

—Estaba pensando en comprarlo para alguien que está pasando por un momento de cambio en su vida —dijo ella mirando la cubierta.

—Alguien especial, me imagino.

—Sí, alguien muy especial. Creo que su lectura le puede ayudar; al menos a mí me ha servido muchas veces para ver las cosas con el corazón...

—«Lo esencial es invisible a los ojos.» —Cayetano recitó la frase que el zorro le dice al pequeño Principito, y que él repite para que no se le olvide.

—«El tiempo que perdiste por tu rosa hace que tu rosa sea importante.» —Carlota murmuró la frase aprendida, mirando el libro abierto. Alzó la cara y le miró con una imperturbable serenidad—. «Nadie está nunca contento donde está.»

«Tú has sido la rosa de mi planeta, te abandoné y me he arrepentido toda la vida de ese abandono», eso pensó Cayetano, pero fue incapaz de abrir los labios para expresarlo.

—Fue un buen regalo —añadió ella con una sonrisa blanda.

—¿Todavía lo conservas? —preguntó él con una mezcla de

curiosidad y de temor reflejada en sus ojos—. El libro que te regalé, ¿lo conservas?

—Claro —le respondió con voz grave aunque dulcificada con la risa de sus labios—. Cómo no iba a hacerlo. Conservo todos mis libros desde que tengo uso de razón; para mí son mi patrimonio: los buenos, los malos, los leídos y por leer, los comprados y los regalados.

—Me alegra saberlo. Espero que le sirva igual a esa persona especial a la que se lo vas a regalar.

Carlota echó una mirada al libro que ahora sujetaba en sus manos.

—Es para Julia.

Cayetano tragó saliva y apretó los labios, contenido.

—Ya... Sí..., seguro que le va a gustar, últimamente le ha dado por leer.

—¿Cómo está? Desde el entierro de mi padre no hemos vuelto a hablar.

—Bien, bien, muy bien —respondió incómodo—. Creo que sí, que está bien. Yo... No sé si sabes, que nosotros, Julia y yo, ya no vivimos juntos. Nos vamos a divorciar.

—Lo sé. Me lo dijo ella.

—Está muy volcada con Cristina y su embarazo, ejerciendo de abuela antes de serlo, comprando lo necesario para el bebé... —Hablaba nervioso, esquivo, sin saber muy bien lo que decir—. Está bien, sí; tengo la sensación de que, desde que no está conmigo, está mejor que nunca.

—Me alegro por ella. Se merece ser feliz, al menos tener la oportunidad de serlo.

—Es evidente que no lo he hecho nada bien...

—El problema lo tenía ella, y ella es la única que lo puede resolver.

Carlota fue a sacar el billetero, pero él la interrumpió.

—No, deja, he dicho que te lo regalaba.

—Ya, pero es que no va a ser para mí, y no puedo regalar un libro que no he pagado.

Cayetano no supo qué decir; desconcertado, dejó que Carlota pagase el libro. Luego, ella se separó un poco de la caseta dando a entender su marcha.

—Bueno —dijo azorada, sin saber muy bien hacia dónde mirar o qué hacer—, yo voy a seguir mirando un poco más y me voy a casa. Andar por aquí supone un peligro para mi economía. Me los compraría todos.

La situación era incómoda y algo tensa. Ninguno de los dos quería marcharse, pero ninguno de los dos fue capaz de hacer lo posible por quedarse, esperando una señal del otro en vez de seguir su propio instinto, aquello que le pedía el corazón.

Se despidieron y Carlota echó a andar. Cayetano se quedó parado en medio del paseo, mirando cómo se alejaba, gritándose a sí mismo que corriera tras ella, que no la dejase marchar de nuevo. Pero sus pies no respondieron a lo que realmente le pedía el cuerpo y se quedó allí, plantado, hasta que la marea de la gente, cada vez más numerosa, le privó de su imagen.

11

> Tarde, muy tarde, no me digas que aún es tiempo,
> algo más que nuestra piel ha empezado a envejecer.
>
> Luis Eduardo Aute

Sin detenerse ya en ninguna caseta, Carlota caminó con paso rápido al mismo ritmo de su corazón acelerado. Sentía el latido en las sienes y la tensión en su espalda. Le hubiera gustado volverse para saber si la seguía, igual que había hecho el día que se encontraron en aquel mismo lugar, pero no tuvo voluntad de hacerlo; o no se atrevió para no decepcionarse, porque lo que estaba deseando era precisamente eso: detenerse, volverse y correr hasta él para echarse en sus brazos, refugiarse en ellos después de tanto tiempo, después de tanto vivido y tanto pasado, tanto olvidado y desperdiciado. Pero eso no era racional, no era lo correcto, no debía hacerlo, no, se decía apretando los puños, sigue adelante, continúa, no seas estúpida, él ya se habrá marchado, tiene su vida y tú no formas parte de ella. Así alcanzó el final de la hilera de casetas. Sólo entonces volvió la cara un instante para echar un vistazo rápido y comprobar lo evidente, que no estaba; muy a su pesar, esta vez Cayetano Vegallana no había ido tras ella.

Continuó andando perseguida por la sombra de la decepción; el libro de Saint-Exupéry pegado a su pecho, aferrado a él como a un salvavidas que le impidiera hundirse, caer al vacío y sucumbir al deseo de correr a su encuentro, o simplemente correr, huir, escapar de sí misma y de sus miedos que tanto la abrumaban.

Giró a la derecha en dirección de la glorieta del Ángel Caído; al ver a lo lejos alzarse sobre la fuente la estatua de Lucifer, recordó el poema de Milton de su obra *El paraíso perdido*:

> *Por su orgullo cae arrojado del cielo con toda su hueste de ángeles rebeldes para no volver a él jamás. Agita en derredor sus miradas, y blasfemo las fija en el empíreo, reflejándose en ellas el dolor más hondo, la consternación más grande, la soberbia más funesta y el odio más obstinado.*

Desde que era niña sentía una turbadora fascinación ante aquella imagen de dramática lucha cuyo silencioso grito resultaba desgarrador al espectador atento que conseguía oírlo. La descubrió de la mano de su padre, quien le explicó que aquella estatua de bronce representaba al ángel más bello e inteligente de los que habitaban el cielo, cuyo nombre era Lucifer, el portador de la luz, expulsado a la tierra y equiparado con Satán, el diablo, el maligno, pero que a pesar de estar encadenado a su destino era el que iluminaba el mundo, no con la luz del bien, sino con los resplandores del mal, sentenciaba su padre ante las protestas de su madre, que le reprendía por contar tales cosas a la niña.

A un lado del paseo, un hombre situado delante de un micrófono abrazaba una guitarra cuyas cuerdas empezó a rasgar. Carlota se detuvo a escuchar la canción conocida: «... porque la vida es vértigo y no una carrera... Quiero que me digas, amor, que no todo fue naufragar, por haber creído que amar era el verbo más bello, dímelo, me va la vida en ello...».

El músico no sólo imitaba muy bien la voz profunda y aterciopelada de Luis Eduardo Aute, sino que además su aspecto era similar al cantautor idolatrado, la misma figura delgada y frágil de bohemio vivido en mil batallas (si no ganadas, sí combatidas todas ellas), el gesto amable de su cuerpo, sus ojos amigables, las mismas manos huesudas de pianista, largos los dedos acariciando pausados las cuerdas de su guitarra.

Resulta sorprendente cómo la música puede despertar emociones del pasado aparentemente olvidadas, removidos los recuerdos, que regresan como una bocanada de aire fresco atenuando el ardor sofocante del presente. Carlota, embaucada por aquella voz, tierna y profunda, emulación espléndida de la de Aute, esbozó una sonrisa al rememorar los años de universidad, de la movida madrileña, de los peinados y modas estridentes, de libertades recién estrenadas, de cambios legales, sociales, culturales y de un enorme salto generacional que desconcertó a muchos y fulminó a otros; un tiempo en el que todo estaba por hacer, al menos para ella; años en los que Cayetano Vegallana se había convertido ya en ese ser mágico y seguro que la amarraba al mundo y la elevaba al cielo; un tiempo en el que se derrocharon amor el uno hacia el otro, en los que su mutua compañía se hacía tan necesaria como el aire que respiraban. La música había puesto en marcha ese mecanismo ya barruntado, derivado de los acontecimientos vividos en los últimos meses, y en los que, sin quererlo, los sentimientos hacia Cayetano, enterrados aunque nunca muertos, se habían colado de nuevo en su conciencia por las frágiles fisuras del tuerto olvido.

Abstraída en tales pensamientos, sus ojos atisbaron La Rosaleda. Hacía años que no visitaba aquel florido rincón del Retiro. Sacó del bolso unas monedas y las echó al interior de la funda de la guitarra abierta a los pies del músico, que, sin dejar de cantar, le dedicó un gesto de gratitud.

Dejó atrás aquella voz sin llegar a desprenderse de ella mientras se alejaba rumbo al jardín acotado. Pausadamente, se adentró en los paseos aureolados por pérgolas plagadas de rosas, sorprendida de redescubrir aquel espectáculo de color en plena efervescencia primaveral, ya casi olvidado en su memoria. Aspiró el aroma que flotaba en el aire. Paseando por entre aquella profusión de rosales, con el libro en su mano, se preguntaba si el encuentro con Cayetano en la caseta de libros había sido casual o, de alguna manera, lo había provocado él;

pero enseguida rechazaba la idea por ilusa, imposible, incongruente, no tenía ningún sentido, y se reafirmaba en que todo era fruto de la casualidad; resultaba evidente que no la buscaba, no a ella, nunca lo había hecho, cómo lo iba a hacer ahora, después de tanto tiempo.

Llegó hasta el rincón conocido, «su rincón», el que fuera de los dos, situado frente a la fuente de Cupido, un ángel pequeño —esta vez no caído—, símbolo del amor, con sus alas desplegadas y el estuche de flechas colgado a su espalda. Se sentó sobre el banco de piedra y se abandonó a los fantasmas del pasado tan cargado de mentiras urdidas todas por el temor a perderle, a que no la aceptase con aquella etiqueta de «padre desconocido»; y por eso mintió, y por eso decidió hacer morir a su padre en vida, con la pretensión de borrar, tachar, ocultar o desvirtuar aquella maldita inscripción grabada a fuego en su conciencia. Se preguntó a cuánta gente, además de a Cayetano, le había dicho que su padre había muerto mucho antes de que lo estuviera realmente. Cuándo empezó a considerar que lo estaba para ella, y cómo era posible que una hija pudiera asumir, con la naturalidad con que lo había hecho ella, la drástica ruptura con su padre. Allí, en aquel lugar de un pasado de ensueño, sentada y sola, con su padre ya muerto y enterrado de verdad, imaginó cómo habría actuado si ella hubiera tenido hijos y esos hijos la hubieran matado como madre, tal y como había hecho con su propio padre; cómo se hubiera sentido ella si un hijo suyo no hubiera querido verla nunca más, sin detenerse en las causas, alcanzar por fin a comprender el padecimiento de su padre durante tantos años obligado a su obstinado alejamiento, que ahora, demasiado tarde ya, entendía tan arbitrario como injusto.

A pesar de la cálida temperatura, sintió un escalofrío que la destempló, como si un viento helado le hubiera lamido la espalda. De repente, la cruda realidad, enmascarada durante años con el fin de defenderse de las sombras que ella misma había construido y que la habían perseguido hasta aquel preciso instante, se le desveló igual que un muro de hormigón desplomado sobre su conciencia. Se dio cuenta de que los había perdido definitivamente a los dos, ya sin remedio. Huérfana de un padre y una madre (ahora sí ya muertos) que habían vivido su vida con lo bueno y lo malo, con errores y aciertos, y también con sus taras vividas y asumidas por ellos.

Comprendió de pronto que se pasaba la vida juzgando a los demás, declarando la inocencia o la culpabilidad de otros, esgrimiendo con naturalidad lo que era justo o injusto, lo legal y lo ilegal, lo legítimo e ilegítimo. Y, sin embargo, apenas había hecho examen de conciencia, creyéndose siempre víctima inmolada de todo y de todos. Cerró los ojos y tragó las lágrimas recordando, cuando ya su padre surcaba el vuelo hacia la muerte, aquella frase, la extraña frase que desgarró su conciencia: «El perdón es lo único que puede salvarte».

Alzó los párpados y vio a Cayetano avanzando lento hacia ella, descubierta por él antes; las manos en los bolsillos, tímido, vacilante. Se miraron sin hablarse mientras se acercaba hasta plantarse delante de ella, su figura portentosa como un mágico gigante; al notar sus lágrimas, sacó el pañuelo y se lo tendió para que pudiera enjugárselas. Ella lo cogió con un gracias musitado y se lo pasó por las mejillas. La voz del músico seguía deslizándose por el aire hasta llegar a sus sentidos, «mis brazos no te abrigan, los tuyos me dan frío, tu voz y mis palabras como torpes adjetivos nada añaden al silencio de tu cuerpo junto al mío...». Encogió los hombros como si quisiera protegerse. Sentía el latido de su corazón. La rigidez de su rostro se deshizo en una tenue e involuntaria sonrisa. Plantó las palmas de las manos sobre la piedra, como si se aferrase a la única base firme que tenía a su alcance. Sólo entonces oyó su voz.

—¿Puedo?

Ella levantó la vista, sorprendida, como si fuera una pregunta inesperada.

—Claro —contestó ella cogiendo el libro que había dejado en un lado para pasarlo al otro, haciéndole sitio aún habiendo suficiente para los dos—. Cómo podría negarme, es un banco público.

—No siempre fue así. Hubo un tiempo en que este banco tuvo dueños.

—Hace ya mucho que esos dueños lo abandonaron.

Sentados uno al lado del otro, juntos pero sin tocarse, el cuerpo de él algo echado hacia delante; las manos colgando entre sus piernas ligeramente abiertas. Carlota permanecía más envarada, los pies cruzados y tensos los músculos de la espalda.

—¿Vienes a menudo por aquí? —preguntó él.

—Hubo un tiempo en que venía cada tarde... Pero dejé de hacerlo.

—¿Puedo saber la razón?

—Porque estaba sola, y este banco es para estar acompañada.

Lo dijo con la mirada puesta en el pequeño Cupido, que les observaba impertérrito desde lo alto de su pétreo pedestal.

Cayetano también posó sus ojos en el ángel.

—Y tú —inquirió ella volviendo un poco la cara hacia él—, ¿vienes mucho por aquí?

—Lo hacía cada tarde... Pero también dejé de venir...

—No te vi nunca...

—No me sentaba, ni siquiera me acercaba, únicamente observaba.

—¿A quién observabas?

Cayetano se volvió y la miró al bies, esbozando una sonrisa.

—A ti...

—A mí... ¿Me observabas a mí? ¿Cuándo?

—Aquí sentada, sola...

Carlota se estremeció al recordar aquellos primeros años en los que a menudo se acercaba hasta aquel banco de piedra para sentarse y esperar, esperar durante horas, esperar su regreso para poder seguir su vida, continuar viviendo su amor, construyendo sus sueños, tantos proyectos, tanto futuro ahora ya pasado, perdido para siempre.

—Nunca te vi.

—Porque nunca tuve el valor suficiente para enfrentarme a ti. Me equivoqué al dejarte, Carlota, cometí el error más grave de toda mi vida; cuando me di cuenta era ya demasiado tarde, o al menos eso pensé. Me llegaba hasta aquí con la intención de suplicar tu perdón, decirte que había sido un imbécil por haberme dejado manipular tan fácilmente, condicionado por los prejuicios con los que me envenenó mi madre... Pero nunca tuve el valor suficiente... Me sentía tan avergonzado...

Carlota le miró de reojo, conmovida por la inopinada confesión.

Un silencio inquieto revoloteó sobre ellos.

—No fuiste el único que se equivocó —añadió ella con voz blanda—. Yo también tuve los míos, prejuicios y vergüenza. Si te mentí sobre mi condición de hija ilegítima fue porque me avergonzaba de ello, de no llevar el apellido de mi padre, temía no ser digna de ti y de tu mundo.

Los dos se miraron unos segundos, los ojos llenos de nostalgia.

En ese momento pasaron unos niños corriendo y gritando, aventando el pesado silencio que los ahogaba. La madre pasó también con el móvil en la mano, despistada, la mirada fija en la pantalla.

Al cabo, de nuevo quedaron en silencio, amortiguado el bullicio de su entorno, lejano, ajeno.

—¿Por qué ahora? —preguntó Carlota.

—No lo sé... Las cosas pasan, y o bien reaccionas o bien te quedas quieto viendo cómo otro tren pasa por delante de tu vida. —Calló un instante y la miró—. Tal vez ya no quiera perder más trenes.

—¿Tantos son los que has dejado pasar? —Se volvió hacia él, esbozando una sonrisa.

—Ninguno como la oportunidad que tuve de vivir la vida a tu lado.

Ella lo miró con ternura, esbozando una sonrisa mustia.

—Los dos perdimos aquel tren, Cayetano.

—Tal vez pase otro al que podamos subir juntos.

Ella dio un profundo suspiro y miró hacia el cielo.

—Han pasado demasiado tiempo y demasiadas cosas, tú y yo ya no somos los mismos. Cada uno cargamos con nuestro propio pasado, sin nada en común que nos una, ni tú conoces el mío ni yo he participado del tuyo.

—Entonces, tan sólo nos queda el futuro.

En ese momento, una voz se alzó en el aire como un melódico manto invisible posado sutilmente sobre sus sentidos:

«Tarde, muy tarde, tarde para remediarlo, ese tren ya se nos fue, nunca volverá otra vez. Te amé tanto... que me da vergüenza recordarlo..., déjalo estar, deja que es tarde».

AGRADECIMIENTOS

Siempre he estado de acuerdo con el dicho aquel de que es de bien nacidos ser agradecidos, y yo no puedo dejar de agradecer a la gente que se ha cruzado conmigo a lo largo y lo ancho del tortuoso camino de creación de esta historia. Han sido muchas horas de charla, de descubrimientos, de sensaciones, de llamadas; ratos gratos, fructíferos y enriquecedores, impagables para mí.

En primer lugar quiero dar las gracias a Susana González de la Varga, magistrada y decana de los Juzgados de Móstoles, por brindarme su ayuda para obtener información veraz y adecuada sobre temas judiciales y situaciones que sólo se pueden entender desde el punto de vista de un juez; vaya también mi gratitud a sus colaboradores «secretos» (el comandante Salgado, el sargento Carlos y el cabo Reviejo), a sus compañeras de juzgado, las magistradas Beatriz López Frago y Elena Cortina, y a la médico forense Begoña Berlana.

Dejo constancia del cambio de designación de los secretarios judiciales que, desde octubre de 2015, pasan a llamarse Letrados de la Administración de Justicia. En la novela utilizo la fórmula antigua por ajustarse mejor al momento en el que se desarrolla la historia.

Mi gratitud y profunda admiración a Carmen Torres Moncayo, letrada de Marbella y gran conocedora del alma humana, de la infelicidad y del desamor, así como de la violencia doméstica. Gracias a ella pude acercarme algo más a ese mundo oscuro de los malos tratos para verlo desde una particular perspectiva legal y humana. Ella me abrió la posibilidad de conocer y charlar con dos hombres, fiscales de profesión, comprometidos y conocedores de esta lacra social que es la violencia doméstica en general y la de género en particular, Julio Martínez Carazo, fiscal jefe de Marbella, y Carlos Yáñez, que fue fiscal de violencia de género en Marbella; aprendí mucho de ambos.

Asimismo tuve la oportunidad de hablar con profesionales de la Policía Nacional que viven el día a día de situaciones extremas y complicadas en sus comisarías o a pie de calle, con Israel Jorge López y los comisarios Jose Carlos Frutos y Manuel Alcaide; a todos ellos, gracias por su tiempo y por su testimonio.

Mi agradecimiento a Juan Carlos Martínez por ampliar mis escasos conocimientos sobre el mundo empresarial, acciones, tramitaciones bancarias, créditos, riesgos y otros asuntos que me sirvieron para dar verosimilitud a una parte de la historia.

Mi profunda gratitud a Palmira Márquez, mi agente literaria. Su entrada en mi vida ha sido un milagro; su energía, una potente corriente que me impulsa y me proporciona seguridad, quietud y tranquilidad en un oficio con tantas inseguridades como es este al que me dedico.

Gracias a Miguel Munárriz, que me ha mostrado un camino acertado para llegar a la poesía.

A Eva García Perea, por sus conversaciones y la información proporcionada sobre enfermería además de otras cuestiones del fascinante mundo al que ella pertenece y en el que se mueve con una soltura y seguridad admirables.

A mi hada de los libros, que me concede todo lo que pido... Ella sabe quién es, gracias.

A Silvia Luben y a Constantino Frade, por los buenos ratos pasados y los que han de llegar a consecuencia del trabajo bien hecho y el esfuerzo común.

A Paloma Gómez-Montejano Moreda, por lo que ella y yo sabemos.

A Luis Eduardo Aute, por su poesía hecha canción, o por sus canciones hechas de poesía.

A los poetas en general, que nos brindan sus poemas, uniendo concisión y belleza en la forma más perfecta del lenguaje.

Y a Manuel de Jorge, mi marido, porque sin él nada de esto sería posible.

¡Encuentra aquí tu próxima lectura!

Escanea el código con tu teléfono móvil o tableta.
Te invitamos a leer los primeros capítulos
de la mejor selección de obras.